CONTES

ANDERSEN

ANDERSEN

CONTES

Illustrations de Miloslav Disman

Traduction de :
— **Etienne Avenard** pour les pages : 229—233, 86—290, 309—316
— **Ernest Grégoire et Louis Moland** pour les pages : 125—134, 178—187, 195—202, 224—228, 240—241, 246—266, 274—275, 299—308, 317—320
— **L. de Hessem** pour les pages : 280—281
— **Ilona Lartigue** pour les pages : 123—124, 234—239, 267—273, 276—279, 282—283, 291—294
— **Anne-Mathilde Paraf** pour les pages : 6—118, 135—142, 165—177, 184—194, 203—223, 242—245, 284—285
— **D. Soldi** pour les pages : 295—298

Illustrations de Miloslav Disman
Arrangement graphique de Karel Vilgus
Secrétariat d'édition: Jeanne Castoriano

Première édition française 1995 par Librairie Gründ, Paris

ISBN : 2-7000-3601-8
Dépôt légal : juillet 1996
Edition originale 1995 par Brio, Prague

Sous le titre original: Pohádky Hanse Christiana Andersena
Imprimé en Slovaquie

Loi n° 49-956 du 16 juillet 1949 sur les publications destinées à la jeunesse.

SOMMAIRE

La Princesse au Petit Pois

Il était une fois un prince qui voulait épouser une princesse, mais une vraie princesse. Il fit le tour de la terre pour en trouver une mais il y avait toujours quelque chose qui clochait ; des princesses, il n'en manquait pas, mais étaient-elles de vraies princesses ? C'était difficile à apprécier, toujours une chose ou l'autre ne lui semblait pas parfaite. Il rentra chez lui tout triste, il aurait tant voulu avoir une véritable princesse.

Un soir par un temps affreux, éclairs et tonnerre, cascades de pluie que c'en était effrayant, on frappa à la porte de la ville et le vieux roi lui-même alla ouvrir.

C'était une princesse qui était là, dehors. Mais grands dieux ! de quoi avait-elle l'air dans cette pluie, par ce temps ! L'eau coulait de ses cheveux et de ses vêtements, entrait par la pointe de ses chaussures et ressortait par le talon... et elle prétendait être une véritable princesse !

- Nous allons bien voir ça, pensait la vieille reine, mais elle ne dit rien. Elle alla dans la chambre à coucher, retira toute la literie et mit un petit pois au fond du lit ; elle prit ensuite vingt matelas qu'elle empila sur le petit pois et, par-dessus, elle mit encore vingt édredons en plumes d'eider. C'est là-dessus que la princesse devait coucher cette nuit-là.

Au matin, on lui demanda comment elle avait dormi.

- Affreusement mal, répondit-elle, je n'ai presque pas fermé l'œil de la nuit. Dieu sait ce qu'il y avait dans ce lit. J'étais couchée sur quelque chose de si dur que j'en ai des bleus et des noirs sur tout le corps ! C'est terrible !

Alors ils reconnurent que c'était une vraie princesse puisque, à travers les vingt matelas et les vingt édredons en plumes d'eider, elle avait senti le petit pois. Une peau aussi sensible ne pouvait être que celle d'une authentique princesse.

Le prince la prit donc pour femme, sûr maintenant d'avoir une vraie princesse et le petit pois fut exposé dans le cabinet des trésors d'art, où on peut encore le voir si personne ne l'a emporté.

Et ceci est une vraie histoire.

LE BRIQUET

Un soldat s'en venait d'un bon pas sur la route. Une deux, une deux ! sac au dos et sabre au côté. Il avait été à la guerre et maintenant, il rentrait chez lui.

Sur la route, il rencontra une vieille sorcière. Qu'elle était laide ! Sa lippe lui pendait jusque sur la poitrine.

- Bonsoir soldat, dit-elle. Ton sac est grand et ton sabre est beau, tu es un vrai soldat. Je vais te donner autant d'argent que tu voudras.

- Merci, vieille, dit le soldat.

- Vois-tu ce grand arbre ? dit la sorcière. Il est entièrement creux. Grimpe au sommet, tu verras un trou, tu t'y laisseras glisser jusqu'au fond. Je t'attacherai une corde autour du corps pour te remonter quand tu m'appelleras.

- Mais qu'est-ce que je ferai au fond de l'arbre ?

- Tu y prendras de l'argent, dit la sorcière. Quand tu seras au fond, tu te trouveras dans une grande galerie éclairée par des centaines de lampes. Devant toi il y aura trois portes. Tu pourras les ouvrir, les clés sont dessus. Si tu entres dans la première chambre, tu verras un grand chien assis au beau milieu sur un coffre. Il a des yeux grands comme des soucoupes, mais ne t'inquiète pas de ça. Je te donnerai mon tablier à carreaux bleus que tu étendras par terre, tu saisiras le chien et tu le poseras sur mon tablier. Puis tu ouvriras le coffre et tu prendras autant de pièces que tu voudras. Celles-là sont en cuivre… Si tu préfères des pièces d'argent, tu iras dans la deuxième chambre ! Un chien y est assis avec des yeux grands comme des roues de moulin. Ne t'inquiète encore pas de ça. Pose-le sur mon tablier et prends des pièces d'argent, autant que tu en veux. Mais si tu préfères l'or, je peux aussi t'en donner — et com-

bien ! — tu n'as qu'à entrer dans la troisième chambre. Ne t'inquiète toujours pas du chien assis sur le coffre. Celui-ci a les yeux grands comme la Tour Ronde de Copenhague* et je t'assure que pour un chien, c'en est un. Pose-le sur mon tablier et n'aie pas peur, il ne te fera aucun mal. Prends dans le coffre autant de pièces d'or que tu voudras.

- Ce n'est pas mal du tout ça, dit le soldat. Mais qu'est-ce qu'il faudra que je te donne à toi, la vieille ? Je suppose que tu veux quelque chose.

- Pas un sou, dit la sorcière. Rapporte-moi le vieux briquet que ma grand-mère a oublié la dernière fois qu'elle est descendue dans l'arbre.

- Bon, dit le soldat, attache-moi la corde autour du corps.

- Voilà — et voici mon tablier à carreaux bleus.

Le soldat grimpa dans l'arbre, se laissa glisser dans le trou, et le voilà, comme la sorcière l'avait annoncé, dans la galerie où brillaient des centaines de lampes. Il ouvrit la première porte. Oh ! le chien qui avait des yeux grands comme des soucoupes le regardait fixement.

- Tu es une brave bête, lui dit le soldat en le posant vivement sur le tablier de la sorcière.

Il prit autant de pièces de cuivre qu'il put en mettre dans sa poche, referma le couvercle du coffre, posa le chien dessus et entra dans la deuxième chambre.

Brrr !! le chien qui y était assis avait, réellement, les yeux grands comme des roues de moulin.

- Ne me regarde pas comme ça, lui dit le soldat, tu pourrais te faire mal.

Il posa le chien sur le tablier, mais en voyant dans le coffre toutes ces pièces d'argent, il jeta bien vite les sous en cuivre et remplit ses poches et son sac d'argent. Puis il passa dans la troisième chambre.

Mais quel horrible spectacle !

Les yeux du chien qui se tenait là étaient vraiment

grands chacun comme la Tour Ronde de Copenhague et ils tournaient dans sa tête comme des roues.

- Bonsoir, dit le soldat en portant la main à son képi, car de sa vie, il n'avait encore vu un chien pareil et il l'examina quelque peu. Mais bientôt il se ressaisit, posa le chien sur le tablier, ouvrit le coffre.

Dieu ! . . . que d'or ! Il pourrait acheter tout Copenhague avec ça, tous les cochons en sucre des pâtissiers et les soldats de plomb et les fouets et les chevaux à bascule du monde entier. Quel trésor !

Il jeta bien vite toutes les pièces d'argent et prit de l'or. Ses poches, son sac, son képi et ses bottes, il les remplit au point de ne presque plus pouvoir marcher. Eh bien ! il en avait de l'argent cette fois ! Vite il replaça le chien sur le coffre, referma la porte et cria dans le tronc de l'arbre :

- Remonte-moi, vieille.

- As-tu le briquet ? demanda-t-elle.

- Ma foi, je l'avais tout à fait oublié, fit-il, et il retourna le prendre.

Puis la sorcière le hissa jusqu'en haut et le voilà sur la route avec ses poches, son sac, son képi, ses bottes pleines d'or !

- Qu'est-ce que tu vas faire de ce briquet ? demanda-t-il.

- Ça ne te regarde pas, tu as l'argent, donne-moi le briquet !

- Taratata, dit le soldat. Tu vas me dire tout de suite ce que tu vas faire de ce briquet ou je tire mon sabre et je te coupe la tête.

- Non, dit la vieille sorcière.

Alors, il lui coupa le cou. La pauvre tomba par terre et elle y resta. Mais lui serra l'argent dans le tablier, en fit un baluchon qu'il lança sur son épaule, mit le briquet dans sa poche et marcha vers la ville.

Une belle ville c'était. Il alla à la meilleure auberge, demanda les plus belles chambres, commanda ses plats favoris. Puisqu'il était riche . . .

Le valet qui cira ses chaussures se dit en lui-même que pour un monsieur aussi riche, il avait de bien vieilles bottes. Mais dès le lendemain, le soldat acheta des souliers neufs et aussi des vêtements convenables.

Alors il devint un monsieur distingué. Les gens ne lui parlaient que de tout ce qu'il y avait d'élégant dans la ville et de leur roi, et de sa fille, la ravissante princesse.

- Où peut-on la voir ? demandait le soldat.

- On ne peut pas la voir du tout, lui répondait-on. Elle habite un grand château aux toits de cuivre entouré de murailles et de tours. Seul le roi peut entrer chez elle à sa guise car on lui a prédit que sa fille épouserait un simple soldat ; et un roi n'aime pas ça du tout.

- Que je voudrais la connaître ! dit le soldat, mais il savait bien que c'était tout à fait impossible.

Alors il mena une joyeuse vie, alla à la comédie, roula carrosse dans le jardin du roi, donna aux

pauvres beaucoup d'argent — et cela de grand cœur — se souvenant des jours passés et sachant combien les indigents ont de peine à avoir quelques sous.

Il était riche maintenant et bien habillé, il eut beaucoup d'amis qui, tous, disaient de lui : « Quel homme charmant, quel vrai gentilhomme ! » Cela le flattait.

Mais comme il dépensait tous les jours beaucoup d'argent et qu'il n'en rentrait jamais dans sa bourse, le moment vint où il ne lui resta presque plus rien. Il dut quitter les belles chambres, aller loger dans une mansarde sous les toits, brosser lui-même ses chaussures, tirer l'aiguille à repriser. Aucun ami ne venait plus le voir... trop d'étages à monter.

Par un soir très sombre — il n'avait même plus les moyens de s'acheter une chandelle — il se souvint qu'il en avait un tout petit bout dans sa poche et aussi le briquet trouvé dans l'arbre creux où la sorcière l'avait fait descendre. Il battit le silex du briquet et au moment où l'étincelle jaillit, voilà que la porte s'ouvre. Le chien aux yeux grands comme des soucoupes est devant lui.

- Qu'ordonne mon maître ? demande le chien.

- Quoi ! dit le soldat. Voilà un fameux briquet s'il me fait avoir tout ce que je veux. Apporte-moi un peu d'argent. Hop ! voilà l'animal parti et hop ! le voilà revenu portant, dans sa gueule, une bourse pleine de pièces de cuivre.

Alors le soldat comprit quel briquet miraculeux il avait là. S'il le battait une fois, c'était le chien assis sur le coffre aux monnaies de cuivre qui venait, s'il le battait deux fois, c'était celui qui gardait les pièces d'argent et s'il battait trois fois son briquet, c'était le gardien des pièces d'or qui apparaissait. Notre soldat put ainsi redescendre dans les plus belles chambres, remettre ses vêtements luxueux. Ses amis le reconnurent immédiatement et même ils avaient beaucoup d'affection pour lui.

Cependant un jour, il se dit :

«C'est tout de même dommage qu'on ne puisse voir cette princesse. On dit qu'elle est si charmante... A quoi bon si elle doit toujours rester prisonnière dans le grand château aux toits de cuivre avec toutes ces tours ? Est-il vraiment impossible que je la voie ? Où est mon briquet ?»

Il fit jaillir une étincelle et le chien aux yeux grands comme des soucoupes apparut.

- Il est vrai qu'on est au milieu de la nuit, lui dit le soldat, mais j'ai une envie folle de voir la princesse.

En un clin d'œil, le chien était dehors, et l'instant d'après, il était de retour portant la princesse couchée sur son dos. Elle dormait et elle était si gracieuse qu'en la voyant, chacun aurait reconnu que c'était une vraie princesse. Le jeune homme n'y tint plus, il ne put s'empêcher de lui donner un baiser car, lui, c'était un vrai soldat.

Vite le chien courut ramener la jeune fille au château, mais le lendemain matin, comme le roi et la reine prenaient le thé avec elle, la princesse leur dit qu'elle avait rêvé la nuit d'un chien et d'un soldat et que le soldat lui avait donné un baiser.

- Eh bien ! en voilà une histoire ! dit la reine.

Une des vieilles dames de la cour reçut l'ordre de veiller toute la nuit suivante auprès du lit de la princesse pour voir si c'était vraiment un rêve ou bien ce que cela pouvait être !

Le soldat se languissait de revoir l'exquise princesse ! Le chien revint donc la nuit, alla la chercher, courut aussi vite que possible . . . mais la vieille dame de la cour avait mis de grandes bottes et elle courait derrière lui et aussi vite. Lorsqu'elle les vit disparaître dans la grande maison, elle pensa : « Je sais maintenant où elle va » et, avec un morceau de craie, elle dessina une grande croix sur le portail. Puis elle rentra se coucher.

Le chien, en revenant avec la princesse, vit la croix sur le portail et traça des croix sur toutes les portes de la ville. Et ça, c'était très malin de sa part ; ainsi la dame de la cour ne pourrait plus s'y reconnaître.

Au matin, le roi, la reine, la vieille dame et tous les officiers sortirent pour voir où la princesse avait été.

- C'est là, dit le roi dès qu'il aperçut la première porte avec une croix.

- Non, c'est ici mon cher époux, dit la reine en s'arrêtant devant la deuxième porte.

- Mais voilà une croix . . . en voilà une autre, dirent-ils tous, il est bien inutile de chercher davantage.

Cependant, la reine était une femme rusée, elle savait bien d'autres choses que de monter en carrosse. Elle prit ses grands ciseaux d'or et coupa en morceaux une pièce de soie, puis cousit un joli sachet qu'elle remplit de farine de sarrasin très fine. Elle attacha cette bourse sur le dos de sa fille et perça au fond un petit trou afin que la farine se répande tout le long du chemin que suivrait la princesse.

Le chien revint encore la nuit, amena la princesse sur son dos auprès du soldat qui l'aimait tant et qui aurait voulu être un prince pour l'épouser.

Mais le chien n'avait pas vu la farine répandue sur le chemin depuis le château jusqu'à la fenêtre du soldat.

Le lendemain, le roi et la reine n'eurent aucune peine à voir où leur fille avait été.

Le soldat fut saisi et jeté dans un cachot lugubre ! . . . Oh ! qu'il y faisait noir !

- Demain, tu seras pendu, lui dit-on. Ce n'est pas une chose agréable à entendre, d'autant plus qu'il avait oublié son briquet à l'auberge.

Derrière les barreaux de fer de sa petite fenêtre, il vit le matin suivant les gens qui se dépêchaient de sortir de la ville pour aller le voir pendre. Il entendait les roulements de tambours, les soldats défilaient au pas cadencé. Un petit apprenti cordonnier courait à une telle allure qu'une de ses savates vola en l'air et alla frapper le mur près des barreaux au travers desquels le soldat regardait.

- Hé ! ne te presse pas tant. Rien ne se passera que je ne sois arrivé. Mais si tu veux courir à l'auberge où j'habitais et me rapporter mon briquet, je te donnerai quatre sous. Mais en vitesse.

Le gamin ne demandait pas mieux que de gagner quatre sous. Il prit ses jambes à son cou, trouva le briquet...

En dehors de la ville, on avait dressé un gibet autour duquel se tenaient les soldats et des centaines de milliers de gens. Le roi, la reine étaient assis sur de superbes trônes et en face d'eux, les juges et tout le conseil.

Déjà le soldat était monté sur l'échelle, mais comme le bourreau allait lui passer la corde au cou, il demanda la permission — toujours accordée, dit-il à un condamné à mort avant de subir sa peine — d'exprimer un désir bien innocent, celui de fumer une pipe, la dernière en ce monde.

Le roi ne voulut pas le lui refuser et le soldat se mit à battre son briquet : une fois, deux fois, trois fois ! et hop ! voilà les trois chiens : celui qui avait des yeux comme des soucoupes, celui qui avait des yeux comme des roues de moulin et celui qui avait des yeux grands chacun comme la Tour Ronde de Copenhague.

- Empêchez-moi maintenant d'être pendu ! leur cria le soldat.

Alors les chiens sautèrent sur les juges et sur tous les membres du conseil, les prirent dans leur gueule, l'un par les jambes, l'autre par le nez, les lancèrent en l'air si haut qu'en tombant, ils se brisaient en mille morceaux.

- Je ne tolérerai pas . . . commença le roi.

Mais le plus grand chien le saisit ainsi que la reine et les lança en l'air à leur tour.

Les soldats en étaient épouvantés et la foule cria :

- Petit soldat, tu seras notre roi et tu épouseras notre délicieuse princesse.

On fit monter le soldat dans le carrosse royal et les trois chiens gambadaient devant en criant « bravo ». Les jeunes gens sifflaient dans leur doigts, les soldats présentaient les armes.

La princesse fut tirée de son château aux toits de cuivre et elle devint reine, ce qui lui plaisait beaucoup.

La noce dura huit jours, les chiens étaient à table et roulaient de très grands yeux.

LES HABITS NEUFS DE L'EMPEREUR

Il y a de longues années vivait un empereur qui aimait par-dessus tout les beaux habits neufs ; il dépensait tout son argent pour être bien habillé.

Il ne s'intéressait nullement à ses soldats, ni à la comédie, ni à ses promenades en voiture dans les bois, si ce n'était pour faire parade de ses habits neufs. Il en avait un pour chaque heure du jour et, comme on dit d'un roi : « Il est au conseil », on disait de lui : « L'empereur est dans sa garde-robe. »

La vie s'écoulait joyeuse dans la grande ville où il habitait ; beaucoup d'étrangers la visitaient. Un jour arrivèrent deux escrocs, se faisant passer pour tisserands et se vantant de savoir tisser l'étoffe la plus splendide que l'on puisse imaginer. Non seulement les couleurs et les dessins en étaient exceptionnellement beaux, mais encore, les vêtements cousus dans ces étoffes avaient l'étrange vertu d'être invisibles pour tous ceux qui étaient incapables dans leur emploi, ou plus simplement irrémédiablement des sots.

« Ce seraient de précieux habits, pensa l'empereur, en les portant je connaîtrais aussitôt les hommes incapables de mon empire, et je distinguerais les intelligents des imbéciles. Cette étoffe, il faut au plus vite la faire tisser. »

Il donna d'avance une grosse somme d'argent aux deux escrocs pour qu'ils se mettent à l'ouvrage.

Ils installèrent bien deux métiers à tisser et firent semblant de travailler, mais ils n'avaient absolument aucun fil sur le métier. Ils s'empressèrent de réclamer les plus beaux fils de soie, les fils d'or les plus éclatants, ils les mettaient dans leur sac à eux et continuaient à travailler sur des métiers vides jusque dans la nuit.

- J'aimerais savoir où ils en sont de leur étoffe, se

disait l'empereur, mais il se sentait très mal à l'aise à l'idée qu'elle était invisible aux sots et aux incapables. Il pensait bien n'avoir rien à craindre pour lui-même, mais il décida d'envoyer d'abord quelqu'un pour voir ce qu'il en était.

Tous les habitants de la ville étaient au courant de la vertu miraculeuse de l'étoffe et tous étaient impatients de voir combien leurs voisins étaient incapables ou sots.

- Je vais envoyer mon vieux et honnête ministre, pensa l'empereur. C'est lui qui jugera de l'effet produit par l'étoffe, il est d'une grande intelligence et personne ne remplit mieux sa fonction que lui.

Alors le vieux ministre honnête se rendit dans l'atelier où les deux menteurs travaillaient sur les deux métiers vides.

- Mon Dieu ! pensa le vieux ministre en écarquillant les yeux, je ne vois rien du tout !

Mais il se garda bien de le dire. Les deux autres le prièrent d'avoir la bonté de s'approcher et lui demandèrent si ce n'était pas là un beau dessin, de ravissantes couleurs. Ils montraient le métier vide et le pauvre vieux ministre ouvrait des yeux de plus en plus grands, mais il ne voyait toujours rien puisqu'il n'y avait rien.

« Grands dieux ! se disait-il, serais-je un sot ? Je ne l'aurais jamais cru et il faut que personne ne le sache ! Remplirais-je mal mes fonctions ? Non, il ne faut surtout pas que je dise que je ne vois pas cette étoffe. »

- Eh bien ! vous ne dites rien ? dit l'un des artisans.

- Oh ! c'est vraiment ravissant, tout ce qu'il y a de plus joli, dit le vieux ministre en admirant à travers ses lunettes. Ce dessin !... ces couleurs !... Oui, je dirai à l'empereur que cela me plaît infiniment.

- Ah ! nous en sommes contents.

Les deux tisserands disaient le nom des couleurs, détaillaient les beautés du dessin. Le vieux ministre écoutait de toutes ses oreilles pour pouvoir répéter chaque mot à l'empereur quand il serait rentré, et c'est bien ce qu'il fit.

Les escrocs réclamèrent alors encore de l'argent et encore des soies et de l'or filé. Ils mettaient tout dans leurs poches, pas un fil sur le métier, où cependant ils continuaient à faire semblant de travailler.

Quelque temps après, l'empereur envoya un autre fonctionnaire important pour voir où on en était du tissage et si l'étoffe serait bientôt prête. Il arriva à cet homme la même chose qu'au

ministre, il avait beau regarder, comme il n'y avait que des métiers vides, il ne voyait rien.

- N'est-ce pas là une belle pièce d'étoffe ? disaient les deux escrocs, et ils recommençaient leurs explications.

« Je ne suis pas bête, pensait le fonctionnaire, c'est donc que je ne conviens pas à ma haute fonction. C'est assez bizarre, mais il ne faut pas que cela se sache. » Il loua donc le tissu qu'il ne voyait pas et les assura de la joie que lui causait la vue de ces belles couleurs, de ce ravissant dessin.

- C'est tout ce qu'il y a de plus beau, dit-il à l'empereur.

Tous les gens de la ville parlaient du merveilleux tissu.

Enfin, l'empereur voulut voir par lui-même, tandis que l'étoffe était encore sur le métier. Avec une grande suite de courtisans triés sur le volet, parmi lesquels les deux vieux excellents fonctionnaires qui y étaient déjà allés, il se rendit auprès des deux rusés compères qui tissaient de toutes leurs forces — sans le moindre fil de soie.

- N'est-ce pas magnifique, s'écriaient les deux vieux fonctionnaires, que Votre Majesté admire ce dessin, ces teintes.

Ils montraient du doigt le métier vide, s'imaginant que les autres voyaient quelque chose.

« Comment ! pensa l'empereur, je ne vois rien ! Mais c'est épouvantable ! Suis-je un sot ? Ne suis-je pas fait pour être empereur ? Ce serait terrible ! Oh ! de toute beauté, disait-il en même temps, vous avez ma plus haute approbation. »

Il faisait de la tête un signe de satisfaction et contemplait le métier vide. Il ne voulait pas dire qu'il ne voyait rien. Toute sa suite regardait et regardait sans rien voir de plus que les autres, mais ils disaient comme l'empereur : « Oh ! de toute beauté ! » Et ils lui conseillèrent d'étrenner l'habit taillé dans cette étoffe splendide à l'occasion de la grande procession qui devait avoir lieu bientôt.

Magnifique ! Ravissant ! Parfait ! Ces mots volaient de bouche en bouche, tous se disaient enchantés.

L'empereur décora chacun des deux escrocs de la croix de chevalier pour mettre à leur boutonnière et leur octroya le titre de gentilshommes tisserands.

Toute la nuit qui précéda le jour de la procession, les escrocs restèrent à travailler à la lueur de seize chandelles. Toute la ville pouvait ainsi se rendre compte de la peine qu'ils se donnaient pour terminer les habits neufs de l'empereur. Il faisaient semblant d'enlever l'étoffe de sur le métier, ils taillaient en l'air avec de grands ciseaux, ils cousaient sans aiguille et sans fil, et à la fin ils s'écrièrent :

- Voyez, l'habit est terminé !

L'empereur vint lui-même avec ses courtisans les plus haut placés. Les deux menteurs levaient un bras en l'air comme s'ils tenaient quelque chose :

- Voici le pantalon, voici l'habit ! voilà le manteau ! et ainsi de suite. C'est léger comme une toile d'araignée, on croirait n'avoir rien sur le corps, c'est là le grand avantage de l'étoffe.

- Oui, oui, dirent les courtisans de la suite, mais ils ne voyaient rien, puisqu'il n'y avait rien.

L'empereur enleva tous ses beaux vêtements et les escrocs firent les gestes de lui en mettre.

- Dieu ! comme cela va bien ! Comme c'est bien pris, disait chacun. Quel dessin, quelles couleurs, voilà des vêtements luxueux.

Les chambellans qui devaient porter la traîne du manteau de

cour tâtonnaient de leurs mains le parquet et les élevaient ensuite comme s'ils ramassaient cette traîne. C'est ainsi que l'empereur marchait devant la procession sous le magnifique dais, et tous ses sujets s'écriaient :

- Dieu ! que le nouvel habit de l'empereur est admirable.

Personne ne voulait avouer qu'il ne voyait rien, puisque cela aurait montré qu'il était incapable dans son emploi, ou simplement un sot. Jamais un habit neuf de l'empereur n'avait connu un tel succès.

- Mais il n'a pas d'habit du tout ! cria un petit enfant dans la foule.

- Grands dieux ! entendez, c'est la voix de l'innocence, dit son père.

Et chacun de chuchoter de l'un à l'autre : Il n'a pas d'habit du tout...

- Il n'a pas d'habit du tout ! cria à la fin le peuple entier.

L'empereur frissonna, car il lui semblait bien que tout son peuple avait raison, mais il pensait en même temps qu'il fallait tenir bon jusqu'à la fin de la procession. Il se redressa encore plus fièrement, et les chambellans continuèrent à porter le manteau de cour et la traîne qui n'existait pas.

Le Stoïque Soldat de Plomb

Il y avait une fois vingt-cinq soldats de plomb, tous frères, tous nés d'une vieille cuiller de plomb : l'arme au bras, la tête droite, leur uniforme rouge et bleu n'était pas mal du tout.

La première parole qu'ils entendirent en ce monde, lorsqu'on souleva le couvercle de la boîte fut : des soldats de plomb ! Et c'est un petit garçon qui poussa ce cri en tapant des mains. Il les avait reçus en cadeau pour son anniversaire et tout de suite il les aligna sur la table.

Les soldats se ressemblaient exactement, un seul était un peu différent, il n'avait qu'une jambe, ayant été fondu le dernier quand il ne restait plus assez de plomb. Il se tenait cependant sur son unique jambe aussi

fermement que les autres et c'est à lui, justement, qu'arriva cette singulière histoire.

Sur la table où l'enfant les avait alignés, il y avait beaucoup d'autres jouets, dont un joli château de carton qui frappait tout de suite le regard. A travers les petites fenêtres on pouvait voir jusque dans l'intérieur du salon. Au — dehors, de petits arbres entouraient un petit miroir figurant un lac sur lequel voguaient et se miraient des cygnes de cire. Tout l'ensemble était bien joli, mais le plus ravissant était une petite demoiselle debout sous le portail ouvert du château. Elle était également découpée dans du papier, mais portait une large jupe de fine batiste très claire, un étroit ruban bleu autour de ses épaules en guise d'écharpe sur laquelle scintillait une paillette aussi grande que tout son visage. La petite demoiselle tenait les deux bras levés, car c'était une danseuse, et elle levait aussi une jambe en l'air, si haut, que notre soldat ne la voyait même pas. Il crut que la petite danseuse n'avait qu'une jambe, comme lui-même.

« Voilà une femme pour moi, pensa-t-il, mais elle est de haute condition, elle habite un château, et moi je n'ai qu'une boîte dans laquelle nous sommes vingt-cinq, ce n'est guère un endroit digne d'elle. Cependant, tâchons de lier connaissance. »

Il s'étendit de tout son long derrière une tabatière qui se trouvait sur la table ; de là, il pouvait admirer à son aise l'exquise petite demoiselle qui continuait à se tenir debout sur une jambe sans perdre l'équilibre.

Lorsque la soirée s'avança, tous les autres soldats réintégrèrent leur boîte et les gens de la maison allèrent se coucher. Alors les jouets se mirent à jouer à la visite, à la guerre, au bal.

Les soldats de plomb s'entrechoquaient bruyamment dans la boîte, ils voulaient être de la fête, mais n'arrivaient pas à soulever le couvercle. Le casse-noisettes faisait des culbutes et la craie batifolait sur l'ardoise. Au milieu de ce tapage, le canari s'éveilla et se mit à gazouiller et cela en vers, s'il vous plaît. Les deux seuls à ne pas bouger de leur place étaient le soldat de plomb et la petite danseuse, elle toujours droite sur la pointe des pieds, les deux bras levés ; lui, bien ferme sur sa jambe unique. Pas un instant il ne la quittait des yeux.

L'horloge sonna minuit. Alors, clac ! le couvercle de la tabatière sauta, il n'y avait pas le moindre brin de tabac dedans (c'était une attrape), mais seulement un petit diable noir.

- Soldat de plomb, dit le diablotin, veux-tu bien mettre tes yeux dans ta poche ?

Mais le soldat de plomb fit semblant de ne pas entendre.

- Attends voir seulement jusqu'à demain, dit le diablotin.

Le lendemain matin, quand les enfants se levèrent, le soldat fut placé sur la fenêtre. Tout à coup — par le fait du petit diable ou par suite d'un courant d'air —, la fenêtre s'ouvrit brusquement, le soldat piqua, tête la première, du troisième étage. Quelle équipée ! Il atterrit la jambe en l'air, tête en bas, sur sa casquette, la baïonnette fichée entre les pavés.

La servante et le petit garçon descendirent aussitôt pour le chercher. Ils marchaient presque dessus, mais ne le voyaient pas. Bien sûr ! Si le soldat de plomb avait crié : « Je suis là », ils l'auraient découvert. Mais lui ne trouvait pas convenable de crier très haut puisqu'il était en uniforme.

La pluie se mit à tomber de plus en plus fort, une vraie trombe ! Quand elle fut passée, deux gamins des rues arrivèrent.

- Dis donc, dit l'un d'eux, voilà un soldat de plomb, on va lui faire faire un voyage.

D'un journal, ils confectionnèrent un bateau, placèrent le soldat au beau milieu, et le voilà descendant le ruisseau, les deux garçons courant à côté et battant des mains. Dieu ! Quelles vagues dans ce ruisseau ! Et quel courant ! Bien sûr, il avait plu à verse ! Le bateau de papier montait et descendait et tournoyait sur lui-même à faire trembler le soldat de plomb, mais il demeurait stoïque, sans broncher, et regardait droit devant lui, l'arme au bras.

Soudain le bateau entra sous une large planche couvrant le ruisseau. Il y faisait aussi sombre que s'il avait été dans sa boîte.

« Où cela va-t-il me mener ? pensa-t-il. C'est sûrement la faute du diable de la boîte. Hélas! Si la petite demoiselle était seulement assise à côté de moi dans le bateau, j'accepterais bien qu'il y fît deux fois plus sombre. »

A ce moment surgit un gros rat d'égout qui habitait sous la planche.

- Passeport! cria-t-il, montre ton passeport, vite !

Le soldat de plomb demeura muet, il serra seulement un peu plus fort son fusil. Le bateau continuait sa course et le rat lui courait après en grinçant des dents et il criait aux épingles et aux brins de paille en dérive.

- Arrêtez-le, arrêtez-le, il n'a pas payé de douane, ni montré son passeport !

Mais le courant devenait de plus en plus fort. Déjà, le soldat de plomb apercevait la clarté du jour là où s'arrêtait la planche, mais il entendait aussi un grondement dont même un brave pouvait s'effrayer. Le ruisseau, au bout de la planche, se jetait droit dans un grand canal. C'était pour lui aussi dangereux que pour nous de descendre en bateau une longue chute d'eau.

Il en était maintenant si près que rien ne pouvait l'arrêter. Le bateau fut projeté en avant, le pauvre soldat de plomb se tenait aussi raide qu'il le pouvait, personne ne pourrait plus tard lui reprocher d'avoir seulement cligné des yeux. L'esquif tournoya deux ou trois fois, s'emplit d'eau jusqu'au bord, il allait sombrer. Le soldat avait de l'eau jusqu'au cou et le bateau s'enfonçait toujours davantage, le papier s'amollissait de plus en plus, l'eau passa bientôt par-dessus la tête du navigateur. Alors, il pensa à la ravissante petite danseuse qu'il ne reverrait plus jamais, et à ses oreilles tinta la chanson :

Tu es en grand danger, guerrier!
Tu vas souffrir la malemort!

Le papier se déchira, le soldat passa au travers... mais, au même instant, un gros poisson l'avala.

Non ! Ce qu'il faisait sombre là-dedans ! Encore plus que sous la planche du ruisseau, et il était bien à l'étroit, notre soldat, mais toujours stoïque il resta couché de tout son long, l'arme au bras.

Le poisson s'agitait, des secousses effroyables le secouaient. Enfin, il demeura parfaitement tranquille, un éclair sembla le traverser. Puis, la lumière l'inonda d'un seul coup et quelqu'un cria : « Un soldat de plomb ! »

Le poisson avait été pêché, apporté au marché, vendu, monté à la cuisine où la servante l'avait ouvert avec un grand couteau. Elle saisit entre deux doigts le soldat par le milieu du corps et le porta au salon où tout le monde voulait voir un homme aussi remarquable, qui avait voyagé dans le ventre d'un poisson, mais lui n'était pas fier. On le posa sur la table...

Comme le monde est petit !... Il se retrouvait dans le même salon où il avait été primitivement, il revoyait les mêmes enfants, les mêmes jouets sur la table, le château avec l'exquise petite danseuse toujours debout sur une jambe et l'autre dressée en l'air ; elle aussi était stoïque.

Le soldat en était tout ému, il allait presque pleurer des larmes de plomb, mais cela ne se faisait pas... il la regardait et elle le regardait, mais ils ne dirent rien.

Soudain, un des petits garçons prit le soldat et le jeta dans le poêle sans aucun motif, sûrement encore sous l'influence du diable de la tabatière.

Le soldat de plomb tout ébloui sentait en lui une chaleur effroyable. Etait-ce le feu ou son grand amour ? Il n'avait plus ses belles couleurs, était-ce le voyage ou le chagrin ?

Il regardait la petite demoiselle et elle le regardait, il se sentait fondre, mais stoïque, il restait debout, l'arme au bras. Alors, la porte s'ouvrit, le vent saisit la danseuse et, telle une sylphide, elle s'envola directement dans le poêle près du soldat. Elle s'enflamma... et disparut. Alors, le soldat fondit, se réduisit en un petit tas, et lorsque la servante, le lendemain, vida les cendres, elle y trouva comme un petit cœur de plomb. De la danseuse, il ne restait rien que la paillette, toute noircie par le feu, noire comme du charbon.

La Petite Sirene

Au large dans la mer, l'eau est bleue comme les pétales du plus beau bleuet et transparente comme le plus pur cristal ; mais elle est si profonde qu'on ne peut y jeter l'ancre et qu'il faudrait mettre l'une sur l'autre bien des tours d'église pour que la dernière émerge à la surface. Tout en bas, les habitants des ondes ont leur demeure.

Mais n'allez pas croire qu'il n'y a là que des fonds de sable nu blanc, non il y pousse les arbres et les plantes les plus étranges dont les tiges et les feuilles sont si souples qu'elles ondulent au moindre mouvement de l'eau. On dirait qu'elles sont vivantes. Tous les poissons, grands et petits, glissent dans les branches comme ici les oiseaux dans l'air.

A l'endroit le plus profond s'élève le château du Roi de la Mer. Les murs en sont de corail et les hautes fenêtres pointues sont faites de l'ambre le plus transparent, mais le toit est en coquillages qui se ferment ou s'ouvrent au passage des courants. L'effet en est féerique car dans chaque coquillage il y a des perles brillantes dont une seule serait un ornement splendide sur la couronne d'une reine.

Le Roi de la Mer était veuf depuis de longues années, sa vieille maman tenait sa maison. C'était une femme d'esprit, mais fière de sa noblesse ; elle portait douze huîtres à sa queue, les autres dames de qualité n'ayant droit qu'à six. Elle méritait du reste de grands éloges et cela surtout parce qu'elle aimait infiniment les petites princesses de la mer, filles de son fils. Elles étaient six enfants charmantes, mais la plus jeune était la plus belle de toutes, la peau fine et transparente tel un pétale de rose blanche, les yeux bleus comme l'océan profond... mais comme toutes les autres, elle n'avait pas de pieds, son corps se terminait en queue de poisson.

Le château était entouré d'un grand jardin aux arbres rouges et bleu sombre, aux fruits rayonnants comme de l'or, les fleurs semblaient de feu, car leurs tiges et leurs pétales pourpres ondulaient comme des flammes. Le sol était fait du sable le plus fin, mais bleu comme le soufre en flammes. Sur tout cela planait une étrange lueur bleuâtre, on se serait cru très haut dans l'azur avec le ciel au-dessus et en dessous de soi, plutôt qu'au fond de la mer.

Par temps très calme, on apercevait le soleil comme une fleur de pourpre, dont la corolle irradiait des faisceaux de lumière.

Chaque princesse avait son carré de jardin où elle pouvait bêcher et planter à son gré, l'une donnait à sa corbeille de fleurs la forme d'une baleine, l'autre préférait qu'elle figurât une sirène, mais la plus jeune fit la sienne toute ronde comme le soleil et n'y planta que des fleurs éclatantes comme lui.

C'était une singulière enfant, silencieuse et réfléchie. Tandis que ses sœurs ornaient leurs jardinets des objets les plus disparates tombés de navires naufragés, elle ne voulut, en dehors des fleurs rouges comme le soleil de là-haut, qu'une statuette de marbre, un charmant jeune garçon taillé dans une pierre d'une blancheur pure, et échouée, par suite d'un naufrage, au fond de la mer. Elle planta près de la statue un saule pleureur rouge qui grandit à merveille.

Elle n'avait pas de plus grande joie que d'entendre parler du monde des humains. La grand-mère devait raconter tout ce qu'elle savait des bateaux et des

villes, des hommes et des bêtes et, ce qui l'étonnait le plus, c'est que là-haut, sur la terre, les fleurs eussent un parfum, ce qu'elles n'avaient pas au fond de la mer, et que la forêt y fût verte et que les poissons voltigeant dans les branches chantassent si délicieusement que c'en était un plaisir. C'étaient les oiseaux que la grand-mère appelait poissons, autrement les petites filles ne l'auraient pas comprise, n'ayant jamais vu d'oiseaux.

- Quand vous aurez vos quinze ans, dit la grand-mère, vous aurez la permission de monter à la surface, de vous asseoir au clair de lune sur les rochers et de voir passer les grands vaisseaux qui naviguent et vous verrez les forêts et les villes, vous verrez !!!

Au cours de l'année, l'une des sœurs eut quinze ans et comme elles se suivaient toutes à un an de distance, la plus jeune devait attendre cinq grandes années avant de pouvoir monter du fond de la mer.

Mais chacune promettait aux plus jeunes de leur raconter ce qu'elle avait vu de plus beau dès le premier jour, grand-mère n'en disait jamais assez à leur gré, elles voulaient savoir tant de choses !

Aucune n'était plus impatiente que la plus jeune, justement celle qui avait le plus longtemps à attendre, la silencieuse, la pensive...

Que de nuits elle passait debout à la fenêtre ouverte, scrutant la sombre eau bleue que les poissons battaient de leurs nageoires et de leur queue. Elle apercevait la lune et les étoiles plus pâles il est vrai à travers l'eau, mais plus grandes aussi qu'à nos yeux. Si parfois un nuage noir glissait au-dessous d'elles, la petite savait que c'était une baleine qui nageait dans la mer, ou encore un navire portant de nombreux hommes, lesquels ne pensaient sûrement pas qu'une adorable petite sirène, là, tout en bas, tendait ses fines mains blanches vers la quille du bateau.

Vint le temps où l'aînée des princesses eut quinze ans et put monter à la surface de la mer.

A son retour, elle avait mille choses à raconter mais le plus grand plaisir, disait-elle, était de s'étendre au clair de lune sur un banc de sable par une mer calme et de voir, tout près de la côte, la grande ville aux lumières

scintillantes comme des centaines d'étoiles, d'entendre la musique et tout ce vacarme des voitures et des gens, d'apercevoir tant de tours d'églises et de clochers, d'entendre sonner les cloches. Justement, parce qu'elle ne pouvait y aller, c'était de cela qu'elle avait le plus grand désir.

Oh ! comme la plus jeune sœur l'écoutait passionnément, et depuis lors, le soir, lorsqu'elle se tenait près de la fenêtre ouverte et regardait en haut à travers l'eau sombre et bleue, elle pensait à la grande ville et à ses rumeurs, et il lui semblait entendre le son des cloches descendant jusqu'à elle.

L'année suivante, il fut permis à la deuxième sœur de monter à la surface et de nager comme elle voudrait. Elle émergea juste au moment du coucher du soleil et ce spectacle lui parut le plus merveilleux. Tout le ciel semblait d'or et les nuages — comment décrire leur splendeur ? — pourpres et violets, ils voguaient au-dessus d'elle, mais, plus rapide qu'eux, comme un long voile blanc, une troupe de cygnes sauvages volaient très bas au-dessus de l'eau vers le soleil qui baissait. Elle avait nagé de ce côté, mais il s'était enfoncé, il avait disparu et la lueur rose s'était éteinte sur la mer et sur les nuages.

L'année suivante, ce fut le tour de la troisième sœur. Elle était la plus hardie de toutes, aussi remonta-t-elle le cours d'un large fleuve qui se jetait dans la mer. Elle vit de jolies collines vertes couvertes de vigns, des châteaux et des fermes apparaissaient au milieu des forêts, elle entendait les oiseaux chanter et le soleil ardent l'obligeait souvent à plonger pour rafraîchir son visage brûlant.

Dans une petite anse, elle rencontra un groupe d'enfants qui couraient tout nus et barbotaient dans l'eau. Elle aurait aimé jouer avec eux, mais ils s'enfuirent effrayés, et un petit animal noir — c'était un chien, mais elle n'en avait jamais vu — aboya si férocement après elle qu'elle prit peur et nagea vers le large.

La quatrième n'était pas si téméraire, elle resta au large et raconta que c'était là précisément le plus beau. On voyait à des lieues autour de soi et le ciel, au-dessus, semblait une grande cloche de verre. Elle avait bien vu des navires, mais de très loin, ils ressemblaient à de grandes mouettes, les dauphins avaient fait des culbutes et les immenses baleines avaient fait jaillir l'eau de leurs narines, des centaines de jets d'eau.

Vint enfin le tour de la cinquième sœur. Son anniversaire se trouvait en hiver, elle vit ce que les autres n'avaient pas vu. La mer était toute verte, de-ci de-là flottaient de grands icebergs dont chacun avait l'air d'une perle.

Elle était montée sur l'un d'eux et tous les voiliers s'écartaient effrayés de l'endroit où elle était assise, ses longs cheveux flottant au vent, mais vers le soir les nuages obscurcirent le ciel, il y eut des éclairs et du tonnerre, la mer noire élevait très haut les blocs de glace scintillant dans le zigzag de la foudre. Sur tous les bateaux, on carguait les voiles dans l'angoisse et l'inquiétude, mais elle, assise sur l'iceberg flottant, regardait la lame bleue de l'éclair tomber dans la mer un instant illuminée.

La première fois que l'une des sœurs émergeait à la surface de la mer, elle était toujours enchantée de la beauté, de la nouveauté du spectacle, mais, devenues des filles adultes, lorsqu'elles étaient libres d'y remonter comme elles le voulaient, cela leur devenait indifférent, elles regrettaient leur foyer et, au bout d'un mois, elles disaient que le fond de la mer c'était plus beau et qu'on était si bien chez soi !

Lorsque le soir les sœurs, se tenant par le bras, montaient à travers l'eau profonde, la petite dernière restait toute seule et les suivait des yeux ; elle aurait voulu pleurer, mais les sirènes n'ont pas de larmes et n'en souffrent que davantage.

- Hélas ! que n'ai-je quinze ans ! soupirait-elle. Je sais que moi j'aimerais le monde de là-haut et les hommes qui y construisent leurs demeures.

- Eh bien, tu vas échapper à notre autorité, lui dit sa grand-mère, la vieille reine douairière. Viens, que je te pare comme tes sœurs.

Elle mit sur ses cheveux une couronne de lys blancs dont chaque pétale était une demi-perle et elle lui fit attacher huit huîtres à sa queue pour marquer sa haute naissance.

- Cela fait mal, dit la petite.

- Il faut souffrir pour être belle, dit la vieille.

Oh ! que la petite aurait aimé secouer d'elle toutes ces parures et déposer cette lourde couronne ! Les fleurs rouges de son jardin lui seyaient mille fois mieux, mais elle n'osait pas à présent en changer.

- Au revoir, dit-elle, en s'élevant aussi légère et brillante qu'une bulle à travers les eaux.

Le soleil venait de se coucher lorsqu'elle sortit sa tête à la surface, mais les nuages portaient encore son reflet de rose et d'or et, dans l'atmosphère tendre, scintillait l'étoile du soir, si douce et si belle ! L'air était pur et frais, et la mer sans un pli.

Un grand navire à trois mâts se trouvait là, une seule voile tendue, car il n'y avait pas le moindre souffle de vent, et tous à la ronde sur les cordages et les vergues, les matelots étaient assis. On faisait de la musique, on chantait, et lorsque le soir s'assombrit, on alluma des centaines de lumières de couleurs diverses. On eût dit que flottaient dans l'air les drapeaux de toutes les nations.

La petite sirène nagea jusqu'à la fenêtre du salon du navire et, chaque fois qu'une vague la soulevait, elle apercevait à travers les vitres transparentes une réunion de personnes en grande toilette. Le plus beau de tous était un jeune

prince aux yeux noirs ne paraissant guère plus de seize ans. C'était son anniversaire, c'est pourquoi il y avait grande fête.

Les marins dansaient sur le pont et lorsque le jeune prince y apparut, des centaines de fusées montèrent vers le ciel et éclatèrent en éclairant comme en plein jour. La petite sirène en fut tout effrayée et replongea dans l'eau, mais elle releva bien vite de nouveau la tête et il lui parut alors que toutes les étoiles du ciel tombaient sur elle. Jamais elle n'avait vu pareille magie embrasée. De grands soleils flamboyants tournoyaient, des poissons de feu s'élançaient dans l'air bleu et la mer paisible réfléchissait toutes ces lumières. Sur le navire, il faisait si clair qu'on pouvait voir le moindre cordage et naturellement les personnes. Que le jeune prince était beau, il serrait les mains à la ronde, tandis que la musique s'élevait dans la belle nuit !

Il se faisait tard mais la petite sirène ne pouvait détacher ses regards du bateau ni du beau prince. Les lumières colorées s'éteignirent, plus de fusées dans l'air, plus de canons, seulement, dans le plus profond de l'eau un sourd grondement.

Elle flottait sur l'eau et les vagues la balançaient, en sorte qu'elle voyait l'intérieur du salon. Le navire prenait de la vitesse, l'une après l'autre on larguait les voiles, la mer devenait houleuse, de gros nuages parurent, des éclairs sillonnèrent au loin le ciel. Il allait faire un temps épouvantable ! Alors, vite les matelots replièrent les voiles. Le grand navire roulait dans une course folle sur la mer démontée, les vagues, en hautes montagnes noires, déferlaient sur le grand mât comme pour l'abattre, le bateau plongeait comme un cygne entre les lames et s'élevait ensuite sur elles.

Les marins, eux, si la petite sirène s'amusait de cette course, semblaient ne pas la goûter, le navire craquait de toutes parts, les épais cordages ployaient sous les coups. La mer attaquait. Bientôt le mât se brisa par le milieu comme un simple roseau, le bateau prit de la bande, l'eau envahit la cale.

Alors seulement la petite sirène comprit qu'il y avait danger, elle devait elle-même se garder des poutres et des épaves tourbillonnant dans l'eau.

Un instant tout fut si noir qu'elle ne vit plus rien et, tout à coup, le temps d'un éclair, elle les aperçut tous sur le pont. Chacun se sauvait comme il pouvait. C'était le jeune prince qu'elle cherchait du regard et, lorsque le bateau s'entrouvrit, elle le vit s'enfoncer dans la mer profonde.

Elle en eut d'abord de la joie à la pensée qu'il descendait chez elle, mais ensuite elle se souvint que les hommes ne peuvent vivre dans l'eau et qu'il ne pourrait atteindre que mort le château de son père.

Non ! il ne fallait pas qu'il mourût ! Elle nagea au milieu des épaves qui pouvaient l'écraser, plongea profondément puis remonta très haut au milieu des vagues, et enfin elle approcha le prince. Il n'avait presque plus la force de nager, ses bras et ses jambes déjà s'immobilisaient, ses beaux yeux se fermaient, il serait mort sans la petite sirène.

Quand vint le matin, la tempête s'était apaisée, pas le moindre débris du bateau n'était en vue ; le soleil se leva, rouge et étincelant et semblant ranimer les joues du prince, mais ses yeux restaient clos. La petite sirène déposa un baiser sur son beau front élevé et repoussa ses cheveux ruisselants.

Elle voyait maintenant devant elle la terre ferme aux hautes montagnes bleues couvertes de neige, aux belles forêts vertes descendant jusqu'à la côte. Une église ou un cloître s'élevait là — elle ne savait au juste, mais un bâtiment.

Des citrons et des oranges poussaient dans le jardin et devant le portail se dressaient des palmiers. La mer creusait là une petite crique à l'eau parfaitement calme, mais très profonde, baignant un rivage rocheux couvert d'un sable blanc très fin. Elle nagea jusque-là avec le beau prince, le déposa sur le sable en ayant soin de relever sa tête sous les chauds rayons du soleil.

Les cloches se mirent à sonner dans le grand édifice blanc et des jeunes filles traversèrent le jardin. Alors la petite sirène s'éloigna à la nage et se cacha derrière quelque haut récif émergeant de l'eau, elle couvrit d'écume ses cheveux et sa gorge pour passer inaperçue et se mit à observer qui allait venir vers le pauvre prince.

Une jeune fille ne tarda pas à s'approcher, elle eut d'abord grand-peur, mais un instant seulement, puis elle courut chercher du monde. La petite sirène vit le prince revenir à lui, il sourit à tous à la ronde, mais pas à elle, il ne savait pas qu'elle l'avait sauvé. Elle en eut grand-peine et lorsque le prince eut été porté dans le grand bâtiment, elle plongea désespérée et retourna chez elle au palais de son père.

Elle avait toujours été silencieuse et pensive, elle le devint bien davantage. Ses sœurs lui demandèrent ce qu'elle avait vu là-haut, mais elle ne raconta rien.

Bien souvent le soir et le matin elle montait jusqu'à la place où elle avait laissé le prince. Elle vit mûrir les fruits du jardin et elle les vit cueillir, elle vit la neige fondre sur les hautes montagnes, mais le prince, elle ne le vit pas, et elle retournait chez elle toujours plus désespérée.

A la fin elle n'y tint plus et se confia à l'une de ses sœurs. Aussitôt les autres furent au courant, mais elles seulement et deux ou trois autres sirènes qui ne le répétèrent qu'à leurs amies les plus intimes. L'une d'elles savait qui était le prince, elle avait vu aussi la fête à bord, elle savait d'où il était, où se trouvait son royaume.

- Viens, petite sœur, dirent les autres princesses.

Et, s'enlaçant, elles montèrent en une longue chaîne vers la côte où s'élevait le château du prince.

Par les vitres claires des hautes fenêtres on voyait les salons magnifiques où pendaient de riches rideaux de soie et de précieuses portières. Les murs s'ornaient, pour le plaisir des yeux, de grandes peintures. Dans la plus grande salle chantait un jet d'eau jaillissant très haut vers la verrière du plafond.

Elle savait maintenant où il habitait et elle revint souvent, le soir et la nuit. Elle s'avançait dans l'eau bien plus près du rivage qu'aucune de ses sœurs n'avait osé le faire, oui, elle entra même dans l'étroit canal passant sous le balcon de marbre qui jetait une longue ombre sur l'eau et là elle restait à regarder le jeune prince qui se croyait seul au clair de lune.

Bien des nuits, lorsque les pêcheurs étaient en mer avec leurs torches, elle les entendit dire du bien du jeune prince, elle se réjouissait de lui avoir sauvé la vie lorsqu'il roulait à demi mort dans les vagues. Elle songeait au poids de sa tête sur sa jeune poitrine et de quels fervents baisers elle l'avait couvat. Lui ne savait rien de tout cela, il ne pouvait même pas rêver d'elle.

De plus en plus elle en venait à chérir les humains, de plus en plus elle désirait pouvoir monter parmi eux, leur monde, pensait-elle, était bien plus vaste que le sien. Ne pouvaient-ils pas sur leurs bateaux sillonner les mers, escalader les montagnes bien au-dessus des nuages et les pays qu'ils possédaient ne s'étendaient-ils pas en forêts et champs bien au-delà de ce que ses yeux pouvaient saisir ?

Elle voulait savoir tant de choses pour lesquelles ses sœurs n'avaient pas toujours de réponses, c'est pourquoi elle interrogea sa vieille grand-mère, bien informée sur le monde d'en haut, comme elle appelait fort justement les pays au-dessus de la mer.

- Si les hommes ne se noient pas, demandait la petite sirène, peuvent-ils vivre toujours et ne meurent-ils pas comme nous autres ici au fond de la mer ?

- Si, dit la vieille, il leur faut mourir aussi et la durée de leur vie est même plus courte que la nôtre. Nous pouvons atteindre trois cents ans, mais lorsque nous cessons d'exister ici nous devenons écume sur les flots, sans même une tombe parmi ceux que nous aimons. Nous n'avons pas d'âme immortelle, nous ne reprenons jamais vie, pareils au roseau vert qui, une fois coupé, ne reverdit jamais.

Les hommes au contraire ont une âme qui vit éternellement, qui vit lorsque leur corps est retourné en poussière. Elle s'élève dans l'air limpide jusqu'aux étoiles scintillantes.

De même que nous émergeons de la mer pour voir les pays des hommes, ils montent vers des pays inconnus et pleins de délices que nous ne pourrons voir jamais.

- Pourquoi n'avons-nous pas une âme éternelle ? dit la petite, attristée ; je donnerais les centaines d'années que j'ai à vivre pour devenir un seul jour un être humain et avoir part ensuite au monde céleste !

- Ne pense pas à tout cela, dit la vieille, nous vivons beaucoup mieux et sommes bien plus heureux que les hommes là-haut.

- Donc, il faudra que je meure et flotte comme écume sur la mer et n'entende jamais plus la musique des vagues, ne voil plus les fleurs ravissantes et le rouge soleil. Ne puis-je rien faire pour gagner une vie éternelle ?

- Non, dit la vieille, à moins que tu sois si chère à un homme que tu sois pour lui plus que père et mère, qu'il s'attache à toi de toutes ses pensées, de tout son amour, qu'il fasse par un prêtre mettre sa main droite dans la tienne en te promettant fidélité ici-bas et dans l'éternité. Alors son âme glisserait dans ton corps et tu aurais part au bonheur humain. Il te donnerait une âme et conserverait la sienne. Mais cela ne peut jamais arriver. Ce qui est ravissant ici dans la mer, ta queue de poisson, il la trouve très laide là-haut sur la terre. Ils n'y entendent rien, pour être beau, il leur faut avoir deux grossières colonnes qu'ils appellent des jambes.

La petite sirène soupira et considéra sa queue de poisson avec désespoir.

- Allons, un peu de gaieté, dit la vieille, nous avons trois cents ans pour sauter et danser, c'est un bon laps de temps. Ce soir il y a bal à la cour. Il sera toujours temps de sombrer dans le néant.

Ce bal fut, il est vrai, splendide, comme on n'en peut jamais voir sur la terre. Les murs et le plafond, dans la grande salle, étaient d'un verre épais, mais clair. Plusieurs centaines de coquilles roses et vert pré étaient rangées de chaque côté et jetaient une intense clarté de feu bleue qui illuminait toute la salle et brillait à travers les murs de sorte que la mer, au-dehors, en était tout illuminée. Les poissons innombrables, grands et petits, nageaient contre les murs de verre, luisants d'écailles pourpre ou étincelants comme l'argent et l'or.

Au travers de la salle coulait un large fleuve sur lequel dansaient tritons et sirènes au son de leur propre chant délicieux. La voix de la petite sirène était la plus jolie de toutes, on l'applaudissait et son cœur en fut un instant éclairé de joie car elle savait qu'elle avait la plus belle voix sur terre et sous l'onde.

Mais très vite elle se reprit à penser au monde au-dessus d'elle, elle ne pouvait oublier le beau prince ni son propre chagrin de ne pas avoir comme lui une âme immortelle. C'est pourquoi elle se glissa hors du château de son père et, tandis que là tout était chants et gaieté, elle s'assit, désespérée, dans son petit jardin.

Soudain elle entendit le son d'un cor venant vers elle à travers l'eau.

- Il s'embarque sans doute là-haut maintenant, celui que j'aime plus que père et mère, celui vers lequel vont toutes mes pensées et dans la main de qui je mettrais tout le bonheur de ma vie. J'oserais tout pour les gagner, lui et une âme immortelle. Pendant que mes sœurs dansent dans le château de mon père, j'irai chez la sorcière marine, elle m'a toujours fait si peur, mais peut-être pourra-t-elle me conseiller et m'aider !

Alors la petite sirène sortit de son jardin et nagea vers les tourbillons mugissants derrière lesquels habitait la sorcière. Elle n'avait jamais été de ce côté où ne poussait aucune fleur, aucune herbe marine, il n'y avait là rien qu'un

fond de sable gris et nu s'étendant jusqu'au gouffre. L'eau y bruissait comme une roue de moulin, tourbillonnait et arrachait tout ce qu'elle pouvait atteindre et l'entraînait vers l'abîme. Il fallait à la petite traverser tous ces terribles tourbillons pour arriver au quartier où habitait la sorcière, et sur un long trajet il fallait passer au-dessus de vases chaudes et bouillonnantes que la sorcière appelait sa tourbière. Au-delà s'élevait sa maison au milieu d'une étrange forêt. Les arbres et les buissons étaient des polypes, mi-animaux mi-plantes, ils avaient l'air de serpents aux centaines de têtes sorties de terre. Toutes les branches étaient des bras, longs et visqueux, aux doigts souples comme des vers et leurs anneaux remuaient de la racine à la pointe. Ils s'enroulaient autour de tout ce qu'ils pouvaient saisir dans la mer et ne lâchaient jamais prise.

Debout dans la forêt la petite sirène s'arrêta tout effrayée, son cœur battait d'angoisse et elle fut sur le point de s'en retourner, mais elle pensa au prince, à l'âme humaine et elle reprit courage. Elle enroula, bien serrés autour de sa tête, ses longs cheveux flottants pour ne pas donner prise aux polypes, croisa ses mains sur sa poitrine et s'élança comme le poisson peut voler à travers l'eau, au milieu des hideux polypes qui étendaient vers elle leurs bras et leurs doigts.

Elle arriva dans la forêt à un espace visqueux où s'ébattaient de grandes couleuvres d'eau montrant des ventres jaunâtres, affreux et gras. Au milieu de cette place s'élevait une maison construite en ossements humains. La sorcière y était assise et donnait à manger à un crapaud sur ses lèvres, comme on donne du sucre à un canari.

- Je sais bien ce que tu veux, dit la sorcière, et c'est bien bête de ta part ! Mais ta volonté sera faite car elle t'apportera le malheur, ma charmante princesse. Tu voudrais te débarrasser de ta queue de poisson et avoir à sa place deux moignons pour marcher comme le font les hommes afin que le jeune prince s'éprenne de toi, que tu puisses l'avoir, en même temps qu'une âme immortelle.

A cet instant, la sorcière éclata d'un rire si bruyant et si hideux que le crapaud et les couleuvres tombèrent à terre et grouillèrent.

- Tu viens juste au bon moment, ajouta-t-elle, demain matin, au lever du soleil, je n'aurais plus pu t'aider avant une année entière. Je vais te préparer un breuvage avec lequel tu nageras, avant le lever du jour, jusqu'à la côte et là, assise sur la grève, tu le boiras. Alors ta queue se divisera et se rétrécira jusqu'à devenir ce que les hommes appellent deux jolies jambes, mais cela fait mal, tu souffriras comme si la lame d'une épée te traversait. Tous, en te voyant, diront que tu es la plus ravissante enfant des hommes qu'ils aient jamais vue. Tu garderas ta démarche ailée, nulle danseuse n'aura ta légèreté, mais chaque pas que tu feras sera comme si tu marchais sur un couteau effilé qui ferait couler ton sang. Si tu veux souffrir tout cela, je t'aiderai.

- Oui, dit la petite sirène d'une voix tremblante en pensant au prince et à son âme immortelle.

- Mais n'oublie pas, dit la sorcière, que lorsque tu auras une apparence humaine, tu ne pourras jamais redevenir sirène, jamais redescendre auprès de tes sœurs dans le palais de ton père. Et si tu ne gagnes pas l'amour du prince au point qu'il oublie pour toi son père et sa mère, qu'il s'attache à toi de toutes ses pensées et demande au pasteur d'unir vos mains afin que vous soyez mari et femme, alors tu n'auras jamais une âme immortelle. Le lendemain matin du jour où il en épouserait une autre, ton cœur se briserait et tu ne serais plus qu'écume sur la mer.

- Je le veux, dit la petite sirène, pâle comme une morte.

- Mais moi, il faut aussi me payer, dit la sorcière, et ce n'est pas peu de chose

que je te demande. Tu as la plus jolie voix de toutes ici-bas et tu crois sans doute grâce à elle ensorceler ton prince, mais cette voix, il faut me la donner. Le meilleur de ce que tu possèdes, il me le faut pour mon précieux breuvage ! Moi, j'y mets de mon sang afin qu'il soit coupant comme une lame à deux tranchants.

- Mais si tu prends ma voix, dit la petite sirène, que me restera-t-il ?

- Ta forme ravissante, ta démarche ailée et le langage de tes yeux, c'est assez pour séduire un cœur d'homme. Allons, as-tu déjà perdu courage ? Tends ta jolie langue, afin que je la coupe pour me payer et je te donnerai le philtre tout puissant.

- Qu'il en soit ainsi, dit la petite sirène, et la sorcière mit son chaudron sur le feu pour faire cuire la drogue magique.

- La propreté est une bonne chose, dit-elle en récurant le chaudron avec les couleuvres dont elle avait fait un nœud.

Elle s'égratigna le sein et laissa couler son sang épais et noir. La vapeur s'élevait en silhouettes étranges, terrifiantes. A chaque instant la sorcière jetait quelque chose dans le chaudron et la mixture se mit à bouillir, on eût cru entendre pleurer un crocodile. Enfin le philtre fut à point, il était clair comme l'eau la plus pure !

- Voilà, dit la sorcière et elle coupa la langue de la petite sirène. Muette, elle ne pourrait jamais plus ni chanter, ni parler.

- Si les polypes essayent de t'agripper, lorsque tu retourneras à travers la forêt, jette une seule goutte de ce breuvage sur eux et leurs bras et leurs doigts se briseront en mille morceaux.

La petite sirène n'eut pas à le faire, les polypes reculaient effrayés en voyant le philtre lumineux qui brillait dans sa main comme une étoile. Elle traversa rapidement la forêt, le marais et le courant mugissant.

Elle était devant le palais de son père. Les lumières étaient éteintes dans la grande salle de bal, tout le monde dormait sûrement, et elle n'osa pas aller auprès des siens maintenant qu'elle était muette et allait les quitter pour toujours. Il lui sembla que son cœur se brisait de chagrin. Elle se glissa dans le jardin, cueillit une fleur du parterre de chacune de ses sœurs, envoya de ses doigts mille baisers au palais et monta à travers l'eau sombre et bleue de la mer.

Le soleil n'était pas encore levé lorsqu'elle vit le palais du prince et gravit les degrés du magnifique escalier de marbre. La lune brillait merveilleusement claire. La petite sirène but l'âpre et brûlante mixture, ce fut comme si une épée à deux tranchants fendait son tendre corps, elle s'évanouit et resta étendue comme morte. Lorsque le soleil resplendit au-dessus des flots, elle revint à elle et ressentit une douleur aiguë. Mais devant elle, debout, se tenait le jeune prince, ses yeux noirs fixés si intensément sur elle qu'elle en baissa les siens et vit qu'à la place de sa queue de poisson disparue, elle avait les plus jolies jambes blanches qu'une jeune fille pût avoir. Et comme elle était tout à fait nue, elle s'enveloppa dans sa longue chevelure.

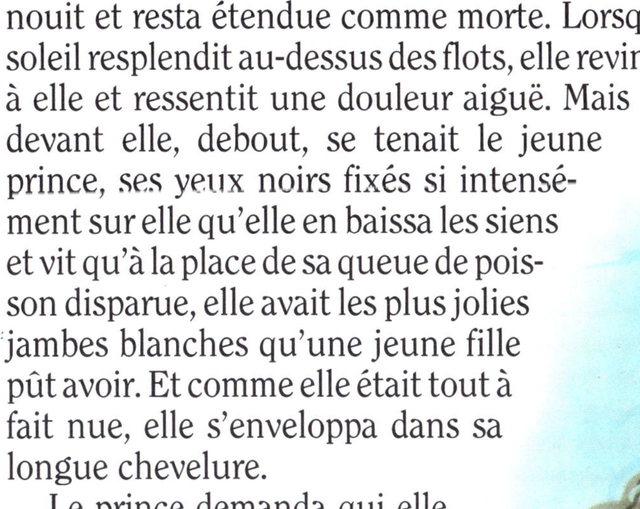

Le prince demanda qui elle était, comment elle était venue là, et elle leva vers lui doucement, mais tristement, ses grands yeux bleus puis qu'elle ne pouvait parler.

Alors il la prit par la main et la conduisit au palais. A chaque pas, comme la sorcière

l'en avait prévenue, il lui semblait marcher sur des aiguilles pointues et des couteaux aiguisés, mais elle supportait son mal. Sa main dans la main du prince, elle montait aussi légère qu'une bulle et lui-même et tous les assistants s'émerveillèrent de sa démarche gracieuse et ondulante.

On lui fit revêtir les plus précieux vêtements de soie et de mousseline, elle était au château la plus belle, mais elle restait muette. Des esclaves ravissantes, parées

de soie et d'or, venaient chanter devant le prince et ses royaux parents. L'une d'elles avait une voix plus belle encore que les autres. Le prince l'applaudissait et lui souriait, alors une tristesse envahit la petite sirène, elle savait qu'elle-même aurait chanté encore plus merveilleusement et elle pensait : « Oh ! si seulement il savait que pour rester près de lui, j'ai renoncé à ma voix à tout jamais ! »

Puis les esclaves commencèrent à exécuter au son d'une musique admirable, des danses légères et gracieuses. Alors la petite sirène, élevant ses beaux bras blancs, se dressa sur la pointe des pieds et dansa avec plus de grâce qu'aucune autre. Chaque mouvement révélait davantage le charme de tout son être et ses yeux s'adressaient au cœur plus profondément que le chant des esclaves.

Tous en étaient enchantés et surtout le prince qui l'appelait sa petite enfant trouvée.

Elle continuait à danser et danser mais chaque fois que son pied touchait le sol, c'était comme si elle avait marché sur des couteaux aiguisés. Le prince voulut l'avoir toujours auprès de lui, il lui permit de dormir devant sa porte sur un coussin de velours.

Il lui fit faire un habit d'homme pour qu'elle pût le suivre à cheval. Ils chevauchaient à travers les bois embaumés où les branches vertes lui battaient les épaules, et les petits oiseaux chantaient dans le frais feuillage. Elle grimpa avec le prince sur les hautes montagnes et quand ses pieds si délicats saignaient et que les autres s'en apercevaient, elle riait et le suivait là-haut d'où ils admiraient les nuages défilant au-dessous d'eux comme un vol d'oiseau migrateur partant vers des cieux lointains.

La nuit, au château du prince, lorsque les autres dormaient, elle sortait sur le large escalier de marbre et, debout dans l'eau froide, elle rafraîchissait ses pieds brûlants. Et puis, elle pensait aux siens, en bas, au fond de la mer.

Une nuit elle vit ses sœurs qui nageaient enlacées, elles chantaient tristement et elle leur fit signe. Ses sœurs la reconnurent et lui dirent combien elle avait fait de peine à tous. Depuis lors, elles lui rendirent visite chaque soir, une fois même la petite sirène aperçut au loin sa vieille grand-mère qui depuis bien des années n'était montée à travers la mer et même le roi, son père, avec sa couronne sur la tête. Tous deux lui tendaient le bras mais n'osaient s'approcher autant que ses sœurs.

De jour en jour, elle devenait plus chère au prince ; il l'aimait comme on aime un gentil enfant tendrement chéri, mais en faire une reine ! Il n'en avait pas la moindre idée, et c'est sa femme qu'il fallait qu'elle devînt, sinon elle n'aurait jamais une âme immortelle et, au matin qui suivrait le jour de ses noces, elle ne serait plus qu'écume sur la mer.

- Ne m'aimes-tu pas mieux que toutes les autres ? semblaient dire les yeux de la petite sirène quand il la prenait dans ses bras et baisait son beau front.

- Oui, tu m'es la plus chère, disait le prince, car ton cœur est le meilleur, tu m'es la plus dévouée et tu ressembles à une jeune fille une fois aperçue, mais que je ne retrouverai sans doute jamais. J'étais sur un vaisseau qui fit naufrage, les vagues me jetèrent sur la côte près d'un temple desservi par quelques jeunes filles ; la plus jeune me trouva sur le rivage et me sauva la vie. Je ne l'ai vue que deux fois et elle est la seule que j'eusse pu aimer d'amour en ce monde, mais toi tu lui ressembles, tu effaces presque son image dans mon âme puisqu'elle appartient au temple. C'est ma bonne étoile qui t'a envoyée à moi. Nous ne nous quitterons jamais.

« Hélas ! il ne sait pas que c'est moi qui ai sauvé sa vie ! pensait la petite sirène. Je l'ai porté sur les flots jusqu'à la forêt près de laquelle s'élève le temple, puis je me cachais derrière l'écume et regardais si personne ne viendrait. J'ai vu la belle jeune fille qu'il aime plus que moi. »

La petite sirène poussa un profond soupir. Pleurer, elle ne le pouvait pas.

- La jeune fille appartient au lieu saint, elle n'en sortira jamais pour retourner dans le monde, ils ne se rencontreront plus, moi, je suis chez lui, je le vois tous les jours, je le soignerai, je l'adorerai, je lui dévouerai ma vie.

Mais voilà qu'on commence à murmurer que le prince va se marier, qu'il épouse la ravissante jeune fille du roi voisin, que c'est pour cela qu'il arme un vaisseau magnifique... On dit que le prince va voyager pour voir les Etats du roi voisin, mais c'est plutôt pour voir la fille du roi voisin et une grande suite l'accompagnera... Mais la petite sirène secoue la tête et rit, elle connaît les pensées du prince bien mieux que tous les autres.

- Je dois partir en voyage, lui avait-il dit. Je dois voir la belle princesse, mes parents l'exigent, mais m'obliger à la ramener ici, en faire mon épouse, cela ils n'y réussiront pas, je ne peux pas l'aimer d'amour, elle ne ressemble pas comme toi à la belle jeune fille du temple. Si je devais un jour choisir une épouse ce serait plutôt toi, mon enfant trouvée qui ne dis rien, mais dont les yeux parlent.

Et il baisait ses lèvres rouges, jouait avec ses longs cheveux et posait sa tête sur son cœur qui se mettait à rêver de bonheur humain et d'une âme immortelle.

- Toi, tu n'as sûrement pas peur de la mer, ma petite muette chérie ! lui dit-il lorsqu'ils montèrent à bord du vaisseau qui devait les conduire dans le pays du roi voisin.

Il lui parlait de la mer tempétueuse et de la mer calme, des étranges poissons des grandes profondeurs et de ce que les plongeurs y avaient vu. Elle souriait de ce qu'il racontait, ne connaissait-elle pas mieux que quiconque le fond de l'océan ?

Dans la nuit, au clair de lune, alors que tous dormaient à bord, sauf le marin au gouvernail, debout près du bastingage elle scrutait l'eau limpide, il lui semblait voir le château de son père et, dans les combles, sa vieille grand-mère, couronne d'argent sur la tête, cherchant des yeux à travers les courants la quille du bateau. Puis ses sœurs arrivèrent à la surface, la regardant tristement et tordant leurs mains blanches. Elle leur fit signe, leur sourit, voulut leur dire que tout allait bien, qu'elle était heureuse, mais un mousse s'approchant, les sœurs replongèrent et le garçon demeura persuadé que cette blancheur apercue n'était qu'écume sur l'eau.

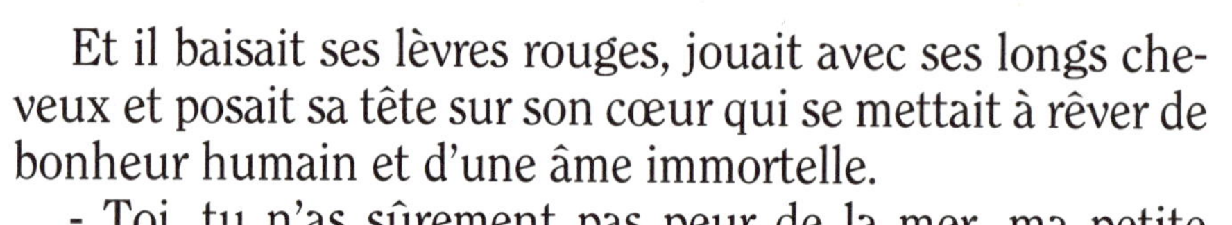

Le lendemain matin le vaisseau fit son entrée dans le port splendide de la capitale du roi voisin. Les cloches des églises sonnaient, du haut des tours on soufflait dans les trompettes tandis que les soldats sous les drapeaux flottants présentaient les armes.

Chaque jour il y eut fête ; bals et réceptions se succédaient mais la princesse ne paraissait pas encore. On disait qu'elle était élevée au loin, dans un couvent où lui étaient enseignées toutes les vertus royales.

Elle vint, enfin !

La petite sirène était fort impatiente de juger de sa beauté. Il lui fallut reconnaître qu'elle n'avait jamais vu fille plus gracieuse. Sa peau était douce et pâle et derrière les longs cils deux yeux fidèles, d'un bleu sombre, souriaient. C'était la jeune fille du temple . . .

- C'est toi ! dit le prince, je te retrouve — toi qui m'as sauvé lorsque je gisais comme mort sur la grève ! Et il serra dans ses bras sa fiancée rougissante. Oh ! je suis trop heureux, dit-il à la petite sirène. Voilà que se réalise ce que je n'eusse jamais osé espérer. Toi qui m'aimes mieux que tous les autres, tu te réjouiras de mon bonheur.

La petite sirène lui baisait les mains, mais elle sentait son cœur se briser. Ne devait-elle pas mourir au matin qui suivrait les noces ? Mourir et n'être plus qu'écume sur la mer !

Des hérauts parcouraient les rues à cheval proclamant les fiançailles. Bientôt toutes les cloches des églises sonnèrent, sur tous les autels des huiles parfumées brûlaient dans de précieux vases d'argent, les prêtres balancèrent les encensoirs et les époux se tendirent la main et reçurent la bénédiction de l'évêque.

La petite sirène, vêtue de soie et d'or, tenait la traîne de la mariée mais elle n'entendait pas la musique sacrée, ses yeux ne voyaient pas la cérémonie sainte, elle pensait à la nuit de sa mort, à tout ce qu'elle avait perdu en ce monde.

Le soir même les époux s'embarquèrent aux salves des canons, sous les drapeaux flottants.

Au milieu du pont, une tente d'or et de pourpre avait été dressée, garnie de coussins moelleux où les époux reposeraient dans le calme et la fraîcheur de la nuit.

Les voiles se gonflèrent au vent et le bateau glissa sans effort et sans presque se balancer sur la mer limpide. La nuit venue on alluma des lumières de toutes les couleurs et les marins se mirent à danser.

La petite sirène pensait au soir où, pour la première fois, elle avait émergé de la mer et avait aperçu le même faste et la même joie. Elle se jeta dans le tourbillon de la danse, ondulant comme ondule un cygne pourchassé et tout le monde l'acclamait et l'admirait : elle n'avait jamais dansé si divinement. Si des lames aiguës transperçaient ses pieds délicats, elle ne les sentait même pas, son cœur était meurtri d'une bien plus grande douleur. Elle savait qu'elle le voyait pour la dernière fois, lui, pour lequel elle avait abandonné les siens et son foyer, perdu sa voix exquise et souffert chaque jour d'indicibles tourments, sans qu'il en eût connaissance. C'était la dernière nuit où elle respirait le même air que lui, la dernière fois qu'elle pouvait admirer cette mer profonde, ce ciel plein d'étoiles.

La nuit éternelle, sans pensée et sans rêve, l'attendait, elle qui n'avait pas d'âme et n'en pouvait espérer.

Sur le navire tout fut plaisir et réjouissance jusque bien avant dans la nuit. Elle dansait et riait mais la pensée de la mort était dans son cœur. Le prince embrassait son exquise épouse qui caressait les cheveux noirs de son époux, puis la tenant à son bras il l'amena se reposer sous la tente splendide.

Alors, tout fut silence et calme sur le navire. Seul veillait l'homme à la barre. La petite sirène appuya ses bras sur le bastingage et chercha à l'orient la première lueur rose de l'aurore, le premier rayon du soleil qui allait la tuer.

Soudain elle vit ses sœurs apparaître au-dessus de la mer. Elles étaient pâles comme elle-même, leurs longs cheveux ne flottaient plus au vent, on les avait coupés.

- Nous les avons sacrifiés chez la sorcière pour qu'elle nous aide, pour que tu ne meures pas cette nuit. Elle nous a donné un couteau. Le voici. Regarde comme il est aiguisé . . . Avant que le jour ne se lève, il faut que tu le plonges dans le cœur du prince et lorsque son sang tout chaud tombera sur tes pieds, ils se réuniront en une queue de poisson et tu redeviendras sirène. Tu pourras descendre sous l'eau jusque chez nous et vivre trois cents ans avant de devenir un peu d'écume salée. Hâte-toi ! L'un de vous deux doit mourir avant l'aurore. Notre vieille grand-mère a tant de chagrin qu'elle a, comme nous, laissé couper ses cheveux blancs par les ciseaux de la sorcière. Tue le prince, et reviens-nous. Hâte-toi ! Ne vois-tu pas déjà cette traînée rose à l'horizon ? Dans quelques minutes le soleil se lèvera et il te faudra mourir.

Un soupir étrange monta à leurs lèvres et elles s'enfoncèrent dans les vagues.

La petite sirène écarta le rideau de pourpre de la tente, elle vit la douce épousée dormant la tête appuyée sur l'épaule du prince. Alors elle se pencha et posa un baiser sur le beau front du jeune homme. Son regard chercha le ciel de plus

en plus envahi par l'aurore, puis le poignard pointu, puis à nouveau le prince, lequel, dans son sommeil, murmurait le nom de son épouse qui occupait seule ses pensées, et le couteau trembla dans sa main. Alors, tout à coup, elle le lança au loin dans les vagues qui rougirent à l'endroit où il toucha les flots comme si des gouttes de sang jaillissaient à la surface. Une dernière fois, les yeux voilés, elle contempla le prince et se jeta dans la mer où elle sentit son corps se dissoudre en écume.

Maintenant le soleil surgissait majestueusement de la mer. Ses rayons tombaient doux et chauds sur l'écume glacée et la petite sirène ne sentait pas la mort. Elle voyait le clair soleil et, au-dessus d'elle, planaient des centaines de charmants êtres transparents. A travers eux, elle apercevait les voiles blanches du navire, les nuages roses du ciel, leurs voix étaient mélodieuses, mais si immatérielles qu'aucune oreille terrestre ne pouvait les capter, pas plus qu'aucun regard humain ne pouvait les voir. Sans ailes, elles flottaient par leur seule légèreté à travers l'espace. La petite sirène sentit qu'elle avait un corps comme le leur, qui s'élevait de plus en plus haut au-dessus de l'écume.

- Où vais-je ? demanda-t-elle. Et sa voix, comme celle des autres êtres, était si immatérielle qu'aucune musique humaine ne peut l'exprimer.

- Chez les filles de l'air, répondirent-elles. Une sirène n'a pas d'âme immortelle, ne peut jamais en avoir, à moins de gagner l'amour d'un homme. C'est d'une volonté étrangère que dépend son existence éternelle. Les filles de l'air n'ont pas non plus d'âme immortelle, mais elles peuvent, par leurs bonnes actions, s'en créer une. Nous nous envolons vers les pays chauds où les effluves de la peste tuent les hommes, nous y soufflons la fraîcheur. Nous répandons le parfum des fleurs dans l'atmosphère et leur arôme porte le réconfort et la guérison. Lorsque durant trois cents ans nous nous sommes efforcées de faire le bien, tout le bien que nous pouvons, nous obtenons une âme immortelle et prenons part à l'éternelle félicité des hommes. Toi, pauvre petite sirène, tu as de tout cœur cherché le bien comme nous, tu as souffert et supporté de souffrir, tu t'es haussée jusqu'au monde des esprits de l'air, maintenant tu peux toi-même, par tes bonnes actions, te créer une âme immortelle dans trois cents ans.

Alors, la petite sirène leva ses bras transparents vers le soleil de Dieu et, pour la première fois, des larmes montèrent à ses yeux.

Sur le bateau, la vie et le bruit avaient repris, elle vit le prince et sa belle épouse la chercher de tous côtés, elle les vit fixer tristement leurs regards sur l'écume dansante, comme s'ils avaient deviné qu'elle s'était précipitée dans les vagues. Invisible elle baisa le front de l'époux, lui sourit et avec les autres filles de l'air elle monta vers les nuages roses qui voguaient dans l'air.

- Dans trois cents ans, nous entrerons ainsi au royaume de Dieu.

- Nous pouvons même y entrer avant, murmura l'une d'elles. Invisibles nous pénétrons dans les maisons des hommes où il y a des enfants et, chaque fois que nous trouvons un enfant sage, qui donne de la joie à ses parents et mérite leur amour, Dieu raccourcit notre temps d'épreuve.

Lorsque nous voltigeons à travers la chambre et que de bonheur nous sourions, l'enfant ne sait pas qu'un an nous est soustrait sur les trois cents, mais si nous trouvons un enfant cruel et méchant, il nous faut pleurer de chagrin et chaque larme ajoute une journée à notre temps d'épreuve.

La Malle Volante

l était une fois un marchand, si riche qu'il eût pu paver toute la rue et presque une petite ruelle encore en pièces d'argent, mais il ne le faisait pas. Il savait employer autrement sa fortune et s'il dépensait un skilling*, c'est qu'il savait gagner un daler**. Voilà quelle sorte du marchand c'était — et puis, il mourut.

Son fils hérita de tout cet argent et il mena joyeuse vie ; il allait chaque nuit au bal masqué, et faisait des ricochets sur la mer avec des pièces d'or à la place de pierres plates. A ce train, l'argent filait vite... A la fin, le garçon ne possédait plus que quatre skillings et ses seuls vêtements étaient une paire de pantoufles et une vieille robe de chambre.

Ses amis l'abandonnèrent puisqu'il ne pouvait plus se promener avec eux dans la rue. Mais l'un d'entre eux, qui était bon, lui envoya une vieille malle en lui disant : « Fais tes paquets ! »

C'était vite dit, il n'avait rien à mettre dans la malle. Alors, il s'y mit lui-même.

Quelle drôle de malle ! si on appuyait sur la serrure, elle pouvait voler.

C'est ce qu'elle fit, et pfut ! elle s'envola avec lui à travers la cheminée, très haut, au-dessus des nuages, de plus en plus loin. Le fond craquait, notre homme craignait qu'il ne se brise en morceaux, il aurait fait une belle culbute ! Grand Dieu !... et puis, il arriva au pays des Turcs. Il cacha la malle dans la forêt, sous des feuilles sèches, et entra tel qu'il était, dans la ville, ce qu'il pouvait bien se permettre puisque, en Turquie, tout le monde se promène en robe de chambre et en pantoufles.

Il rencontra une nourrice avec un petit enfant.

- Ecoute un peu, nourrice turque, dit-il, qu'est-ce que c'est que ce grand château près de la ville ? Les fenêtres en sont si hautes !

- C'est là qu'habite la fille du roi, répondit-elle. Il lui a été prédit qu'elle serait très malheureuse par le fait d'un fiancé, c'est pourquoi personne ne doit aller chez elle sans que le roi et la reine soient présents.

- Merci, dit le fils du marchand.

Il retourna dans la forêt, s'assit dans la malle, vola jusqu'au toit du château et se glissa par la fenêtre chez la princesse.

Elle était couchée sur le sofa et dormait. Elle était si adorable que le fils du marchand ne put se retenir de lui donner un baiser. Elle s'éveilla, effrayée, mais il lui affirma qu'il était le dieu des Turcs et qu'il était venu vers elle à travers les airs, ce qui plut beaucoup à la demoiselle.

Ils s'assirent l'un à côté de l'autre et il lui raconta des histoires : ses yeux étaient les plus beaux lacs sombres sur lesquels les pensées nageaient comme des sirènes, son front était un mont neigeux aux salles magnifiques, pleines d'images. Il parla aussi des cigognes qui apportent les mignons bébés. Quelles belles histoires ! alors, il demanda sa main à la princesse, et elle dit « oui » tout de suite.

- Mais revenez ici samedi, lui dit-elle, car le roi et la reine viennent prendre le thé chez moi. Ils seront très fiers de me voir épouser le dieu des Turcs, mais sachez leur raconter un très beau conte car ils les aiment énormément ; ma mère les veut moraux et distingués, mais père les apprécie très gais, que l'on puisse rire.

- Bien ! Je n'apporterai d'autre cadeau de mariage qu'un conte, répondit-il.

Là-dessus, ils se quittèrent après que la princesse lui eut donné un sabre incrusté de pièces d'or, et c'est cela surtout qui pouvait lui être utile.

Il s'envola, s'acheta une nouvelle robe de chambre et s'assit dans la forêt pour composer un conte. Il devait être terminé samedi, et ce n'est pas si facile.

Pourtant, quand vint le samedi, c'était fait.

Le roi, la reine et toute la cour prenaient le thé chez la princesse et l'attendaient. Il fut reçu avec beaucoup de gentillesse.

- Voulez-vous nous raconter une histoire ? demanda la reine, une histoire d'un esprit profond et instructif.

- Mais qui fait quand même rire, dit le roi.

- Je veux bien, dit-il.

Et il se mit à raconter. Ecoutons.

Il y avait une fois un paquet d'allumettes, très fières de leur origine. Leur ancêtre, un grand sapin, dont elles étaient toutes nées, avait été un grand, vieil arbre, dans la forêt. Les allumettes se trouvaient maintenant sur une tablette entre un briquet et une vieille marmite de fer, et elles parlaient de leur jeunesse.

- Quand nous étions parmi les rameaux verts, soupiraient-elles, on peut dire que c'était la belle vie. C'était matin et soir thé de diamants — la rosée — toute la journée le soleil quand il brillait — et les oiseaux pour nous raconter des histoires.

Et nous nous sentions riches ! Les arbres à feuillage n'étaient vêtus que l'été. Nous, nous avions les moyens d'être habillées de vert été comme hiver. Mais les bûcherons sont venus et ça a été la grande révolution : notre famille fut dispersée.

Notre père le tronc fut placé comme grand mât sur un splendide navire qui pouvait faire le tour du monde, s'il le voulait ; les autres branches furent utilisées ailleurs, et notre sort, à nous, est maintenant d'allumer les lumières pour les gens du commun. C'est pourquoi nous, gens de qualité, avons échoué à la cuisine.

- Mon histoire est toute différente, dit la marmite. Depuis que je suis venue au monde, on m'a récurée et fait bouillir tant de fois ! Je pourvois au substantiel et suis réellement la personne la plus importante de la maison. Ma seule joie c'est, après le repas, de m'étendre propre et récurée sur une planche et de tenir la conversation avec les camarades. Mais à l'exception du seau d'eau qui, de temps en temps, descend dans la cour, nous vivons très renfermés. Notre seul agent d'information est le panier à provisions, mais il parle avec tant d'agitation du gouvernement et du peuple ! Oui, l'autre jour, un vieux pot, effrayé de l'entendre, est tombé et s'est cassé en mille morceaux — il a des idées terriblement avancées, vous savez !

- Tu parles trop, dit le briquet. Son acier frappa la pierre à fusil qui lança des étincelles. Tâchons plutôt de passer une soirée un peu gaie.

- Oui, dirent les allumettes. Cherchons qui sont, ici, les gens du plus haut rang.

- Non, je n'aime pas à parler de moi, dit le pot de terre, ayons une soirée de simple causerie. Je commencerai. Racontons quelque chose que chacun a vécu, c'est bien facile et si amusant.

- Au bord de la Baltique, sous les hêtres danois...

- Quel charmant début ! interrompirent les assiettes. Nous sentons que nous aimerons cette histoire !

- Oui, j'ai passé là ma jeunesse dans une paisible famille. Les meubles étaient cirés, les parquets lavés, les rideaux changés tous les quinze jours.

- Comme vous racontez d'une manière intéressante ! dit le balai à poussière. On se rend compte tout de suite que c'est une femme qui parle ; il y a quelque chose de si propre dans votre récit.

- Oui, ça se sent, dit le seau d'eau. Et, de plaisir, il fit un petit bond et l'on entendit « platch » sur le parquet.

Le pot de terre continua son récit dont la fin était aussi bonne que le commencement. Les assiettes s'entrechoquaient d'admiration, et le balai prit un peu de persil et en couronna le pot parce qu'il savait que cela vexerait les autres, et aussi parce qu'il pensait : « Si je le couronne aujourd'hui, il me couronnera demain. »

- Maintenant, je vais danser pour vous, dit la pincette.

Et elle dansa. Grand Dieu ! comme elle savait lancer la jambe ! La vieille garniture de chaise, dans le coin, craqua d'intérêt devant ce spectacle.

- Est-ce que je serai couronnée ? demanda la pincette. Et elle le fut.

- Comme elle est vulgaire, pensèrent les allumettes.

C'était au tour de la bouilloire à thé de chanter, mais elle prétendait avoir un rhume et ne pouvoir chanter qu'au moment de bouillir. Ce n'était qu'une poseuse qui ne voulait se produire que sur la table des maîtres.

Sur la fenêtre, il y avait une vieille plume dont la servante se servait pour écrire. Elle n'avait rien de remarquable sinon qu'elle avait été plongée trop profondément dans l'encrier, ce dont elle tirait grande vanité.

- Si la bouilloire à thé ne veut pas chanter, dit-elle, elle n'a qu'à s'abstenir. Il y a là dehors, dans une cage, un rossignol. Lui sait chanter quoiqu'il n'ait jamais appris. Il nous suffira pour ce soir.

- Je trouve fort inconvenant, dit la bouilloire qui était la cantatrice de la cuisine, qu'un oiseau étranger se produise ici. Est-ce patriotique ? J'en fais juge le panier à provisions.

- Je suis vexé, dit le panier à provisions, plus que vous ne le pensez peut-être ! Est-ce une manière convenable de passer la soirée ? Ne vaudrait-il pas mieux réformer toute la maison, mettre chacun à sa place ? Je dirigerais le mouvement. Ce serait autre chose.

- Oui, faisons du chahut ! s'écrièrent-ils tous.

A cet instant, la porte s'ouvrit, la servante entra. Tous devinrent muets. Personne ne broncha, mais il n'y avait pas un seul petit pot qui ne fût conscient de ses possibilités et de sa distinction.

« Si j'avais voulu, pensaient-ils tous, cela aurait vraiment pu être une soirée très gaie. »

La servante prit les allumettes et les gratta. Comme elles crépitaient et flambaient !

- Maintenant, tout le monde voit bien que nous sommes les premières. Quel éclat ! Quelle lumière !

Ayant dit, elles s'éteignirent.

- Quel charmant conte, dit la reine. Je croyais être à la cuisine avec les allumettes. Oui, tu auras notre fille.

- Bien sûr, dit le roi, tu auras notre fille lundi.

Ils le tutoyaient déjà puisqu'il devait entrer dans la famille.

Le mariage fut fixé. La veille au soir toute la ville fut illuminée, les petits pains mollets et les croquignoles volaient de tous côtés, les gamins des rues se tenaient sur la pointe des pieds, criaient « Bravo ! » et sifflaient dans leurs doigts. Une belle soirée !

« Il faut aussi que je fasse quelque chose de bien », pensa le fils du marchand.

Il acheta des raquettes, des fusées, des pétards et tous les feux d'artifices imaginables. Il les mit dans sa malle et s'envola dans les airs.

Pfutt ! Quelles gerbes et quels crépitements tombaient du ciel !

Tous les Turcs sautaient en l'air, leurs pantoufles volant par-dessus leurs oreilles. Ils n'avaient jamais rien vu de si beau. Ils étaient bien persuadés que c'était le dieu des Turcs lui-même qui allait épouser la princesse.

Aussitôt que le fils du marchand fut redescendu dans la forêt, il se dit :

« Je vais aller en ville pour savoir comment tout s'est passé en bas, et ce qu'on a pensé de mon feu d'artifice ».

Et c'était assez naturel qu'il fût curieux de le savoir. Non ce que les gens pouvaient en dire ! chacun avait vu la chose à sa façon, mais tous l'avaient vivement appréciée.

- J'ai vu le dieu des Turcs en personne, disait l'un, il avait des yeux brillants comme des étoiles et une barbe comme l'écume de la mer.

- Il portait un manteau de feu, disait l'autre, les anges les plus ravissants montraient leur tête dans ses plis. Tout cela était fort agréable ! — et le lendemain, le mariage devait avoir lieu.

Il retourna dans la forêt pour remonter dans sa malle. Où était-elle donc ? Elle avait brûlé ; une étincelle du feu d'artifice y avait mis le feu et la malle était en cendres. Il ne pouvait plus voler, il ne pouvait plus se présenter devant sa fiancée.

Elle l'attendit toute la journée sur le toit de son palais. Elle l'y attend encore, tandis que lui court le monde en racontant des histoires, mais elles ne sont plus aussi amusantes que celle des allumettes.

* Petite monnaie danoise

** Pièce de plus grand valeur

La Princesse et le Porcher

Il y avait une fois un prince pauvre. Son royaume était tout petit mais tout de même assez grand pour s'y marier et justement il avait le plus grand désir de se marier.

Il y avait peut-être un peu de hardiesse à demander à la fille de l'empereur voisin : « Veux-tu de moi ? » Il l'osa cependant car son nom était honorablement connu, même au loin, et cent princesses auraient accepté en remerciant, mais allez donc comprendre celle-ci . . . Ecoutez, plutôt :

Sur la tombe du père du prince poussait un rosier, un rosier miraculeux. Il ne donnait qu'une unique fleur tous les cinq ans, mais c'était une rose d'un parfum si doux qu'à la respirer on oubliait tous ses chagrins et ses soucis. Le prince avait aussi un rossignol qui chantait comme si toutes les plus belles mélodies du monde étaient enfermées dans son petit gosier. Cette rose et ce rossignol, il les destinait à la princesse, tous deux furent donc placés dans deux grands écrins d'argent et envoyés chez elle.

L'empereur les fit apporter devant lui dans le grand salon où la princesse jouait « à la visite » avec ses dames d'honneur — elles n'avaient du reste pas d'autre occupation — et lorsqu'elle vit les grandes boîtes contenant les cadeaux, elle applaudit de plaisir.

- Si seulement c'était un petit minet, dit-elle. Mais c'est la merveilleuse rose qui parut.

- Comment elle est joliment faite ! s'écrièrent toutes les dames d'honneur.

- Elle est plus jolie, surenchérit l'empereur, elle est la beauté même.

Cependant la princesse la toucha du doigt et fut sur le point de pleurer.

- Oh ! papa, cria-t-elle, quelle horreur, elle n'est pas artificielle, c'est une vraie !

- Fi donc ! s'exclamèrent toutes ces dames, c'est une vraie !

- Avant de nous fâcher, regardons ce qu'il y a dans la deuxième boîte, opina l'empereur.

Alors le rossignol apparut et il se mit à chanter si divinement que tout d'abord on ne trouva pas de critique à lui faire.

- *Superbe ! charmant !** s'écrièrent toutes les dames de la cour, car elles parlaient toutes français, l'une plus mal que l'autre du reste.

- Comme cet oiseau me rappelle la boîte à musique de notre défunte impératrice ! dit un vieux gentilhomme. Mais oui, c'est tout à fait la même manière, la même diction musicale !

- Eh oui ! dit l'empereur. Et il se mit à pleurer comme un enfant.

- Mais au moins j'espère que ce n'est pas un vrai, dit la princesse.

- Mais si, c'est un véritable oiseau, affirmèrent ceux qui l'avaient apporté.

- Ah ! alors qu'il s'envole, commanda la princesse. Et elle ne voulut pour rien au monde recevoir le prince.

Mais lui ne se laissa pas décourager, il se barbouilla le visage de brun et de noir, enfonça sa casquette sur sa tête et alla frapper là-bas.

- Bonjour, empereur ! dit-il, ne pourrais-je pas trouver du travail au château ?

- Euh ! il y en a tant qui demandent, répondit l'empereur, mais, écoutez . . . je cherche un valet pour garder les cochons car nous en avons beaucoup.

Et voilà le prince engagé comme porcher impérial. On lui donna une mauvaise petite chambre à côté de la porcherie et c'est là qu'il devait se tenir. Cependant, il s'assit et travailla toute la journée, et le soir il avait fabriqué une jolie petite marmite garnie de clochettes tout autour. Quand la marmite se mettait à bouillir, les clochettes tintaient et jouaient :

Ach, du lieber Augustin,
Alles ist hin, hin, hin.**

Mais le plus ingénieux était sans doute que si l'on mettait le doigt dans la vapeur de la marmite, on sentait immédiatement quel plat on faisait cuire dans chaque cheminée de la ville. Ça, c'était autre chose qu'une rose.

Au cours de sa promenade avec ses dames d'honneur la princesse vint à passer devant la porcherie, et lorsqu'elle entendit la mélodie, elle s'arrêta toute contente car elle aussi savait jouer « Ach, du lieber Augustin », c'était même le seul air qu'elle sût et elle le jouait d'un doigt seulement.

- C'est l'air que je sais, dit-elle, ce doit être un porcher bien doué. Entrez et demandez-lui ce que coûte son instrument.

Une des dames de la cour fut obligée d'y aller mais elle mit des sabots.

- Combien veux-tu pour cette marmite ? demanda-t-elle.

- Je veux dix baisers de la princesse !

- Grands dieux ! s'écria la dame.

- C'est comme ça et pas moins ! insista le porcher.
- Eh bien ! qu'est-ce qu'il dit ? demanda la princesse.
- Je ne peux vraiment pas le dire, c'est trop affreux.
- Alors, dis-le tout bas.

La dame d'honneur le murmura à l'oreille de la princesse.

- Mais il est insolent, dit celle-ci, et elle s'en fut immédiatement.

Dès qu'elle eut fait un petit bout de chemin, les clochettes se mirent à tinter.

- Ecoute, dit la princesse, va lui demander s'il veut dix baisers de mes dames d'honneur.

- Oh ! que non, répondit le porcher. Dix baisers de la princesse ou je garde la marmite.

- Que c'est ennuyeux ! dit la princesse. Alors il faut que vous vous teniez toutes autour de moi afin que personne ne puisse me voir.

Les dames d'honneur l'entourèrent en étalant leurs jupes, le garçon eut dix baisers et elle emporta la marmite. Comme on s'amusa au château ! Toute la soirée et toute la journée la marmite cuisait, il n'y avait pas une cheminée de la ville dont on ne sût ce qu'on y préparait tant chez le chambellan que chez le cordonnier. Les dames d'honneur dansaient et battaient des mains.

- Nous savons ceux qui auront du potage sucré ou bien des crêpes, ou bien encore de la bouillie ou des côtelettes, comme c'est intéressant !

- Supérieurement intéressant ! dit la Grande Maîtresse de la Cour.

- Oui, mais pas un mot à personne, car je suis la fille de l'empereur.

- Dieu nous en garde ! firent-elles toutes ensemble.

Le porcher, c'est-à-dire le prince, mais personne ne se doutait qu'il pût être autre chose qu'un véritable porcher, ne laissa pas passer la journée suivante sans travailler, il confectionna une crécelle. Lorsqu'on la faisait tourner, résonnaient en grinçant toutes les valses, les galops et les polkas connus depuis la création du monde.

- Mais c'est superbe, dit la princesse lorsqu'elle passa devant la porcherie. Je n'ai jamais entendu plus merveilleuse improvisation ! Ecoutez, allez lui demander ce que coûte cet instrument — mais je n'embrasse plus !

- Il veut cent baisers de la princesse, affirma la dame d'honneur qui était allée s'enquérir.

- Je pense qu'il est fou, dit la princesse.

Et elle s'en fut. Mais après avoir fait un petit bout de chemin, elle s'arrêta.

- Il faut encourager les arts, dit-elle. Je suis la fille de l'empereur. Dites-lui que je lui donnerai dix baisers, comme hier, le reste mes dames d'honneur s'en chargeront.

- Oh ! ça ne nous plaît pas du tout, dirent ces dernières.

- Quelle bêtise ! répliqua la princesse. Si moi je peux l'embrasser, vous le pouvez aussi. Souvenez-vous que je vous entretiens et vous honore.

Et, encore une fois, la dame d'honneur dut aller s'informer.

- Cent baisers de la princesse, a-t-il dit, sinon il garde son bien.

- Alors, mettez-vous devant moi.

Toutes les dames l'entourèrent et l'embrassade commença.

- Qu'est-ce que c'est que cet attroupement, là-bas, près de la porcherie ! s'écria l'empereur.

Il était sur sa terrasse où il se frottait les yeux et mettait ses lunettes.

- Mais ce sont les dames de la cour qui font des leurs, il faut que j'y aille voir.

Il releva l'arrière de ses pantoufles qui n'étaient que des souliers dont le contrefort avait lâché...

Saperlipopette ! comme il se dépêchait...

Lorsqu'il arriva dans la cour, il se mit à marcher tout doucement. Les dames d'honneur occupées à compter les baisers afin que tout se déroule honnêtement, qu'il n'en reçoive pas trop, mais pas non plus trop peu, ne remarquèrent pas du tout l'empereur. Il se hissa sur les pointes :

- Qu'est-ce que c'est ! cria-t-il quand il vit ce qui se passait.

Et il leur donna de sa pantoufle un grand coup sur la tête, juste au moment où le porcher recevait le quatre-vingtième baiser.

- Hors d'ici ! cria-t-il furieux.

La princesse et le porcher furent jetés hors de l'empire.

Elle pleurait, le porcher grognait et la pluie tombait à torrents.

- Ah ! je suis la plus malheureuse des créatures, gémissait la princesse. Que n'ai-je accepté ce prince si charmant ! Oh ! que je suis malheureuse !

Le porcher se retira derrière un arbre, essuya le noir et le brun de son visage, jeta ses vieux vêtements et s'avança dans ses habits princiers, si charmant que la princesse fit la révérence devant lui.

- Je suis venu pour te faire affront, à toi ! dit le garçon. Tu ne voulais pas d'un prince plein de loyauté. Tu n'appréciais ni la rose, ni le rossignol, mais le porcher tu voulais bien l'embrasser pour un jouet mécanique ! Honte à toi !

Il retourna dans son royaume, ferma la porte, tira le verrou.

Quant à elle, elle pouvait bien rester dehors et chanter si elle en avait envie :

Ach,du lieber Augustin,
Alles ist hin, hin, hin.

* En français, dans le texte.

** Ah ! mon cher Augustin, tout est fini, fini — célèbre chanson allemande.

Le Rossignol

Vous savez qu'en Chine l'empereur est un Chinois et tous ceux qui l'entourent sont Chinois.

Il y a de longues années — et justement parce qu'il y a longtemps —, je veux vous conter cette histoire, avant qu'on ne l'oublie.

Le palais de l'empereur était le plus beau du monde, entièrement construit en fine porcelaine — il fallait même faire bien attention...

Dans le jardin poussaient des fleurs merveilleuses, aux plus belles d'entre elles on accrochait une clochette d'argent qui tintait à la moindre brise afin qu'on ne puisse passer devant elles sans les admirer. Oui, tout était étudié dans le jardin du roi et il était si vaste que le jardinier lui-même n'en connaissait pas la fin. Si l'on marchait très, très longtemps, on arrivait à une forêt avec des arbres superbes et des lacs profonds. Cette forêt descendait jusqu'à la mer bleue, les grands navires pouvaient s'avancer jusque sous les arbres et dans leurs branches vivait un rossignol dont le chant merveilleux charmait jusqu'au plus pauvre des pêcheurs. Quoiqu'ils eussent bien d'autres soucis, ils restaient silencieux à l'écouter et lorsque, la nuit, dans leur barque, ils relevaient leurs filets, ils s'écriaient : « Dieu que c'est beau ! » ; ensuite, ils devaient s'occuper de leurs affaires et ils n'y pensaient plus. Mais la nuit suivante, tandis que l'oiseau chantait et que les pêcheurs étaient à nouveau dehors, ils disaient encore : « Dieu que c'est beau ! »

De tous les pays du monde, les voyageurs venaient admirer la ville de l'empereur, le château, le jardin, mais quand on les menait entendre le rossignol, tous s'écriaient : « Ça, c'est encore ce qu'il y a de mieux ! »

Les voyageurs, rentrés chez eux, en parlaient et les érudits écrivaient des livres sur la ville, le château et le jardin, sans oublier le rossignol qu'ils mettaient au-dessus de tout. Ceux qui savaient faire des vers composaient des poèmes exquis sur le rossignol, dans la forêt, près de la mer profonde.

Ces livres faisaient le tour du monde et quelques-uns arrivèrent un jour jusque chez l'empereur de Chine. Assis sur son trône doré, il les lisait et les relisait et, de la tête, il approuvait les descriptions prestigieuses de la ville, du château, du jardin. « Mais le rossignol est tout de même ce qu'il y a de mieux », lisait-il.

- Qu'est-ce que c'est que ça ? dit l'empereur, le rossignol ! je ne le connais même pas ! Y a t-il un oiseau pareil dans mon empire ? Et, par-dessus le marché, dans mon jardin ! Je n'en ai jamais entendu parler, et il faut que j'apprenne ça dans un livre !

Il fit venir son chancelier d'honneur, un homme si distingué que si quelqu'un d'un rang inférieur à lui-même osait lui parler ou lui poser une question, il répondait seulement : « P.p.p. » ce qui ne veut rien dire du tout.

- Il paraît qu'il y a ici un oiseau extraordinaire qui s'appelle rossignol, lui dit l'empereur, on prétend que c'est ce qu'il y a de mieux dans mon empire ! Pourquoi ne m'en a-t-on jamais rien dit ?

- Je n'en ai jamais entendu parler, répondit le chancelier, il n'a jamais été présenté à la cour !

- Je veux qu'il vienne ici, ce soir, et chante pour moi. Toute la terre est au courant de ce que je possède, et moi non !

- Je ne sais rien de lui, dit le chancelier, mais je le chercherai, je le trouverai.

Mais où le trouver ? Le chancelier courut en haut et en bas des escaliers, à travers les salons, le long des couloirs, personne parmi ceux qu'il rencontrait n'avait entendu parler du rossignol. Alors il retourna auprès de l'empereur et suggéra qu'il s'agissait dans doute d'une fable inventée par les écrivains.

- Votre Majesté ne doit pas y croire, ce ne sont que des inventions, ce qu'on appelle la magie noire !

- Mais le livre où je l'ai lu m'a été envoyé par le puissant empereur du Japon, ça ne peut donc pas être faux. Je veux entendre le rossignol, il faut qu'il soit ici ce soir, je lui accorderai mes plus grandes faveurs ! Et, s'il ne vient pas, toute la cour sera bâtonnée sur le ventre après le repas du soir !

- Tsing-Pe ! fit le chancelier, et il courut de nouveau en haut et en bas des escaliers, à travers les salons et le long des couloirs. La moitié de la cour le suivait, car ils préféraient évidemment ne pas être bâtonnés sur le ventre. Ils s'enquéraient tous du merveilleux rossignol, connu du monde entier, mais de personne à la cour.

Enfin, ils trouvèrent dans la cuisine une petite fille pauvre :

- Oh ! Dieu, dit-elle, le rossignol, je le connais, il chante si bien ! J'ai la permission d'apporter chaque soir à ma mère malade quelques restes de la table. Elle habite au bord de la mer, et quand je reviens, je suis fatiguée, je me repose dans la forêt et j'écoute le rossignol. Les larmes me viennent aux yeux, c'est doux comme un baiser de ma mère.

- Petite fille de cuisine, dit le chancelier, tu auras un engagement et le droit de regarder l'empereur manger, si tu nous conduis auprès du rossignol, car il est convoqué pour ce soir.

Alors, ils partirent vers la forêt où le rossignol avait l'habitude de chanter. La moitié de la cour était de la partie. Sur la route, une vache se mit à meugler.

- Oh ! dit un des gentilshommes, nous le tenons cette fois. Quelle force extraordinaire dans une si petite bête. Je suis certain de l'avoir déjà entendu.

- Non, ce sont seulement les vaches qui meuglent ! dit la petite, nous sommes encore loin !

Les grenouilles coassaient dans le marais.

- Ravissant, dit le chapelain chinois du palais, maintenant, je l'entends, on dirait des petites cloches d'église.

- Non, ce sont seulement les crapauds, dit la petite fille, mais je crois que nous allons l'entendre bientôt.

Soudain, le rossignol se mit à chanter.

- C'est lui, écoutez, écoutez . . . et voilà, dit la fillette, en montrant du doigt un petit oiseau gris dans le feuillage.

- Pas possible ? dit le chancelier. Je ne me le serais jamais représenté ainsi. Comme il a l'air ordinaire, il a dû perdre ses couleurs de frayeur en voyant tant de hautes personnalités chez lui !

- Petit rossignol ! cria très fort la petite fille, notre gracieux empereur voudrait que tu chantes pour lui.

- Avec le plus grand plaisir, répondit le rossignol.

Et il chanta, c'en était un délice.

- C'est comme des clochettes de verre, dit le chancelier. Regardez-moi ce petit gosier, comme il travaille ! c'est extraordinaire que nous ne l'ayons jamais entendu, il aura un grand succès à la cour.

- Dois-je chanter encore une fois pour mon empereur ? demandait le rossignol qui croyait que l'empereur était présent.

- Mon excellent petit rossignol, lui dit le chancelier, j'ai le grand plaisir de vous inviter pour ce soir à une fête à la cour où vous charmerez Sa Majesté Impériale par votre chant.

- Il fait bien meilleur effet dans la verdure, dit le rossignol.

Mais il les suivit de bonne grâce puisque c'était le désir de l'empereur.

On fit de grands préparatifs au

château. Les murs et les parquets de porcelaine étincelaient à la lumière de plusieurs milliers de lampes d'or, les plus belles fleurs garnissaient les couloirs, on galopait au milieu des courants d'air et, tout d'un coup, les pendules se mirent à sonner, on ne s'entendait plus.

Au milieu de la grande salle où était assis l'empereur, on avait installé un perchoir d'or sur lequel le rossignol devait se tenir. Toute la cour était présente et la petite fille avait eu la permission de rester derrière la porte car elle avait reçu le titre de vraie cuisinière. Tous portaient leurs habits de cérémonie et ils regardaient le petit oiseau gris auquel l'empereur souriait.

Le rossignol chanta si merveilleusement que l'empereur en eut les larmes aux yeux, les pleurs coulaient même le long de ses joues. Alors, l'oiseau se surpassa, son chant allait droit au cœur. Le roi en était ravi, il voulait que le rossignol reçût la grande décoration de la pantoufle d'or pour la porter autour de son cou. Le petit oiseau remercia poliment, mais se trouvait déjà assez récompensé :

- J'ai vu des larmes dans les yeux de mon empereur, c'est mon plus riche trésor, dit-il. Les larmes d'un empereur ont un inestimable pouvoir...

Et il chanta encore une fois de sa douce voix.

- C'est la plus charmante coquetterie que je connaisse ! disaient les dames, et elles prenaient de l'eau dans la bouche afin de faire des glouglous si quelqu'un leur parlait, elles croyaient ainsi être un peu rossignol. Même les laquais et les femmes de chambre déclarèrent qu'ils étaient contents, et ils sont bien les plus difficiles à satisfaire. Ah ! oui, le rossignol avait du succès ! Dorénavant, il resta à la cour, dans sa cage, avec permission de sortir deux fois le jour et une fois la nuit, mais douze domestiques devaient tenir chacun un fil de soie attaché à sa patte, et il n'y a aucun plaisir à se promener dans ces conditions.

Toute la ville parlait de l'oiseau miraculeux. Quand deux personnes se rencontraient, l'une disait « ross »... et l'autre « gnol »... elles soupiraient et elles s'étaient comprises. Onze enfants de charcutiers portèrent même le nom de Rossignol, quoiqu'ils n'eussent point le plus petit filet de voix.

Un jour, arriva à la cour un grand paquet sur lequel était écrit « rossignol ».

- Voilà un nouveau livre sur notre célèbre oiseau, pensa l'empereur ; mais ce n'était pas un livre, c'était une petite oeuvre d'art : dans une boîte il y avait un rossignol mécanique qui aurait pu ressembler à l'autre, mais qui était incrusté sur tout le corps de diamants, de rubis et de saphirs. Dès que l'on remontait l'automate, il chantait comme l'oiseau véritable, sa queue battait la mesure et

étincelait d'or et d'argent. Autour de son cou, il portait un petit ruban, sur lequel était écrit : « Le rossignol de l'empereur du Japon est peu de chose à côté de celui de l'empereur de Chine. »

- Charmant ! s'écrièrent-ils tous.

Et celui qui avait apporté cet oiseau reçut aussitôt le titre de Grand livreur impérial de rossignols.

Alors, on voulut faire chanter les deux oiseaux ensemble, mais ça n'allait pas très bien, le véritable rossignol roucoulait à sa façon et l'autre chantait des valses.

- Ce n'est nullement de sa faute, affirmait le maître de musique, il a beaucoup de rythme et il est tout à fait de mon école.

L'automate chanta donc seul. Il connut la gloire, d'autant plus qu'il était bien plus joli à regarder, il étincelait comme un bracelet ou une broche.

Trente-trois fois il chanta le même air sans être fatigué — les gens l'auraient bien écouté encore, mais l'empereur estima que c'était à présent au tour du véritable rossignol. Où était-il donc passé ?

Personne n'avait remarqué qu'il s'était envolé par la fenêtre ouverte, bien loin, vers sa verte forêt.

étincelait d'or et d'argent. Autour de son cou, il portait un petit ruban, sur lequel était écrit : « Le rossignol de l'empereur du Japon est peu de chose à côté de celui de l'empereur de Chine. »

- Charmant ! s'écrièrent-ils tous.

Et celui qui avait apporté cet oiseau reçut aussitôt le titre de Grand livreur impérial de rossignols.

Alors, on voulut faire chanter les deux oiseaux ensemble, mais ça n'allait pas très bien, le véritable rossignol roucoulait à sa façon et l'autre chantait des valses.

- Ce n'est nullement de sa faute, affirmait le maître de musique, il a beaucoup de rythme et il est tout à fait de mon école.

L'automate chanta donc seul. Il connut la gloire, d'autant plus qu'il était bien plus joli à regarder, il étincelait comme un bracelet ou une broche.

Trente-trois fois il chanta le même air sans être fatigué — les gens l'auraient bien écouté encore, mais l'empereur estima que c'était à présent au tour du véritable rossignol. Où était-il donc passé ?

Personne n'avait remarqué qu'il s'était envolé par la fenêtre ouverte, bien loin, vers sa verte forêt.

- Qu'est-ce que c'est que ça ? dit l'empereur, et tous les courtisans unanimes blâmèrent le rossignol et le jugèrent extrêmement ingrat.

« Le plus bel oiseau nous reste », pensait chacun... et l'automate chanta encore.

A la trente-quatrième fois, les courtisans ne savaient pas encore tout à fait l'air par cœur, car il était très difficile. Cependant, le maître de musique vantait l'automate, affirmant qu'il était bien supérieur au véritable oiseau, non seulement par sa robe et les merveilleux diamants, mais aussi par sa mécanique intérieure.

- Voyez-vous, messeigneurs, et en tout premier lieu notre grand empereur, avec le vrai rossignol on ne sait jamais d'avance ce qui va venir, tandis qu'avec l'autre tout est prévu. C'est comme ça et pas autrement. On peut expliquer comment il est fait, l'ouvrir, montrer la conception du fabricant, où sont les valses, comment elles se déroulent et comment l'une suit l'autre.

« C'est tout à fait ce que je pense », disait chacun des courtisans. Le maître de musique eut même la permission de montrer l'oiseau le dimanche suivant, au peuple, car l'empereur désirait que tous l'entendent.

Le peuple l'entendit. Il y trouva autant de plaisir qu'à s'enivrer de thé — ce qui est très chinois —, il approuvait de la tête en levant en l'air le doigt qui s'appelle « licheur de pot ». Cependant, les pauvres pêcheurs qui avaient l'habitude d'entendre leur petit oiseau de la forêt disaient : « C'est joli, ça ressemble... mais il y manque je ne sais quoi ! »

Le vrai rossignol fut banni du pays et de l'empire.

Maintenant, l'oiseau mécanique trônait sur un coussin près du lit impérial ; tous les cadeaux qu'il avait reçus, or et pierreries étaient rangés tout autour de lui, et il avait le titre de « Grand Chanteur de la table de nuit impériale n° 1, du côté gauche », car l'empereur considérait le côté gauche comme le plus important, le cœur étant à gauche, même chez un empereur.

Le maître de musique écrivit vingt-cinq volumes sur l'oiseau mécanique, si érudits et si longs, en employant les mots chinois les plus terriblement difficiles et les gens affirmaient les avoir lus et les avoir compris, autrement ils seraient passés pour stupides et auraient reçu la bastonnade sur le ventre.

Un an passa. L'empereur, la cour et tous les Chinois savaient par cœur chaque son sorti de la gorge du petit animal, mais ils n'en étaient que plus satisfaits, ils pouvaient chanter avec lui. Les gamins sifflaient : zizizi, kluklukkluk ! et l'empereur aussi. C'était vraiment charmant.

Mais un soir... l'automate chantait, l'empereur était couché dans son lit et l'écoutait. Tout à coup,

à l'intérieur de l'oiseau, il se fit un «couac», quelque chose sauta «brrrrrr», toutes les roues tournèrent un instant... et la musique s'arrêta ! L'empereur sauta du lit, fit appeler son médecin, mais qu'y pouvait-il ? Alors, on fit venir l'horloger et, après bien des paroles et des examens sans fin, il réussit à réparer tant bien que mal la mécanique, mais il prévint qu'il fallait beaucoup la ménager car les pivots étaient très usés et il n'était pas capable de les remplacer. Quelle déception ! L'oiseau mécanique ne chanta plus qu'une fois par an et encore... Mais le maître de musique fit un petit discours plein de mots très difficiles pour expliquer que c'était aussi bien ainsi... alors c'était aussi bien ainsi.

Cinq ans passèrent et tout le pays eut un grand chagrin — au fond, chacun aimait l'empereur — et maintenant il était très malade, au point de ne pas survivre, disait-on.

Un nouvel empereur était déjà élu que les gens descendaient encore dans la rue pour demander au chancelier comment allait leur cher empereur.

- P.p.p., faisait-il en hochant la tête.

Blême et glacé, l'empereur gisait dans son grand lit magnifique et toute la cour, le croyant mort, s'empressait de saluer son successeur. Les serviteurs couraient au-dehors commenter l'événement ; les femmes de chambre donnaient une réception et offraient le café. Dans les salons et les couloirs, des tapis amortissaient le bruit des pas ; partout régnait le silence... le silence.

Cependant, l'empereur n'était pas encore mort ; immobile, pâle, il était couché dans son lit aux grands rideaux de velours, aux lourds glands d'or. Tout en haut, une fenêtre était ouverte et la lune éclairait le malade et l'oiseau mécanique.

Le pauvre monarque ne pouvait presque plus respirer, il lui semblait avoir un poids énorme sur la poitrine ; il ouvrit les yeux et vit que c'était la Mort qui était assise, là. Elle avait mis sa grande couronne d'or et tenait d'une main son sabre d'or, de l'autre son splendide drapeau. Tout autour d'elle, dans les plis des grands rideaux de velours, des têtes étranges perçaient : les unes hideuses, les autres gracieuses et aimables. C'étaient les mauvaises et les bonnes actions de l'empereur qui le regardaient maintenant que la Mort était assise sur son cœur.

- Te souviens-tu de cela ? murmuraient-elles. Te souviens-tu de ceci, encore ?

Et elles lui racontaient tant de choses que la sueur lui perlait sur le front.

- Je n'ai jamais rien su de tout cela, cria l'empereur. Musique ! Musique, secouez le grand chapeau chinois, que je n'entende plus ce qu'elles disent !

Mais elles continuaient et la Mort hochait la tête comme un Chinois.

- Musique, musique ! cria encore l'empereur. Petit oiseau précieux, chante ! chante ! Je t'ai donné de l'or et des bijoux, et j'ai moi-même passé à ton cou ma pantoufle d'or, chante ! chante !

Mais l'oiseau restait silencieux, personne n'était là pour le remonter et donc il ne pouvait chanter. La Mort regardait le moribond de ses grandes prunelles vides et tout était silencieux, si effroyablement silencieux. Alors, s'éleva soudain près de la fenêtre un chant doux et délicieux, c'était le petit rossignol

vivant, assis dans la verdure, au-dehors. Il avait entendu parler de la détresse de son empereur et il venait lui chanter consolation et espoir. Tandis que son gazouillis s'élevait, les sinistres apparitions s'estompaient, le sang circulait de plus en plus vite dans les membres affaiblis du mourant et la Mort, elle-même, écoutait et disait : « Continue, petit rossignol, continue ! »

- Oui, mais donne-moi ce beau sabre d'or, donne-moi ce riche drapeau, donne-moi la couronne de l'empereur.

Et la Mort donna chaque joyau pour un chant. Alors, le rossignol continua de chanter. Il chanta le cimetière paisible où poussent les roses blanches, où le sureau embaume, où l'herbe fraîche est arrosée par les larmes des survivants. La Mort eut la nostalgie de son jardin et se dissipa comme un froid brouillard blanc par la fenêtre.

- Merci, merci, dit l'empereur, petit oiseau du ciel, je te reconnais. Je t'ai chassé de mon pays, de mon empire et, cependant, tu as repoussé de mon lit mes péchés et la Mort de mon cœur ! Comment te récompenser ?

- Tu m'as déjà récompensé, dit l'oiseau. J'ai vu des larmes dans tes yeux la première fois que j'ai chanté pour toi, et ça je ne l'oublierai jamais. Elles sont le vrai bijou pour le cœur d'un chanteur. Mais dors maintenant, pour redevenir sain et fort ! Je vais chanter pour toi.

Et il chanta, et l'empereur s'endormit d'un bon sommeil réparateur.

Le soleil brillait dans sa chambre, lorsqu'il s'éveilla, guéri. Aucun de ses serviteurs n'était auprès de lui, mais le rossignol chantait encore.

- Reste toujours auprès de moi ! dit l'empereur. Tu ne chanteras que lorsque tu en auras envie et je briserai l'oiseau mécanique en mille morceaux.

- Non, dit le rossignol, il a fait tout ce qu'il pouvait. Garde-le toujours. Je ne peux pas, moi, bâtir mon nid et vivre dans le château, mais permets-moi de venir quand cela te plaira. Le soir, je serai là sur une branche et je chanterai pour toi afin que tu sois joyeux et pensif à la fois. Je chanterai ceux qui sont heureux et ceux qui souffrent, le bien et le mal qui sont autour de toi et qu'on te cache. Le petit oiseau chanteur peut voler au loin, près des pauvres pêcheurs, sur le toit des paysans, chez tous ceux qui sont loin de toi et de ta cour. J'aime ton cœur plus que ta couronne, et pourtant, une couronne a comme un parfum sacré autour d'elle. Je viendrai chanter pour toi, mais il faut me promettre une chose...

- Tout ce que tu voudras, dit l'empereur.

Il était debout dans son costume impérial qu'il avait lui-même revêtu, et tenait contre son cœur le sabre alourdi par l'or.

- Je te demande de ne révéler à personne que tu as un petit oiseau qui te dit tout. Alors, tout ira mieux. Et il s'envola.

Les serviteurs entraient pour voir leur empereur mort. Ils étaient là, debout devant lui, étonnés.

Et lui leur dit, simplement : « Bonjour ! »

LE VILAIN PETIT CANARD

omme il faisait bon dans la campagne ! C'était l'été. Les blés étaient dorés, l'avoine verte, les foins coupés embaumaient, ramassés en tas dans les prairies, et une cigogne marchait sur ses jambes rouges, si fines et si longues et claquait du bec en égyptien (sa mère lui avait appris cette langue-là).

Au-delà, des champs et des prairies s'étendaient, puis la forêt aux grands arbres, aux lacs profonds.

En plein soleil, un vieux château s'élevait entouré de fossés, et au pied des murs poussaient des bardanes aux larges feuilles, si hautes que les petits enfants pouvaient se tenir tout debout sous elles. L'endroit était aussi sauvage qu'une épaisse forêt, et c'est là qu'une cane s'était installée pour couver. Elle commençait à s'ennuyer beaucoup. C'était bien long et les visites étaient rares ; les autres canards préféraient nager dans les fossés plutôt que de s'installer sous les feuilles pour caqueter avec elle.

Enfin, un œuf après l'autre craqua. « Pip, pip », tous les jaunes d'œufs étaient vivants et sortaient la tête.

- Coin, coin, dit la cane, et les petits se dégageaient de la coquille et regardaient de tous côtés sous les feuilles vertes. La mère les laissait ouvrir leurs yeux très grands, car le vert est bon pour les yeux.

- Comme le monde est grand, disaient les petits.

Ils avaient bien sûr beaucoup plus de place que dans l'œuf.

- Croyez-vous que c'est là tout le grand monde ? dit leur mère, il s'étend bien loin, de l'autre côté du jardin, jusqu'au champ du pasteur — mais je n'y suis jamais allée.

« Etes-vous bien là, tous ? » Elle se dressa. « Non, le plus grand œuf est encore tout entier. Combien de temps va-t-il encore falloir couver ? J'en ai par-dessus la tête. »

Et elle se recoucha dessus.

- Eh bien ! comment ça va ? demanda une vieille cane qui venait enfin rendre visite.

- Ça dure et ça dure, avec ce dernier œuf qui ne veut pas se briser. Mais regardez les autres, je n'ai jamais vu des canetons plus ravissants. Ils ressemblent tous à leur père, ce coquin, qui ne vient même pas me voir.

- Montre-moi cet oeuf qui ne veut pas craquer, dit la vieille. C'est, sans doute, un œuf de dinde, j'y ai été prise moi aussi une fois, et j'ai eu bien du mal avec celui-là. Il avait peur de l'eau et je ne pouvais pas obtenir qu'il y aille. J'avais beau courir et crier. Fais-moi voir. Oui, c'est un œuf de dinde, sûrement. Laisse-le et apprends aux autres enfants à nager.

- Je veux tout de même le couver encore un peu, dit la mère. Maintenant que j'y suis depuis longtemps.

- Fais comme tu veux, dit la vieille, et elle s'en alla.

Enfin, l'œuf se brisa.

- Pip, pip, dit le petit en roulant dehors.

Il était si grand et si laid que la cane étonnée, le regarda.

- En voilà un énorme caneton, dit-elle, aucun des autres ne lui ressemble. Et si c'était un dindonneau, eh bien, nous allons savoir ça au plus vite.

Le lendemain, il faisait un temps splendide. La cane avec toute la famille s'approcha du fossé. Plouf ! elle sauta dans l'eau. Coin ! coin ! commanda-t-elle, et les canetons plongèrent l'un après l'autre, même l'affreux gros gris.

- Non, ce n'est pas un dindonneau, s'exclama la mère. Voyez comme il sait se servir de ses pattes et comme il se tient droit. C'est mon petit à moi. Il est même beau quand on le regarde bien. Coin ! coin : venez avec moi, je vous conduirai dans le monde et vous présenterai à la cour des canards. Mais tenez-vous toujours près de moi pour qu'on ne vous marche pas dessus, et méfiez-vous du chat.

Ils arrivèrent à l'étang des canards où régnait un effroyable vacarme. Deux familles se disputaient une tête d'anguille. Ce fut le chat qui l'attrapa.

- Ainsi va le monde ! dit la cane en se pourléchant le bec.

Elle aussi aurait volontiers mangé la tête d'anguille.

- Jouez des pattes et tâchez de vous dépêcher et courbez le cou devant la vieille cane, là-bas, elle est la plus importante de nous tous. Elle est de sang espagnol, c'est pourquoi elle est si grosse. Vous voyez qu'elle a un chiffon rouge à la patte, c'est la plus haute distinction pour un canard. Cela signifie qu'on ne veut pas la manger et que chacun doit y prendre garde. Ne mettez pas les pattes en dedans, un caneton bien élevé nage les pattes en dehors comme père et mère. Maintenant, courbez le cou et faites coin !

Les petits obéissaient, mais les canards autour d'eux les regardaient et s'exclamaient à haute voix :

- Encore une famille de plus, comme si nous n'étions pas déjà assez. Et il y en a un vraiment affreux, celui-là nous n'en voulons pas.

Une cane se précipita sur lui et le mordit au cou.

- Laissez le tranquille, dit la mère. Il ne fait de mal à personne.

- Non, mais il est trop grand et mal venu. Il a besoin d'être rossé.

- Elle a de beaux enfants, cette mère ! dit la vieille cane au chiffon rouge, tous beaux, à part celui-là : il n'est guère réussi. Si on pouvait seulement recommencer les enfants ratés !

- Ce n'est pas possible, Votre Grâce, dit la mère des canetons ; il n'est pas beau mais il est très intelligent et il nage bien, aussi bien que les autres, mieux même. J'espère qu'en grandissant il embellira et qu'avec le temps il sera très présentable.

Elle lui arracha quelques plumes du cou, puis le lissa :

- Du reste, c'est un mâle, alors la beauté n'a pas tant d'importance.

- Les autres sont adorables, dit la vieille. Vous êtes chez vous, et si vous trouvez une tête d'anguille, vous pourrez me l'apporter.

Cependant, le pauvre caneton, trop grand, trop laid, était la risée de tous. Les canards et même les poules le bousculaient. Le dindon — né avec des éperons — et qui se croyait un empereur, gonflait ses plumes comme des voiles. Il se précipitait sur lui en poussant des glouglous de colère. Le pauvre caneton ne savait où se fourrer. La fille de basse-cour lui donnait des coups de pied. Ses frères et sœurs, eux-mêmes, lui criaient :

- Si seulement le chat pouvait te prendre, phénomène !

Et sa mère :

- Si seulement tu étais bien loin d'ici !

C'en était trop ! Le malheureux, d'un grand effort s'envola par-dessus la haie, les petits oiseaux dans les buissons se sauvaient à tire-d'aile.

« Je suis si laid que je leur fais peur », pensa-t-il en fermant les yeux.

Il courut tout de même jusqu'au grand marais où vivaient les canards sauvages. Il tombait de fatigue et de chagrin et resta là toute la nuit.

Au matin, les canards en voyant ce nouveau camarade s'écrièrent :

- Qu'est-ce que c'est que celui-là ?

Notre ami se tournait de droite et de gauche, et saluait tant qu'il pouvait.

- Tu es affreux, lui dirent les canards sauvages, mais cela nous est bien égal pourvu que tu n'épouses personne de notre famille.

Il ne songeait guère à se marier, le pauvre ! Si seulement on lui permettait de coucher dans les roseaux et de boire l'eau du marais.

Il resta là deux jours. Vinrent deux oies sauvages, deux jars plutôt, car c'étaient des mâles, il n'y avait pas longtemps qu'ils étaient sortis de l'œuf et ils étaient très désinvoltes.

- Ecoute, camarade, dirent-ils, tu es laid, mais tu nous plais. Veux-tu venir avec nous et devenir oiseau migrateur ? Dans un marais à côté il y a quelques charmantes oiselles sauvages, toutes demoiselles bien capables de dire coin, coin (oui, oui), et laid comme tu es, je parie que tu leur plairas.

Au même instant, il entendit Pif ! Paf !, les deux jars tombèrent raides morts dans les roseaux, l'eau devint rouge de leur sang. Toute la troupe s'égailla et les fusils claquèrent de nouveau.

Des chasseurs passaient, ils cernèrent le marais, il y en avait même grimpés dans les arbres. Les chiens de chasse couraient dans la vase. Platch ! Platch ! Les roseaux volaient de tous côtés ; le pauvre caneton, épouvanté, essayait de cacher sa tête sous son aile quand il vit un immense chien terrifiant, la langue pendante, les yeux étincelants. Son museau, ses dents pointues étaient déjà prêts à le saisir quand — Klap ! il partit sans le toucher.

- Oh ! Dieu merci ! je suis si laid que même le chien ne veut pas me mordre.

Il se tint tout tranquille pendant que les plombs sifflaient et que les coups de fusils claquaient.

Le calme ne revint qu'au milieu du jour, mais le pauvre n'osait pas se lever, il attendit encore de longues heures, puis quittant le marais il courut à travers les champs et les prés, malgré le vent qui l'empêchait presque d'avancer.

Vers le soir, il atteignit une pauvre masure paysanne, si misérable qu'elle ne savait pas elle-même de quel côté elle avait envie de tomber, alors elle restait debout provisoirement. Le vent sifflait si fort qu'il fallait au caneton s'asseoir sur sa queue pour lui résister. Il s'aperçut tout à coup que l'un des gonds de la porte était arraché, ce qui laissait un petit espace au travers duquel il était possible de se glisser dans la cabane. C'est ce qu'il fit.

Une vieille paysanne habitait là, avec son chat et sa poule. Le chat pouvait faire le gros dos et ronronner. Il jetait même des étincelles si on le caressait à rebrousse-poil. La poule avait les pattes toutes courtes, elle pondait bien et la femme les aimait tous les deux comme ses enfants.

Au matin, ils remarquèrent l'inconnu.

Le chat fit « chum » et la poule fit « cotcotcot ».

- Qu'est-ce que c'est que ça ! dit la femme.

Elle n'y voyait pas très clair et crut que c'était une grosse cane égarée.

« Bonne affaire, pensa-t-elle, je vais avoir des œufs de cane. Pourvu que ce ne soit pas un mâle. Nous verrons bien. »

Le caneton resta à l'essai, mais on s'aperçut très vite qu'il ne pondait aucun œuf. Le chat était le maître de la maison et la poule la maîtresse. Ils disaient : « Nous et le monde », ils pensaient bien en être la moitié, du monde, et la meilleure. Le caneton était d'un autre avis, mais la poule ne supportait pas la contradiction.

- Sais-tu pondre ? demandait-elle.

- Non.

- Alors, tais-toi.

Et le chat disait :

- Sais-tu faire le gros dos, ronronner ?

- Non.

- Alors, n'émets pas des opinions absurdes quand les gens raisonnables parlent.

Le caneton, dans son coin, était de mauvaise humeur ; il avait une telle nostalgie d'air frais, de soleil, une telle envie de glisser sur l'eau. Il ne put s'empêcher d'en parler à la poule.

- Qu'est-ce qui te prend, répondit-elle. Tu n'as rien à faire, alors tu te montes la tête. Tu n'as qu'à pondre ou à ronronner, et cela te passera.

- C'est si délicieux de glisser sur l'eau, dit le caneton, si exquis quand elle vous passe par-dessus la tête et de plonger jusqu'au fond !

- En voilà un plaisir, dit la poule. Tu es complètement fou. Demande au chat, qui est l'être le plus intelligent que je connaisse, s'il aime glisser sur l'eau ou plonger la tête dedans. Je ne parle même pas de moi. Demande à notre hôtesse, la vieille paysanne. Il n'y a pas plus intelligent. Crois-tu qu'elle a envie de nager et d'avoir de l'eau par-dessus la tête ?

- Vous ne me comprenez pas, soupirait le caneton.

- Alors, si nous ne te comprenons pas, qui est-ce qui te comprendra ! Tu ne vas tout de même pas croire que tu es plus malin que le chat ou la femme... ou moi-même ! Remercie plutôt le ciel de ce qu'on a fait pour toi. N'es-tu pas là dans une chambre bien chaude avec des gens capables de t'apprendre quelque chose ? Mais tu n'es qu'un vaurien, et il n'y a aucun plaisir à te fréquenter. Remarque que je te veux du bien et si je te dis des choses désagréables, c'est que je suis ton amie. Essaie un peu de pondre ou de ronronner !

- Je crois que je vais me sauver dans le vaste monde, avoua le caneton.

- Eh bien ! vas-y donc.

Il s'en alla.

L'automne vint, les feuilles dans la forêt passèrent du jaune au brun, le vent les faisait voler de tous côtés. L'air était froid, les nuages lourds de grêle et de neige, dans les haies nues les corbeaux croassaient kré ! kru ! krà ! oui, il y avait de quoi grelotter. Le pauvre caneton n'était guère heureux.

Un soir, au soleil couchant, un grand vol d'oiseaux sortit des buissons. Jamais le caneton n'en avait vu de si beaux, d'une blancheur si immaculée, avec de longs cous ondulants. Ils ouvraient leurs larges ailes et s'envolaient loin des contrées glacées vers le midi, vers les pays plus chauds, vers la mer ouverte. Ils volaient si haut, si haut, que le caneton en fut impressionné ; il tournait sur l'eau comme une roue, tendait le cou vers le ciel... il poussa un cri si étrange et si puissant que lui-même en fut effrayé.

Jamais il ne pourrait oublier ces oiseaux merveilleux ! Lorsqu'ils furent hors de sa vue, il plongea jusqu'au fond de l'eau et quand il remonta à la surface, il était comme hors de lui-même. Il ne savait pas le nom de ces oiseaux ni où ils s'envolaient, mais il les aimait comme il n'avait jamais aimé personne. Il ne les enviait pas, comment aurait-il rêvé de leur ressembler...

L'hiver fut froid, terriblement froid. Il lui fallait nager constamment pour empêcher l'eau de geler autour de lui. Mais, chaque nuit, le trou où il nageait devenait de plus en plus petit. La glace craquait, il avait beau remuer ses pattes, à la fin, épuisé, il resta pris dans la glace.

Au matin, un paysan qui passait le vit, il brisa la glace de son sabot et porta le caneton à la maison où sa femme le ranima.

Les enfants voulaient jouer avec lui, mais lui croyait qu'ils voulaient lui faire du mal, il s'élança droit dans la terrine de lait éclaboussant toute la pièce ; la femme criait et levait les bras au ciel. Alors, il vola dans la baratte où était le beurre et, de là, dans le tonneau à farine. La paysanne le poursuivait avec des pincettes ; les enfants se bousculaient pour l'attraper... et ils riaient... et ils criaient. Heureusement, la porte était ouverte ! Il se précipita sous les buissons, dans la neige molle, et il y resta anéanti.

Il serait trop triste de raconter tous les malheurs et les peines qu'il dut endurer en ce long hiver. Pourtant, un jour enfin, le soleil se leva, déjà chaud, et se mit à briller. C'était le printemps.

Alors, soudain, il éleva ses ailes qui bruirent et le soulevèrent, et avant qu'il pût s'en rendre compte, il se trouva dans un grand jardin plein de pommiers en fleurs. Là, les lilas embaumaient et leurs longues branches vertes tombaient jusqu'aux fossés.

Comme il faisait bon et printanier ! Et voilà que, devant lui, sortant des fourrés trois superbes cygnes blancs s'avançaient. Il ébouriffaient leurs plumes et nageaient si légèrement, et il reconnaissait les beaux oiseaux blancs. Une étrange mélancolie s'empara de lui.

- Je vais voler jusqu'à eux et ils me battront à mort, moi si laid, d'avoir l'audace de les approcher ! Mais tant pis, plutôt mourir par eux que pincé par les canards, piqué par les poules ou par les coups de pied des filles de basse-cour !

Il s'élança dans l'eau et nagea vers ces cygnes pleins de noblesse. A son étonnement, ceux-ci, en le voyant, se dirigèrent vers lui.

- Tuez-moi, dit le pauvre caneton en inclinant la tête vers la surface des eaux.

Et il attendit la mort.

Mais alors, qu'est-ce qu'il vit, se reflétant sous lui, dans l'eau claire ? C'était sa propre image, non plus comme un vilain gros oiseau gris et lourdaud... il était devenu un cygne !!!

Car il n'y a aucune importance à être né parmi les canards si on a été couvé dans un œuf de cygne !

Il ne regrettait pas le temps des misères et des épreuves puisqu'elles devaient le conduire vers un tel bonheur ! Les grands cygnes blancs nageaient autour de lui et le caressaient de leur bec.

Quelques enfants approchaient, jetant du pain et des graines. Le plus petit s'écria :

- Oh ! il y en a un nouveau.

Et tous les enfants de s'exclamer et de battre des mains et de danser en appelant père et mère.

On lança du pain et des gâteaux dans l'eau. Tous disaient : « Le nouveau est le plus beau, si jeune et si gracieux. » Les vieux cygnes s'inclinaient devant lui.

Il était tout confus, notre petit canard, et cachait sa tête sous l'aile, il ne savait lui-même pourquoi. Il était trop heureux, pas du tout orgueilleux pourtant, car un grand cœur ne connaît pas l'orgueil. Il pensait combien il avait été pourchassé et haï alors qu'il était le même qu'aujourd'hui où on le déclarait le plus beau de tous !

Les lilas embaumaient dans la verdure, le chaud soleil étincelait. Alors il gonfla ses plumes, leva vers le ciel son col flexible et de tout son cœur comblé il cria : « Aurais-je pu rêver semblable félicité quand je n'étais que le vilain petit canard ! »

L'Heureuse Famille

La plus grande feuille dans ce pays est certainement la feuille de bardane. Si on la tient devant son petit estomac, on croit avoir un véritable tablier et si, les jours de pluie, on la pose sur sa tête, elle vaut presque un parapluie, tant elle est immense. Jamais une bardane ne pousse isolée ; où il y en a une, il y en a beaucoup d'autres et c'est une nourriture véritablement délicieuse pour les escargots. Je parle des grands escargots blancs que les gens distingués faisaient autrefois préparer en fricassée.

Il y avait un vieux château où l'on ne mangeait plus d'escargots, ils avaient presque disparu, mais la bardane, elle, était plus vivace que jamais, elle envahissait les allées et les plates-bandes ; on ne pouvait en venir à bout, c'était une vraie forêt. De-ci, de-là s'élevait un prunier ou un pommier, sans lesquels on n'aurait jamais cru que ceci avait été un jardin. Tout était bardane... et là-dedans vivaient les deux derniers et très vieux escargots.

Ils ne savaient pas eux-mêmes quel âge ils pouvaient avoir, mais ils se souvenaient qu'ils avaient été très nombreux, qu'ils étaient d'une espèce venue de l'étranger, et que c'est pour eux que toute la forêt avait été plantée. Ils n'en étaient jamais sortis, mais ils savaient qu'il y avait dans le monde quelque chose qui s'appelait « le château », où l'on était apporté pour être cuit, ce qui avait pour effet de vous faire devenir tout noir, puis on était posé sur un plat d'argent, sans que l'on puisse savoir ce qui arrivait par la suite. Etre cuit, devenir tout noir et couché sur un plat d'argent, ils ne s'imaginaient pas ce que cela pouvait être, mais ce devait être très agréable et supérieurement distingué.

Ni la taupe, ni le crapaud, ni le ver de terre interrogés, ne pouvaient donner là-dessus le moindre renseignement, aucun d'eux n'avait été cuit.

Les vieux escargots blancs savaient qu'ils étaient les plus nobles de tous, la forêt existait à leur usage unique et le château était là afin qu'ils puissent être cuits et mis sur un plat d'argent.

Ils vivaient très solitaires, mais heureux et comme ils n'avaient pas d'enfants, ils avaient recueilli un petit colimaçon tout ordinaire, qu'ils élevaient comme s'il était leur propre fils. Le petit ne grandissait guère parce qu'il était d'une espèce très vulgaire.

Un jour, une forte pluie tomba.

- Ecoutez comme ça tape sur les feuilles de bardane ! dit le père.

- Et les gouttes transpercent tout, dit la mère. Il y en a qui descendent même

le long des tiges. Tout va être mouillé. Quelle chance d'avoir chacun une bonne maison et le petit aussi. On a fait plus pour nous que pour toutes les autres créatures, on voit bien que nous sommes les maîtres du monde ! Dès notre naissance, nous avons notre propre maison et la forêt de bardanes semée pour notre usage. Je me demande ce qu'il y a au-delà.

- Il n'y a rien au-delà, dit le père. Nulle part, on pourrait être mieux que chez nous et je n'ai rien à désirer.

- Si, dit la mère, je voudrais être portée au château, être cuite et mise sur un plat d'argent. Tous nos ancêtres l'ont été et, crois-moi, ce doit être quelque chose d'extraordinaire.

- Le château est sans doute écroulé, dit le père, ou bien la forêt a poussé par-dessus, et les hommes n'ont plus pu en sortir. Du reste, il n'y a rien d'urgent à le savoir. Mais tu es toujours si agitée et le petit commence à l'être aussi — ne grimpe-t-il pas depuis trois jours le long de cette tige ?   - Ne le gronde pas, dit la mère, il grimpe si prudemment ; tu verras, nous en aurons de la satisfaction, et nous autres vieux n'avons pas d'autre raison d'exister. Mais une chose me préoccupe : comment lui trouver une femme ? Crois-tu que, au loin dans la forêt, on trouverait encore une jeune fille de notre race ?

- Oh ! des limaces noires, ça je crois qu'il y en a encore, mais sans coquille et vulgaires ! Et avec ça, elles ont des prétentions. Nous pourrions en parler aux fourmis qui courent de tous les côtés, comme si elles avaient quelque chose à faire. Peut-être qu'elles connaîtraient une femme pour notre petit ?

- Je connais la plus belle des belles, dit la fourmi, mais je crains qu'elle ne fasse pas l'affaire ; c'est une reine !

- Qu'est-ce que ça fait, dit le père, a-t-elle une « maison » ?

- Un château qu'elle a, dit la fourmi, un merveilleux château de fourmis, avec sept cents couloirs.

- Merci bien, dit la mère, notre fils n'ira pas dans une fourmilière. Si vous n'avez rien de mieux à nous offrir, nous nous adresserons aux moustiques blancs ; ils volent de tous côtés sous la pluie et dans le soleil et connaissent la forêt.

- Nous avons une femme pour lui, susurrèrent les moustiques. A cent pas humains d'ici se tient, sur un groseillier, une petite fille escargot à coquille qui est là toute seule et en âge de se marier.

- Qu'elle vienne vers lui, dit le père ; il possède une forêt de bardanes, elle n'a qu'un simple buisson...

Alors les moustiques allèrent chercher la petite jeune fille escargot. On l'attendit huit jours, ce qui prouve qu'elle était bien de leur race.

Ensuite, la noce eut lieu. Six vers luisants étincelèrent de leur mieux. Du reste, tout se passa très calmement, le vieux ménage escargots ne supportant ni la bombance, ni le chahut. Maman escargot tint un émouvant discours — le père était trop ému —, et c'est toute la forêt de bardanes que le jeune ménage reçut en dot, les parents disant, comme ils l'avaient toujours dit, que c'était là ce qu'il y avait de meilleur au monde, et que si les jeunes vivaient dans l'honnêteté et la droiture et se multipliaient, eux et leurs enfants auraient un jour l'honneur d'être portés au château, cuits et mis sur un plat d'argent.

Après ce discours, les vieux rentrèrent dans leur coquille et n'en sortirent plus jamais. Ils dormaient. Le jeune couple régna sur la forêt et eut une grande descendance, mais ils ne furent jamais cuits et ils n'eurent jamais l'honneur du plat d'argent. Ils en conclurent que le château s'était écroulé, que tous les hommes sur la terre étaient morts.

La pluie battait sur les feuilles de bardane pour leur offrir un concert de tambours, le soleil brillait afin de donner une belle couleur aux feuilles de bardane.

Ils en étaient très heureux, oui, toute la famille vivait heureuse.

La Reine des Neiges

UN CONTE EN SEPT HISTOIRES

PREMIERE HISTOIRE

QUI TRAITE D'UN MIROIR ET DE SES MORCEAUX

Voilà ! Nous commençons. Lorsque nous serons à la fin de l'histoire, nous en saurons plus que maintenant, car c'était un bien méchant sorcier, un des plus mauvais, le « diable » en personne.

Un jour il était de fort bonne humeur : il avait fabriqué un miroir dont la particularité était que le Bien et le Beau en se réfléchissant en lui se réduisaient à presque rien, mais que tout ce qui ne valait rien, tout ce qui était mauvais, apparaissait nettement et empirait encore. Les plus beaux paysages y devenaient des épinards cuits et les plus jolies personnes y semblaient laides à faire peur, ou bien elles se tenaient sur la tête et n'avaient pas de ventre, les visages étaient si déformés qu'ils n'étaient pas reconnaissables, et si l'on avait une tache de rousseur, c'est toute la figure (le nez, la bouche) qui était criblée de son. Le diable trouvait ça très amusant.

Lorsqu'une pensée bonne et pieuse passait dans le cerveau d'un homme, la glace ricanait et le sorcier riait de sa prodigieuse invention.

Tous ceux qui allaient à l'école des sorciers — car il avait créé une école de sorciers — racontaient à la ronde que c'est un miracle qu'il avait accompli là. Pour la première fois, disaient-ils, on voyait comment la terre et les êtres humains sont réellement. Ils couraient de tous côtés avec leur miroir et bientôt il n'y eut pas un pays, pas une personne qui n'eusseut été déformés là-dedans.

Alors, ces apprentis sorciers voulurent voler vers le ciel lui-même, pour se moquer aussi des anges et de Notre-Seigneur. Plus ils volaient haut avec le miroir, plus ils ricanaient. C'est à peine s'ils pouvaient le tenir et ils volaient de plus en plus haut, de plus en plus près de Dieu et des anges, alors le miroir se mit à trembler si fort dans leurs mains qu'il leur échappa et tomba dans une chute vertigineuse sur la terre où il se brisa en mille morceaux, que dis-je, en des millions, des milliards de morceaux, et alors, ce miroir devint encore plus dangereux qu'auparavant. Certains morceaux n'étant pas plus grands qu'un grain de sable voltigeaient à travers le monde et si par malheur quelqu'un les recevait dans l'œil, le pauvre accidenté voyait les choses tout de travers ou bien ne voyait que ce qu'il y avait de mauvais en chaque chose, le plus petit morceau du miroir ayant conservé le même pouvoir que le miroir tout entier. Quelques personnes eurent même la malchance qu'un petit éclat leur sautât dans le cœur et, alors, c'était affreux : leur cœur devenait un bloc de glace. D'autres morceaux étaient, au contraire, si grands qu'on les employait pour faire des vitres, et il n'était pas bon dans ce cas de regarder ses amis à travers elles. D'autres petits bouts servirent à faire des lunettes, alors tout allait encore plus mal. Si quelqu'un les mettait pour bien voir et juger d'une chose en toute équité, le Malin riait à s'en faire éclater le ventre, ce qui le chatouillait agréablement.

Mais ce n'était pas fini comme ça. Dans l'air volaient encore quelques parcelles du miroir !

Ecoutez plutôt.

DEUXIEME HISTOIRE

UN PETIT GARÇON ET UNE PETITE FILLE

ans une grande ville où il y a tant de maisons et tant de monde qu'il ne reste pas assez de place pour que chaque famille puisse avoir son petit jardin, deux enfants pauvres avaient un petit jardin. Ils n'étaient pas frère et sœur, mais s'aimaient autant que s'ils l'avaient été. Leurs parents habitaient juste en face les uns des autres, là où le toit d'une maison touchait presque le toit de l'autre, séparés seulement par les gouttières. Une petite fenêtre s'ouvrait dans chaque maison, il suffisait d'enjamber les gouttières pour passer d'un logement à l'autre.

Les familles avaient chacune devant sa fenêtre une grande caisse où poussaient des herbes potagères dont elles se servaient dans la cuisine, et dans chaque caisse poussait aussi un rosier qui se développait admirablement. Un jour, les parents eurent l'idée de placer les caisses en travers des gouttières de sorte qu'elles se rejoignaient presque d'une fenêtre à l'autre et formaient un jardin miniature. Les tiges de pois pendaient autour des caisses et les branches des rosiers grimpaient autour des fenêtres, se penchaient les unes vers les autres, un vrai petit arc de triomphe de verdure et de fleurs. Comme les caisses étaient placées très haut, les enfants savaient qu'ils n'avaient pas le droit d'y grimper seuls, mais on leur permettait souvent d'aller l'un vers l'autre, de s'asseoir chacun sur leur petit tabouret sous les roses, et ils ne jouaient nulle part mieux que là.

L'hiver, ce plaisir-là était fini. Les vitres étaient couvertes de givre, mais alors chaque enfant faisait chauffer sur le poêle une pièce de cuivre et la plaçait un instant sur la vitre gelée. Il se formait un petit trou tout rond à travers lequel épiait à chaque fenêtre un petit œil très doux, celui du petit garçon d'un côté, celui de la petite fille de l'autre. Lui s'appelait Kay et elle Gerda.

L'été, ils pouvaient d'un bond venir l'un chez l'autre ; l'hiver il fallait d'abord descendre les nombreux étages d'un côté et les remonter ensuite de l'autre. Dehors, la neige tourbillonnait.

- Ce sont les abeilles blanches qui papillonnent, disait la grand-mère.

- Est-ce qu'elles ont aussi une reine ? demanda le petit garçon.

- Mais bien sûr, dit grand-mère. Elle vole là où les abeilles sont les plus serrées, c'est la plus grande de toutes et elle ne reste jamais sur la terre, elle remonte dans les nuages noirs.

- Nous avons vu ça bien souvent, dirent les enfants.

Et ainsi ils surent que c'était vrai.

- Est-ce que la Reine des Neiges peut entrer ici ? demanda la petite fille.

- Elle n'a qu'à venir, dit le petit garçon, je la mettrai sur le poêle brûlant et elle fondra aussitôt.

Le soir, le petit Kay, à moitié déshabillé, grimpa sur une chaise près de la fenêtre et regarda par le trou d'observation. Quelques flocons de neige tombaient au-dehors et l'un de ceux-ci, le plus grand, atterrit sur le rebord d'une des caisses de fleurs. Ce flocon grandit peu à peu et finit par devenir une dame vêtue du plus fin voile blanc fait de millions de flocons en forme d'étoiles. Elle était belle, si belle, faite de glace aveuglante et scintillante et cependant vivante. Ses yeux étincelaient comme deux étoiles, mais il n'y avait en eux ni calme ni repos. Elle fit vers la fenêtre un signe de la tête et de la main. Le petit garçon, tout effrayé, sauta à bas de la chaise, il lui sembla alors qu'un grand oiseau, au-dehors, passait en plein vol devant la fenêtre.

Le lendemain fut un jour de froid clair, puis vint le dégel et le printemps.

Cet été-là les roses fleurirent magnifiquement, Gerda avait appris un psaume où l'on parlait des roses, cela lui faisait penser à ses propres roses et elle chanta cet air au petit garçon qui lui-même chanta avec elle :

Les roses poussent dans les vallées où l'enfant Jésus vient nous parler.

Les deux enfants se tenaient par la main, ils baisaient les roses, admiraient les clairs rayons du soleil de Dieu et leur parlaient comme si Jésus était là. Quels beaux jours d'été où il était si agréable d'être dehors sous les frais rosiers qui semblaient ne vouloir jamais cesser de donner des fleurs !

Kay et Gerda étaient assis à regarder le livre d'images plein de bêtes et d'oiseaux — l'horloge sonnait cinq heures à la tour de l'église — quand brusquement Kay s'écria :

- Aïe, quelque chose m'a piqué au cœur et une poussière m'est entrée dans l'œil.

La petite le prit par le cou, il cligna des yeux, non, on ne voyait rien.

- Je crois que c'est parti, dit-il.

Mais ce ne l'était pas du tout ! C'était un de ces éclats du miroir ensorcelé dont nous nous souvenons, cet affreux miroir qui faisait que tout ce qui était grand et beau, réfléchi en lui, devenait petit et laid, tandis que le mal et le vil, le défaut de la moindre chose prenait une importance et une netteté accrues.

Le pauvre Kay avait aussi reçu un éclat juste dans le cœur qui serait bientôt froid comme un bloc de glace. Il ne sentait aucune douleur, mais le mal était fait.

- Pourquoi pleures-tu ? cria-t-il, tu es laide quand tu pleures, est-ce que je me plains de quelque chose ? Oh ! cette rose est dévorée par un ver et regarde celle-là qui pousse tout de travers, au fond ces roses sont très laides.

Il donnait des coups de pied dans la caisse et arrachait les roses.

- Kay, qu'est-ce que tu fais ? cria la petite.

Et lorsqu'il vit son effroi, il arracha encore une rose et rentra vite par sa fenêtre, laissant là la charmante petite Gerda.

Quand par la suite elle apportait le livre d'images, il déclarait qu'il était tout juste bon pour les bébés et si grand-mère gentiment racontait des histoires, il avait toujours à redire, parfois il marchait derrière elle, mettait des lunettes et imitait, à la perfection du reste, sa manière de parler ; les gens en riaient.

Bientôt il commença à parler et à marcher comme tous les gens de sa rue pour se moquer d'eux.

On se mit à dire : « Il est intelligent ce garçon-là ! » Mais c'était la poussière du miroir qu'il avait reçue dans l'œil, l'éclat qui s'était fiché dans son cœur qui étaient la cause de sa transformation et de ce qu'il taquinait la petite Gerda, laquelle l'aimait de toute son âme.

Ses jeux changèrent complètement, ils devinrent beaucoup plus réfléchis. Un jour d'hiver, comme la neige tourbillonnait au-dehors, il apporta une grande loupe, étala sa veste bleue et laissa la neige tomber dessus.

- Regarde dans la loupe, Gerda, dit-il.

Chaque flocon devenait immense et ressemblait à une fleur splendide ou à une étoile à dix côtés.

- Comme c'est curieux, bien plus intéressant qu'une véritable fleur, ici il n'y a aucun défaut, ce seraient des fleurs parfaites — si elles ne fondaient pas.

Peu après Kay arriva portant de gros gants, il avait son traîneau sur le dos, il cria aux oreilles de Gerda :

- J'ai la permission de faire du traîneau sur la grande place où les autres jouent ! Et le voilà parti.

Sur la place, les garçons les plus hardis attachaient souvent leur traîneau à la voiture d'un paysan et se faisaient ainsi traîner un bon bout de chemin. C'était très amusant. Au milieu du jeu ce jour-là arriva un grand traîneau peint en blanc dans lequel était assise une personne enveloppée d'un manteau de fourrure blanc avec un bonnet blanc également. Ce traîneau fit deux fois le tour de la place et Kay put y accrocher rapidement son petit traîneau.

Dans la rue suivante, ils allaient de plus en plus vite. La personne qui conduisait tournait la tête, faisait un signe amical à Kay comme si elle le connaissait. Chaque fois que Kay voulait détacher son petit traîneau, cette personne faisait un signe et Kay ne bougeait plus ; ils furent bientôt aux portes de la ville, les dépassèrent même.

Alors la neige se mit à tomber si fort que le petit garçon ne voyait plus rien devant lui, dans cette course folle, il saisit

la corde qui l'attachait au grand traîneau pour se dégager, mais rien n'y fit. Son petit traîneau était solidement fixé et menait un train d'enfer derrière le grand. Alors il se mit à crier très fort mais personne ne l'entendit, la neige le cinglait, le traîneau volait, parfois il faisait un bond comme s'il sautait par-dessus des fossés et des mottes de terre. Kay était épouvanté, il voulait dire sa prière et seule sa table de multiplication lui venait à l'esprit.

Les flocons de neige devenaient de plus en plus grands, à la fin on eût dit de véritables maisons blanches ; le grand traîneau fit un écart puis s'arrêta et la personne qui le conduisait se leva, son manteau et son bonnet n'étaient faits que de neige et elle était une dame si grande et si mince, étincelante : la Reine des Neiges.

- Nous en avons fait du chemin, dit-elle, mais tu es glacé, viens dans ma peau d'ours.

Elle le prit près d'elle dans le grand traîneau, l'enveloppa du manteau. Il semblait à l'enfant tomber dans des gouffres de neige.

- As-tu encore froid ? demanda-t-elle en l'embrassant sur le front.

Son baiser était plus glacé que la glace et lui pénétra jusqu'au cœur déjà à demi glacé. Il crut mourir, un instant seulement, après il se sentit bien, il ne remarquait plus le froid.

« Mon traîneau, n'oublie pas mon traîneau. » C'est la dernière chose dont se souvint le petit garçon.

Le traîneau fut attaché à une poule blanche qui vola derrière eux en le portant sur son dos. La Reine des Neiges posa encore une fois un baiser sur le front de Kay, alors il sombra dans l'oubli total, il avait oublié Gerda, la grand-mère et tout le monde à la maison.

- Tu n'auras pas d'autre baiser, dit-elle, car tu en mourrais.

Kay la regarda. Qu'elle était belle, il ne pouvait s'imaginer visage plus intelligent, plus charmant, elle ne lui semblait plus du tout de glace comme le jour où il l'avait aperçue de la fenêtre et où elle lui avait fait des signes d'amitié ! A ses yeux elle était aujourd'hui la perfection, il n'avait plus du tout peur, il lui raconta qu'il savait calculer de tête, même avec des chiffres décimaux, qu'il connaissait la superficie du pays et le nombre de ses habitants. Elle lui souriait . . . Alors il sembla à l'enfant qu'il ne savait au fond que peu de chose et ses yeux s'élevèrent vers l'immensité de l'espace. La reine l'entraînait de plus en plus haut.

Ils volèrent par-dessus les forêts et les océans, les jardins et les pays. Au-dessous d'eux le vent glacé sifflait, les loups hurlaient, la neige étincelait, les corbeaux croassaient, mais tout en haut brillait la lune, si grande et si claire.

Au matin, il dormait aux pieds de la Reine des Neiges.

TROISIEME HISTOIRE

LE JARDIN DE LA MAGICIENNE

Mais que disait la petite Gerda, maintenant que Kay n'était plus là ? Où était-il ? Personne ne le savait, personne ne pouvait expliquer sa disparition. Les garçons savaient seulement qu'ils l'avaient vu attacher son petit traîneau à un autre, très grand, qui avait tourné dans la rue et était sorti de la ville. Nul ne savait où il était, on versa des larmes, la petite Gerda pleura beaucoup et longtemps, ensuite on dit qu'il était mort, qu'il était tombé dans la rivière coulant près de la ville. Les jours de cet hiver-là furent longs et sombres.

Enfin vint le printemps et le soleil.

- Kay est mort et disparu, disait la petite Gerda.

- Nous ne le croyons pas, répondaient les rayons du soleil.

- Il est mort et disparu, dit-elle aux hirondelles.

- Nous ne le croyons pas, répondaient-elles.

A la fin la petite Gerda ne le croyait pas non plus.

- Je vais mettre mes nouveaux souliers rouges, dit-elle un matin, ceux que Kay n'a jamais vus et je vais aller jusqu'à la rivière l'interroger.

Il était de bonne heure, elle embrassa sa grand-mère qui dormait, mit ses souliers rouges et toute seule sortit par la porte de la ville, vers le fleuve.

- Est-il vrai que tu m'as pris mon petit camarade de jeu ? Je te ferai cadeau de mes souliers rouges si tu me le rends.

Il lui sembla que les vagues lui faisaient signe, alors elle enleva ses souliers rouges, ceux auxquels elle tenait le plus, et les jeta tous les deux dans l'eau, mais ils tombèrent tout près du bord et les vagues les repoussèrent tout de suite vers elle, comme si la rivière ne voulait pas les accepter, puisqu'elle n'avait pas pris le petit Kay. Gerda crut qu'elle n'avait pas lancé les souliers assez loin, alors elle grimpa dans un bateau qui était là entre les roseaux, elle alla jusqu'au bout du bateau et jeta de nouveau ses souliers dans l'eau. Par malheur le bateau n'était pas attaché et dans le mouvement qu'elle fit il s'éloigna de la rive, elle s'en aperçut aussitôt et voulut retourner à terre, mais avant qu'elle n'y eût réussi, il était déjà loin sur l'eau et il s'éloignait de plus en plus vite.

Alors la petite Gerda fut prise d'une grande frayeur et se mit à pleurer, mais personne ne pouvait l'entendre, excepté les moineaux, et ils ne pouvaient pas la porter, ils volaient seulement le long de la rive, en chantant comme pour la consoler : « Nous voici ! Nous voici ! » Le bateau s'en allait à la dérive, la pauvre petite était là tout immobile sur ses bas, les petits souliers rouges flottaient derrière mais ne pouvaient atteindre la barque qui allait plus vite.

« Peut-être la rivière va-t-elle m'emporter auprès de Kay », pensa Gerda en reprenant courage. Elle se leva et durant des heures admira la beauté des rives verdoyantes. Elle arriva ainsi à un grand champ de cerisiers où se trouvait une petite maison avec de drôles de fenêtres rouges et bleues et un toit de chaume. Devant elle, deux soldats de bois présentaient les armes à ceux qui passaient.

Gerda les appela croyant qu'ils étaient vivants, mais naturellement ils ne répondirent pas, elle les approcha de tout près et le flot poussa la barque droit vers la terre.

Gerda appela encore plus fort, alors sortit de la maison une vieille, vieille femme qui s'appuyait sur un bâton à crochet, elle portait un grand chapeau de soleil orné de ravissantes fleurs peintes.

- Pauvre petite enfant, dit la vieille, comment es-tu venue sur ce fort courant qui t'emporte loin dans le vaste monde ?

La vieille femme entra dans l'eau, accrocha le bateau avec le crochet de son bâton, le tira à la rive et en fit sortir la petite fille.

Gerda était bien contente de toucher le sol sec mais un peu effrayée par cette vieille femme inconnue.

- Viens me raconter qui tu es et comment tu es ici, disait-elle.

La petite lui expliqua tout et la vieille branlait la tête en faisant Hm ! Hm ! et comme Gerda, lui ayant tout dit, lui demandait si elle n'avait pas vu le petit Kay, la femme lui répondit qu'il n'avait pas passé encore, mais qu'il allait sans doute venir, qu'il ne fallait en tout cas pas qu'elle s'en attriste mais qu'elle entre goûter ses confitures de cerises, admirer ses fleurs plus belles que celles d'un livre d'images ; chacune d'elles savait raconter une histoire.

Alors elle prit Gerda par la main et elles entrèrent dans la petite maison dont la vieille femme ferma la porte.

Les fenêtres étaient situées très haut et les vitres en étaient rouges, bleues et jaunes, la lumière du jour y prenait des teintes étranges mais sur la table il y avait de délicieuses cerises, Gerda en mangea autant qu'il lui plut. Tandis qu'elle mangeait, la vieille peignait sa chevelure avec un peigne d'or et ses cheveux blonds bouclaient et brillaient autour de son aimable petit visage, tout rond, semblable à une rose.

- J'avais tant envie d'avoir une si jolie petite fille, dit la vieille, tu vas voir comme nous allons bien nous entendre !

A mesure qu'elle peignait les cheveux de Gerda, la petite oubliait de plus en plus son camarade de jeu, car la vieille était une magicienne, mais pas une méchante sorcière, elle s'occupait un peu de magie, comme ça, seulement pour son plaisir personnel et elle avait très envie de garder la petite fille auprès d'elle.

C'est pourquoi elle sortit dans le jardin, tendit sa canne à crochet vers tous les rosiers et, quoique chargés des fleurs les plus ravissantes, ils disparurent dans la terre noire, on ne voyait même plus où ils avaient été. La vieille femme avait peur que Gerda, en voyant les roses, ne vint à se souvenir de son rosier à elle, de son petit camarade Kay et qu'elle ne s'enfuie.

Ensuite, elle conduisit Gerda dans le jardin fleuri. Oh ! quel parfum délicieux ! Toutes les fleurs et les fleurs de toutes les saisons étaient là dans leur plus belle floraison, nul livre d'images n'aurait pu être plus varié et plus beau. Gerda sauta de plaisir et joua jusqu'au moment où le soleil descendit derrière les grands cerisiers. Alors on la mit dans un lit délicieux garni d'édredons de soie rouge bourrés de violettes bleues, et elle dormit et rêva comme une princesse au jour de ses noces.

Le lendemain elle joua encore parmi les fleurs, dans le soleil — et les jours passèrent. Gerda connaissait toutes les fleurs par leur nom, il y en avait tant et tant et cependant il lui semblait qu'il en manquait une, laquelle ? Elle ne le savait pas.

Un jour elle était là, assise, et regardait le chapeau de soleil de la vieille femme avec les fleurs peintes où justement la plus belle fleur était une rose. La sorcière avait tout à fait oublié de la faire disparaître de son chapeau en même temps qu'elle faisait descendre dans la terre les vraies roses. On ne pense jamais à tout !

- Comment, s'écria Gerda, il n'y pas une seule rose ici ? Elle sauta au milieu de tous les parterres, chercha et chercha, mais n'en trouva aucune. Alors elle s'assit sur le sol et pleura, mais ses chaudes larmes tombèrent précisément à un endroit où un rosier s'était enfoncé, et lorsque les larmes mouillèrent la terre, l'arbre reparut soudain plus magnifiquement fleuri qu'auparavant. Gerda l'entoura de ses bras et pensa tout d'un coup à ses propres roses de chez elle et à son petit ami Kay.

- Oh comme on m'a retardée, dit la petite fille. Et je devais chercher Kay !

Ne savez-vous pas où il est ? demanda-t-elle aux roses. Croyez-vous vraiment qu'il soit mort et disparu ?

- Non, il n'est pas mort, répondirent les roses, nous avons été sous la terre, tous les morts y sont et Kay n'y était pas !

- Merci, merci à vous, dit Gerda allant vers les autres fleurs.

Elle regarda dans leur calice en demandant :

- Ne savez-vous pas où se trouve le petit Kay ?

Mais chaque fleur debout au soleil rêvait sa propre histoire, Gerda en entendit tant et tant, aucune ne parlait de Kay.

Mais que disait donc le lis rouge ?

- Entends-tu le tambour : Boum ! boum ! deux notes seulement, boum ! boum ! écoute le chant de deuil des femmes, l'appel du prêtre. Dans son long sari rouge, la femme hindoue est debout sur le bûcher, les flammes montent autour d'elle et de son époux défunt, mais la femme hindoue pense à l'homme qui est vivant dans la foule autour d'elle, à celui dont les yeux brûlent, plus ardents que les flammes, celui dont le regard touche son cœur plus que cet incendie qui bientôt réduira son corps en cendres. La flamme du cœur peut-elle mourir dans les flammes du bûcher ?

- Je n'y comprends rien du tout, dit la petite Gerda.

- C'est là mon histoire, dit le lis rouge.

Et que disait le liseron ?

- Là-bas, au bout de l'étroit sentier de montagne est suspendu un vieux castel, le lierre épais pousse sur les murs rongés, feuille contre feuille, jusqu'au balcon où se tient une ravissante jeune fille. Elle se penche sur la balustrade et regarde au loin sur le chemin. Aucune rose dans le branchage n'est plus fraîche que cette jeune fille, aucune fleur de pommier que le vent arrache à l'arbre et emporte au loin n'est plus légère. Dans le froufrou de sa robe de soie, elle s'agite : « Ne vient-il pas ? ».

- Est-ce de Kay que tu parles ? demanda Gerda.

- Je ne parle que de ma propre histoire, de mon rêve, répondit le liseron.

Mais que dit le petit perce-neige ?

- Dans les arbres, cette longue planche suspendue par deux cordes, c'est une balançoire. Deux délicieuses petites filles — les robes sont blanches, de longs rubans verts flottent à leurs cha-

peaux — y sont assises et se balancent. Le frère, plus grand qu'elles, se met debout sur la balançoire, il passe un bras autour de la corde pour se tenir, il tient d'une main une petite coupe, de l'autre une pipe d'écume et il fait des bulles de savon. La balançoire va et vient, les bulles de savon aux teintes irisées s'envolent, la dernière tient encore à la pipe et se penche dans la brise. La balançoire va et vient. Le petit chien noir aussi léger que les bulles de savon se dresse sur ses pattes de derrière et veut aussi monter, mais la balançoire vole, le chien tombe, il aboie, il est furieux, on rit de lui, les bulles éclatent. Voilà ! une planche qui se balance, une écume qui se brise, voilà ma chanson . . .

- C'est peut-être très joli ce que tu dis là, mais tu le dis tristement et tu ne parles pas de Kay.

Que dit la jacinthe ?

- Il y avait trois sœurs délicieuses, transparentes et délicates, la robe de la première était rouge, celle de la seconde bleue, celle de la troisième toute blanche. Elles dansaient en se tenant par la main près du lac si calme, au clair de lune. Elles n'étaient pas filles des elfes mais bien enfants des hommes. L'air embaumait d'un exquis parfum, les jeunes filles disparurent dans la forêt. Le parfum devenait de plus en plus fort — trois cercueils où étaient couchées les ravissantes filles glissaient d'un fourré de la forêt dans le lac, les vers luisants volaient autour comme de petites lumières flottantes. Dormaient-elles ces belles filles ? Etaient-elles mortes ? Le parfum des fleurs dit qu'elles sont mortes, les cloches sonnent pour les défuntes.

- Tu me rends malheureuse, dit la petite Gerda. Tu as un si fort parfum, qui me fait penser à ces pauvres filles. Hélas ! le petit Kay est-il vraiment mort ? Les roses qui ont été sous la terre me disent que non.

- Ding ! Dong ! sonnèrent les clochettes des jacinthes. Nous ne sonnons pas pour le petit Kay, nous ne le connaissons pas. Nous chantons notre chanson, c'est la seule que nous sachions.

Gerda se tourna alors vers le bouton d'or qui brillait parmi les feuilles vertes, luisant.

- Tu es un vrai petit soleil ! lui dit Gerda. Dis-moi si tu sais où je trouverai mon camarade de jeu ?

Le bouton d'or brillait tant qu'il pouvait et regardait aussi la petite fille. Mais quelle chanson savait-il ? On n'y parlait pas non plus de Kay :

- Dans une petite ferme, le soleil brillait au premier jour du printemps, ses rayons frappaient le bas du mur blanc du voisin, et tout près poussaient les premières fleurs jaunes, or lumineux dans ces chauds rayons. Grand-mère était assise dehors dans son fauteuil, sa petite fille, la pauvre et jolie servante rentrait d'une courte visite, elle embrassa la grand-mère. Il y avait de l'or du cœur dans ce baiser béni. De l'or sur les lèvres, de l'or au fond de l'être, de l'or dans les claires heures du matin. Voilà ma petite histoire, dit le bouton d'or.

- Ma pauvre vieille grand-mère, soupira Gerda. Elle me regrette sûrement et elle s'inquiète comme elle s'inquiétait pour Kay. Mais je rentrerai bientôt et je ramènerai Kay. Cela ne sert à rien que j'interroge les fleurs, elles ne connaissent que leur propre chanson, elles ne savent pas me renseigner.

Elle retroussa sa petite robe pour pouvoir courir plus vite, mais le narcisse lui fit un croc-en-jambe au moment où elle sautait pardessus lui. Alors elle s'arrêta, regarda la haute fleur et demanda :

- Sais-tu par hasard quelque chose ?

Elle se pencha très bas pour être près de lui. Et que dit-il ?

- Je me vois moi-même, je me vois moi-même ! Oh ! Oh ! quel parfum je répands ! Là-haut dans la mansarde, à demi vêtue, se tient une petite danseuse, tantôt sur une jambe, tantôt sur les deux, elle envoie promener le monde entier de son pied, au fond elle n'est qu'une illusion visuelle, pure imagination.

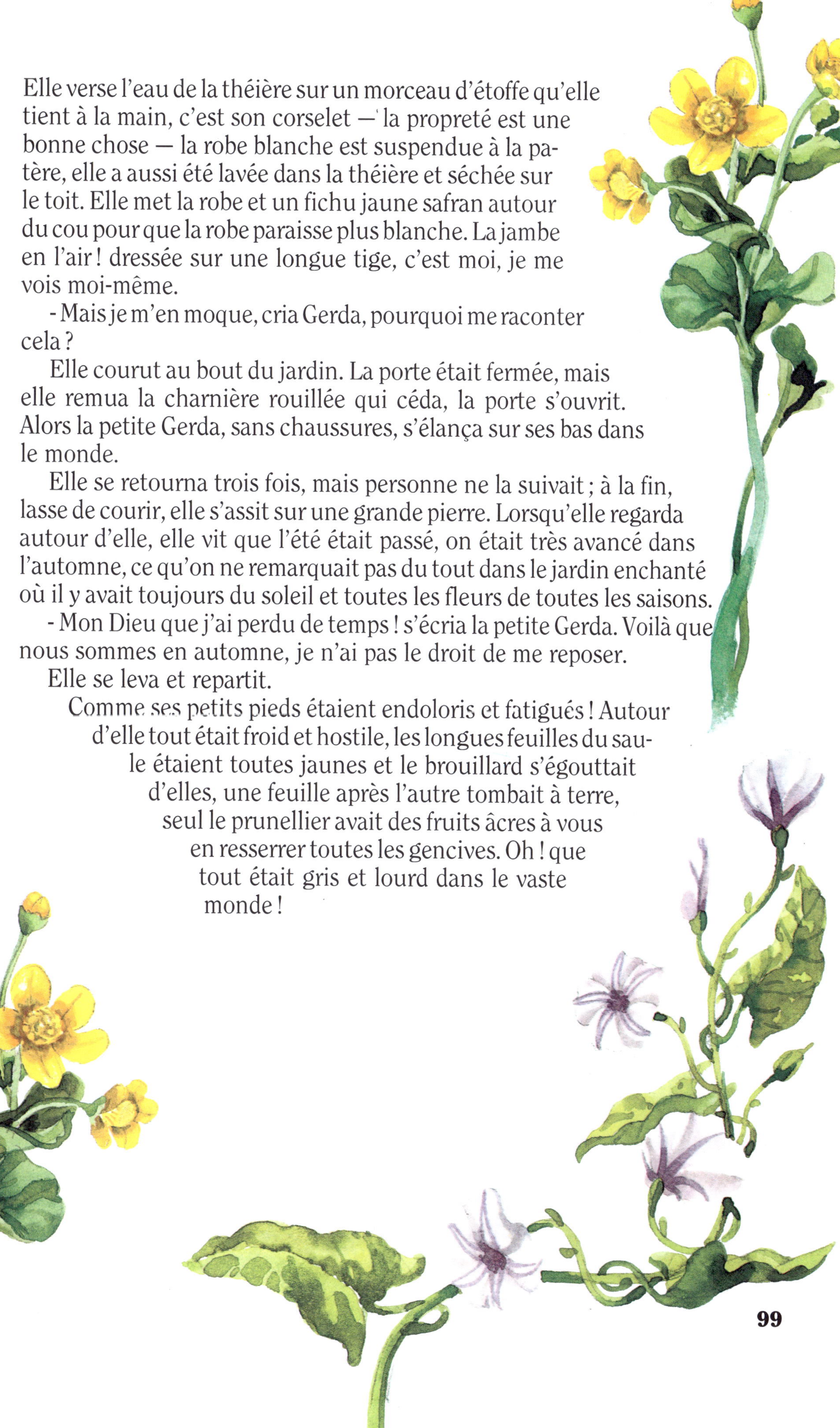

Elle verse l'eau de la théière sur un morceau d'étoffe qu'elle tient à la main, c'est son corselet — la propreté est une bonne chose — la robe blanche est suspendue à la patère, elle a aussi été lavée dans la théière et séchée sur le toit. Elle met la robe et un fichu jaune safran autour du cou pour que la robe paraisse plus blanche. La jambe en l'air ! dressée sur une longue tige, c'est moi, je me vois moi-même.

- Mais je m'en moque, cria Gerda, pourquoi me raconter cela ?

Elle courut au bout du jardin. La porte était fermée, mais elle remua la charnière rouillée qui céda, la porte s'ouvrit. Alors la petite Gerda, sans chaussures, s'élança sur ses bas dans le monde.

Elle se retourna trois fois, mais personne ne la suivait ; à la fin, lasse de courir, elle s'assit sur une grande pierre. Lorsqu'elle regarda autour d'elle, elle vit que l'été était passé, on était très avancé dans l'automne, ce qu'on ne remarquait pas du tout dans le jardin enchanté où il y avait toujours du soleil et toutes les fleurs de toutes les saisons.

- Mon Dieu que j'ai perdu de temps ! s'écria la petite Gerda. Voilà que nous sommes en automne, je n'ai pas le droit de me reposer.

Elle se leva et repartit.

Comme ses petits pieds étaient endoloris et fatigués ! Autour d'elle tout était froid et hostile, les longues feuilles du saule étaient toutes jaunes et le brouillard s'égouttait d'elles, une feuille après l'autre tombait à terre, seul le prunellier avait des fruits âcres à vous en resserrer toutes les gencives. Oh ! que tout était gris et lourd dans le vaste monde !

QUATRIEME HISTOIRE

PRINCE ET PRINCESSE

ncore une fois, Gerda dut se reposer, elle s'assit. Alors sur la neige une corneille sautilla auprès d'elle, une grande corneille qui la regardait depuis un bon moment en secouant la tête. Elle fit Kra ! Kra ! bonjour, bonjour. Elle ne savait dire mieux, mais avait d'excellentes intentions. Elle demanda à la petite fille où elle allait ainsi, toute seule, à travers le monde.

Le mot *seule,* Gerda le comprit fort bien, elle sentait mieux que quiconque tout ce qu'il pouvait contenir, elle raconta toute sa vie à la corneille et lui demanda si elle n'avait pas vu Kay.

La corneille hochait la tête et semblait réfléchir.

- Mais, peut-être bien, ça se peut...

- Vraiment ! tu le crois ? cria la petite fille.

Elle aurait presque tué la corneille tant elle l'embrassait.

- Doucement, doucement, fit la corneille. Je crois que ce pourrait bien être Kay, mais il t'a sans doute oubliée pour la princesse.

- Est-ce qu'il habite chez une princesse ? demanda Gerda.

- Oui, écoute, mais je m'exprime si mal dans ta langue. Si tu comprenais le parler des corneilles, ce me serait plus facile.

- Non, ça je ne l'ai pas appris, dit Gerda, mais grand-mère le savait, elle savait tout. Si seulement je l'avais appris !

- Ça ne fait rien, je raconterai comme je pourrai, très mal sûrement.

Et elle se mit à raconter.

Dans ce royaume où nous sommes, habite une princesse d'une intelligence extraordinaire.

L'autre jour qu'elle était assise sur le trône — ce n'est pas si amusant d'après ce qu'on dit — elle se mit à fredonner « Pourquoi ne pas me marier ? »

- Tiens, ça me donne une idée ! s'écria-t-elle. Et elle eut envie de se marier, mais elle voulait un mari capable de répondre avec esprit quand on lui parlait de toutes choses.

- Chaque mot que je dis est la pure vérité, interrompit la corneille. J'ai une fiancée qui est apprivoisée et se promène librement dans le château, c'est elle qui m'a tout raconté.

Sa fiancée était naturellement aussi une corneille, car une corneille mâle cherche toujours une fiancée de son espèce.

Tout de suite les journaux parurent avec une bordure de cœurs et l'initiale de la princesse. On y lisait que tout jeune homme de bonne apparence pouvait monter au château et parler à la princesse, et celui qui parlerait de façon que l'on comprenne tout de suite qu'il était bien à sa place dans un château, que celui enfin qui parlerait le mieux, la princesse le prendrait pour époux.

- Oui ! oui ! tu peux m'en croire, c'est aussi vrai que me voilà, dit la corneille, les gens accouraient, quelle foule, quelle presse, mais sans succès le premier, ni le second jour. Ils parlaient tous très facilement dans la rue, mais quand ils avaient dépassé les grilles du palais, vu les gardes en uniforme brodé d'argent, les laquais en livrée d'or sur les escaliers et les grands salons illuminés, ils étaient tout déconcertés, ils se tenaient devant le trône où la princesse était assise et ne savaient que dire sinon répéter le dernier mot qu'elle avait prononcé, et ça elle ne se souciait nullement de l'entendre répéter. On aurait dit que tous ces prétendants étaient tombés en léthargie — jusqu'à ce qu'ils se retrouvent dehors, dans la rue, alors ils retrouvaient la parole. Il y avait queue depuis les portes de la ville jusqu'au château, affirma la corneille. Quand ils arrivaient au château, on ne leur offrait même pas un verre d'eau.

Les plus avisés avaient bien apporté des tartines mais ils ne partageaient pas avec leurs voisins, ils pensaient :

« S'il a l'air affamé, la princesse ne le prendra pas. »

- Mais Kay, mon petit Kay, quand m'en parleras-tu ? Etait-il parmi tous ces gens-là ?

- Patience ! patience ! nous y sommes. Le troisième jour arriva un petit personnage sans cheval ni voiture, il monta d'un pas décidé jusqu'au château, ses yeux brillaient comme les tiens, il avait de beaux cheveux longs, mais ses vêtements étaient bien pauvres.

- C'était Kay, jubila Gerda. Enfin je l'ai trouvé.

Et elle battit des mains.

- Il avait un petit sac sur le dos, dit la corneille.

- Non, c'était sûrement son traîneau, dit Gerda, il était parti avec.

- Possible, répondit la corneille, je n'y ai pas regardé de si près, mais ma fiancée apprivoisée m'a dit que lorsqu'il entra par le grand portail, qu'il vit les gardes en uniforme brodé d'argent, les laquais des escaliers vêtus d'or, il ne fut pas du tout intimidé, il les salua, disant :

- Comme ce doit être ennuyeux de rester sur l'escalier, j'aime mieux entrer.

Les salons étaient brillamment illuminés, les Conseillers particuliers et les Excellences marchaient pieds nus et portaient des plats en or, c'était quelque chose de très imposant. Il avait des souliers qui craquaient très fort, mais il ne se laissa pas impressionner.

- C'est sûrement Kay, dit Gerda, je sais qu'il avait des souliers neufs et je les entendais craquer dans la chambre de grand-maman.

Mais plein d'assurance, il s'avança jusque devant la princesse qui était assise sur une perle grande comme une roue de rouet.

Toutes les dames de la cour avec leurs servantes et les servantes de leurs servantes, et tous les chevaliers avec leurs serviteurs et les serviteurs de leurs serviteurs qui eux-mêmes avaient droit à un petit valet, se tenaient debout tout autour et plus ils étaient près de la porte, plus ils avaient l'air fier. Le valet du domestique du premier serviteur qui se promène toujours en pantoufles, on ose à peine le regarder tellement il a l'air fier debout devant la porte.

- Mais est-ce que Kay a tout de même eu la princesse ?

- Si je n'étais pas corneille, je l'aurais prise. Il était décidé et charmant, il n'était pas venu en prétendant mais seulement pour juger de l'intelligence de la princesse et il la trouva remarquable... et elle le trouva très bien aussi.

- C'était lui, c'était Kay, s'écria Gerda, il était si intelligent, il savait calculer de tête même avec les chiffres décimaux. Oh ! conduis-moi au château...

- C'est vite dit, répartit la corneille, mais comment ? J'en parlerai à ma fiancée apprivoisée, elle saura nous conseiller car il faut bien que je te dise qu'une petite fille comme toi ne peut pas entrer là régulièrement.

- Si, j'irai, dit Gerda. Quand Kay entendra que je suis là il sortira tout de suite pour venir me chercher.

- Attends-moi là près de l'escalier.

Elle secoua la tête et s'envola.

Il faisait nuit lorsque la corneille revint.

- Kra ! Kra ! fit-elle. Ma fiancée te fait dire mille choses et voici pour toi un petit

pain qu'elle a pris à la cuisine. Ils ont assez de pain là-dedans et tu dois avoir faim. Il est impossible que tu entres au château — tu n'as pas de chaussures — les gardes en argent et les laquais en or ne le permettraient pas, mais ne pleure pas, tu vas tout de même y aller. Ma fiancée connaît un petit escalier dérobé qui conduit à la chambre à coucher et elle sait où elle peut en prendre la clé.

Alors la corneille et Gerda s'en allèrent dans le jardin, dans les grandes allées où les feuilles tombaient l'une après l'autre, puis au château où les lumières s'éteignaient l'une après l'autre et la corneille conduisit Gerda jusqu'à une petite porte de derrière qui était entrebâillée.

Oh ! comme le cœur de Gerda battait d'inquiétude et de désir, comme si elle faisait quelque chose de mal, et pourtant elle voulait seulement savoir s'il s'agissait bien de Kay — oui, ce ne pouvait être que lui, elle pensait si intensément à ses yeux intelligents, à ses longs cheveux, elle le voyait vraiment sourire comme lorsqu'ils étaient à la maison sous les roses. Il serait sûrement content de la voir, de savoir quel long chemin elle avait fait pour le trouver.

Les voilà dans l'escalier où brûlait une petite lampe sur un buffet ; au milieu du parquet se tenait la corneille apprivoisée qui tournait la tête de tous les côtés et considérait Gerda, laquelle fit une révérence comme grand-mère le lui avait appris.

- Mon fiancé m'a dit tant de bien de vous, ma petite demoiselle, dit la corneille apprivoisée, du reste votre curriculum vitae, comme on dit, est si touchant. Voulez-vous tenir la lampe, je marcherai devant. Nous irons tout droit, ici nous ne rencontrerons personne.

- Il me semble que quelqu'un marche juste derrière nous, dit Gerda. Quelque chose passa près d'elle en bruissant, sur les murs glissaient des ombres : chevaux aux crinières flottantes et aux jambes fines, jeunes chasseurs, cavaliers et cavalières.

- Rêves que tout cela, dit la corneille. Ils viennent seulement orienter vers la chasse les rêves de nos princes, nous pourrons d'autant mieux les contempler dans leur lit. Mais autre chose : si vous entrez en grâce et prenez de l'importance ici, vous montrerez-vous reconnaissante ?

- Ne parlons pas de ça, dit la corneille de la forêt.

Ils entrèrent dans la première salle tendue de satin rose à grandes fleurs, les rêves les avaient dépassés et couraient si vite que Gerda ne put apercevoir les hauts personnages. Les salles se succédaient l'une plus belle que l'autre, on en était impressionné... et ils arrivèrent à la chambre à coucher.

Le plafond ressemblait à un grand palmier aux feuilles de verre précieux, et au milieu du parquet se trou-

vaient, accrochés à une tige d'or, deux lits qui ressemblaient à des lis, l'un était blanc et la princesse y était couchée, l'autre était rouge et c'est dans celui-là que Gerda devait chercher le petit Kay. Elle écarta quelques pétales rouges et aperçut une nuque brune.

- Oh ! c'est Kay ! cria-t-elle tout haut en élevant la lampe vers lui.

Les rêves à cheval bruissaient dans la chambre. Il s'éveilla, tourna la tête vers elle — et ce n'était pas le petit Kay...

Le prince ne lui ressemblait que par la nuque mais il était jeune et beau.

Alors la petite Gerda se mit à pleurer, elle raconta toute son histoire et ce que les corneilles avaient fait pour l'aider.

- Pauvre petite, s'exclamèrent le prince et la princesse. Ils louèrent grandement les corneilles, déclarant qu'ils n'étaient pas du tout fâchés mais qu'elles ne devaient tout de même pas recommencer. Cependant ils voulaient leur donner une récompense.

- Voulez-vous voler librement ? demanda la princesse, ou voulez-vous avoir la charge de corneilles de la cour ayant droit à tous les déchets de la cuisine ?

Les deux corneilles firent la révérence et demandèrent une charge fixe ; elles pensaient à leur vieillesse et qu'il est toujours bon d'avoir quelque chose de sûr pour ses vieux jours.

Le prince se leva de son lit et permit à Gerda d'y dormir. Il ne pouvait vraiment faire plus. Elle joignit ses petites mains et pensa :

« Comme il y a des êtres humains et aussi des animaux qui sont bons ! » Là-dessus elle ferma les yeux et s'endormit délicieusement.

Tous les rêves voltigèrent à nouveau autour d'elle, cette fois ils avaient l'air d'anges du Bon Dieu, ils portaient un petit traîneau sur lequel était assis Kay qui saluait. Mais tout ceci n'était que rêve et disparut dès qu'elle s'éveilla.

Le lendemain on la vêtit de la tête aux pieds de soie et de velours, elle fut invitée à rester au château et à couler des jours heureux mais elle demanda seulement une petite voiture attelée d'un cheval et une paire de petites bottines, elle voulait repartir de par le monde pour retrouver Kay.

On lui donna de petites bottines et un manchon, on l'habilla à ravir et au moment de partir un carrosse d'or pur attendait devant la porte. La corneille de la forêt, mariée maintenant, les accompagna pendant trois lieues, assise à côté de la petite fille car elle ne pouvait supporter de rouler à reculons, la deuxième corneille, debout à la porte, battait des ailes, souffrant d'un grand mal de tête pour avoir trop mangé depuis qu'elle avait obtenu un poste fixe, elle ne pouvait les accompagner. Le carrosse était bourré de craquelins sucrés, de fruits et de pains d'épice.

- Adieu ! Adieu ! criaient le prince et la princesse.

Gerda pleurait, la corneille pleurait, les premières lieues passèrent ainsi, puis la corneille fit aussi ses adieux et ce fut la plus dure séparation. Elle s'envola dans un arbre et battit de ses ailes noires aussi longtemps que fut en vue la voiture qui rayonnait comme le soleil lui-même.

CINQUIEME HISTOIRE

LA PETITE FILLE DES BRIGANDS

On roulait à travers la sombre forêt et le carrosse luisait comme un flambeau. Des brigands qui se trouvaient là en eurent les yeux blessés, il ne pouvaient le supporter.

- De l'or ! de l'or ! criaient-ils.

S'élançant à la tête des chevaux, ils massacrèrent les petits postillons, le cocher et les valets et tirèrent la petite Gerda hors de la voiture.

- Elle est grassouillette, elle est mignonne et nourrie d'amandes, dit la vieille brigande qui avait une longue barbe broussailleuse et des sourcils qui lui tombaient sur les yeux. C'est joli comme un petit agneau gras, ce sera délicieux à manger.

Elle tira son grand couteau et il luisait d'une façon terrifiante.

- Aïe ! criait en même temps cette mégère.

Sa propre petite fille qu'elle portait sur le dos et qui était sauvage et mal élevée à souhait, venait de la mordre à l'oreille.

- Sale petite ! fit la mère.

Elle n'eut pas le temps de tuer Gerda, sa petite fille lui dit :

- Elle jouera avec moi, qu'elle me donne son manchon, sa jolie robe et je la laisserai coucher dans mon lit.

Elle mordit de nouveau sa mère qui se débattait et se tournait de tous les côtés. Les brigands riaient.

- Voyez comme elle danse avec sa petite !

- Je veux monter dans le carrosse, dit la petite fille des brigands.

Et il fallut en passer par où elle voulait, elle était si gâtée et si difficile. Elle s'assit auprès de Gerda et la voiture repartit par-dessus les souches et les broussailles plus profondément encore dans la forêt. La fille des brigands était de la taille de Gerda mais plus forte, plus large d'épaules, elle avait le teint sombre et des yeux noirs presque tristes. Elle prit Gerda par la taille, disant :

- Ils ne te tueront pas tant que je ne serai pas fâchée avec toi. Tu es sûrement une princesse.

- Non, répondit Gerda.

Et elle lui raconta tout ce qui lui était arrivé et combien elle aimait le petit Kay.

La fille des brigands la regardait d'un air sérieux, elle fit un signe de la tête.

Elle essuya les yeux de Gerda et mit ses deux mains dans le manchon. Qu'il était doux !

Le carrosse s'arrêta, elles étaient au milieu de la cour d'un château de brigands, tout lézardé du haut en bas, des corbeaux, des corneilles s'envolaient de tous les trous et les grands bouledogues, qui avaient chacun l'air capable d'avaler un homme, bondissaient mais n'aboyaient pas, cela leur était défendu.

Dans la grande vieille salle noire de suie, brûlait sur le dallage de pierres un grand feu, la fumée montait vers le plafond et cherchait une issue, une grande marmite de soupe bouillait et sur des broches rôtissaient lièvres et lapins.

- Tu vas dormir avec moi et tous mes petits animaux préférés ! dit la fille des brigands.

Après avoir bu et mangé elles allèrent dans un coin où il y avait de la paille et des couvertures. Au-dessus, sur des lattes et des barreaux se tenaient une centaine de pigeons qui avaient tous l'air de dormir mais ils tournèrent un peu la tête à l'arrivée des fillettes.

- Ils sont tous à moi, dit la petite fille des brigands.

Elle attrapa un des plus proches, le tint par les pattes.

- Embrasse-le ! cria-t-elle en le claquant à la figure de Gerda.

- Et voilà toutes les canailles de la forêt, continua-t-elle, en montrant une quantité de barreaux masquant un trou très haut dans le mur.

- Ce sont les canailles de la forêt, ces deux-là, ils s'envolent tout de suite si on ne les enferme pas bien. Et voici le plus chéri, mon vieux Bée !

Elle tira par une corne un renne qui portait un anneau de cuivre poli autour du cou et qui était attaché.

- Il faut aussi l'avoir à la chaîne celui-là, sans quoi il bondit et s'en va. Tous les soirs je lui caresse le cou avec mon couteau aiguisé, il en a une peur terrible, ajouta-t-elle.

Elle prit un couteau dans une fente du mur et le fit glisser sur le cou du pauvre renne qui ruait, mais la fille des brigands ne faisait qu'en rire. Elle entraîna Gerda vers le lit.

- Est-ce que tu le gardes près de toi pour dormir ? demanda Gerda.

- Je dors toujours avec un couteau, dit la fille des brigands. On ne sait jamais ce qui peut arriver. Mais répète-moi ce que tu me racontais de Kay.

Tandis que la petite Gerda racontait, les pigeons de la forêt roucoulaient là-haut dans leur cage, les autres pigeons dormaient. La fille des brigands dormait et ronflait, une main passée autour du cou de Gerda et le couteau dans l'autre, mais Gerda ne put fermer l'œil, ne sachant si elle allait vivre ou mourir.

Alors, les pigeons de la forêt dirent :

- Crouou ! Crouou ! nous avons vu le petit Kay. Une poule blanche portait son traîneau, lui était assis dans celui de la Reine des Neiges, qui volait bas au-dessus de la forêt, nous étions dans notre nid, la Reine a soufflé sur tous les jeunes et tous sont morts, sauf nous deux. Crouou ! Crouou !

- Que dites-vous là-haut ? cria Gerda. Où la Reine des Neiges est-elle partie ?

- Elle allait sûrement vers la Laponie où il y a toujours de la neige et de la glace. Demande au renne qui est attaché à la corde.

- Il y a de glace et de la neige, c'est agréable et bon, dit le renne. Là, on peut sauter, libre, dans les grandes plaines brillantes, c'est là que la Reine des Neiges a sa tente d'été, mais son véritable château est près du pôle Nord, sur une île appelée Spitzberg.

- Oh ! mon Kay, mon petit Kay, soupira Gerda.

- Si tu ne te tiens pas tranquille, dit la fille des brigands à demi réveillée, je te plante le couteau dans le ventre.

Au matin Gerda raconta à la fillette ce que les pigeons, le renne, lui avaient dit et la fille des brigands avait un air très sérieux, elle disait :

- Ça m'est égal ! ça m'est égal !

- Sais-tu où est la Laponie ? demanda-t-elle au renne.

- Qui pourrait le savoir mieux que moi, répondit l'animal dont les yeux étincelèrent. C'est là que je suis né, que j'ai joué et bondi sur les champs enneigés.

- Ecoute, dit la fille des brigands à Gerda, tu vois que maintenant tous les hommes sont partis, la mère est toujours là et elle restera, mais bientôt elle va se mettre à boire à même cette grande bouteille là-bas et elle se paiera ensuite un petit somme supplémentaire — alors je ferai quelque chose pour toi.

Lorsque la mère eut bu la bouteille et se fut rendormie, la fille des brigands alla vers le renne et lui dit :

- Cela m'aurait amusé de te chatouiller encore souvent le cou avec mon couteau aiguisé car tu es si amusant quand tu as peur, mais tant pis, je vais te détacher et t'aider à sortir pour que tu puisses courir jusqu'en Laponie mais il faudra prendre tes jambes à ton cou et m'apporter cette petite fille au château de la Reine des Neiges où est son camarade de jeu. Tu as sûrement entendu ce qu'elle a raconté, elle parlait assez fort et tu es toujours à écouter.

Le renne sauta en l'air de joie. La fille des brigands souleva Gerda et prit la précaution de l'attacher fermement sur le dos de la bête, elle la fit même asseoir sur un petit coussin.

- Ça m'est égal, dit-elle. Prends tes bottines fourrées car il fera froid, mais le manchon je le garde, il est trop joli. Et comme je ne veux pas que tu aies froid, voilà les immense moufles de ma mère, elles te monteront jusqu'au coude — fourre-moi tes mains là-dedans. Et voilà, par les mains tu ressembles à mon affreuse mère.

Gerda pleurait de joie.

-Assez de pleurnicheries, je n'aime pas ça, tu devrais avoir l'air contente au contraire, voilà deux pains et un jambon, tu ne souffriras pas de la faim.

Elle attacha les deux choses sur le renne, ouvrit la porte, enferma les grands chiens, puis elle coupa avec son couteau la corde du renne et lui dit :

-Va maintenant, cours, mais fais bien attention à la petite fille.

Gerda tendit ses mains gantées des immenses moufles vers la fille des brigands pour dire adieu et le renne détala par-dessus les buissons et les souches, à travers la grande forêt par les marais et par la steppe, il courait tant qu'il pouvait. Les loups hurlaient, les corbeaux croassaient. Le ciel faisait pfut ! pfut ! comme s'il éternuait rouge.

- C'est la chère vieille aurore boréale, dit le renne, regarde cette lumière !

Et il courait, il courait, de jour et de nuit.

On mangea les pains, et le jambon aussi. Et ils arrivèrent en Laponie.

SIXIEME HISTOIRE

LA FEMME LAPONE ET LA FINNOISE

Ils s'arrêtèrent près d'une petite maison très misérable, le toit descendait jusqu'à terre et la porte était si basse que la famille devait ramper sur le ventre pour y entrer. Il n'y avait personne au logis qu'une vieille femme lapone qui faisait cuire du poisson sur une lampe à huile de foie de morue. Le renne lui raconta toute l'histoire de Gerda, mais d'abord la sienne qui semblait être beaucoup plus importante et Gerda était si transie de froid qu'elle ne pouvait pas parler.

- Hélas ! pauvres de vous, s'écria la femme, vous avez encore beaucoup à courir, au moins cent lieues encore pour atteindre le Finmark, c'est là qu'est la maison de campagne de la Reine des Neiges, et les aurores boréales s'y allument chaque soir. Je vais vous écrire un mot sur un morceau de morue, je n'ai pas de papier, et vous le porterez à la femme finnoise là-haut, elle vous renseignera mieux que moi.

Lorsque Gerda fut un peu réchauffée, quand elle eut bu et mangé, la femme lapone écrivit quelques mots sur un morceau de morue séchée, recommanda à Gerda d'y faire bien attention, attacha de nouveau la petite fille sur le renne — et en route ! Pfut ! pfut ! entendait-on dans l'air, la plus jolie lumière bleue brûlait là-haut.

Ils arrivèrent au Finmark et frappèrent à la cheminée de la finnoise car là il n'y avait même pas de porte.

Quelle chaleur dans cette maison ! la Finnoise y était presque nue, petite et malpropre. Elle défit rapidement les vêtements de Gerda, lui enleva les moufles et les bottines pour qu'elle n'ait pas trop chaud, mit un morceau de glace sur la tête du renne et commença à lire ce qui était écrit sur la morue séchée. Elle lut et relut trois fois, ensuite, comme elle le savait par cœur, elle mit le morceau de poisson à cuire dans la marmite, c'était bon à manger et elle ne gaspillait jamais rien.

Le renne raconta d'abord sa propre histoire puis celle de Gerda. La Finnoise clignait de ses yeux intelligents mais ne disait rien.

- Tu es très remarquable, dit le renne, je sais que tu peux attacher tous les vents du monde avec un simple fil à coudre, si le marin défait un nœud il a bon vent, s'il défait un second nœud, il vente fort, et s'il défait le troisième et le quatrième, la tempête est si terrible que les arbres des forêts sont renversés. Ne veux-tu pas donner à cette petite fille un breuvage qui lui assure la force de douze hommes et lui permette de vaincre la Reine des Neiges ?

- La force de douze hommes, dit la Finnoise, oui, ça suffira bien.

Elle alla vers une tablette, y prit une grande peau roulée, la déroula. D'étranges lettres y étaient gravées, la Finnoise les lisait et des gouttes de sueur tombaient de son front.

Le renne la pria encore si fort pour Gerda et la petite la regarda avec des yeux si suppliants, si pleins de larmes que la Finnoise se remit à cligner des siens. Elle attira le renne dans un coin et lui murmura quelque chose tout en lui mettant de la glace fraîche sur la tête.

- Le petit Kay est en effet chez la Reine des Neiges et il y est parfaitement heureux, il pense qu'il se trouve là dans le lieu le meilleur du monde, mais tout ceci vient de ce qu'il a reçu un éclat de verre dans le cœur et une poussière de verre dans l'œil, il faut que ce verre soit extirpé sinon il ne deviendra jamais un homme et la Reine des Neiges conservera son pouvoir sur lui.

- Mais ne peux-tu faire prendre à Gerda un breuvage qui lui donnerait un pouvoir magique sur tout cela ?

- Je ne peux pas lui donner un pouvoir plus grand que celui qu'elle a déjà. Ne vois-tu pas comme il est grand, ne vois-tu pas comme les hommes et les animaux sont forcés de la servir, comment pieds nus elle a réussi à parcourir le monde ? Ce n'est pas par nous qu'elle peut gagner son pouvoir qui réside dans son cœur d'enfant innocente et gentille. Si elle ne peut pas par elle-même entrer chez la Reine des Neiges et arracher les morceaux de verre du cœur et des yeux de Kay, nous, nous ne pouvons l'aider.

Le jardin de la Reine commence à deux lieues d'ici, conduis la petite fille jusque-là, fais-la descendre près du buisson qui, dans la neige, porte des baies rouges, ne tiens pas de parlotes inutiles et reviens au plus vite.

Ensuite la femme finnoise souleva Gerda et la replaça sur le dos du renne qui repartit à toute allure.

- Oh ! Je n'ai pas mes bottines, je n'ai pas mes moufles, criait la petite Gerda, s'en apercevant dans le froid cuisant.

Le renne n'osait pas s'arrêter, il courait, il courait . . . Enfin il arriva au grand buisson qui portait des baies rouges, là il mit Gerda à terre, l'embrassa sur la bouche. De grandes larmes brillantes roulaient le long des joues de l'animal et il se remit à courir, aussi vite que possible pour s'en retourner.

Et voilà ! la pauvre Gerda, sans chaussures, sans gants, dans le terrible froid du Finmark.

Elle se mit à courir en avant aussi vite que possible mais un régiment de flocons de neige venaient à sa rencontre, ils ne tombaient pas du ciel qui était parfaitement clair et où brillait l'aurore boréale, ils couraient sur la terre et à mesure qu'ils s'approchaient, ils devenaient de plus en plus grands. Gerda se rappelait combien ils étaient grands et bien faits le jour où elle les avait regardés à travers la loupe, mais ici ils étaient encore bien plus grands, effrayants, vivants, l'avant-garde de la Reine des Neiges. Ils prenaient les formes les plus bizarres, quelques-uns avaient l'air de grands hérissons affreux, d'autres semblaient des nœuds de serpents avançant leurs têtes, d'autres ressemblaient à de gros petits ours au poil luisant. Ils étaient tous d'une éclatante blancheur.

Alors la petite Gerda se mit à dire sa prière. Le froid était si intense que son haleine sortait de sa bouche comme une vraie fumée, cette haleine devint de plus en plus dense et se transforma en petits anges lumineux qui grandissaient de plus en plus en touchant la terre, ils avaient tous des casques sur la tête, une lance et un bouclier dans les mains, ils étaient de plus en plus nombreux.

Lorsque Gerda eut fini sa prière ils formaient une légion autour d'elle. Ils combattaient de leurs lances les flocons de neige et les faisaient éclater en mille morceaux et la petite Gerda s'avança d'un pas assuré, intrépide. Les anges lui tapotaient les pieds et les mains, elle ne sentait plus le froid et marchait rapidement vers le château.

Maintenant il nous faut d'abord voir comment était Kay. Il ne pensait absolument pas à la petite Gerda, et encore moins qu'elle pût être là, devant le château.

SEPTIEME HISTOIRE

CE QUI S'ETAIT PASSE AU CHATEAU DE LA REINE DES NEIGES ET CE QUI EUT LIEU PAR LA SUITE

es murs du château étaient faits de neige pulvérisée, les fenêtres et les portes de vents coupants, il y avait plus de cent salles formées par des tourbillons de neige. La plus grande s'étendait sur plusieurs lieues, toutes étaient éclairées de magnifiques aurores boréales, elles étaient grandes, vides, glacialement froides et étincelantes.

Aucune gaieté ici, pas le plus petit bal d'ours où le vent aurait pu souffler et les ours blancs marcher sur leurs pattes de derrière en prenant des airs distingués. Pas la moindre partie de cartes amenant des disputes et des coups, pas la moindre invitation au café de ces demoiselles les renardes blanches, les salons de la Reine des Neiges étaient vides, grands et glacés. Les aurores boréales luisaient si vivement et si exactement que l'on pouvait prévoir le moment où elles seraient à leur apogée et celui où, au contraire, elles seraient à leur décrue la plus marquée. Au milieu de ces salles neigeuses, vides et sans fin, il y avait un lac gelé dont la glace était brisée en mille morceaux, mais en morceaux si identiques les uns aux autres que c'était une véritable merveille. Au centre trônait la Reine des Neiges quand elle était à la maison. Elle disait qu'elle siégerait là sur le miroir de la raison, l'unique et le meilleur au monde.

Le petit Kay était bleu de froid, même presque noir, mais il ne le remarquait pas, un baiser de la reine lui avait enlevé la possibilité de sentir le frisson du froid et son cœur était un bloc de glace — ou tout comme. Il cherchait à droite et à gauche quelques morceaux de glace plats et coupants qu'il disposait de mille manières, il voulait obtenir quelque chose comme nous autres lorsque nous voulons obtenir une image en assemblant de petites plaques de bois découpées (ce que nous appelons jeu chinois ou puzzle). Lui aussi voulait former des figures et les plus compliquées, ce qu'il appelait le « jeu de glace de la raison » qui prenait à ses yeux une très grande importance, par suite de l'éclat de verre qu'il avait dans l'œil. Il formait avec ces morceaux de glace un mot mais n'arrivait jamais à obtenir le mot exact qu'il aurait voulu, le mot « Eternité ». La Reine des Neiges lui avait dit :

- Si tu arrives à former ce mot, tu deviendras ton propre maître, je t'offrirai le monde entier et une paire de nouveaux patins. Mais il n'y arrivait pas...

-Maintenant je vais m'envoler vers les pays chauds, dit la Reine, je veux jeter un coup d'œil dans les marmites noires.

Elle parlait des volcans qui crachent le feu, l'Etna et le Vésuve.

- Je vais les blanchir ; un peu de neige, cela fait partie du voyage et fait très bon effet sur les citronniers et la vigne.

Elle s'envola et Kay resta seul dans les immenses salles vides. Il regardait les morceaux de glace et réfléchissait, il réfléchissait si intensément que tout craquait en lui, assis là raide, immobile, on aurait pu le croire mort, gelé.

Et c'est à ce moment que la petite Gerda entra dans le château par le grand portail fait de vents aigus. Elle récita sa prière du soir et le vent s'apaisa comme s'il allait s'endormir. Elle entra dans la grande salle vide et glacée . . . Alors elle vit Kay, elle le reconnut, elle lui sauta au cou, le tint serré contre elle et elle criait :

- Kay ! mon gentil petit Kay ! je te retrouve enfin.

Mais lui restait immobile, raide et froid — alors Gerda pleura de chaudes larmes qui tombèrent sur la poitrine du petit garçon, pénétrèrent jusqu'à son cœur, firent fondre le bloc de glace, entraînant l'éclat de verre qui se trouvait là.

Il la regarda, elle chantait le psaume :

Les roses poussent dans les vallées
Où l'enfant Jésus vient nous parler.

Alors Kay éclata en sanglots. Il pleura si fort que la poussière de glace coula hors de son œil. Il reconnut Gerda et cria débordant de joie :

- Gerda, chère petite Gerda, où es-tu restée si longtemps ? Ou ai-je été moi-même ?

Il regarda alentour.

- Qu'il fait froid ici, que tout est vide et grand.

Il se serrait contre sa petite amie qui riait et pleurait de joie. Un infini bonheur s'épanouissait, les morceaux de glace eux-mêmes dansaient de plaisir, et lorsque les enfants s'arrêtèrent, fatigués, ils formaient justement le mot que la Reine des Neiges avait dit à Kay de composer : « Eternité ». Il devenait donc son propre maître, elle devait lui donner le monde et une paire de patins neufs.

Gerda lui baisa les joues et elle devinrent roses, elle baisa ses yeux et ils brillèrent comme les siens, elle baisa ses mains et ses pieds et il redevint sain et fort. La Reine des Neiges pouvait rentrer, la lettre de franchise de Kay était là écrite dans les morceaux de glace étincelants : Eternité...

Alors les deux enfants se prirent par la main et sortirent du grand château. Ils parlaient de grand-mère et des rosiers sur le toit, les vents s'apaisaient, le soleil se montrait. Ils atteignirent le buisson aux baies rouges, le renne était là et les attendait. Il avait avec lui une jeune femelle dont le pis était plein, elle donna aux enfants son lait chaud et les baisa sur la bouche.

Les deux animaux portèrent Kay et Gerda d'abord chez la femme finnoise où ils se réchauffèrent dans sa chambre, et qui leur donna des indications pour le voyage de retour, puis chez la femme lapone qui leur avait cousu des vêtements neufs et avait préparé son traîneau.

Les deux rennes bondissaient à côté d'eux tandis qu'ils glissaient sur le traîneau, ils les accompagnèrent jusqu'à la frontière du pays où se montraient les premières verdures : là ils firent leurs adieux aux rennes et à la femme lapone.

- Adieu ! Adieu ! dirent-ils tous.

Les premiers petits oiseaux se mirent à gazouiller, la forêt était pleine de pousses vertes. Et voilà que s'avançait vers eux sur un magnifique cheval que Gerda reconnut aussitôt (il avait été attelé devant le carrosse d'or), s'avançait vers eux une jeune fille portant un bonnet rouge et tenant des pistolets devant elle, c'était la petite fille des brigands qui s'ennuyait à la maison et voulait voyager, d'abord vers le nord, ensuite ailleurs si le nord ne lui plaisait pas.

- Tu t'y entends à faire trotter le monde, dit-elle au petit Kay, je me demande si tu vaux la peine qu'on coure au bout du monde pour te chercher.

Gerda lui caressa les joues et demanda des nouvelles du prince et de la princesse.

- Ils sont partis à l'étranger, dit la fille des brigands.

- Et la corneille ? demanda Gerda.

- La corneille est morte, répondit-elle. Sa chérie apprivoisée est veuve et porte un bout de laine noire à la patte, elle se plaint lamentablement, quelle bêtise ! Mais raconte-moi ce qui t'est arrivé et comment tu l'as retrouvé ?

Gerda et Kay racontaient tous les deux en même temps.

- Et patati, et patata, dit la fille des brigands, elle leur serra la main à tous les deux et promit, si elle traversait leur ville, d'aller leur rendre visite . . . et puis elle partit dans le vaste monde.

Kay et Gerda allaient la main dans la main et tandis qu'ils marchaient, un printemps délicieux plein de fleurs et de verdure les enveloppait. Les cloches sonnaient, ils reconnaissaient les hautes tours, la grande ville où ils habitaient. Il allèrent à la porte de grand-mère, montèrent l'escalier, entrèrent dans la chambre où tout était à la même place qu'autrefois. La pendule faisait tic-tac, les aiguilles tournaient, mais en passant la porte, ils s'aperçurent qu'ils étaient devenus des grandes personnes.

Les rosiers dans la gouttière étendaient leurs fleurs à travers les fenêtres ouvertes. Leurs petites chaises d'enfants étaient là, Kay et Gerda s'assirent chacun sur la sienne en se tenant toujours la main, ils avaient oublié, comme on oublie un rêve pénible, les splendeurs vides du château de la Reine des Neiges.

Grand-mère était assise dans le clair soleil de Dieu et lisait la Bible à voix haute : « Si vous n'êtes pas semblables à des enfants, vous n'entrerez pas dans le royaume de Dieu. »

Kay et Gerda se regardèrent dans les yeux et comprirent d'un coup le vieux psaume :

Les roses poussent dans
les vallées
Où l'enfant Jésus vient
nous parler.

Ils étaient assis là, tous deux, adultes et cependant enfants, enfants par le cœur . . .

C'était l'été, le doux été béni.

La Bergère et le Ramoneur

s-tu jamais vu une très vieille armoire de bois noircie par le temps et sculptée de fioritures et de feuillages ? Dans un salon, il y en avait une de cette espèce, héritée d'une aïeule, ornée de haut en bas de roses, de tulipes et des plus étranges volutes entremêlées de têtes de cerfs aux grands bois. Au beau milieu de l'armoire se découpait un homme entier, tout à fait grotesque ; on ne pouvait vraiment pas dire qu'il riait, il grimaçait ; il avait des pattes de bouc, des cornes sur le front et une longue barbe. Les enfants de la maison l'appelaient le « sergentmajorgénéralcommandantenchefauxpiedsdebouc » .

Evidemment, peu de gens portent un tel titre et il est assez long à prononcer, mais il est rare aussi d'être sculpté sur une armoire.

Quoi qu'il en soit, il était là ! Il regardait constamment la table placée sous la glace car sur cette table se tenait une ravissante petite bergère en porcelaine, portant des souliers d'or, une robe coquettement retroussée par une rose rouge, un chapeau doré et sa houlette de bergère. Elle était délicieuse ! Tout près d'elle, se tenait un petit ramoneur, noir comme du charbon, lui aussi en porcelaine. Il était aussi propre et soigné que quiconque ; il représentait un ramoneur, voilà tout, mais le fabricant de porcelaine aurait aussi bien pu faire de lui un prince, c'était tout comme.

Il portait tout gentiment son échelle, son visage était rose et blanc comme celui d'une petite fille, ce qui était une erreur, car pour la vraisemblance il aurait pu être un peu noir aussi de visage. On l'avait posé à côté de la bergère, et puisqu'il en était ainsi, ils s'étaient fiancés, ils se convenaient, jeunes tous les deux, de même porcelaine et également fragiles.

Tout près d'eux et bien plus grand, était assis un vieux Chinois en porcelaine qui pouvait hocher de la tête. Il disait qu'il était le grand-père de la petite bergère ; il prétendait même avoir autorité sur elle, c'est pourquoi il inclinait la tête vers le « sergentmajorgénéralcommandantenchefauxpiedsdebouc » qui avait demandé la main de la bergère.

- Tu auras là, dit le vieux Chinois, un mari qu'on croirait presque fait de bois d'acajou, qui peut te donner un titre ronflant, qui possède toute l'argenterie de l'armoire, sans compter ce qu'il garde dans des cachettes mystérieuses.

- Je ne veux pas du tout aller dans la sombre armoire, protesta la petite bergère, je me suis laissé dire qu'il y avait là-dedans onze femmes en porcelaine !

- Eh bien ! tu seras la douzième. Cette nuit, quand la vieille armoire se mettra à craquer, vous vous marierez, aussi vrai que je suis Chinois. Et il s'endormit.

La petite bergère pleurait, elle regardait le ramoneur de porcelaine, le chéri de son cœur.

- Je crois, dit-elle, que je vais te demander de partir avec moi dans le vaste monde. Nous ne pouvons plus rester ici.

- Je veux tout ce que tu veux, répondit-il ; partons immédiatement, je pense que mon métier me permettra de te nourrir.

- Je voudrais déjà que nous soyons sains et saufs au bas de la table, dit-elle, je ne serai heureuse que quand nous serons partis.

Il la consola de son mieux et lui montra où elle devait poser son petit pied sur les feuillages sculptés longeant les pieds de la table ; son échelle les aida du reste beaucoup.

Mais quand ils furent sur le parquet et qu'ils levèrent les yeux vers l'armoire, ils y virent une terrible agitation. Les cerfs avançaient la tête, dressaient leurs bois et tournaient le cou, le « sergentmajorgénéralcommandantenchefauxpiedsdebouc » bondit et cria :

- Ils se sauvent ! Ils se sauvent !

Effrayés, les jeunes gens sautèrent rapidement dans le tiroir du bas de l'armoire. Il y avait là quatre jeux de cartes incomplets et un petit théâtre de poupées, monté tant bien que mal. On y jouait la comédie, les dames de carreau et de cœur, de trèfle et de pique, assises au premier rang, s'éventaient avec leurs tulipes, les valets se tenaient debout derrière elles et montraient qu'ils avaient une tête en haut et une en bas, comme il sied quand on est une carte à jouer. La comédie racontait l'histoire de deux amoureux qui ne pouvaient pas être l'un à l'autre. La bergère en pleurait, c'était un peu sa propre histoire.

- Je ne peux pas le supporter, dit-elle, sortons de ce tiroir.

Mais dès qu'ils furent à nouveau sur le parquet, levant les yeux vers la table, ils aperçurent le vieux Chinois réveillé qui vacillait de tout son corps. Il s'effondra comme une masse sur le parquet.

- Voilà le vieux Chinois qui arrive, cria la petite bergère, et elle était si contrariée qu'elle tomba sur ses jolis genoux de porcelaine.

- Une idée me vient, dit le ramoneur. Si nous grimpions dans cette grande

potiche qui est là dans le coin, nous serions couchés sur les roses et la lavande et pourrions lui jeter du sel dans les yeux quand il approcherait.

- Cela ne va pas, dit la petite. Je sais que le vieux Chinois et la potiche ont été fiancés, il en reste toujours un peu de sympathie. Non, il n'y a rien d'autre à faire pour nous que de nous sauver dans le vaste monde.

- As-tu vraiment le courage de partir avec moi, as-tu réfléchi combien le monde est grand, et que nous ne pourrons jamais revenir ?

- J'y ai pensé, répondit-elle.

Alors, le ramoneur la regarda droit dans les yeux et dit :

- Mon chemin passe par la cheminée, as-tu le courage de grimper avec moi à travers le poêle, d'abord, le foyer, puis le tuyau où il fait nuit noire ? Après le hoête, nous devons passer dans la cheminée elle-même ; à partir de là, je m'y entends, nous monterons si haut qu'ils ne pourront pas nous atteindre, et tout en haut, il y a un trou qui ouvre sur le monde.

Il la conduisit à la porte du poêle.

- Oh ! que c'est noir, dit-elle.

Mais elle le suivit à travers le foyer et le tuyau noirs comme la nuit.

- Nous voici dans la cheminée, cria le garçon. Vois, vois, là-haut brille la plus belle étoile.

Et c'était vrai, cette étoile semblait leur indiquer le chemin. Ils grimpaient et rampaient. Quelle affreuse route ! Mais il la soutenait et l'aidait, il lui montrait les bons endroits où appuyer ses fins petits pieds, et ils arrivèrent tout en haut de la cheminée, où ils s'assirent épuisés. Il y avait de quoi.

Au-dessus d'eux, le ciel et toutes ses étoiles, en dessous, les toits de la ville ; ils regardaient au loin, apercevant le monde. Jamais la bergère ne l'aurait imaginé ainsi. Elle appuya sa petite tête sur la poitrine du ramoneur et se mit à sangloter si fort que l'or qui garnissait sa ceinture craquait et tombait en morceaux.

- C'est trop, gémit-elle, je ne peux pas le supporter. Le monde est trop grand. Que ne suis-je encore sur la petite table devant la glace, je ne serai heureuse que lorsque j'y serai retournée. Tu peux bien me ramener à la maison, si tu m'aimes un peu.

Le ramoneur lui parla raison, lui fit souvenir du vieux Chinois, du « sergent-majorgénéralcommandantenchefauxpiedsdebouc », mais elle pleurait de plus en plus fort, elle embrassait son petit ramoneur chéri, de sorte qu'il n'y avait rien d'autre à faire que de lui obéir, bien qu'elle eût grand tort.

Alors ils rampèrent de nouveau avec beaucoup de peine pour descendre à travers la cheminée, le tuyau et le foyer ; ce n'était pas du tout agréable. Arrivés dans le poêle sombre, ils prêtèrent l'oreille à ce qui se passait dans le salon. Tout y était silencieux ; alors ils passèrent la tête et... horreur ! Au milieu du parquet gisait le vieux Chinois, tombé en voulant les poursuivre et cassé en trois morceaux ; il n'avait plus de dos et sa tête avait roulé dans un coin. Le sergent-major général se tenait là où il avait toujours été, méditatif.

- C'est affreux, murmura la petite bergère, le vieux grand-père est cassé et c'est de notre faute ; je n'y survivrai pas. Et, de désespoir, elle tordait ses jolies petites mains.

- On peut très bien le requinquer, affirma le ramoneur. Il n'y a qu'à le recoller, ne sois pas si désolée. Si on lui colle le dos et si on lui met une patte de soutien dans la nuque, il sera comme neuf et tout prêt à nous dire de nouveau des choses désagréables.

- Tu crois vraiment ?

Ils regrimpèrent sur la table où ils étaient primitivement.

- Nous voilà bien avancés, dit le ramoneur, nous aurions pu nous éviter le dérangement.

- Pourvu qu'on puisse recoller le grand-père. Crois-tu que cela coûterait très cher ? dit-elle.

La famille fit mettre de la colle sur le dos du Chinois et un lien à son cou, et il fut comme neuf, mais il ne pouvait plus hocher la tête.

- Que vous êtes devenu hautain depuis que vous avez été cassé, dit le « sergentmajorgénéralcommandantenchefauxpiedsdebouc ». Il n'y a pas là de quoi être fier. Aurai-je ou n'aurai-pas ma bergère ?

Le ramoneur et la petite bergère jetaient un regard si émouvant vers le vieux Chinois, ils avaient si peur qu'il dise oui de la tête ; mais il ne pouvait plus la remuer. Et comme il lui était très désagréable de raconter à un étranger qu'il était obligé de porter un lien à son cou, les amoureux de porcelaine restèrent l'un près de l'autre, bénissant le pansement du grand-père et cela jusqu'au jour où eux-mêmes furent cassés.

Papotage d'Enfants

Dans la maison d'un marchand, de nombreux enfants se réunirent un jour, des enfants de familles riches, des enfants de familles nobles. Monsieur le marchand avait réussi ; c'était un homme érudit puisque, jadis, il était entré à l'Université. Son père qui avait commencé comme simple commerçant, mais honnête et entreprenant, lui avait fait lire des livres. Son commerce rapportait bien et le marchand faisait encore multiplier cette richesse. Il avait aussi bon cœur et la tête bien en place, mais de cela on parlait bien moins souvent que de sa grosse fortune.

Se réunissaient chez lui des gens nobles, comme on dit, par leur titre, mais aussi par leur esprit, certains même par les deux à la fois mais d'autres ni par l'un ni par l'autre. En ce moment, une petite soirée d'enfants y avait lieu, on entendait des enfants papoter ; et les enfants n'y vont pas par quatre chemins. Il y avait par exemple une petite fille très mignonne mais terriblement prétentieuse ; c'étaient ses domestiques qui le lui avaient appris, pas ses parents qui étaient bien trop raisonnables pour cela. Son père était majordome, c'était une haute fonction et elle le savait bien.

- Je suis une enfant de majordome, se vantait-elle.

Elle pouvait aussi bien être la fille des Tartempion, on ne choisit pas ses parents. Elle raconta aux autres qu'elle était « noble » et affirma que celui qui n'était pas bien né n'arriverait jamais à rien dans la vie. On pouvait travailler avec assiduité, si l'on n'est pas bien né on n'arrivera à rien.

- Et ceux dont les noms se terminent par *sen,* proclama-t-elle, ne pourront jamais réussir dans la vie. Devant tous ces *sen* et *sen,* il n'y a plus que poser ses mains sur les hanches et s'en tenir bien à l'écart !

Et aussitôt elle posa ses jolies petites mains à sa taille, les coudes bien pointus pour montrer aux autres comment il fallait traiter ces gens-là. Quels jolis bras avait-elle ! Une petite fille très charmante !

Or, la fille de monsieur le Marchand se mit en colère. C'est que son père s'appelait Madsen et c'est aussi, hélas ! un nom en *sen* ; elle se gonfla et déclara avec fierté :

- Seulement mon père peut acheter pour cent écus d'or de friandises et les jeter dans la rue ! Et pas le tien !

- Ce n'est rien, mon père à moi, se vanta la fillette d'un rédacteur, peut mettre ton père et ton père et tous les pères dans le journal ! Tout le monde a peur de lui, dit maman, car c'est mon père qui dirige le journal.

Et elle leva son petit nez comme si elle était une vraie princesse qui doit pointer son nez en l'air.

Par la porte entrouverte, un garçon pauvre regardait. Il était d'une famille si pauvre qu'il n'avait même pas le droit d'entrer dans la chambre. Il avait aidé la cuisinière à faire tourner la broche et, en récompense, on l'autorisait à présent à se placer pour un petit moment derrière la porte pour regarder ces enfants nobles, pour voir comme ils s'amusaient bien ; c'était un grand honneur pour lui.

- Oh, si je pouvais être l'un d'eux ! soupira-t-il.

Puis il entendit ce qu'il s'y disait et cela suffit à lui faire baisser la tête. Chez lui, on n'avait pas un écu au fond du bahut, et on ne pouvait pas se permettre d'acheter les journaux et encore moins d'y écrire. Et le pire de tout : le nom de son père, et donc le sien aussi, se terminait par *sen,* il n'arriverait donc jamais à rien dans la vie. Quelle triste affaire! On ne pouvait pourtant pas dire qu'il n'était pas né, pas cela, il était bel et bien né, sinon il ne serait pas là.

Quelle soirée !

---

*

Quelques années plus tard, les enfants devinrent adultes.

Une magnifique maison fut construite dans la ville. Dans cette maison, il y avait plein d'objets somptueux, tout le monde voulait les voir, même des gens qui n'habitaient pas la ville venaient pour les regarder. Devinez à quel enfant de notre histoire appartenait cette maison ? Et bien, la réponse est facile... ou plutôt pas si facile que ça. Elle appartenait au pauvre garçon, parce qu'il était quand-même devenu quelqu'un bien que son nom se terminât en *sen,* il s'appelait Thorvaldsen.

Et les trois autres enfants ? Ces enfants remplis d'orgueil pour leur titre, l'argent ou l'esprit ? Ils n'avaient rien à s'envier les uns aux autres, ils étaient égaux... et comme ils avaient un bon fond, ils devinrent de bons et braves adultes. Et ce qu'ils avaient pensé et dit autrefois n'était que... papotage d'enfants.

L'Ombre

n jour, un savant homme des pays froids arriva dans une contrée du Sud ; il s'était réjoui d'avance de pouvoir admirer à son aise les beautés de la nature que développe dans ces régions un climat fortuné ; mais quelle déception l'attendait ! Il lui fallut rester toute la journée comme prisonnier à la maison, fenêtres fermées ; et encore était-on bien accablé ; personne ne bougeait ; on aurait dit que tout le monde dormait dans la maison, ou qu'elle était déserte. Tout le jour, le soleil dardait ses flammes sur la terrasse qui formait le toit ; l'air était lourd, on se serait cru dans une fournaise : c'était insupportable.

Le savant homme des pays froids était jeune et robuste ; mais sous ce soleil torride, son corps se desséchait et maigrissait à vue d'œil ; son ombre même se rétrécit et rapetissa, et elle ne reprenait de la vie et de la force que lorsque le soleil avait disparu. C'était un plaisir alors de voir, dès qu'on apportait la lumière dans la chambre, cette pauvre ombre se détirer, et s'étendre le long de la muraille.

Le savant homme à ce moment se sentait aussi revivre ; il se promenait dans sa chambre pour ranimer ses jambes engourdies et allait sur son balcon admirer le firmament étoilé. Sur tous ces balcons, il voyait apparaître des gens qui venaient respirer l'air frais. La rue aussi commençait à s'animer ; les bourgeois s'installaient devant leurs portes ; des milliers de lumières scintillaient de toutes parts.

Il n'y avait qu'une maison où continuât à régner un complet silence ; c'était celle en face de la demeure du savant étranger. Elle n'était pas inhabitée cependant ; sur le balcon verdissaient et fleurissaient de belles plantes ; il fallait que quelqu'un les arrosât, le soleil sans cela les aurait aussitôt desséchées.

La soirée s'avançait ; voilà que la fenêtre du balcon s'entr'ouvrit un peu ; la chambre resta sombre ; de l'intérieur arrivèrent de doux sons d'une musique que le savant étranger trouva délicieuse, ravissante. Il alla demander à son propriétaire quelles étaient les personnes qui demeuraient en face ; le brave homme lui répondit qu'il n'en savait rien.

Une nuit, le savant étranger s'éveilla ; il avait, le soir, laissé la fenêtre de son balcon ouverte ; il regarda de ce côté et il crut apercevoir une lueur extraordinaire rayonner du balcon de la maison d'en face : les fleurs paraissaient briller comme de magnifiques flammes de couleur, et au milieu d'elles se tenait une jeune fille d'une beauté merveilleuse ; elle semblait un être éthéré, tout de feu.

Un autre soir, le savant étranger reposait sur son balcon ; derrière lui, dans la chambre, brûlait une lumière, et, chose naturelle, il en résultait que son Ombre apparaissait sur la muraille de la maison d'en face ; l'étranger remua, l'Ombre bougea également et la voilà qui se trouve entre les fleurs du balcon d'en face.

- Je crois, dit le savant étranger, que mon Ombre est en ce moment le seul être vivant de cette mystérieuse maison. Tiens, la fenêtre du balcon est de nouveau entr'ouverte. Une idée ! Si mon Ombre avait assez d'esprit pour entrer voir ce qui se passe à l'intérieur et venir me le redire... Oui, continua-t-il, en s'adressant par plaisanterie à l'Ombre, fais-moi donc le plaisir d'entrer là. Cela te va-t-il ?

Et en même temps, il fit un mouvement de tête que l'Ombre répéta comme si elle disait : « oui. »

- Eh bien, c'est cela, reprit-il ; mais ne t'oublie pas et reviens me trouver.

A ces mots, il se leva, rentra dans la chambre et laissa retomber le rideau. Alors, si quelqu'un s'était trouvé là, il aurait vu distinctement l'Ombre pénétrer lestement par la fenêtre d'en face et disparaître dans l'intérieur.

Le lendemain, comme il ne faisait plus si chaud, le savant étranger sortit. Le ciel était couvert de nuages ; mais voilà qu'ils se dissipent, le soleil reparaît.

- Qu'est cela ? s'écrie l'étranger qui venait de se retourner pour considérer un monument. Mais c'est affreux ! Comment, je n'ai plus mon Ombre ! Elle m'a pris au mot ; elle m'a quitté hier soir. Que vais-je devenir ?

Le soir, il se remit sur son balcon, la lumière derrière lui ; il se dressa de tout son haut, se baissa jusque par terre, fit mille contorsions ; puis il appela hum hum, et pstt, pstt ; l'Ombre ne reparut pas.

Décidément, ce n'était pas gai. Mais dans les pays chauds, la végétation est bien puissante ; tout y pousse et prospère à merveille, et au bout de huit jours, l'étranger aperçut, à la lueur de sa lampe, un petit filet d'ombre derrière lui. « Quelle chance ! se dit-il. La racine était restée. »

La nouvelle ombre grandit assez vite ; au bout de trois semaines, l'étranger s'enhardit à se montrer de jour en public, et lorsqu'il repartit pour le Nord, sa patrie, on ne remarquait plus chez lui rien d'extraordinaire.

De retour dans son pays, le savant homme écrivit des livres sur les vérités qu'il avait découvertes et sur ce qu'il avait vu dans ce monde méridional.

Un soir qu'il était dans sa chambre à méditer, il entend frapper doucement à sa porte. « Entrez ! » dit-il. Personne ne vint. Alors, il alla ouvrir lui-même la porte, et devant lui se trouva un homme d'une extrême maigreur ; mais il était habillé à la dernière mode : ce devait être un personnage de distinction.

- A qui ai-je l'honneur de parler ? dit le savant.

- Oui, je le pensais bien, que vous ne me reconnaîtriez pas, répondit l'autre. Je ne suis pas bien gros, j'ai cependant maintenant un corps véritable. Vous continuez à ne point me remettre ? Mais, je suis votre ancienne Ombre. Depuis que je vous ai quitté, acquis une belle fortune. C'est ce qui me permettra de me racheter du servage où je me trouve toujours vis-à-vis de vous.

- Non, permettez que je revienne de ma surprise, s'écria le savant. Voyons, vous ne vous moquez pas de moi ?

- Du tout, répondit l'Ombre. Mon histoire n'est pas de celles qui se passent tous les jours. Lorsque vous m'avez autorisée à vous quitter, j'en ai profité comme vous le savez. Cependant, au milieu de mon bonheur, j'ai éprouvé le désir de vous revoir encore une fois avant votre mort, ainsi que ce pays. Je sais que vous avez une nouvelle ombre. Ai-je à lui payer quelque chose parce qu'elle remplit mon service, et à vous combien devrai-je si je veux me racheter ?

- Comment, c'est vraiment toi ? dit le savant. Jamais je n'aurais eu l'idée qu'on pouvait retrouver son Ombre sous la forme d'un être humain.

- Pardon si j'insiste, reprit l'Ombre. Quelle somme ai-je à vous verser pour que vous renonciez à l'autorité que vous avez toujours sur moi ?

- Laisse donc ces sornettes, dit le savant. Comment peut-il être question d'argent entre nous. Je t'affranchis et je te fais libre comme l'air. Je suis enchanté d'apprendre que tu as si bien fait ton chemin dans ce monde. Seulement je te prie d'une chose ; raconte-moi tes aventures depuis le moment où tu t'es faufilée par la fenêtre du balcon dans la maison en face de celle que nous habitions.

- Je veux bien vous en faire le récit, dit l'Ombre ; mais promettez-moi de n'en rien révéler, de ne pas apprendre aux gens que je n'ai été qu'un être impalpable. Il me peut venir l'idée de me marier, et je ne tiens pas à ce qu'on me suppose sans consistance.

- C'est entendu, dit le savant.

Avant de commencer, l'Ombre s'installa à son aise. Elle était toute vêtue de noir, ses vêtements étaient du drap le plus fin, ses bottes en vernis ; elle portait un chapeau à claque, dont par un ressort on pouvait faire une simple galette : on venait d'inventer ce genre de coiffure, qui n'était encore d'usage que dans la plus haute société.

Elle s'assit et posa ses bottes vernies sur la tête de la nouvelle ombre qui lui avait succédé et qui se tenait comme un fidèle caniche aux pieds du savant ; celle-ci ne parut pas ressentir l'humiliation et ne bougea pas, voulant écouter attentivement comment la première s'y était prise pour se dégager de son esclavage.

- Vous ignorez encore, commença l'Ombre parvenue, qui demeurait dans la fameuse maison d'en face, qui vous intriguait là-bas dans les pays chauds. C'était ce qu'il y a de plus sublime au monde : la Poésie en personne. Je ne restai que trois semaines auprès d'elle, et j'appris dans ces quelques jours sur les secrets de l'univers et le cours du monde plus que si j'avais vécu autre part trois mille ans. Et aujourd'hui je puis dire sans craindre d'être mis à l'épreuve : je sais tout, j'ai tout vu.

- La Poésie ! s'écria le savant. Comment n'y ai-je pas pensé ? Mais oui, dans les grandes villes, elle vit dans l'isolement, toute solitaire ; bien peu s'intéressent à elle. Je ne l'ai aperçue qu'un instant, et encore n'étais-je qu'à moitié éveillé. Elle se tenait sur le balcon ; autour d'elle une auréole brillait comme une de nos aurores boréales ; elle était au milieu d'un parterre de fleurs qu'on aurait prises pour des flammes. Mais continue, continue : donc tu entras par la fenêtre du balcon, et alors...

- Je me trouvai dans une antichambre où régnait comme une sorte de crépuscule ; la porte qui était ouverte donnait sur une longue enfilade de superbes appartements qui communiquaient tous ensemble ; la lumière y était éblouissante, et m'aurait infailliblement tuée si je m'y étais aventurée. Mais provenant de vous, j'avais suffisamment de votre sagesse pour rester à l'abri et tout observer de mon petit coin. Dans le fond je vis la Poésie, assise sur son trône.

- Et ensuite ? interrompit le savant. Ne me fais pas languir.

- Je vous l'ai déjà dit, reprit l'Ombre, j'ai vu défiler devant moi tout ce qui existe : le passé et une partie de l'avenir. Mais, par parenthèse, je vous demanderai s'il n'est pas convenable que vous cessiez de me tutoyer. J'en fais l'observation, non par orgueil, mais en raison de ma science maintenant si supérieure à la vôtre, et surtout à cause de ma situation de fortune, chose qui ici-bas règle partout les relations de société.

- Vous avez parfaitement raison, dit le savant. Excusez-moi de ne pas y avoir songé de moi-même. Mais continuez, je vous prie.

- Je ne puis, reprit l'Ombre, que vous répéter : j'ai tout vu et je sais tout.

- Mais enfin, dit le savant, ces magnifiques appartements, comment étaient-ils ? Etait-ce comme un temple sacré ? ou bien s'y serait-on cru sous le ciel étoilé ? ou bien encore dans une forêt mystérieuse ? Ce sont là les lieux où nous aimons à supposer que demeure la Poésie.

- Maintenant que j'ai tout vu et que je connais tout, dit l'Ombre, il m'est pénible d'entrer dans les menus détails.

- Apprenez-moi au moins, dit le savant, si dans ces splendides salles vous avez aperçu les dieux des temps antiques, les héros des âges passés ? Les sylphides, les gentilles elfes n'y dansaient-elles pas des rondes ?

- Vous ne voulez donc pas comprendre que je ne puis vous en dire plus. Si vous aviez été à ma place, dans ce séjour enchanté, vous seriez passé à l'état d'être supérieur à l'homme ; moi qui n'étais qu'une ombre, j'ai avancé jusqu'à la condition d'homme. Or le propre de l'humanité c'est de faire l'important, c'est de se prévaloir à l'excès de ses avantages. Donc il est tout naturel qu'ayant tout vu, je ne vous communique rien de ma science.

J'ai d'autant plus de raison de montrer quelque hauteur, qu'étant dans l'antichambre du palais, j'ai saisi la ressemblance de mon être intime avec la Poésie : tous deux nous sommes des reflets.

« Lorsque, devenue homme, j'abandonnai la demeure de la Poésie, vous aviez quitté la ville. Je me trouvai un matin, dans les rues, richement habillée comme un prince. D'abord, l'étrangeté de ma nouvelle situation me fit un singulier effet ; et je me blottis tout le jour dans le coin d'une ruelle écartée.

« Le soir je parcourus les rues au clair de lune : je grimpai tout en haut des murailles, jusqu'au faîte des toits et je regardai dans les maisons, à travers les fenêtres des beaux salons et des humbles mansardes. Personne ne se défilait de moi, et je découvris toutes les vilaines choses que disent et que font les hommes quand ils

se croient à l'abri de tout regard observateur.

«Si j'avais mis dans une gazette toutes les noirceurs, les indignités, les intrigues, que je découvrais, on n'aurait plus lu que ce journal dans tout l'univers. Mais quels ennemis cela m'aurait procurés ! Je préférai profiter de ma clairvoyance, et je fis par lettre particulière connaître aux gens que je savais leurs méfaits. Partout où je passais, on vivait dans des transes terribles ; on me détestait comme la mort, mais en face on me choyait, on me faisait fête, on m'accablait de magnifiques cadeaux et d'honneurs. Les académiciens me nommaient un des leurs, les tailleurs m'habillaient pour rien, les fournisseurs me donnaient ce qu'ils avaient de mieux pour m'obliger à taire leurs fraudes ; les financiers me bourraient d'or ; les femmes disaient qu'on ne pouvait imaginer un plus bel homme que moi. Je me laissais faire, c'est ainsi que je suis devenue le personnage que vous voyez.

«Maintenant je vous quitte pour aller à mes affaires. Au revoir. Voici ma carte. Je demeure du côté du soleil ; quand il pleut, vous me trouverez toujours chez moi. Mais je vous préviens que je pars demain pour faire mon tour du globe.

L'Ombre s'en fut. Le savant resta absorbé dans ses réflexions sur cette étrange aventure. Des années se passèrent. Un beau jour l'Ombre reparut.

- Comment allez- vous ? dit-elle.

- Pas trop bien, dit le savant. J'écris de mon mieux sur le Vrai, le Beau et le Bien ; mais mes livres n'intéressent presque personne, et j'ai la faiblesse de m'en affecter. Vous me voyez tout désespéré.

- Ce n'est guère mon cas, dit l'Ombre. Voyez comme j'engraisse et comme j'ai bonne mine. C'est là le vrai but de la vie ; vous ne savez pas prendre le monde tel qu'il est, et exploiter ses défauts. Cela vous ferait du bien de voyager un peu. Justement, je vais repartir pour un autre continent : voulez-vous m'accompagner ? je vous défraierai de tout ; nous aurons un train de grands seigneurs. Mais il y a une condition. Vous savez, je n'ai pas d'ombre, moi : eh bien, vous remplirez cet emploi auprès de moi.

- C'est trop fort ce que vous me proposez là, dit le savant ; c'est presque de l'impudence. Comment, je vous ai affranchie, sans rien vous demander, et vous voulez faire de moi votre esclave ?

- C'est le cours de ce monde, répondit l'Ombre. Il y a des hauts et des bas : les maîtres deviennent des valets ; et quand les valets commandent, ils font les tyrans. Vous ne voulez pas accepter ; à votre aise !

L'ombre repartit de nouveau.

Le pauvre savant alla de mal en pis ; les peines et les chagrins vinrent le harceler. Moins que jamais on faisait attention à ce qu'il écrivait sur le Vrai, le Beau et le Bien. Il finit par tomber malade.

- Mais comme vous maigrissez, lui dit-on, vous avez l'air d'une ombre !

Ces mots involontairement cruels firent tressaillir l'infortuné savant.

- Il vous faut aller aux eaux, lui dit l'Ombre qui revint lui faire une visite. Il n'y a pas d'autre remède pour votre santé. Vous avez dans le temps refusé l'offre que je vous faisais de vous prendre pour mon ombre. Je vous la réitère en raison de nos anciennes relations. C'est moi qui paye les frais de voyage ; je suis aussi obligée d'aller aux eaux afin de faire pousser ma barbe qui ne veut pas croître suffisamment pour que j'aie l'air de dignité qui convient à ma position. Donc vous serez mon compagnon. Vous écrirez la relation de nos pérégrinations. Soyez cette fois raisonnable et ne repoussez pas ma proposition.

Le savant, pressé par la nécessité, fit taire sa fierté et ils partirent. L'Ombre avait toujours la place d'honneur ; selon le soleil, le savant avait à virer et à tourner, de façon à bien figurer une ombre. Cela ne le peinait ni ne l'affectait même pas ; il avait très bon cœur, il était très doux et aimable et il se disait que si cette fantaisie faisait plaisir à l'Ombre, autant valait la satisfaire. Un jour il lui dit :

- Maintenant que nous voilà redevenus intimes comme autrefois, ne serait-il pas mieux de nous tutoyer de nouveau ?

-Votre proposition est très flatteuse, répondit l'Ombre d'un air pincé qui convenait à sa qualité de maître ; mais comprenez bien ceci que je vais vous dire en toute franchise. Je me sentirais tout bouleversé, si vous veniez me tutoyer de nouveau ; cela me rappellerait trop mon ancienne position subalterne. Mais je veux bien, moi, vous tutoyer : de la sorte votre désir sera accompli au moins à moitié.

Et ainsi fut fait. Le brave savant ne protesta pas.

« Il paraît que c'est le cours du monde », se dit-il, et il n'y pensa plus.

Ils s'installèrent dans une ville d'eaux où il y avait beaucoup d'étrangers de distinction, et entre autres la fille d'un roi, merveilleusement belle ; elle était venue pour se faire guérir d'une grave maladie : sa vue était trop perçante ; elle voyait les choses trop distinctement et cela lui enlevait toute illusion.

Elle remarqua que le seigneur nouvellement arrivé n'était pas un seigneur ordinaire.

« On prétend qu'il est ici, se dit-elle, pour que les eaux fassent croître sa barbe ; moi je sais à quoi m'en tenir sur son infirmité, c'est qu'il ne projette pas d'ombre. »

Sa curiosité était vivement éveillée, et à la promenade elle se fit aussitôt présenter le seigneur étranger. En sa qualité de fille d'un puissant roi, elle n'était pas habituée à user de circonlocutions ; aussi dit-elle à brûle-pourpoint :

- Je connais votre maladie ; vous souffrez de ne pas avoir d'ombre.

- Vos paroles me remplissent de joie, répondit l'Ombre, elles me prouvent que Votre Altesse Royale est sur la voie de guérison et que votre vue commence à se troubler et à vous abuser. Loin de ne pas avoir d'ombre, j'en ai une tout extraordinaire ; c'est dans ma nature de rechercher tout ce qui est particulier, et je ne me suis pas contentée d'une de ces ombres comme en ont les hommes en général. J'ai pour ombre un homme en chair et en os ; qui plus est, de même que souvent on donne à ses domestiques pour leur livrée un drap plus fin que celui qu'on porte soi-même, j'ai tant fait que cet être a lui-même une ombre. Cela m'est revenu bien cher ; mais encore une fois je raffole de ce qui est rare.

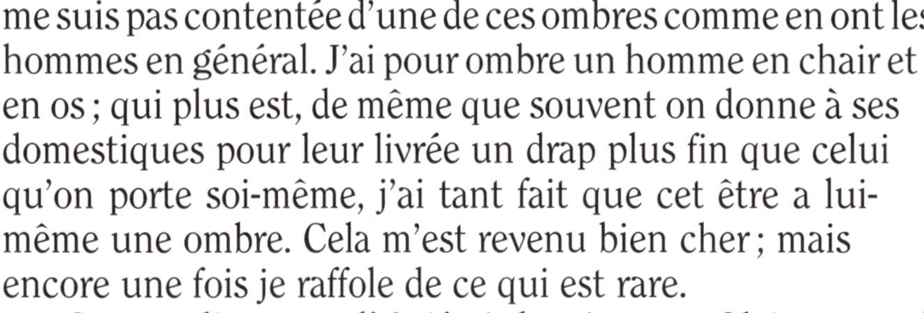

- Que me dites-vous là ? s'écria la princesse. Oh ! bonheur, mes yeux commencent à me tromper ! Ces eaux sont vraiment admirables.

Ils se séparèrent avec les plus grands saluts.

« Je pourrais cesser ma cure, se dit-elle ; mais je veux encore rester quelque temps. Ce prince m'intéresse beaucoup . . . »

Le soir, dans la grande salle de bal, la fille du roi et l'Ombre firent un tour de danse. Elle était légère comme une plume ; mais lui était léger comme l'air ; jamais elle n'avait rencontré un pareil danseur. Elle lui dit quel était le royaume de son père ; l'Ombre connaissait le pays, l'ayant visité dans le temps. La princesse alors en était absente. L'Ombre s'était amusée, selon son ordinaire, à grimper aux murs du palais du roi et à regarder par les fenêtres, par les ouvertures des rideaux et même par le trou des serrures ; elle avait appris une foule de petits secrets de la cour, auxquels, en causant avec la princesse, elle fit de fines allusions.

« Que d'esprit et de tact il a, ce jeune et galant prince ! » se dit la princesse, et elle se sentit un grand penchant pour lui. L'Ombre s'en aperçut redoubla d'amabilité. A la troisième danse, la princesse fut sur le point de lui avouer que son cœur était touché ; mais elle avait un fond de raison et pensait à son royaume ; elle se dit :

« Ce prince est fort spirituel, sa conversation est très intéressante, c'est fort bien ; il danse divinement, c'est encore mieux. Mais, pour qu'il puisse m'aider à gouverner mes millions de sujets, il faudrait aussi qu'il eût de solides connaissances : c'est très important ; aussi vais-je lui faire subir un petit examen. »

Et elle lui adressa une question si extraordinairement difficile, qu'elle-même n'aurait pas été en état d'y répondre. L'Ombre fit une légère moue.

- Vous ne connaissez pas la solution ? dit-elle d'un air désappointé.

- Ce n'est pas cela, dit l'Ombre ; seulement je suis un peu déconcertée parce que vous n'avez pas cru devoir m'interroger sur une matière un peu plus ardue. Quant à cette question, je connais la réponse depuis ma première jeunesse, au point que mon ombre, qui se tient là-bas, pourrait vous en dire la solution.

- Votre ombre ! s'écria la princesse, mais ce serait un phénomène unique.

- Je ne l'assure pas entièrement, dit l'Ombre, mais je crois qu'il en est ainsi. Toute ma vie je me suis occupée de science et il est naturel que mon ombre tienne de moi. Seulement, en raison même des connaissances qu'elle a pu acquérir, elle ne manque pas d'orgueil et elle a la prétention d'être traitée comme un être humain véritable. Je me permettrai de prier Votre Altesse Royale de tolérer sa manie, afin qu'elle reste de bonne humeur et réponde convenablement.

- Rien de plus juste, dit la princesse.

Elle alla trouver le savant, qui se tenait contre la porte, et elle causa avec lui du soleil et de la lune, des profondeurs des cieux et des entrailles de la terre ; elle l'interrogea sur les nations des contrées les plus éloignées. Il ne resta pas court une seule fois, et il apprit à la princesse les choses les plus intéressantes.

« Celui qui a une ombre aussi savante, se dit-elle, doit être un véritable phénix. Ce sera une bénédiction pour mon peuple, que je le choisisse pour partager mon trône : ma résolution est prise. »

Elle fit connaître ses intentions à l'Ombre, qui les accueillit avec une grâce et une dignité parfaites. Il fut convenu que la chose serait tenue secrète, jusqu'au moment où l'on serait de retour dans le royaume de la princesse.

- C'est cela, dit l'Ombre, nous ne laisserons rien deviner à personne, pas même à mon ombre.

Elle avait ses raisons particulières pour prendre cette précaution.

- Écoute bien, mon ami, dit l'Ombre à son ancien maître le savant. Je suis arrivée au comble de la puissance et de la richesse et je pense à faire ta fortune. Tu habiteras avec moi le palais du roi et tu auras cent mille écus par an. Mais, prends-en bien note, tu passeras plus que jamais pour mon ombre, et tu ne révéleras à personne que tu as toujours été un homme.

- Non, je ne veux pas tremper dans cette fourberie. A moi il serait égal d'être votre inférieur, mais je ne veux pas que vous trompiez tout un peuple et la fille du roi par-dessus le marché. Je dirai tout ; que je suis un homme, que vous n'êtes qu'une ombre vêtue d'habits d'homme, un reflet, une chimère.

- Personne ne te croira, dit l'Ombre. Calme-toi, ou j'appelle la garde.

- Je m'en vais trouver la princesse, dit le savant, et tout lui révéler.

- J'y serai avant toi, dit l'Ombre, car tu vas aller tout droit en prison.

La garde arriva et obéit à celui qui était connu comme le fiancé de la fille du roi. Le pauvre savant fut jeté dans un noir cachot.

- Tu trembles, dit la princesse lorsqu'elle vit entrer l'Ombre. Qu'est-il arrivé ?

- Je viens d'assister à un spectacle navrant, répondit l'Ombre. Pense donc, mon ombre a été prise de folie. Voilà ce que c'est ! A ma suite elle s'est toujours occupée de hautes sciences, et la tête lui aura tourné. Ne s'imagine-t-elle pas qu'elle a toujours été homme ? Mais il y a plus : elle prétend que je ne suis que son ombre !

- C'est épouvantable ! s'écria la princesse. Elle est enfermée, n'est-ce pas ?

- Oui certes, dit l'Ombre. Je crains bien qu'elle ne se remette jamais.

- Pauvre ombre ! dit la princesse. Elle doit être fort malheureuse : un être aussi mobile qui se trouve claquemuré dans une étroite cellule ! Ce serait probablement lui rendre un grand service que de la délivrer de son petit souffle de vie. Et puis dans ce temps de révolutions, où l'on voit les peuples toujours s'intéresser à ceux que nous autres souverains sommes censés persécuter, il est peut-être sage de se débarrasser d'elle en secret.

- Cela me semble bien dur cependant, dit l'Ombre d'un air contrit et en soupirant ; elle m'a servie si fidèlement !

- J'apprécie tes scrupules, dit la princesse, et je reconnais une fois de plus combien tu as un noble caractère. Mais ceux qui sont chargés d'une couronne ne peuvent pas écouter leur cœur. Donc je m'en tiendrai à ce que j'ai pensé.

Le soir, toute la ville fut illuminée splendidement ; à chaque seconde retentissait un coup de canon. Les cris de joie du peuple se mêlaient aux « boum boum ». C'était magnifique. Un superbe feu d'artifice fut tiré devant le palais, et la fille du roi et son époux vinrent sur le balcon recevoir les acclamations.

Le bruit étourdissant de la fête ne troubla pas le pauvre savant ; il était déjà mis à mort et enterré.

Le Sapin

à-bas, dans la forêt, il y avait un joli sapin. Il était bien placé, il avait du soleil et de l'air ; autour de lui poussaient de plus grands camarades, pins et sapins. Mais lui était si impatient de grandir qu'il ne remarquait ni le soleil ni l'air pur, pas même les enfants de paysans qui passaient en bavardant lorsqu'ils allaient cueillir des fraises ou des framboises.

« Oh ! si j'étais grand comme les autres, soupirait le petit sapin, je pourrais étendre largement ma verdure et, de mon sommet, contempler le vaste monde. Les oiseaux bâtiraient leur nid dans mes branches et, lorsqu'il y aurait du vent, je pourrais me balancer avec grâce comme font ceux qui m'entourent. »

Le soleil ne lui causait aucun plaisir, ni les oiseaux, ni les nuages roses qui, matin et soir, naviguaient dans le ciel au-dessus de sa tête.

L'hiver, lorsque la neige étincelante entourait son pied de sa blancheur, il arrivait souvent qu'un lièvre bondissait, sautait par-dessus le petit arbre — oh ! que c'était agaçant ! Mais, deux hivers ayant passé, quand vint le troisième, le petit arbre était assez grand pour que le lièvre fût obligé de le contourner. Oh ! pousser, pousser, devenir grand et vieux, c'était là, pensait-il, la seule joie au monde.

En automne, les bûcherons venaient et abattaient quelques-uns des plus grands arbres. Cela arrivait chaque année et le jeune sapin, qui avait atteint une bonne taille, tremblait de crainte, car ces arbres magnifiques tombaient à terre dans un fracas de craquements.

Où allaient-ils ? Quel devait être leur sort ?

Au printemps, lorsque arrivèrent l'hirondelle et la cigogne, le sapin leur demanda :

- Savez-vous où on les a conduits ? Les avez-vous rencontrés ?

Les hirondelles n'en savaient rien, mais la cigogne eut l'air de réfléchir, hocha la tête et dit :

- Oui, je crois le savoir, j'ai rencontré beaucoup de navires tout neufs en m'envolant vers l'Egypte, sur ces navires il y avait des maîtres-mâts superbes, j'ose dire que c'étaient eux, ils sentaient le sapin.

- Oh ! si j'étais assez grand pour voler au-dessus de la mer ! Comment est-ce au juste la mer ? A quoi cela ressemble-t-il ?

- Euh ! c'est difficile à expliquer, répondit la cigogne.

Et elle partit.

- Réjouis-toi de ta jeunesse, dirent les rayons du soleil, réjouis-toi de ta fraîcheur, de la jeune vie qui est en toi.

Le vent baisa le jeune arbre, la rosée versa sur lui des larmes, mais il ne les comprit pas.

Quand vint l'époque de Noël, de tout jeunes arbres furent abattus, n'ayant souvent même pas la taille, ni l'âge de notre sapin, lequel, sans trêve ni repos, désirait toujours partir. Ces jeunes arbres étaient toujours les plus beaux, ils conservaient leurs branches, ceux-là, et on les couchait sur les charrettes que les chevaux tiraient hors de la forêt.

- Où vont-ils ? demanda le sapin, ils ne sont pas plus grands que moi, il y en avait même un beaucoup plus petit. Pourquoi leur a-t-on laissé leur verdure ?

- Nous le savons, nous le savons, gazouillèrent les moineaux. En bas, dans la ville, nous avons regardé à travers les vitres, nous savons où la voiture les conduit. Oh ! ils arrivent au plus grand scintillement, au plus grand honneur que l'on puisse imaginer. A travers les vitres, nous les avons vus, plantés au milieu du salon chauffé et garnis de ravissants objets, pommes dorées, gâteaux de miel, jouets et des centaines de lumières.

- Suis-je destiné à atteindre aussi cette fonction ? dit le sapin tout enthousiasmé. C'est encore bien mieux que de voler au-dessus de la mer. Je me languis ici, que n'est-ce déjà Noël ! Je suis aussi grand et développé que ceux qui ont été emmenés l'année dernière. Je voudrais être déjà sur la charrette et puis dans le salon chauffé, au milieu de ce faste. Et, ensuite... il arrive sûrement quelque chose d'encore mieux, de plus beau, sinon pourquoi nous décorer ainsi. Cela doit être quelque chose de grandiose et de merveilleux ! Mais quoi ?... Oh ! je m'ennuie... je languis...

- Sois heureux d'être avec nous, dirent l'air et la lumière du soleil. Réjouis-toi de ta fraîche et libre jeunesse.

Mais le sapin n'arrivait pas à se réjouir. Il grandissait et grandissait. Hiver comme été, il était vert, d'un beau vert foncé et les gens qui le voyaient s'écriaient : Quel bel arbre !

Avant Noël il fut abattu, le tout premier. La hache trancha d'un coup, dans sa moelle ; il tomba, poussant un grand soupir, il sentit une douleur profonde. Il défaillait et souffrait.

L'arbre ne revint à lui qu'au moment d'être déposé dans la cour avec les autres. Il entendit alors un homme dire :

- Celui-ci est superbe, nous le choisissons.

Alors vinrent deux domestiques en grande tenue qui apportèrent le sapin dans un beau salon. Des portraits ornaient les murs et près du grand poêle de céramique vernie il y avait des vases chinois avec des lions sur leurs couvercles. Plus loin étaient placés des fauteuils à bascule, des canapés de soie, de grandes tables couvertes de livres d'images et de jouets ! pour un argent fou — du moins à ce que disaient les enfants.

Le sapin fut dressé dans un petit tonneau rempli de sable, mais on ne pouvait pas voir que c'était un tonneau parce qu'il était enveloppé d'une étoffe verte et posé sur un grand tapis à fleurs ! Oh ! notre arbre était bien ému ! Qu'allait-il se passer ?

Les domestiques et des jeunes filles commencèrent à le garnir. Ils suspendaient aux branches de petits filets découpés dans des papiers glacés de couleur, dans chaque filet on mettait quelques fondants, des pommes et des noix dorées pendaient aux branches comme si elles y avaient poussé, et plus de cent petites bougies rouges, bleues et blanches étaient fixées sur les branches. Des poupées qui semblaient vivantes — l'arbre n'en avait jamais vu — planaient dans la verdure et tout en haut, au sommet, on mit une étoile clinquante de dorure.

C'était splendide, incomparablement magnifique.

- Ce soir, disaient-ils tous, ce soir ce sera beau.

« Oh ! pensa le sapin, que je voudrais être ici ce soir quand les bougies seront allumées ! Que se passera-t-il alors ? Les arbres de la forêt viendront-ils m'admirer ? Les moineaux me regarderont-ils à travers les vitres ? Vais-je rester ici, ainsi décoré, l'hiver et l'été ? »

On alluma les lumières. Quel éclat ! Quelle beauté ! Un frémissement parcourut ses branches de sorte qu'une des bougies y mit le feu : une sérieuse flambée.

- Mon Dieu ! crièrent les demoiselles en se dépêchant d'éteindre.

Le pauvre arbre n'osait même plus trembler. Quelle torture ! Il avait si peur de perdre quelqu'une de ses belles parures, il était complètement étourdi dans toute sa gloire... Alors, la porte s'ouvrit à deux battants, des enfants en foule se précipitèrent comme s'ils allaient renverser

le sapin, les grandes personnes les suivaient posément. Les enfants s'arrêtaient — un instant seulement —, puis ils se mettaient à pousser des cris de joie — quel tapage ! — et à danser autour de l'arbre. Ensuite, on commença à cueillir les cadeaux l'un après l'autre.

« Qu'est-ce qu'ils font ? se demandait le sapin. Qu'est-ce qui va se passer ? »

Les bougies brûlèrent jusqu'aux branches, on les éteignait à mesure, puis les enfants eurent la permission de dépouiller l'arbre complètement. Ils se jetèrent sur lui, si fort, que tous les rameaux en craquaient, s'il n'avait été bien attaché au plafond par le ruban qui fixait aussi l'étoile, il aurait été renversé.

Les petits tournoyaient dans le salon avec leurs jouets dans les bras, personne ne faisait plus attention à notre sapin, si ce n'est la vieille bonne d'enfants qui jetait de-ci de-là un coup d'œil entre les branches pour voir si on n'avait pas oublié une figue ou une pomme.

- Une histoire ! une histoire ! criaient les enfants en entraînant vers l'arbre un gros petit homme ventru.

Il s'assit juste sous l'arbre.

- Comme ça, nous sommes dans la verdure et le sapin aura aussi intérêt à nous écouter, mais je ne raconterai qu'une histoire. Voulez-vous celle d'Ivède-Avède ou celle de Dumpe-le-Ballot qui roula en bas des escaliers, mais arriva tout de même à s'asseoir sur un trône et à épouser la princesse ?

L'homme racontait l'histoire de Dumpe-le-Ballot qui tomba du haut des escaliers, gagna tout de même le trône et épousa la princesse. Les enfants battaient des mains. Ils voulaient aussi entendre l'histoire d'Ivède-Avède, mais ils n'en eurent qu'une. Le sapin se tenait coi et écoutait.

« Oui, oui, voilà comment vont les choses dans le monde », pensait-il. Il croyait que l'histoire était vraie, parce que l'homme qui la racontait était élégant.

- Oui, oui, sait-on jamais ! Peut-être tomberai-je aussi du haut des escaliers et épouserai-je une princesse !

Il se réjouissait en songeant que le lendemain il serait de nouveau orné de lumières et de jouets, d'or et de fruits.

Il resta immobile et songeur toute la nuit.

Au matin, un valet et une femme de chambre entrèrent.

- Voilà la fête qui recommence ! pensa l'arbre. Mais ils le traînèrent hors de la pièce, en haut des escaliers, au grenier... et là, dans un coin sombre, où le jour ne parvenait pas, ils l'abandonnèrent.

- Qu'est-ce que cela veut dire ? Que vais-je faire ici ?

Il s'appuya contre le mur, réfléchissant. Et il eut le temps de beaucoup réfléchir, car les jours et les nuits passaient sans qu'il ne vînt personne là-haut et quand, enfin, il vint quelqu'un, ce n'était que pour déposer quelques grandes

caisses dans le coin. Elles cachaient l'arbre complètement. L'avait-on donc tout à fait oublié ?

« C'est l'hiver dehors, maintenant, pensait-il. La terre est dure et couverte de neige. On ne pourrait même pas me planter ; c'est sans doute pour cela que je dois rester à l'abri jusqu'au printemps. Comme c'est raisonnable, les hommes sont bons ! Si seulement il ne faisait pas si sombre et si ce n'était si solitaire ! Pas le moindre petit lièvre. C'était gai, là-bas, dans la forêt, quand sur le tapis de neige le lièvre passait en bondissant, oui, même quand il sautait par-dessus moi ; mais, dans ce temps-là, je n'aimais pas ça. Quelle affreuse solitude, ici ! »

« Pip ! pip ! » fit une petite souris en apparaissant au même instant, et une autre la suivait. Elles flairèrent le sapin et furetèrent dans ses branches.

- Il fait terriblement froid , dit la petite souris. Sans quoi on serait bien ici, n'est-ce pas, vieux sapin ?

- Je ne suis pas vieux du tout, répondit le sapin. Il en y a beaucoup de bien plus vieux que moi.

- D'où viens-tu donc ? demanda la souris, et qu'est-ce que tu as à raconter ?

Elles étaient horriblement curieuses.

- Parle-nous de l'endroit le plus exquis de la terre. Y as-tu été ? As-tu été dans le garde-manger ?

- Je ne connais pas ça, dit l'arbre, mais je connais la forêt où brille le soleil, où l'oiseau chante.

Et il parla de son enfance. Les petites souris n'avaient jamais rien entendu de semblable. Elles écoutaient de toutes leurs oreilles.

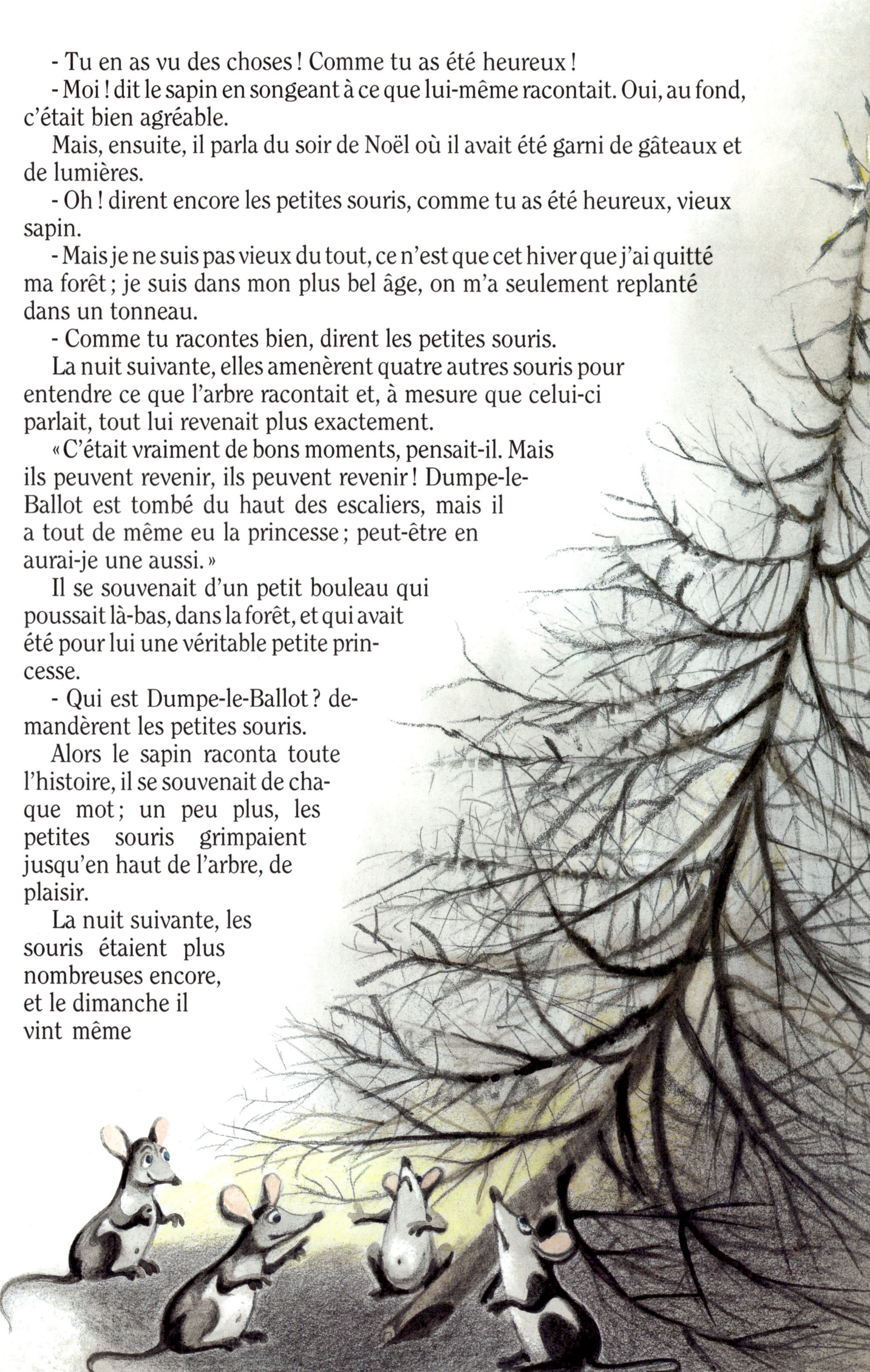

- Tu en as vu des choses ! Comme tu as été heureux !

- Moi ! dit le sapin en songeant à ce que lui-même racontait. Oui, au fond, c'était bien agréable.

Mais, ensuite, il parla du soir de Noël où il avait été garni de gâteaux et de lumières.

- Oh ! dirent encore les petites souris, comme tu as été heureux, vieux sapin.

- Mais je ne suis pas vieux du tout, ce n'est que cet hiver que j'ai quitté ma forêt ; je suis dans mon plus bel âge, on m'a seulement replanté dans un tonneau.

- Comme tu racontes bien, dirent les petites souris.

La nuit suivante, elles amenèrent quatre autres souris pour entendre ce que l'arbre racontait et, à mesure que celui-ci parlait, tout lui revenait plus exactement.

« C'était vraiment de bons moments, pensait-il. Mais ils peuvent revenir, ils peuvent revenir ! Dumpe-le-Ballot est tombé du haut des escaliers, mais il a tout de même eu la princesse ; peut-être en aurai-je une aussi. »

Il se souvenait d'un petit bouleau qui poussait là-bas, dans la forêt, et qui avait été pour lui une véritable petite princesse.

- Qui est Dumpe-le-Ballot ? demandèrent les petites souris.

Alors le sapin raconta toute l'histoire, il se souvenait de chaque mot ; un peu plus, les petites souris grimpaient jusqu'en haut de l'arbre, de plaisir.

La nuit suivante, les souris étaient plus nombreuses encore, et le dimanche il vint même deux rats, mais ils déclarèrent que le conte n'était pas amusant du tout, ce qui fit de la peine aux petites souris ; de ce fait, elles-mêmes l'apprécièrent moins.

- Eh bien , merci, dirent les rats en rentrant chez eux.

Les souris finirent par s'en aller aussi, et le sapin soupirait.

- C'était un vrai plaisir d'avoir autour de moi ces petites souris agiles, à écouter ce que je racontais. C'est fini, ça aussi, mais maintenant, je saurai goûter les plaisirs quand on me ressortira. Mais quand ?

Ce fut un matin, des gens arrivèrent et remuèrent tout dans le grenier. Ils déplacèrent les caisses, tirèrent l'arbre en avant. Bien sûr, ils le jetèrent un peu durement à terre, mais un valet le traîna vers l'escalier où le jour éclairait.

« Voilà la vie qui recommence », pensait l'arbre, lorsqu'il sentit l'air frais, le premier rayon de soleil... et le voilà dans la cour.

Tout se passa si vite ! La cour se prolongeait par un jardin en fleurs. Les roses pendaient fraîches et odorantes par-dessus la petite barrière, les tilleuls étaient fleuris et les hirondelles voletaient en chantant : « Quivit, quivit, mon homme est arrivé ! » Mais ce n'était pas du sapin qu'elles voulaient parler.

- Je vais revivre, se disait-il, enchanté, étendant largement ses branches. Hélas ! elles étaient toutes fanées et jaunies. L'étoile de papier doré était restée fixée à son sommet et brillait au soleil... Dans la cour jouaient quelques enfants joyeux qui, à Noël, avaient dansé autour de l'arbre et s'en étaient réjouis. L'un des plus petits s'élança et arracha l'étoile d'or.

- Regarde ce qui était resté sur cet affreux arbre de Noël, s'écria-t-il en piétinant les branches qui craquaient sous ses souliers.

L'arbre regardait la splendeur des fleurs et la fraîche verdure du jardin puis, enfin, se regarda lui-même. Comme il eût préféré être resté dans son coin sombre au grenier ! Il pensa à sa jeunesse dans la forêt, à la joyeuse fête de Noël, aux petites souris, si heureuses d'entendre l'histoire de Dumpe-le-Ballot.

« Fini ! fini! Si seulement j'avais su être heureux quand je le pouvais. »

Le valet débita l'arbre en petits morceaux, il en fit tout un grand tas qui flamba joyeusement sous la chaudière. De profonds soupirs s'en échappaient, chaque soupir éclatait. Les enfants qui jouaient au-dehors entrèrent s'asseoir devant le feu et ils criaient : Pif ! Paf ! à chaque craquement, le sapin, lui, songeait à un jour d'été dans la forêt ou à une nuit d'hiver quand les étoiles étincellent. Il pensait au soir de Noël, à Dumpe-le-Ballot, le seul conte qu'il eût jamais entendu et qu'il avait su répéter... et voilà qu'il était consumé...

Les garçons jouaient dans la cour, le plus jeune portait sur la poitrine l'étoile d'or qui avait orné l'arbre au soir le plus heureux de sa vie. Ce soir était fini, l'arbre était fini, et l'histoire, aussi, finie, finie comme toutes les histoires.

La Tirelire

l y avait une quantité de jouets dans la chambre d'enfants. Tout en haut de l'armoire trônait la tirelire sous la forme d'un cochon en terre cuite ; il avait naturellement une fente dans le dos, et cette fente avait été élargie à l'aide d'un couteau pour pouvoir y glisser aussi de grosses pièces. On en avait déjà glissé deux dedans, en plus de nombreuses menues monnaies.

Le cochon était si rempli que l'argent ne pouvait plus tinter dans son ventre et c'est bien le maximum de ce que peut espérer un cochon-tirelire. Il se tenait tout en haut de l'armoire et regardait les jouets en bas, dans la chambre ; il savait bien qu'avec ce qu'il avait dans le ventre il aurait pu les acheter tous et cela lui donnait quelque orgueil.

Les autres le savaient aussi même s'ils n'en parlaient pas, ils avaient d'autres sujets de conversation. Le tiroir de la commode était entrouvert et une poupée un peu vieille et le cou raccommodé regardait au-dehors. Elle dit :

- Je propose de jouer aux grandes personnes, ce sera une occupation !

Le jeu allait commencer et tous étaient invités, même la voiture de poupée bien qu'elle appartînt aux jouets dits vulgaires.

- Chacun est utile à sa manière, disait-elle ; tout le monde ne peut pas appartenir à la noblesse, il faut bien qu'il y en ait qui travaillent.

Le cochon-tirelire seul reçut une invitation écrite. On craignait que, placé si haut, il ne pût entendre une invitation orale. Il se jugea trop important pour donner une réponse et ne vint pas. S'il voulait prendre part au jeu, ce serait de là-haut, chez lui ; les autres s'arrangeraient en conséquence. C'est ce qu'ils firent.

Le petit théâtre de marionnettes fut monté de sorte qu'il pût le voir juste de face. Il devait y avoir d'abord une comédie, puis le thé, ensuite des exercices intellectuels. Mais c'est par ceux-ci qu'on commença tout de suite.

Le cheval à bascule parla d'entraînement et de pur-sang, la voiture de poupée de chemins de fer et de traction à vapeur : cela se rapportait toujours à leur spécialité. La pendule parla politique — tic, tac — elle savait quelle heure elle avait sonné, mais les mauvaises langues disaient qu'elle ne marchait pas bien.

La canne se tenait droite, fière de son pied ferré et de son pommeau d'argent ; sur le sofa s'étalaient deux coussins brodés, ravissants mais stupides. La comédie pouvait commencer.

Tous étaient assis et regardaient. On les pria d'applaudir, de claquer ou de gronder suivant qu'ils seraient satisfaits ou non. La cravache déclara qu'elle ne claquait jamais pour les vieux, mais seulement pour les jeunes non encore fiancés.

- Moi, j'éclate pour tout le monde, dit le pétard.

- Être là ou ailleurs ... déclarait le crachoir.

Et c'était bien l'opinion de tous sur cette idée de jouer la comédie.

La pièce ne valait rien, mais elle était bien jouée. Les acteurs présentaient toujours au public leur côté peint, ils étaient faits pour être vus de face, pas de dos. Tous jouaient admirablement, tout à fait en avant et même hors du théâtre, car leurs fils étaient trop longs.

La poupée raccommodée était si émue qu'elle se décolla et le cochon-tirelire, bouleversé à sa façon, décida de faire quelque chose pour l'un des acteurs, par exemple : le mettre sur son testament pour qu'il soit couché près de lui dans un monument funéraire quand le moment serait venu.

Tous étaient enchantés, de sorte qu'on renonça au thé et on s'en tint à l'intellectualité. On appelait cela jouer aux grandes personnes et c'était sans méchanceté puisque ce n'était qu'un jeu. Chacun ne pensait qu'à soi-même et aussi à ce que pensait le cochon-tirelire, et lui pensait plus loin que les autres : à son testament et à son enterrement. Quand en viendrait l'heure ? Toujours plus tôt qu'on ne s'y attend ...

Patatras ! Le voilà tombé de l'armoire. Le voilà gisant par terre en mille morceaux ; les pièces dansent et sautent à travers la pièce, les plus petites ronflent, les plus grandes roulent, surtout le daler d'argent qui avait tant envie de voir le monde. Il y alla, bien sûr ; toutes les pièces y allèrent, mais les restes du cochon allèrent dans la poubelle.

Le lendemain, sur l'armoire, se tenait un nouveau cochon-tirelire en terre vernie. Il ne contenait encore pas la moindre monnaie, et rien ne tintait en lui. En cela, il ressemblait à son prédécesseur. Il n'était qu'un commencement.

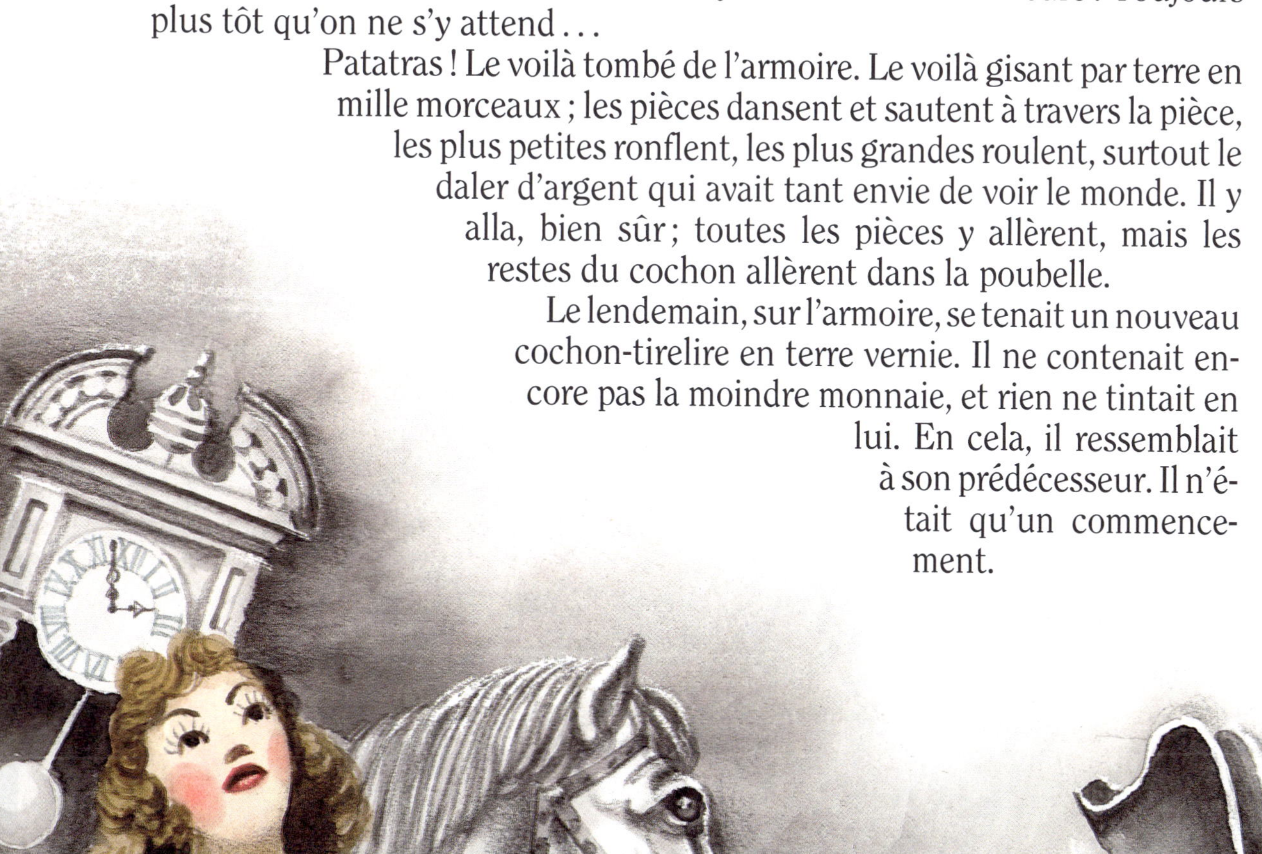

Le Crapaud

Le puits était très profond et par conséquent la corde était longue, qui servait à monter le seau plein d'eau. Quand ce seau arrivait jusqu'à la margelle, on avait bien du mal à l'y poser, tant le vent était violent. Jamais le soleil ne descendait assez bas dans ce puits pour se mirer dans l'eau, mais aussi loin qu'atteignaient ses rayons, les pierres étaient couvertes d'une maigre verdure.

Une famille de crapauds vivait dans le puits. Ils étaient nouveaux venus, puisque c'est la vieille grand-mère — encore vivante — qui y était arrivée, la tête la première. Les grenouilles vertes, établies là depuis bien plus longtemps, et qui nageaient de tous côtés dans l'eau, les considéraient comme des invités de passage, mais voyaient bien qu'ils étaient un peu de leur espèce.

Les crapauds avaient décidé de rester là, ils se plaisaient à vivre « au sec », comme ils disaient des pierres humides.

La mère crapaude avait fait un vrai voyage, et elle s'était trouvée justement dans le seau au moment où quelqu'un le remontait, mais la subite lumière du jour l'éblouit ; elle tomba du seau, droit dans l'eau, avec un « plouf » si terrifiant qu'elle dut rester trois jours couchée, les reins presque brisés. C'est ainsi qu'elle était arrivée là. Elle ne pouvait raconter grand-chose sur le monde extérieur, mais elle savait — et elle le fit savoir à tous — que le puits n'était pas le monde entier. Mère crapaude aurait pu raconter davantage, mais si les grenouilles la questionnaient, elle ne répondait jamais, alors elles ne questionnaient plus.

- Comme elle est grosse et horrible, laide et répugnante, disaient les jeunes grenouilles vertes, et ses petits deviendront exactement comme elle.

- C'est possible, répondait la mère crapaude, mais l'un d'eux a une pierre précieuse dans la tête, ou bien je l'ai moi-même.

Les grenouilles vertes écoutaient ce propos, les yeux ronds de surprise, mais comme elles ne désiraient pas en savoir davantage, elles tournèrent le dos à la vieille et plongèrent jusqu'au fond de l'eau.

Les jeunes crapauds, au contraire, allongeaient leurs pattes de derrière par pure fierté, chacun d'eux croyant avoir la pierre précieuse, ils tenaient la tête raide et parfaitement immobile. Ils finirent cependant par se demander de quoi ils devaient être fiers et ce que c'était au juste qu'une pierre précieuse.

- C'est un bijou, répondit la mère crapaude, si beau et si précieux, que je ne peux même pas le décrire. On le porte pour son propre plaisir et les autres vous l'envient. Mais ne me demandez plus rien, je ne répondrai pas.

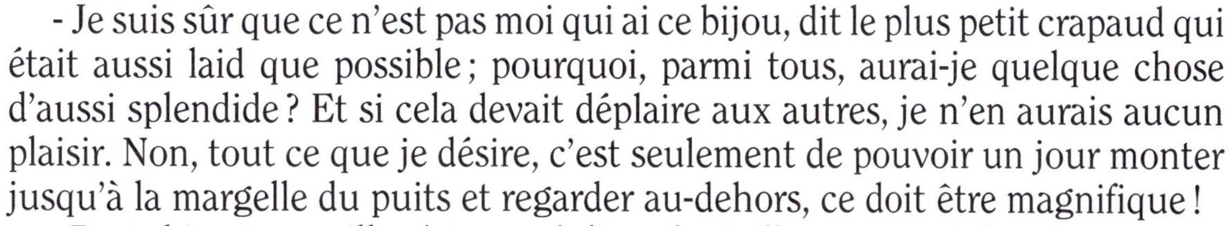

- Je suis sûr que ce n'est pas moi qui ai ce bijou, dit le plus petit crapaud qui était aussi laid que possible ; pourquoi, parmi tous, aurai-je quelque chose d'aussi splendide ? Et si cela devait déplaire aux autres, je n'en aurais aucun plaisir. Non, tout ce que je désire, c'est seulement de pouvoir un jour monter jusqu'à la margelle du puits et regarder au-dehors, ce doit être magnifique !

- Reste bien tranquille où tu es, répliqua la vieille, tu connais le coin et sais ce qu'il vaut. Prends bien garde au seau, il pourrait t'écraser. Et si tu réussis à y entrer, tu peux en retomber et tout le monde n'a pas comme moi la chance de survivre à une pareille chute avec ses quatre membres entiers — et tous ses œufs.

- Couac, dit le petit, ce qui répond à Oh ! Oh !

Il avait un immense désir d'être assis sur la margelle du puits et de regarder au-dehors, une vraie nostalgie de la verdure de là-haut. Le lendemain matin, comme on remontait le seau plein d'eau, le seau, par hasard, s'arrêta un instant juste devant la pierre sur laquelle était assis le petit crapaud ; celui-ci trembla, mais sauta dans le seau et tomba tout au fond.

En haut du puits, il fut vidé en même temps que l'eau.

- Quelle horreur, cria un garçon qui se trouvait là, je n'en ai jamais vu d'aussi laid.

Et il lui allongea un coup de sabot.

Le petit crapaud aurait été complètement écrasé s'il ne s'était vite caché au milieu des hautes orties.

Il était assis là et regardait les tiges serrées et il regardait aussi vers le ciel, le soleil brillait sur les feuilles transparentes, il avait l'impression que nous éprouvons, nous autres hommes, en pénétrant dans une grande forêt où le soleil luit entre les branches et les feuilles des arbres.

- C'est bien mieux ici que dans le puits, dit le petit crapaud. J'aimerais y rester toute ma vie.

Il resta là une heure — et même deux.

« Je me demande ce qu'il peut y avoir

dehors, pensa-t-il. Puisque je suis venu jusqu'ici, il faut que je continue.»

Il sautilla aussi vite qu'il le put et arriva sur une route où le soleil brillait, mais où la poussière tomba, épaisse, sur son dos, tandis qu'il traversait la route.

- Je suis vraiment au sec, ici, peut-être un peu trop. J'ai des démangeaisons.

Il sauta jusqu'au fossé où poussaient des myosotis et des spirées et que bordait une haie de sureau et d'aubépine, le long de laquelle grimpaient des liserons blancs. Que de couleurs de tous côtés ! Un papillon vint à passer, le crapaud le prit pour une fleur qui s'était détachée pour voir le monde. Cela lui parut tout naturel.

«Si je pouvais seulement m'envoler comme lui, pensa le petit crapaud. Couac, ce serait merveilleux.»

Il demeura huit jours et huit nuits dans le fossé où il ne manquait certes pas de nourriture. Au neuvième jour, il se dit :

«Il faut vraiment que je continue, mais que pourrai-je trouver de mieux qu'ici. Peut-être un autre petit crapaud ou quelques grenouilles vertes.»

La nuit précédente, il avait entendu dans l'air des bruits semblant indiquer qu'il avait quelques cousins dans le voisinage.

«Que c'est bon de vivre, de sortir du puits, et se reposer dans le fossé humide. Mais il faut continuer, essayer de trouver un petit crapaud ou quelques grenouilles. Ils me manquent. C'est donc que la nature ne suffit pas.»

Il traversa un champ et arriva à une mare entourée de joncs. Il regarda les joncs avec intérêt et s'aperçut qu'il y avait là des grenouilles.

- C'est peut-être trop mouillé pour vous, lui dirent-elles. Etes-vous un mâle ou une femelle ? Qu'importe ! vous êtes en tout cas le bienvenu.

Cette nuit-là, le petit crapaud fut invité à un concert familial, grand enthousiasme et voix faibles. On ne servit rien à manger, mais à boire à profusion, tout l'étang si l'on voulait... ou pouvait !

- Maintenant, allons plus loin, se dit le petit crapaud ; quelque chose le poussait à chercher toujours mieux.

Il vit les étoiles, grandes et brillantes ; il vit la lune, il vit le soleil se lever et monter de plus en plus haut dans le ciel.

- Je suis toujours dans un puits, plus grand peut-être, mais puits tout de même. Il faut monter plus haut, je suis inquiet et sens une étange nostalgie.

Quand il y eut pleine lune, la pauvre petite bête se dit :

«C'est peut-être un seau que l'on descend et où je dois sauter pour arriver ensuite plus haut, ou, peut-être, le soleil est-il un immense seau, combien grand et lumineux ! Nous pourrions tous y trouver place, il me faut en attendre l'occasion. Comme ma tête me semble claire et brillante, je ne crois pas qu'un bijou puisse briller davantage. La pierre précieuse, je ne l'ai sûrement pas, mais je ne pleure pas pour cela, non, allons plus haut, toujours plus près de cette lumière étincelante où tout est joie ! J'en ai un grand désir et en même temps de l'effroi. C'est un immense pas que je me prépare à faire, mais il est nécessaire. En avant, droit vers la route ! »

Il fit quelques pas, à sa manière d'animal rampant, et se trouva sur la route. Des gens vivaient là ; il y avait des jardins fleuris et des potagers. Il se reposa devant un carré de choux.

- Quelle variété de créatures que je n'ai jamais vues ! Comme le monde est grand et beau. Mais il faut le parcourir et ne pas rester à la même place.

Et il sauta dans le carré de choux.

- Que c'est beau !

- Je le sais bien, dit une chenille verte couchée sur une feuille de chou. Ma feuille est la plus large de toutes, elle cache la moitié de l'univers, mais je me passe fort bien de cette moitié-là.

Des poules arrivaient et couraient dans le potager. La première avait bonne vue. Apercevant la chenille sur la feuille, elle lui donna un coup de bec. La chenille tomba à terre où elle se tortillait. La poule l'examina de côté, d'abord d'un œil puis de l'autre, car elle ne savait ce que signifiaient ces contorsions.

« Il n'arrivera à rien de bon », se dit la poule en se préparant à lui donner un autre coup de bec.

Le petit crapaud en fut si effrayé qu'il rampa droit devant elle.

« Ah ! il est accompagné, se dit la poule. Quelle horrible créature rampante ! »

Et elle s'en alla disant :

- Ces petites bouchées vertes ne m'intéressent pas, cela ne fait que vous chatouiller dans la gorge.

Les autres poules furent du même avis et toutes s'en allèrent.

- M'en voilà débarrassée, dit la chenille. Heureusement, j'ai de la présence d'esprit. Mais comment vais-je remonter sur ma feuille. Où est-elle ?

Le petit crapaud s'approcha d'elle pour lui exprimer sa sympathie et lui dire qu'il était tout heureux d'avoir chassé la poule par sa laideur.

- Que voulez-vous dire ? demanda la chenille. Je m'en suis débarrassée moi-même en me tortillant. Vous êtes vraiment affreux à regarder. Et, en tout cas, j'ai le droit de rester à ma place. Je sens déjà l'odeur du chou, voici ma feuille. Rien n'est plus beau que ce qui vous appartient. Mais il faut que je monte plus haut.

- Oui, plus haut, dit le crapaud. Elle a les mêmes sentiments que moi, mais elle n'est pas de bonne humeur aujourd'hui, ce doit être le choc. Nous souhaitons tous monter plus haut.

Le père cigogne était debout dans son nid sur le toit du paysan et claquait du bec, la mère cigogne également.

- Comme ils habitent haut, pensa le crapaud. Pourrait-on monter si haut ?

Deux jeunes étudiants vivaient à la ferme, l'un était un poète et l'autre un naturaliste. L'un chantait dans ses écrits toutes les créations de Dieu qui se reflétaient dans son cœur, l'autre s'emparait du fait lui-même et l'examinait comme une vaste opération mathématique ; il soustrayait, multipliait, désirant connaître à fond les problèmes et en parler avec sa raison et son enthousiasme. Tous deux étaient d'un bon naturel et très gais.

- Regarde ! voilà un beau spécimen de crapaud, là-bas, disait le naturaliste. Je veux le mettre dans l'alcool.

- Oh ! mais tu en as déjà deux, répliquait le poète. Laisse-le jouir de la vie.

- Mais il est si joliment laid, dit l'autre.

- Evidemment, si nous pouvions trouver la pierre philosophale dans sa tête, je vous aiderais volontiers à le disséquer.

- La pierre philosophale, répliqua son ami, tu t'y connais donc en histoire naturelle ?

- Mais ne trouves-tu pas que c'est très beau cette croyance populaire qui veut que le crapaud, le plus laid des animaux, possède souvent dans sa tête le plus précieux des joyaux ?

C'est tout ce qu'entendit le crapaud et il n'en avait compris que la moitié. Les deux amis s'éloignèrent et il échappa au bocal d'alcool.

« Eux aussi parlaient de pierre précieuse. Que je suis content de ne pas l'avoir, sans quoi quelque chose de très désagréable aurait pu m'arriver. »

Le jacassement du père cigogne se fit entendre sur le toit de la ferme. Il faisait une conférence à sa famille et lançait de mauvais regards aux deux jeunes gens.

- Les hommes sont les animaux les plus infatués d'eux-mêmes. Ecoutez leurs jacassements précipités, et ils ne savent même pas les articuler convenablement. Ils sont si fiers de leur don de parole, de leur langage. Et quel étrange langage, à quelques jours de vol d'une cigogne ils ne se comprennent plus les uns les autres. Nous, au contraire, nous pouvons nous faire comprendre partout, même en Egypte. Et ils ne savent même pas voler. Pour voyager un peu vite, ils ont inventé ce qu'ils appellent le «chemin de fer» et souvent ils y sont blessés. J'ai des frissons le long du corps et mon bec commence à trembler quand j'y pense. Le monde pourrait très bien durer sans les hommes. Ils ne nous manqueraient certes pas, aussi longtemps que nous aurons des vers de terre et des grenouilles.

«Voilà un beau discours, pensa le petit crapaud. Quel grand homme et comme il siège haut ! Et comme il nage bien», s'écria-t-il quand le père cigogne étendit ses ailes et s'élança dans les airs.

La mère cigogne se mit alors à parler à ses petits, dans le nid, du pays appelé Egypte, des eaux du Nil, et de tous les magnifiques marais que l'on trouve dans ce pays lointain. Tout ceci était nouveau pour le petit crapaud et l'intéressait vivement.

- Il faut que j'aille en Egypte, dit-il. Si seulement la cigogne ou l'un des petits voulait bien m'emmener, je lui ferai une politesse le jour de ses noces. N'importe comment, je trouverai moyen d'aller en Egypte. Que je suis heureux ! Le désir que j'éprouve rend certainement plus heureux que la pierre précieuse dans la tête.

Et c'était justement lui, qui avait le joyau : l'éternel désir de s'élever plus haut, toujours plus haut, il rayonnait de joie et d'amour de la vie.

A ce moment, le père cigogne descendit en vol plané ; il avait aperçu le crapaud dans l'herbe et il se saisit de lui sans aucune douceur. Il serrait le bec, ses grandes ailes battaient avec bruit, ce n'était pas du tout agréable, mais le petit crapaud savait qu'il montait très haut, vers l'Egypte, c'est pourquoi ses yeux brillaient et lançaient des étincelles.

- Couac ! couac !

Mort était le petit crapaud. Et que devenaient les étincelles ? Les rayons du soleil emportèrent le joyau qui était dans la tête du petit animal.

Les Cygnes Sauvages

ien loin d'ici, là où s'envolent les hirondelles quand nous sommes en hiver, habitait un roi qui avait onze fils et une fille, Elisa. Les onze fils, quoique princes, allaient à l'école avec décorations sur la poitrine et sabre au côté; ils écrivaient sur des tableaux en or avec des crayons de diamant et apprenaient tout très facilement, soit par cœur soit par leur raison; on voyait tout de suite que c'étaient des princes. Leur sœur Elisa était assise sur un petit tabouret de cristal et avait un livre d'images qui avait coûté la moitié du royaume. Ah ! ces enfants étaient très heureux, mais ça ne devait pas durer toujours.

Leur père, roi du pays, se remaria avec une méchante reine, très mal disposée à leur égard. Ils s'en rendirent compte dès le premier jour : tout le château était en fête; comme les enfants jouaient « à la visite », au lieu de leur donner, comme d'habitude, une abondance de gâteaux et de pommes au four, elle ne leur donna que du sable dans une tasse à thé en leur disant « de faire semblant ».

La semaine suivante, elle envoya Elisa à la campagne chez quelque paysan et elle ne tarda guère à faire accroire au roi tant de mal sur les pauvres princes que Sa Majesté ne se souciait plus d'eux le moins du monde.

- Envolez-vous dans le monde et prenez soin de vous-même ! dit la méchante reine, volez comme de grands oiseaux, mais muets.

Elle ne put cependant leur jeter un sort aussi affreux qu'elle l'aurait voulu : ils se transformèrent en onze superbes cygnes sauvages et, poussant un étrange cri, ils s'envolèrent par les fenêtres du château vers le parc et la forêt.

Ce fut le matin, de très bonne heure, qu'ils passèrent au-dessus de l'endroit où leur sœur Elisa dormait dans la maison du paysan; ils planèrent au-dessus du toit, tournant leurs longs cous de tous côtés, battant des ailes, mais personne ne les vit ni ne les entendit, alors il leur fallut poursuivre très haut, près des nuages, loin dans le vaste monde. Ils atteignirent enfin une sombre forêt descendant jusqu'à la grève. La pauvre petite Elisa restait dans la salle du paysan à jouer avec une feuille verte — elle n'avait pas d'autre jouet —, elle s'amusait à piquer un trou dans la feuille et à regarder le soleil au travers, il lui semblait voir les yeux clairs de ses frères.

Lorsqu'elle eut quinze ans, elle rentra au château de son père et quand la méchante reine vit combien elle était belle, elle entra en grande colère et se prit à la haïr, elle l'aurait volontiers changée en cygne sauvage comme ses frères, mais elle n'osa pas tout d'abord, le roi voulant voir sa fille.

De bonne heure, le lendemain, la reine alla au bain, fait de marbre et garni de tentures de toute beauté. Elle prit trois crapauds. Au premier, elle dit :

- Pose-toi sur la tête d'Elisa quand elle entrera dans le bain, afin qu'elle devienne engourdie comme toi.

- Pose-toi sur son front, dit-elle au second, afin qu'elle devienne aussi laide que toi et que son père ne la reconnaisse pas.

- Pose-toi sur son cœur, dit-elle au troisième, afin qu'elle devienne méchante et qu'elle en souffre.

Elle lâcha les crapauds dans l'eau claire qui prit aussitôt une teinte verdâtre, appela Elisa, la dévêtit et la fit descendre dans l'eau. A l'instant le premier crapaud se posa dans ses cheveux, le second sur son front, le troisième sur sa poitrine, sans qu'Elisa eût l'air seulement de s'en apercevoir. Dès que la jeune fille fut sortie du bain, trois coquelicots flottèrent à la surface ; si les bêtes n'avaient pas été venimeuses, elles se seraient changées en roses pourpres, mais fleurs elles devaient tout de même devenir d'avoir reposé sur la tête et le cœur d'Elisa, trop innocente pour que la magie pût avoir quelque pouvoir sur elle.

Voyant cela, la méchante reine se mit à la frotter avec du brou de noix, enduisit son joli visage d'une pommade nauséabonde et emmêla si bien ses superbes cheveux qu'il était impossible de reconnaître la belle Elisa.

Son père en la voyant en fut tout épouvanté et ne voulut croire que c'était là sa fille, personne ne la reconnut, sauf le chien de garde et les hirondelles, mais ce sont d'humbles bêtes dont le témoignage n'importe pas.

Alors la pauvre Elisa pleura en pensant à ses onze frères, si loin d'elle. Désespérée, elle se glissa hors du château et marcha tout le jour à travers champs et marais vers la forêt. Elle ne savait où aller, mais dans sa grande tristesse et son regret de ses frères, qui chassés comme elle erraient sans doute de par le monde, elle résolut de les chercher, de les trouver.

La nuit tomba vite dans la forêt, elle ne voyait ni chemin ni sentier, elle s'étendit sur la mousse moelleuse et appuya sa tête sur une souche d'arbre.

Toute la nuit, elle rêva de ses frères. Ils jouaient comme dans leur enfance, écrivaient avec des crayons en diamants sur des tableaux d'or et feuilletaient le merveilleux livre d'images qui avait coûté la moitié du royaume ; mais sur les tableaux d'or ils n'écrivaient pas comme autrefois seulement des zéros et des traits, mais les hardis exploits accomplis, tout ce qu'ils avaient vu et vécu.

Lorsqu'elle s'éveilla, le soleil était haut dans le ciel, elle ne pouvait le voir car les grands arbres étendaient leurs frondaisons épaisses, mais ses rayons jouaient là-bas comme une gaze d'or ondulante.

Elle entendait un clapotis d'eau, de grandes sources coulaient toutes vers un étang au fond de sable fin. Des buissons épais l'entouraient mais, à un endroit, les cerfs avaient percé une large ouverture par laquelle Elisa put s'approcher de l'eau si limpide que, si le vent n'avait fait remuer les branches et les buissons, elle aurait pu les croire peints seulement au fond de l'eau, tant chaque feuille s'y reflétait clairement.

Dès qu'elle y vit son propre visage, elle fut épouvantée, si noir et si laid ! Mais quand elle eut mouillé sa petite main et s'en fut essuyé les yeux et le front, sa peau blanche réapparut. Alors elle retira tous ses vêtements et entra dans l'eau fraîche et vraiment, telle qu'elle était là, elle était la plus charmante fille de roi qui se pût trouver dans le monde.

Une fois rhabillée, quand elle eut tressé ses longs cheveux, elle alla à la source jaillissante, but dans le creux de sa main et s'enfonça plus profondément dans la forêt sans savoir elle-même où aller.

Elle pensait toujours à ses frères, elle pensait à Dieu, si bon, qui ne l'abandonnerait sûrement pas, lui qui fait pousser les pommes sauvages pour nourrir ceux qui ont faim. Et justement il lui fit voir un de ces arbres dont les branches ployaient sous le poids des fruits ; elle en fit son repas, plaça un tuteur pour soutenir les branches et s'enfonça au plus sombre de la forêt. Le silence était si total qu'elle entendait ses propres pas et le craquement de chaque petite feuille sous ses pieds. Nul oiseau n'était visible, nul rayon de soleil ne pouvait percer les ramures épaisses, et les grands troncs montaient si serrés les uns près des autres, qu'en regardant droit devant elle, elle eût pu croire qu'une grille de poutres l'encerclait. Jamais elle n'avait connu pareille solitude !

La nuit fut très sombre, aucun ver luisant n'éclairait la mousse. Elle se coucha pour dormir. Alors il lui sembla que les frondaisons s'écartaient, que Notre-

-Seigneur la regardait d'en haut avec des yeux très tendres, que de petits anges passaient leur tête sous son bras. Elle ne savait, en s'éveillant, si elle avait rêvé ou si c'était vrai.

Elle fit quelques pas et rencontra une vieille femme portant des baies dans un panier et qui lui en offrit. Elisa lui demanda si elle n'avait pas vu onze princes chevauchant à travers la forêt.

- Non, dit la vieille, mais hier j'ai vu onze cygnes avec des couronnes d'or sur la tête nageant sur la rivière tout près d'ici.

Elle conduisit Elisa un bout de chemin jusqu'à un talus au pied duquel serpentait

la rivière. Les arbres sur ses rives étendaient les unes vers les autres leurs branches touffues.

Elisa dit adieu à la vieille femme et marcha le long de la rivière jusqu'à son embouchure sur le rivage.

Toute l'immense mer splendide s'étendait devant la jeune fille, mais aucun voilier n'était en vue ni le moindre bateau. Comment pourrait-elle aller plus loin ? Elle considéra les innombrables petits galets sur la grève, l'eau les avait tous polis et arrondis en les roulant.

- L'eau roule inlassablement et par elle ce qui est dur s'adoucit, moi, je veux être tout aussi inlassable qu'elle. Merci à vous pour cette leçon, vagues claires qui roulez ! Un jour, mon cœur me le dit, vous me porterez jusqu'à mes frères chéris.

Sur le varech rejeté par la mer, onze plumes de cygne blanches étaient tombées, elle en fit un bouquet, des gouttes d'eau s'y trouvaient, rosée ou larmes, qui eût pu le dire ? La plage était déserte mais Elisa ne sentait pas sa solitude, car la mer est éternellement changeante, bien plus différente en quelques heures qu'un lac intérieur en une année.

Vers la fin du jour, Elisa vit onze cygnes sauvages avec des couronnes d'or sur la tête. Ils volaient vers la terre l'un derrière l'autre, et formaient un long ruban blanc. Vite, la jeune fille remonta le talus et se cacha derrière un buisson, les cygnes se posèrent tout près d'elle et battirent de leurs grandes ailes blanches.

Mais à l'instant où le soleil disparut dans les flots, leur plumage de cygne tomba subitement et elle vit devant elle onze charmants princes : ses frères.

Elisa poussa un grand cri, ils avaient certes beaucoup changé mais . . . elle savait que c'était eux, son cœur lui disait que c'était eux, elle se jeta dans leurs bras, les appela par leurs noms et ils eurent une immense joie de reconnaître leur petite sœur, devenue une grande et ravissante jeune fille. Ils riaient et pleuraient.

- Nous, tes frères, dit l'aîné, nous volons comme cygnes sauvages tant que dure le jour, mais lorsque vient la nuit, nous reprenons notre apparence humaine, c'est pourquoi il nous faut toujours au coucher du soleil prendre soin d'avoir une terre où poser nos pieds car si nous volions à ce moment dans les nuages, en devenant des hommes, nous serions précipités dans l'océan profond.

Nous n'habitons pas ici, de l'autre côté de l'océan existe un aussi beau pays mais le chemin pour y aller est fort long, il nous faut traverser la mer et il n'y a pas d'île sur le parcours où nous puissions passer la nuit, un rocher seulement émerge de l'eau, si petit qu'il nous faut nous serrer l'un contre l'autre pour nous y reposer et quand la mer est forte, l'eau rejaillit même par-dessus nous, mais nous remercions cependant Dieu pour ce rocher. Nous y passons la nuit sous notre forme humaine, s'il n'était pas là nous ne pourrions pas revoir notre chère patrie car il nous faut deux jours — et les deux plus longs de l'année — pour faire ce voyage.

Une fois par an seulement il nous est permis de visiter le pays de nos aïeux. Nous pouvons y rester onze jours ! onze jours pour survoler notre grande forêt et apercevoir de loin notre château natal où vit notre père, la haute tour de l'église où repose notre mère. Les arbres, les buissons nous sont ici familiers, ici les chevaux sauvages courent sur la plaine comme au temps de notre enfance, ici le charbonnier chante encore les vieux airs sur lesquels nous dansions, ici est notre chère patrie, ici enfin nous t'avons retrouvée, toi notre petite sœur chérie. Nous ne pouvons plus rester que deux jours ici, puis il faudra nous envoler par-dessus la mer vers un pays certes beau, mais qui n'est pas notre pays. Et comment t'emmènerons-nous ? Nous qui n'avons ni barque, ni bateau ?

- Et comment pourrai-je vous sauver ? demanda leur petite sœur.

Ils en parlèrent presque toute la nuit.

Elisa s'éveilla au bruissement des ailes des cygnes. Les frères de nouveau métamorphosés volaient au-dessus d'elle, puis s'éloignèrent tout à fait ; un seul, le plus jeune, demeura en arrière, il posa sa tête sur les genoux de la jeune fille qui caressa ses ailes blanches. Tout le jour ils restèrent ensemble, le soir les autres étaient de retour, et une fois le soleil couché ils avaient repris leur forme réelle.

- Demain, nous nous envolerons d'ici pour ne pas revenir de toute une année, mais nous ne pouvons pas t'abandonner ainsi. As-tu le courage de venir avec nous ? Mon bras est assez fort pour te porter à travers le bois, comment tous ensemble n'aurions-nous pas des ailes assez puissantes pour voler avec toi par dessus la mer ?

- Oui, emmenez-moi ! dit Elisa.

Ils passèrent toute la nuit à tresser un filet de souple écorce de saule et de joncs résistants. Ce filet devint grand et solide, Elisa s'y étendit et lorsque parut le soleil et que les frères furent changés en cygnes, ils saisirent le filet dans leurs becs et s'envolèrent très haut, vers les nuages, portant leur sœur chérie encore endormie. Comme les rayons du soleil tombaient juste sur son visage, l'un des frères vola au-dessus de sa tête pour que ses larges ailes étendues lui fassent ombrage.

Ils étaient loin de la terre lorsque Elisa s'éveilla, elle crut rêver en se voyant portée au-dessus de l'eau, très haut dans l'air. A côté d'elle étaient placées une branche portant de délicieuses baies mûres et une botte de racines savoureuses, le plus jeune des frères était allé les cueillir et les avait déposées près d'elle, elle lui sourit avec reconnaissance car elle savait bien que c'était lui qui volait audessus de sa tête et l'ombrageait de ses ailes.

- Ils volaient si haut que le premier voilier apparu au-dessous d'eux semblait une mouette posée sur l'eau. Un grand nuage passait derrière eux, une véritable montagne sur laquelle Elisa vit l'ombre d'elle-même et de ses onze frères en une image gigantesque, ils formaient un tableau plus grandiose qu'elle n'en avait jamais vu, mais à mesure que le soleil montait et que le nuage s'éloignait derrière eux, ces ombres fantastiques s'effaçaient.

Tout le jour, ils volèrent comme une flèche sifflant dans l'air, moins vite pourtant que d'habitude puisqu'ils portaient leur sœur. Un orage se préparait, le soir approchait ; inquiète, Elisa voyait le soleil décliner et le rocher solitaire n'était pas encore en vue. Il lui parut que les battements d'ailes des cygnes étaient toujours plus vigoureux. Hélas ! c'était sa faute s'ils n'avançaient pas assez vite. Quand le soleil serait couché, ils devaient redevenir des hommes, tomber dans la mer et se noyer.

Alors, du plus profond de son cœur monta vers Dieu une ardente prière. Cependant elle n'apercevait encore aucun rocher, les nuages se rapprochaient, des rafales de vent de plus en plus violentes annonçaient la tempête, les nuages s'amassaient en une seule énorme vague de plomb qui s'avançait menaçante.

Le soleil était maintenant tout près de toucher la mer, le cœur d'Elisa frémit, les cygnes piquèrent une descente si rapide qu'elle crut tomber, mais très vite ils planèrent de nouveau. Maintenant le soleil était à moitié sous l'eau, alors seulement elle aperçut le petit récif au-dessous d'elle, pas plus grand qu'un phoque qui sortirait la tête de l'eau. Le soleil s'enfonçait si vite, il n'était plus qu'une étoile — alors elle toucha du pied le sol ferme — et le soleil s'éteignit comme la dernière étincelle d'un papier qui brûle. Coude contre coude, ses frères se tenaient debout autour d'elle, mais il n'y avait de place que pour eux et pour elle.

La mer battait le récif, jaillissait et retombait sur eux en cascades, le ciel brûlait d'éclairs toujours recommencés et le tonnerre roulait ses coups répétés.

Alors la sœur et les frères, se tenant par la main, chantèrent un cantique où ils retrouvèrent courage.

A l'aube, l'air était pur et calme, aussitôt le soleil levé les cygnes s'envolèrent avec Elisa. La mer était encore forte et lorsqu'ils furent très haut dans l'air, l'écume blanche sur les flots d'un vert sombre semblait des millions de cygnes nageant.

Lorsque le soleil fut plus haut, Elisa vit devant elle, flottant à demi dans l'air, un pays de montagnes avec des glaciers brillants parmi les rocs et un château d'au moins une lieue de long, orné de colonnades les unes au-dessus des autres. A ses pieds se balançaient des forêts de palmiers avec des fleurs superbes, grandes comme des roues de moulin. Elle demanda si c'était là le pays où ils devaient aller, mais les cygnes secouèrent la tête, ce qu'elle voyait, disaient-ils, n'était qu'un joli mirage, le château de nuées toujours changeant de la fée Morgane où ils n'oseraient jamais amener un être humain. Tandis qu'Elisa le regardait, montagnes, bois et château s'écroulèrent et voici surgir vingt églises altières, toutes semblables, aux hautes tours, aux fenêtres pointues. Elle croyait entendre résonner l'orgue mais ce n'était que le bruit de la mer. Bientôt les églises se rapprochèrent et devinrent une flotte naviguant au-dessous d'eux, et alors qu'elle baissait les yeux pour mieux voir, il n'y avait que la brume marine glissant à la surface.

Mais bientôt elle aperçut le véritable pays où ils devaient se rendre, pays de belles montagnes bleues, de bois de cèdres, de villes et de châteaux. Bien avant le coucher du soleil, elle était assise sur un rocher devant l'entrée d'une grotte tapissée de jolies plantes vertes grimpantes, on eût dit des tapis brodés.

- Nous allons bien voir ce que tu vas rêver, cette nuit, dit le plus jeune des frères en lui montrant sa chambre.

- Si seulement je pouvais rêver comment vous aider ! répondit-elle.

Et cette pensée la préoccupait si fort, elle suppliait si instamment Dieu de l'aider que, même endormie, elle poursuivait sa prière. Alors il lui sembla qu'elle s'élevait très haut dans les airs jusqu'au château de la fée Morgane qui venait elle-même à sa rencontre, éblouissante de beauté et cependant semblable à la vieille femme qui lui avait offert des baies dans la forêt.

- Tes frères peuvent être sauvés ! dit la fée, mais auras-tu assez de courage et de patience ? Si la mer est plus douce que tes mains délicates, elle façonne pourtant les pierres les plus dures, mais elle ne ressent pas la douleur que tes doigts souffriront, elle n'a pas de cœur et ne connaît pas l'angoisse et le tourment que tu auras à endurer.

« Vois cette ortie que je tiens à la main, il en pousse beaucoup de cette sorte autour de la grotte où tu habites, mais celle-ci seulement et celles qui poussent sur les tombes du cimetière sont utilisables — cueille-les malgré les cloques qui brûleront ta peau, piétine-les pour en faire du lin que tu tordras, puis tresse-les en onze cottes de mailles aux manches longues, tu les jetteras sur les onze cygnes sauvages et le charme mauvais sera rompu. Mais n'oublie pas qu'à l'instant où tu commenceras ce travail, et jusqu'à ce qu'il soit terminé, même s'il faut des années, tu ne dois prononcer aucune parole, le premier mot que tu diras, comme un poignard meurtrier frappera le cœur de tes frères, de ta langue dépend leur vie. N'oublie pas ! »

La fée effleura de l'ortie la main d'Elisa et la brûlure l'éveilla. Il faisait grand jour, et tout près de l'endroit où elle avait dormi, il y avait une ortie pareille à celle de son rêve. Alors elle tomba à genoux et remercia Notre-Seigneur puis elle sortit de la grotte pour commencer son travail.

De ses mains délicates, elle arrachait les orties qui brûlaient comme du feu formant de grosses cloques douloureuses sur ses mains et ses bras mais elle était contente de souffrir pourvu qu'elle pût sauver ses frères. Elle foula chaque ortie avec ses pieds nus et tordit le lin vert.

Au coucher du soleil les frères rentrèrent. Ils s'effrayèrent de la trouver muette, craignant un autre mauvais sort jeté par la méchante belle-mère, mais voyant ses mains, ils se rendirent compte de ce qu'elle faisait pour eux. Le plus jeune des frères se prit à pleurer et là où

tombaient ses larmes, Elisa ne sentait plus de douleur, les cloques brûlantes s'effaçaient.

Elle passa la nuit à travailler n'ayant de cesse qu'elle n'eût sauvé ses frères chéris et tout le jour suivant, tandis que les cygnes étaient absents, elle demeura à travailler solitaire mais jamais le temps n'avait volé si vite. Une cotte de mailles était déjà terminée, elle commençait la seconde.

Alors un cor de chasse sonna dans les montagnes, elle en fut tout inquiète, le bruit se rapprochait, elle entendait les abois des chiens. Effrayée, elle se réfugia dans la grotte, lia en botte les orties qu'elle avait cueillies et démêlées et s'assit dessus.

A ce moment un grand chien bondit hors du hallier suivi d'un autre et d'un autre encore. Ils aboyaient très fort, couraient de tous côtés, au bout de quelques minutes tous les chasseurs étaient là devant la grotte et le plus beau d'entre eux, le roi du pays, s'avança vers Elisa. Jamais il n'avait vu fille plus belle.

- Comment es-tu venue ici, adorable enfant ? s'écria-t-il.

Elisa secoua la tête, elle n'osait parler, le salut et la vie de ses frères en dépendaient. Elle cacha ses jolies mains sous son tablier pour que le roi ne vît pas sa souffrance.

- Viens avec moi, dit le roi, ne reste pas ici. Si tu es aussi bonne que belle, je te vêtirai de soie et de velours, je mettrai une couronne d'or sur ta tête et tu habiteras le plus riche de mes palais !

Il la souleva et la plaça sur son cheval, mais elle pleurait et se tordait les mains, alors le roi lui dit :

- Je ne veux que ton bonheur, un jour tu me remercieras !

Et il s'élança à travers les montagnes, la tenant devant lui sur son cheval et suivi au galop par les autres chasseurs.

Au soleil couchant la magnifique ville royale avec ses églises et ses coupoles s'étalait devant eux. Le roi conduisit la jeune fille dans le palais où les jets d'eau jaillissaient dans les salles de marbre, où les murs et les plafonds rutilaient de peintures, mais elle n'avait pas d'yeux pour ces merveilles ; elle pleurait et se désolait. Indifférente, elle laissa les femmes la parer de vêtements royaux, tresser ses cheveux et passer des gants très fins sur ses doigts brûlés.

Alors, dans ces superbes atours, elle était si resplendissante de beauté que toute la cour s'inclina profondément devant elle et que le roi l'élut pour fiancée, malgré l'archevêque qui hochait la tête et murmurait que cette belle fille des bois ne pouvait être qu'une sorcière qui séduisait le cœur du roi.

Le roi ne voulait rien entendre, il commanda la musique et les mets les plus rares. Les filles les plus ravissantes dansèrent pour elle. On la conduisit à travers des jardins embaumés dans des salons superbes, mais pas le moindre sourire ne lui venait aux lèvres ni aux yeux, la douleur seule semblait y régner pour l'éternité. Le roi ouvrit alors la porte d'une petite pièce attenante à celle où elle devait dormir, qui était ornée de riches tapisseries vertes rappelant tout à fait la grotte où elle avait habité. La botte de lin qu'elle avait filée avec les orties était là sur le parquet et au plafond pendait la cotte de mailles déjà terminée, — un des chasseurs avait emporté tout ceci comme curiosité.

- Ici tu pourras rêver que tu es encore dans ton ancien logis, dit le roi, voici ton ouvrage qui t'occupait alors, ici, au milieu de tout ton luxe, tu t'amuseras à repenser à ce temps-là.

Quand Elisa vit ces choses qui lui tenaient tant à cœur, un sourire joua sur ses lèvres et le sang lui revint aux joues. Elle pensait au salut de ses frères et baisa la main du roi qui la pressa sur son cœur et ordonna de sonner toutes les cloches des églises. L'adorable fille muette des bois allait devenir reine.

L'archevêque avait beau murmurer de méchants propos aux oreilles du roi, ils n'allaient pas jusqu'à son cœur, la noce devait avoir lieu. C'est l'archevêque lui-même qui devait mettre la couronne sur la tête de la mariée et, dans sa malveillance, il enfonça avec tant de force le cercle étroit sur le front d'Elisa qu'il lui fit mal, mais une douleur autrement lourde lui serrait le cœur, le chagrin qu'elle avait pour ses frères. Sa bouche demeurait muette puisqu'un seul mot trancherait leur vie, mais ses yeux exprimaient un amour profond pour ce roi si bon et si beau qui ordonnait tout pour son plaisir. Jour après jour, elle s'attachait à lui davantage. Oh ! si elle osait seulement se confier à lui, lui dire sa souffrance, mais non, il lui fallait être muette, muette elle devait achever son ouvrage. Aussi se glissait-elle la nuit hors de leur lit pour aller dans la petite chambre décorée comme la grotte et là, elle tricotait une cotte de mailles après l'autre. Quand elle fut à la septième, il ne lui restait plus de lin.

Elle savait que les orties qu'il lui fallait employer poussaient au cimetière, mais elle devait les cueillir elle-même, comment pourrait-elle sortir ?

« Oh ! qu'est-ce que la souffrance à mes doigts à côté du tourment de mon cœur, pensait-elle, il faut que j'ose, Dieu ne m'abandonnera pas ! » Le cœur battant comme si elle commettait une mauvaise action, elle sortit dans la nuit éclairée par la lune, descendit au jardin, suivit les longues allées et les rues désertes jusqu'au cimetière. Là elle vit sur une des plus larges pierres tombales un groupe de hideuses sorcières. Elisa était obligée de passer à côté d'elles et elles la fixaient de leurs yeux mauvais, mais la jeune fille récita sa prière, cueillit des orties brûlantes et rentra au château.

Une seule personne l'avait vue : l'archevêque resté debout tandis que les autres dormaient. Ainsi il avait donc eu raison dans ses soupçons malveillants sur la reine, elle n'était qu'une sorcière !

Dans le secret du confessionnal, il dit au roi ce qu'il avait vu, ce qu'il craignait et quand ces paroles si dures sortirent de sa bouche, les saints de bois sculptés secouaient la tête comme s'ils voulaient dire que ce n'était pas vrai, qu'Elisa était innocente.

Des larmes amères coulaient sur les joues du roi, il rentra chez lui avec un doute au cœur. Maintenant, la nuit, il faisait semblant de dormir mais il ne trouvait pas le sommeil, il remarquait qu'Elisa se levait chaque nuit et chaque nuit il la suivait et la voyait disparaître dans sa petite chambre.

Jour après jour, il devenait plus sombre, Elisa le voyait bien mais ne se l'expliquait pas ; elle s'inquiétait cependant et que ne souffrit-elle alors en son cœur pour ses frères ! Ses larmes coulaient sur le velours et la pourpre royale, elles y tombaient comme des diamants scintillants, et les dames de la cour qui voyaient toute cette magnificence eussent bien voulu être reines à sa place.

Cependant, elle devait être bientôt au terme de son ouvrage, il ne manquait plus qu'une cotte de mailles, encore une fois elle n'avait plus de lin et plus une seule ortie. Il lui fallait encore une fois, la dernière, s'en aller au cimetière en cueillir quelques poignées. Elle redoutait cette course solitaire et les terribles sorcières, mais sa volonté restait ferme et aussi sa confiance en Dieu.

Elisa partit donc, mais le roi et l'archevêque la suivaient ; ils la virent disparaître à la grille du cimetière et, quand eux-mêmes s'en approchèrent, ils virent les affreuses sorcières assises sur la dalle comme Elisa les avait vues. Alors le roi s'en retourna, il se la figurait parmi les sorcières, elle dont la tête avait, ce même soir, reposé sur sa poitrine.

- C'est le peuple qui la jugera, dit-il.

Le peuple la condamna, elle devait être brûlée vive.

Arrachée aux magnifiques salons royaux, Elisa fut jetée dans un cachot sombre et humide où le vent soufflait à travers les barreaux de la fenêtre ; au lieu du velours et de la soie, on lui donna, pour poser sa tête, la botte d'orties qu'elle avait cueillie, les rudes cottes de mailles brûlantes qu'elle avait tricotées devaient lui servir de couvertures et de couette, mais aucun présent ne pouvait lui être plus cher. Elle se remit à son ouvrage en priant Dieu.

Vers le soir elle entendit un bruissement d'ailes de cygnes devant les barreaux : c'était le plus jeune des frères qui l'avait retrouvée. Alors elle sanglota de joie et pourtant elle savait que cette nuit serait sans doute la dernière de sa vie. Mais maintenant, l'ouvrage était presque achevé et ses frères étaient là . . .

L'archevêque arriva pour passer les heures ultimes avec elle — il l'avait promis au roi — mais elle, secouant la tête, le pria par ses regards et sa mimique de s'en aller, cette nuit même il fallait que son travail fût terminé, sinon tout aurait été inutile, sa douleur, ses larmes et ses nuits sans sommeil. L'archevêque la quitta sur quelques méchantes paroles, mais continua sa besogne.

Les petites souris couraient sur le plancher et traînaient des orties jusqu'à ses pieds afin de l'aider de leur mieux, et un merle se posa devant la fenêtre et siffla toute la nuit pour qu'elle ne perdît pas courage.

Ce n'était pas encore l'aube — le soleil ne se lèverait qu'une heure plus tard — quand les onze frères se présentèrent au portail du château. Ils demandaient qu'on les mène auprès du souverain mais on leur répondit que c'était tout à fait impossible. Sa Majesté dormait et nul n'eût osé le réveiller. Ils supplièrent, ils menacèrent jusqu'à ce que le garde parût et le roi lui-même. A cet instant, le soleil se leva, plus de frères, mais au-dessus du palais, onze cygnes sauvages volaient à tire-d'aile.

Maintenant la foule se pressait, tout le peuple voulait voir brûler la sorcière.

Une vieille haridelle traînait la charrette où on l'avait assise vêtue d'une blouse de grosse toile, ses cheveux tombaient autour de son visage d'une mortelle pâleur, ses lèvres remuaient doucement tandis que ses doigts tordaient le lin vert. Même sur le chemin de la mort, elle n'abandonnerait pas l'œuvre commencée, dix cottes de mailles étaient posées à ses pieds, elle tricotait la onzième.

- Voyez la sorcière, qu'est-ce qu'elle marmonne ? Elle n'a bien sûr pas de livre de psaumes dans les mains, mais bien toutes ses sorcelleries ; arrachez-lui ça, mettez tout en pièces.

Ils se ruaient et se pressaient pour l'atteindre, mais voici venir par les airs onze cygnes blancs, ils se posèrent autour d'elle dans la charrette en battant de leurs larges ailes. La foule, épouvantée, recula.

- C'est un avertissement du ciel, elle est innocente, murmurait-on tout bas.

Déjà le bourreau saisissait sa main, alors en toute hâte elle jeta les onze cottes de mailles sur les cygnes, et à leur place parurent onze princes délicieux, le plus jeune avait une aile de cygne à la place d'un de ses bras, car il manquait encore une manche à la dernière tunique qu'elle n'avait pu terminer.

- Maintenant j'ose parler, s'écria-t-elle, je suis innocente.

Et le peuple, ayant vu le miracle, s'inclina devant elle comme devant une sainte, mais elle tomba inanimée dans les bras de ses frères, brisée par l'attente, l'angoisse et la douleur.

- Oui, elle est innocente ! dit l'aîné des frères.

Il raconta tout ce qui était arrivé et, tandis qu'il parlait, un parfum se répandait comme des millions de roses. Chaque morceau de bois du bûcher avait pris racine et des branches avaient poussé formant un grand buisson de roses rouges. A sa cime, une fleur blanche resplendissait de lumière comme une étoile, le roi la cueillit et la posa sur la poitrine d'Elisa. Alors elle revint à elle.

Toutes les cloches des églises se mirent à sonner d'elles-mêmes et les oiseaux arrivèrent, volant en grandes troupes. Le retour au château fut un nouveau cortège nuptial comme aucun roi au monde n'en avait jamais vu.

OLE FERME - L'ŒIL

Dans le monde entier, il n'est personne qui sache autant d'histoires que Ole Ferme-l'Œil. Lui, il sait raconter…

Vers le soir, quand les enfants sont assis sagement à table ou sur leur petit tabouret, Ole Ferme-l'Œil arrive, il monte sans bruit l'escalier — il marche sur ses bas — il ouvre doucement la porte et pfutt ! il jette du lait doux dans les yeux des enfants, un peu seulement, mais assez cependant pour qu'ils ne puissent plus tenir les yeux ouverts ni par conséquent le voir ; il se glisse juste derrière eux et leur souffle dans la nuque, alors leur tête devient lourde, lourde — mais ça ne fait aucun mal, car Ole Ferme-l'Œil ne veut que du bien aux enfants — il veut seulement qu'ils se tiennent tranquilles, et ils le sont surtout quand on les a mis au lit.

Quand les enfants dorment, Ole Ferme-l'Œil s'assied sur leur lit. Il est bien habillé, son habit est de soie, mais il est impossible d'en dire la couleur, il semble vert, rouge ou bleu selon qu'il se tourne, il tient un parapluie sous chaque bras, l'un décoré d'images et celui-là il l'ouvre au-dessus des enfants sages qui rêvent alors toute la nuit des histoires ravissantes, et sur l'autre parapluie il n'y a rien. Il l'ouvre au-dessus des enfants méchants, alors ils dorment si lourdement que le matin en s'éveillant ils n'ont rien rêvé du tout.

Et maintenant nous allons vous dire comment Ole Ferme-l'Œil, durant toute une semaine, vint tous les soirs chez un petit garçon qui s'appelait Hjalmar. Cela fait en tout sept histoires puisqu'il y a sept jours dans la semaine.

Lundi

- Ecoute un peu, dit Ole Ferme-l'Œil le soir lorsqu'il eut mis Hjalmar au lit, maintenant je vais décorer ta chambre. Et voilà que toutes les fleurs en pots devinrent de grands arbres étendant leurs branches jusqu'au plafond et le long des murs, de sorte que la pièce avait l'air d'une jolie tonnelle. Toutes les branches étaient couvertes de fleurs chacune plus belle qu'une rose embaumant délicieusement, et s'il vous prenait envie de la manger, elle était plus sucrée que de la confiture. Les fruits brillaient comme de l'or et il y avait aussi des petits pains mollets, bourrés de raisins, c'était merveilleux. Mais tout à coup, des gémissements lamentables se firent entendre dans le tiroir de la table où Hjalmar rangeait ses livres de classe.

- Qu'est-ce que c'est ? dit Ole.

Il alla vers la table, ouvrit le tiroir. C'était l'ardoise qui se trouvait mal parce qu'un chiffre faux s'était introduit dans le calcul, le crayon d'ardoise sautait et s'agitait au bout de sa ficelle comme s'il était un petit chien, il aurait voulu corriger le calcul mais il n'y arrivait pas. Et puis il y avait le cahier d'écriture de Hjalmar, il se lamentait en dedans que ça faisait mal de l'entendre ! Sur chaque page il y avait des lettres majuscules modèles, chacune avec une petite

lettre à côté d'elle formant une rangée modèle du haut en bas, et à côté de celles-là, il y en avait qui croyaient être semblables aux modèles, c'étaient celles que Hjalmar avait écrites, celles-là allaient tout de travers comme si elles avaient trébuché sur le trait de crayon où elles auraient dû se poser.

- Regardez ! Voilà comment il faut vous tenir, disait le modèle, comme ça, à côté de moi, d'un seul trait.

- Oh ! nous voudrions bien, disaient les lettres de Hjalmar, mais nous n'y arrivons pas, nous sommes très malades.

- Alors, il faut vous purger, disait Ole Ferme-l'Œil.

- Oh ! non, non, criaient-elles.

Et les voilà debout toutes droites que c'en était un plaisir de les voir.

- Mais maintenant nous n'allons pas raconter d'histoire, dit Ole Ferme-l'Œil. Il faut que je leur fasse faire l'exercice !

Un deux, un deux ! et il fit faire l'exercice aux lettres. Elles se tenaient aussi droites, étaient aussi bien constituées que n'importe quel modèle, mais une fois Ole Ferme-l'Œil parti, quand Hjalmar alla les voir, elles étaient aussi lamentables qu'auparavant.

Mardi

Aussitôt que Hjalmar fut au lit, Ole Ferme-l'Œil toucha de sa petite seringue magique tous les meubles de la chambre, aussitôt ils se mirent tous à bavarder, mais ils ne parlaient que d'eux-mêmes, sauf le crachoir qui restait muet mais s'irritait de les voir si vaniteux, ne s'occupant que d'eux mêmes, ne pensant qu'à eux-mêmes et n'ayant pas la plus petite pensée pour lui qui, modestement, restait dans son coin et tolérait qu'on lui crache dessus.

Au-dessus de la commode était suspendue une grande peinture dans un cadre doré, on y voyait un paysage avec de grands vieux arbres, des fleurs dans l'herbe, une pièce d'eau et une rivière qui coulait derrière le bois, passait devant de nombreux châteaux et se jetait au loin dans la mer libre.

Ole Ferme-l'Œil toucha le tableau de sa seringue, alors les oiseaux peints commencèrent à chanter, les branches des arbres ondulèrent et les nuages coururent dans le ciel, on pouvait voir leur ombre se déplacer sur le paysage.

Ole Ferme-l'Œil souleva Hjalmar jusqu'au cadre et le petit garçon posa ses jambes dans la peinture et le voilà debout dans l'herbe haute, le soleil brillait sur lui à travers la ramure.

Il courut jusqu'à l'eau, s'assit dans la barque peinte en rouge et blanc, les voiles brillaient comme de l'argent et six cygnes portant chacun un collier d'or autour du cou et une étoile bleue étincelante sur la tête, tiraient le bateau au long de la verte forêt où les arbres parlaient de brigands et de sorcières et les fleurs de ravissants petits elfes et de ce que les papillons leur avaient raconté.

De beaux poissons aux écailles d'or et d'argent nageaient derrière la barque, de temps en temps ils faisaient un saut et l'eau clapotait, les oiseaux rouges et blancs, grands et petits, volaient derrière en deux longues rangées, les moustiques dansaient, les hannetons bourdonnaient, ils voulaient tous accompagner Hjalmar et ils avaient tous une histoire à raconter.

Ah ! ce fut une belle promenade en bateau ! Par moments, les bois étaient épais et sombres, puis ils devenaient des jardins ensoleillés et fleuris, avec de grands châteaux de cristal et de marbre. Sur les balcons se tenaient des princesses qui étaient toutes des petites filles connues de Hjalmar avec lesquelles il avait déjà joué. Elles étendaient la main et tendaient chacune le petit cochon de sucre le plus exquis qu'aucun confiseur n'eût jamais vendu. Hjalmar au passage saisissait par un bout le petit cochon, la petite fille tenait ferme de l'autre, en sorte que chacun en avait un morceau, elle le plus petit, Hjalmar de beaucoup le plus gros.

Devant chaque château de petits princes montaient la garde, ils portaient armes avec des sabres d'or et faisaient pleuvoir des raisins secs et des soldats de plomb. C'étaient de véritables princes !

Hjalmar naviguait tantôt à travers des forêts, tantôt à travers d'immenses salles ou à travers une ville. Il lui arriva même de traverser la ville où habitait sa bonne d'enfant, celle qui le portait dans ses bras quand il était tout petit et qui l'aimait tant. Elle lui fit des signes et lui sourit et chanta cet air charmant qu'elle avait, elle-même, composé pour lui :

Je pense à toi à toute heure
Mon cher petit Hjalmar chéri.
C'est moi qui baisais ta petite bouche
Et aussi ton front, tes joues vermeilles.

Je t'ai entendu dire tes premiers mots
Et puis il a fallu te quitter.
Que Notre-Seigneur te bénisse ici-bas
Mon bel ange descendu des cieux.

Tous les oiseaux chantaient avec elle, les fleurs dansaient sur leur tige et les vieux arbres dodelinaient de la tête comme si Ole Ferme-l'Œil eût aussi, pour eux, raconté cette histoire.

Mercredi

Oh ! comme la pluie tombait au-dehors. Hjalmar l'entendait même dans son sommeil et quand Ole Ferme-l'Œil entrouvrit une fenêtre, il vit que l'eau montait jusqu'au ras du chambranle. Un vrai lac. Mais un magnifique navire mouillait devant la maison.

- Viens-tu avec nous, petit Hjalmar ? dit Ole Ferme-l'Œil. Tu pourras voyager cette nuit dans les pays étrangers et être de retour demain matin.

Et voilà Hjalmar, dans son costume du dimanche, debout sur le magnifique navire.

Le temps devint aussitôt radieux. Ils naviguèrent de par les rues, croisèrent devant l'église et bientôt ils furent en pleine mer. On alla si loin qu'on ne voyait plus aucune terre, mais seulement une troupe de cigognes qui venaient aussi du Danemark et allaient vers les pays chauds. Elles se suivaient l'une derrière l'autre et avaient déjà volé si longtemps, si longtemps ! L'une d'elles était très fatiguée, ses ailes ne pouvaient plus la porter, elle était la dernière de la file. Bientôt elle fut loin derrière les autres, elle volait de plus en plus bas, donna encore quelques faibles coups d'ailes, mais en vain, elle toucha de ses pieds le cordage du bateau, glissa le long de la voile et poum ! la voilà sur le pont.

Le mousse la prit et l'enferma dans le poulailler avec les poules, les canards et les dindons ; la pauvre cigogne était toute confuse de cette compagnie.

- En voilà un drôle d'oiseau, dirent les poules.

- Nous sommes bien tous d'accord, elle est stupide.

- Bien sûr, elle est stupide, gloussa le dindon.

Alors la cigogne se tut et rêva de son Afrique.

- Comme vous avez là de jolies longues jambes maigres, dit la dinde. Combien en vaut l'une ?

- Coin, coin, coin, ricanaient les canards.

Mais la cigogne fit celle qui n'a rien entendu.

- Vous pourriez bien rire avec nous, dit le dindon, car c'était très spirituel ou bien peut-être n'était-ce pas d'un goût assez relevé pour vous, si haut perchée ! Glouglou, madame n'aime pas la plaisanterie. Alors, soyons spirituels entre nous.

Et les poules de glousser et les canards de cancaner. Coin ! Coin ! Coin ! c'était extraordinaire comme ils se trouvaient drôles.

Mais Hjalmar alla droit au poulailler, ouvrit la porte, appela la cigogne qui sautilla sur le pont jusqu'à lui ; elle s'était reposée et saluait Hjalmar comme pour le remercier, puis elle étendit ses ailes et s'envola vers les pays chauds tandis que les poules gloussaient, que les canards faisaient coin, coin, et que la tête du dindon devenait toute rouge.

- Demain on fera une soupe de vous tous, disait Hjalmar et il s'éveilla, couché dans son petit lit.

C'était un voyage extraordinaire qu'Ole Ferme-l'Œil lui avait fait faire...

Jeudi

- Attends ! dit Ole Ferme-l'Œil, n'aie pas peur, tu vas voir une petite souris.

Et il tendit vers lui sa main où était assise la jolie petite bête. Elle est venue t'inviter au mariage de deux petites souris qui vont entrer en ménage cette nuit. Elles habitent sous le garde-manger de ta mère, il paraît que c'est un appartement incomparable.

- Mais comment pourrai-je passer dans le petit trou de souris du parquet ? demanda Hjalmar.

- Laisse-moi faire ! dit Ole Ferme-l'Œil, je vais te rendre tout petit.

De sa seringue magique il toucha Hjalmar qui aussitôt devint de plus en plus petit jusqu'à n'être pas plus grand qu'un doigt.

- Maintenant tu peux emprunter ses vêtements au soldat de plomb, je crois qu'ils t'iront bien.

- Allons-y, fit Hjalmar.

Et en un instant le voilà habillé comme le plus mignon petit soldat de plomb.

- Voulez-vous avoir la bonté de vous asseoir dans le dé à coudre de votre mère, dit la souris, j'aurai l'honneur de vous tirer.

- Mon Dieu, mademoiselle, allez-vous prendre cette peine ? dit Hjalmar.

Et les voilà partis au mariage de souris.

D'abord, ils passèrent sous le parquet dans un long couloir, juste assez haut pour que l'attelage du dé à coudre pût y passer.

- Est-ce que ça ne sent pas bon ici ? dit la souris, tout le couloir a été enduit de couenne, on ne peut pas faire mieux.

Puis ils arrivèrent dans la salle du mariage. A droite se tenaient toutes les souris femelles ; elles susurraient et chuchotaient comme si elles se moquaient les unes des autres, à gauche se tenaient les mâles, ils se lissaient la moustache avec leur patte. Au milieu de la salle se tenaient les mariés, debout dans une croûte de fromage évidée, et ils s'embrassaient à bouche que veux-tu, devant tout le monde, puisqu'ils étaient fiancés et allaient se marier dans un instant.

Il arrivait de plus en plus d'invités et les souris étaient serrées à s'écraser, les mariés étaient placés au beau milieu de la porte, de sorte qu'on ne pouvait ni entrer ni sortir. La salle étant frottée à la couenne, on n'offrait rien d'autre à manger, mais comme dessert on apporta un pois dans lequel une souris de la famille avait, de ses petites dents, gravé le nom des mariés ou du moins leurs initiales. C'était tout à fait splendide.

Toutes les souris furent d'accord pour dire que c'était un beau mariage.

Vendredi

- C'est inouï combien de gens d'un certain âge voudraient m'avoir auprès d'eux, dit Ole Ferme-l'Œil, surtout ceux qui ont quelque chose à se reprocher. « Mon bon petit Ole, me disent-ils, nous ne pouvons nous endormir et toute la nuit nous sommes là à voir défiler nos mauvaises actions qui comme d'affreux petits démons s'asseyent sur notre lit et nous aspergent d'eau bouillante. Ne voudrais-tu pas venir les chasser que nous puissions dormir d'un bon somme ? » Ils soupirent et ajoutent tout bas : « Nous te paierons bien. Bonsoir Ole, l'argent est sur le bord de la fenêtre ». Mais je ne fais pas ça pour de l'argent, terminait Ole Ferme-l'Œil.

- Qu'est-ce qui va arriver cette nuit ? demanda Hjalmar.

- Eh bien ! je ne sais pas si tu as envie de venir encore ce soir à un mariage d'un tout autre genre que celui d'hier. La grande poupée de ta sœur, celle qui a l'air d'un homme et qu'on appelle Hermann va épouser la poupée Bertha, c'est d'ailleurs l'anniversaire de la poupée, il y aura donc beaucoup de cadeaux.

- Oui, je connais ça ! dit Hjalmar, quand les poupées ont besoin de robes neuves, ma sœur décide que c'est leur anniversaire ou qu'elles se marient. C'est arrivé plus de cent fois.

- Oui, mais cette nuit, c'est le cent unième mariage et quand le cent unième est terminé, tout est fini. C'est pourquoi celui-ci sera splendide. Regarde un peu !

Hjalmar regarda vers la table, la petite maison de carton était là avec ses fenêtres éclairées et tous les soldats de plomb présentaient armes. Les couples de fiancés était assis par terre, le dos appuyé au pied de la table, très songeurs, et ils avaient sans doute pour cela de bonnes raisons. Ole Ferme-l'Œil, vêtu de la jupe noire de grand-mère, les bénit. Après la bénédiction tous les meubles de la chambre entonnèrent la jolie chanson que voici, écrite par le crayon sur l'air de la retraite :

Notre chanson arrive comme le vent
Sur le couple nuptial dans la chambre
Tous deux raides comme des baguettes
Ils sont faits de peau de gants
Bravo, bravo pour la peau et les baguettes
Nous le chantons à tous les vents.

Puis on leur offrit tous les cadeaux, ils avaient demandé qu'il n'y eût rien de comestible car leur amour leur suffisait.

- Allons-nous rester dans le pays ou voyager à l'étranger ? demanda le marié. Ils prirent conseil de l'hirondelle qui avait beaucoup voyagé et de la vieille poule de la basse-cour qui avait couvé cinq fois des poussins.

L'hirondelle parla des pays chauds où le raisin pend en grandes et lourdes grappes, où l'air est doux et où les montagnes ont des couleurs qu'on ne connaît pas du tout ici.

- Mais ils n'ont pas nos choux verts, dit la poule. J'ai passé un été à la campagne avec mes poussins, il y avait un coin de gravier où nous pouvions gratter, et puis il y avait une sortie vers un potager plein de choux verts. Oh ! qu'ils étaient verts. Je ne peux rien m'imaginer de plus beau.

- Mais un chou est pareil à un autre, dit l'hirondelle, et puis il fait souvent si mauvais temps ici.

- Oui mais on y est bien habitué.

- Et puis il fait froid, on gèle ici.

- Cela fait beaucoup de bien au chou. D'ailleurs, il arrive que nous ayons chaud. Il y a quatre ans, nous avons eu un été qui a duré cinq semaines où il faisait si chaud qu'on suffoquait. Et puis, nous n'avons pas de ces bêtes venimeuses qu'ils ont là-bas et nous n'avons pas de brigands. C'est une honte de ne pas trouver notre pays le plus beau du monde. Vous ne mériteriez pas d'y vivre.

- Moi aussi, j'ai voyagé. J'ai fait plus de douze lieues en voiture, dans un panier, et je vous assure qu'un voyage n'a rien d'agréable.

- La poule est une femme raisonnable, dit la poupée Bertha. Moi non plus je n'aime pas voyager dans les montagnes pour monter et descendre tout le temps ! Nous allons tout simplement nous installer là-bas sur le gravier et nous nous promènerons dans le jardin aux choux.

Et on en resta là.

Samedi

- Vas-tu me raconter des histoires maintenant ? dit le petit Hjalmar.

- Nous n'avons pas le temps ce soir, dit Ole en ouvrant au-dessus du petit son plus beau parapluie. Regarde ces Chinois !

Et tout le parapluie ressemblait à une grande coupe chinoise ornée d'arbres bleus et de ponts arqués sur lesquels des petits Chinois hochaient la tête.

- Il faut que le monde entier soit astiqué pour demain, dit encore Ole, car c'est dimanche. Mon plus grand travail sera de descendre toutes les étoiles pour les astiquer aussi. Je les prends toutes dans mon tablier mais il faut d'abord les numéroter et mettre le même chiffre dans les trous où elles sont fixées là-haut afin de les remettre à leur bonne place.

- Non, écoutez Monsieur Ferme-l'Œil, vous exagérez, s'écria un portrait accroché sur le mur contre lequel dormait le petit garçon. Je suis l'arrière-grand-père de Hjalmar. Merci de lui raconter des histoires, mais vous ne devriez pas lui fausser ses notions. On ne peut pas décrocher les étoiles et les polir.

- Merci à toi, vieil arrière-grand-père, mais moi je suis encore plus ancien que toi, je suis un vieux païen, les Romains et les Grecs m'appelaient le dieu des Rêves. J'ai toujours fréquenté les plus nobles maisons et j'y vais encore ; je sais parler aux petits et aux rands ! Tu n'as qu'à raconter à ton idée maintenant.

Ole Ferme-l'Œil partit là-dessus en emportant son parapluie.

Dimanche

- Bonsoir, dit Ole Ferme-l'Œil, et Hjalmar le salua, puis il se leva et retourna contre le mur le portrait de l'arrière-grand-père afin qu'il ne prît pas part à la conversation comme la veille.

- Voilà ! tu vas me raconter des histoires, celle des « Cinq pois verts qui habitaient la même cosse », celle de « l'Os de coq qui faisait la cour à l'os de poule », celle de « l'Aiguille à repriser si fière d'elle-même qu'elle se figurait être une aiguille à coudre ».

- Il ne faut pas abuser des meilleures choses ! dit Ole Ferme-l'Œil, je vais plutôt te montrer quelqu'un ; je vais te montrer mon frère, il s'appelle aussi Ole Ferme-l'Oeil mais ne vient jamais plus d'une fois chez quelqu'un et quand il vient, il le prend avec lui sur son cheval et il raconte : oh ! quelles histoires ! Il n'en sait que deux : une si merveilleusement belle que personne au monde ne pourrait l'imaginer, une si affreuse et si cruelle — impossible de la décrire.

Et puis il éleva dans ses bras le petit Hjalmar jusqu'à la fenêtre et lui dit :

- Regarde ! voilà mon frère, l'autre Ole Ferme-l'Œil qu'on appelle aussi la Mort. Tu vois, il n'a pas du tout l'air méchant comme dans les livres d'images où il n'est qu'un squelette, non, son costume est brodé d'argent et c'est un bel uniforme de hussard, une cape de velours noir flotte derrière lui sur le cheval et il va au galop !

Hjalmar vit comment Ole Ferme-l'Œil galopait en entraînant des jeunes et des vieux sur son cheval, il en plaçait certains devant lui et d'autres derrière, mais toujours d'abord il demandait :

- Et comment est ton carnet de notes ?

Tous répondaient : « Excellent. »

- Faites-moi voir ça ! disait-il et il fallait lui montrer le carnet.

Ceux qui avaient « Très bien » ou « Excellent » venaient devant et ils entendaient une merveilleuse histoire, ceux qui n'avaient que « Passable » ou « Médiocre », allaient derrière et entendaient l'histoire horrible. Ils tremblaient et pleuraient, ils voulaient sauter à bas du cheval mais ils ne le pouvaient plus, ils étaient enchaînés à l'animal.

- Mais la Mort est un très gentil Ole Ferme-l'Œil numéro deux, dit Hjalmar, je n'en ai pas peur du tout.

- Il ne faut pas en avoir peur, dit Ole, il faut seulement veiller à avoir un bon carnet de notes.

- Ça, c'est un bon enseignement ! murmura le portrait de l'arrière-grand-père, il est toujours utile de donner son avis !

Et il était fort satisfait.

Et ceci est l'histoire d'Ole Ferme-l'Œil, il viendra sûrement ce soir vous en raconter lui-même bien davantage.

Grand Claus et Petit Claus

Dans un village vivaient deux paysans qui portaient le même nom. Ils s'appelaient tous deux Claus, mais l'un avait quatre chevaux, l'autre n'en avait qu'un. Pour les distinguer l'un de l'autre, on avait nommé le premier *grand Claus,* bien qu'ils fussent de même taille, et le second, qui ne possédait qu'un cheval, *petit Claus.*

Ecoutez bien maintenant ce qui leur arriva ; car c'est une histoire véritable, s'il en fut jamais.

Toute la semaine le petit Claus travaillait pour le grand à la charrue avec son unique cheval ; en retour, grand Claus venait l'aider avec ses quatre bêtes, mais une fois la semaine seulement, le dimanche. Houpa ! comme petit Claus faisait alors claquer son fouet pour exciter ses cinq chevaux, car ce jour-là il les regardait tous comme siens.

Un dimanche qu'il faisait le plus beau soleil, les cloches sonnaient à toute volée, et une foule de gens, parés et endimanchés, et leur livre de prières sous le bras, se rendaient à l'église ; lorsqu'ils passaient à côté du champ où petit Claus conduisait la charrue avec les cinq chevaux, dans sa joie et pour faire parade d'un si bel attelage, il faisait le plus de bruit qu'il pouvait avec son fouet et s'écriait à tue-tête :

- Hue ! en avant tous mes chevaux !

- Qu'est-ce que tu dis donc là ? interrompit grand Claus ; tu sais bien qu'un seul de ces chevaux t'appartient.

Lorsqu'il vint encore à passer du monde, petit Claus oublia la remontrance et s'écria de nouveau : « Hue ! en avant tous mes chevaux ! »

- Je te prie de cesser, dit grand Claus. Si cela t'arrive encore une fois, je donnerai un tel coup sur la tête de ton cheval, que je l'assommerai. Alors tu n'auras plus de cheval du tout.

- Sois tranquille, cela ne m'arrivera plus, répondit petit Claus.

Il vint à passer un riche paysan, qui lui fit de la tête un signe amical ; petit Claus se sentit très flatté, il pensa que cela lui serait beaucoup d'honneur que ce paysan pût croire qu'il possédait les cinq chevaux attelés à sa charrue. Il fit de nouveau claquer son fouet en criant encore plus fort que les autres fois :

- Hue donc ! en avant tous mes chevaux !

- Je t'apprendrai à dire *hue* à tes chevaux, dit grand Claus.

Il saisit une bêche et en donna un coup si violent sur la tête du cheval de petit Claus, que la pauvre bête tomba sur le flanc pour ne plus se relever.

- Ouh ! ouh ! fit petit Claus, qui se mit à pleurer. Voilà que je n'ai plus de cheval !

Mais bientôt il se dit qu'il ne fallait pas tout perdre ; il écorcha la bête, en fit bien sécher au vent la peau ; il la mit dans un sac, qu'il hissa sur son dos, et il s'en fut vers la ville pour vendre sa peau de cheval.

Il avait un long bout de chemin à parcourir ; il lui fallait traverser une grande et sombre forêt. Pendant qu'il y était engagé, survint un ouragan qui obscurcit le ciel, et petit Claus s'égara tout à fait. Lorsqu'il finit par retrouver la route, il était déjà très tard ; il ne pouvait plus, avant la nuit, arriver à la ville ni retourner chez lui.

Un peu plus loin il aperçut une grande maison de ferme ; les volets étaient fermés, mais les rayons de lumière passaient à travers les fentes. « On m'accordera bien un gîte pour la nuit », pensa-t-il, et il alla frapper à la porte.

Une paysanne, la maîtresse de la maison, vint ouvrir ; Claus présenta sa demande, mais elle lui répondit qu'il eût à passer son chemin, que son mari n'était pas là et qu'en son absence elle ne recevait pas d'étrangers.

- Il me faudra donc rester la nuit à la belle étoile ! dit petit Claus.

La paysanne, sans lui répondre, lui ferma la porte au nez. Près de la maison il y avait une grange, contre laquelle s'élevait un hangar couvert d'un toit plat de chaume. « Je m'en vais grimper là, se dit Claus ; cela vaudra mieux que de coucher par terre, et même ce chaume me fera un excellent lit. Un couple de cigognes niche sur ce toit ; mais j'espère bien que, si je me conduis convenablement à leur égard, elles ne viendront pas me donner des coups de bec quand je dormirai. »

Aussitôt dit, aussitôt fait. Il se hissa sur le toit et, après s'être tourné et retourné comme un chat, il s'y installa commodément pour la nuit. Voilà qu'il aperçoit que les volets de la maison sont trop courts vers le haut, de façon que de l'endroit où il est, il voit tout ce qui se passe dans la grande chambre du rez-de-chaussée.

Il y avait là une table couverte d'une belle nappe, sur laquelle se trouvaient un rôti, un superbe poisson et une bouteille de vin.

La paysanne et le sacristain du village étaient assis devant la table, personne d'autre ; l'hôtesse versait du vin au sacristain qui s'apprêtait à manger une tranche du poisson, un brochet, son mets favori.

Claus, qui n'avait pas soupé, tendait le cou et regardait avidement ces savoureuses victuailles. Et ne voilà-t-il pas qu'il aperçoit encore un magnifique gâteau tout doré qui était destiné au dessert. Quel régal cela faisait !

Tout à coup on entend le pas d'un cheval ; il s'arrête devant la maison : il ramenait le fermier, le mari de la paysanne.

C'était un excellent homme ; mais un jour, étant gamin, il avait été battu par un sacristain qui le croyait coupable d'avoir sonné les cloches à une heure indue. C'était un de ses camarades qui avait fait le tour. Depuis ce jour notre fermier avait juré une haine féroce à toute la gent des sacristains ; il lui suffisait d'en apercevoir un pour se mettre en fureur.

Si le sacristain était allé dire bonsoir à la fermière, c'est qu'il savait le maître de la maison absent ; la paysanne, qui ne partageait pas les préjugés de son mari, lui avait préparé ce beau festin.

Lorsqu'ils entendirent les pas du cheval et qu'ils reconnurent le fermier à travers les fentes du volet, ils furent très effrayés, et la paysanne supplia le sacristain de se cacher dans une grande caisse vide ; il le fit volontiers ; il savait que le brave fermier avait la faiblesse de ne pas supporter la vue d'un sacristain. Puis la femme cacha vite dans le four les mets, le gâteau et la bouteille de vin ; si le mari avait vu tous ces apprêts, il aurait demandé ce que cela signifiait ; il aurait fallu mentir, et peut-être se serait-elle troublée.

- Quel malheur ! s'écria petit Claus du haut se son toit, lorsqu'il vit disparaître des plats appétissants.

- Hé ? qui est donc là ? dit le fermier entendant cette exclamation.

Il leva la tête et aperçut petit Claus. Celui-ci raconta ce qui lui était arrivé et demanda la permission de rester sur le toit de chaume.

- Descends donc plutôt, répondit le fermier, tu dormiras dans la maison, et puis tu ne refuseras sans doute pas de souper avec moi.

La femme le reçut avec force sourires et démonstrations de joie ; elle remit la nappe sur la table et leur servit un grand plat rempli de soupe. Le fermier, qui avait très faim, se mit à manger de bon appétit ; petit Claus ne trouvait pas la soupe mauvaise, mais il pensait avec regret au succulent rôti, au poisson, au gâteau qu'il avait vus disparaître dans le four.

Il avait placé sous la table le sac avec la peau de cheval, et il avait ses pieds dessus. Dans son dépit de ne rien goûter de toutes ces bonnes choses, il eut un mouvement d'impatience et il appuya brusquement du pied sur le sac ; la peau fraîchement séchée craqua bruyamment.

- Pst ! pst ! dit petit Claus, comme s'il voulait faire taire quelqu'un.

Mais en même temps il donna un nouveau coup de pied au sac, et on entendit un craquement encore plus fort.

- Tiens, dit le paysan, qu'as-tu donc là dans ce sac ?

- C'est un magicien, répondit petit Claus. Il m'apprend, dans son langage, que nous devrions laisser la soupe, et manger le rôti, le poisson et le gâteau que par enchantement il a fait venir dans le four.

- N'est-ce pas une plaisanterie ? s'exclama le fermier.

Et il sauta sur la porte du four et resta les yeux écarquillés devant les mets friands et succulents que sa femme y avait cachés, mais qu'il crut apportés là par un magicien.

La fermière fit également l'étonnée et se garda bien de risquer une observation ; elle servit sur la table rôti, poisson et gâteau, et les deux hommes s'en régalèrent à cœur joie.

Voilà que Claus donna de nouveau en tapinois un coup de pied à son sac ; le même craquement se fit entendre.

- Que dit-il encore ? demanda le fermier.

- Il me conte, répondit le petit Claus, qu'il ne veut pas que nous ayons soif ; toujours par enchantement, il a fait arriver à travers les airs trois bouteilles d'excellent vin qui sont quelque part dans un coin, ici, dans la chambre.

Le fermier chercha et aperçut en effet les bouteilles, que la pauvre femme fut contrainte de déboucher et de placer sur la table. Les deux hommes s'en versèrent de copieuses rasades, et le fermier devint très joyeux.

- Dis donc, demanda-t-il, ton magicien peut-il aussi évoquer le diable ? En ce moment que je me sens si bien et de si bonne humeur, rien ne me divertirait mieux que de voir maître Belzébuth faire ses grimaces.

- Oh ! oui, répondit Claus, mon sorcier fait tout ce que je lui demande. N'est-il pas vrai ? continua-t-il, en heurtant son sac du pied. Tu entends, il dit oui. Mais il ajoute que le diable est si laid, que nous ferions mieux de ne pas demander à le voir.

- Oh ! je n'ai pas peur aujourd'hui, dit le fermier. A qui peut-il bien ressembler, Satan ?

- Il a tout à fait l'air d'un sacristain.

- Ah ! dit le paysan. Dans ce cas, il est affreux, en effet. Il faut que tu saches que j'ai les sacristains en horreur. Tant pis, cependant ; comme je suis prévenu que ce n'est pas un vrai sacristain, mais bien le diable en personne, sa vue ne me fera pas une impression trop désagréable. Vidons encore la dernière bouteille, pour nous donner du courage. Recommande toutefois qu'il ne m'approche pas de trop près.

- Voyons, es-tu bien décidé ? dit petit Claus ; alors je vais consulter mon magicien.

Il remua son sac et tint son oreille contre.

- Eh bien ? dit le paysan.

- Il dit que vous pouvez allez ouvrir le grand coffre qui est là-bas dans le coin ; vous y verrez le diable qui s'y tient blotti ; mais tenez bien le couvercle et ne le soulevez pas trop, pour que le malin ne s'échappe pas.

- En avant ! dit le fermier ; viens m'aider à tenir ferme le couvercle.

Ils allèrent vers la caisse où le pauvre sacristain était accroupi, tout tremblant de peur. Le paysan leva un peu le dessus et regarda.

- Oh ! s'écria-t-il en faisant un saut en arrière. Je l'ai donc vu, cet affreux Satan. En effet, c'est notre sacristain tout vif. Oh ! quelle horreur !

Pour se remettre de son émotion, le fermier voulut boire encore un coup ; comme les trois bouteilles étaient vides, il alla en chercher une à la cave. Ils restèrent longtemps ainsi à trinquer et à jaser.

- Ce magicien, dit enfin le paysan, il faut que tu me le vendes. Demande le prix que tu veux. Tiens, je te donnerai un boisseau plein d'écus.

- Non, je ne puis pas, répondit petit Claus. Pense donc quel profit je puis tirer de cet obligeant sorcier qui fait tout ce que je veux.

- Voyons, fais-moi cette amitié, dit le paysan. Si tu ne me le donnes pas, je me consumerai de regret.

- Allons, soit ! puisque tu as montré ton bon cœur en m'offrant un gîte pour la nuit, je ferai ce sacrifice. Mais tu sais, j'aurai un plein boisseau d'écus, et la bonne mesure ?

- C'est entendu, dit le paysan. Il faut aussi que tu emportes cette caisse là-bas ; je ne veux plus l'avoir une minute à la maison. On ne sait pas, peut-être le diable y est-il resté logé.

Le marché conclu, petit Claus voulut absolument partir au milieu de la nuit, de peur que le paysan ne vînt à changer d'avis ; il livra sa marchandise, son sac avec la peau, et reçut tout un boisseau de beaux écus trébuchants ; pour qu'il pût emporter la caisse, le paysan lui donna en outre une petite charrette. Petit Claus y chargea son argent et le coffre contenant le sacristain ; après une cordiale poignée de main échangée avec le paysan, il s'en alla, reprenant le chemin de sa maison. Il traversa de nouveau la grande forêt et arriva sur les bords d'un fleuve large et profond, dont le courant était si rapide que les plus forts nageurs avaient bien de la peine à le remonter. On y avait construit tout nouvellement un pont. Petit Claus s'y engagea, poussant sa charrette ; au milieu il s'arrêta et dit tout haut, pour que le sacristain pût l'entendre :

- Ma foi, j'en ai assez de traîner cette sotte caisse ; elle est lourde comme si elle était pleine de pierres. Je m'en vais la jeter à l'eau ; si elle surnage, je la repêcherai bien quand elle passera devant ma maison ; si elle va au fond, la perte ne sera pas grande.

Et il empoigna le coffre, et commença à le soulever, comme s'il voulait le placer sur le parapet et le précipiter dans la rivière.

- Non ! non ! pitié ! s'écria le sacristain, laisse-moi sortir auparavant.

- Ouh ! ouh ! dit petit Claus, comme s'il avait bien peur. Le diable est resté enfermé dedans. C'est maintenant que je vais certainement le lancer à l'eau pour qu'il se noie et que le monde en soit débarrassé.

- Au nom du ciel, non, non ! hurla le sacristain. Je te donnerai un plein boisseau d'écus, si tu me laisses sortir.

- Cela, c'est une autre chanson, dit Claus.

Et il ouvrit la caisse. Le sacristain, bien que tout courbaturé, s'élança dehors, et saisissant le coffre il le jeta à la rivière, et poussa un profond soupir de soulagement. Puis il mena Claus dans sa maison et lui remit un boisseau rempli d'argent ; Claus le chargea sur sa charrette à côté de l'autre, puis il rentra chez lui.

« Je n'aurais jamais rêvé que mon cheval me rapporterait une telle somme, se dit-il lorsqu'il eut mis en un tas par terre toutes les belles pièces qu'il avait gagnées. Comme grand Claus sera vexé quand il saura qu'au lieu de me faire du tort, c'est à lui que je dois d'être devenu riche ! Cependant je ne veux pas lui conter l'affaire directement ; prenons un biais pour la lui apprendre. »

Il envoya un gamin emprunter un boisseau chez grand Claus. « Que peut-il bien avoir à mesurer ? » se dit ce dernier, et il enduisit de poix le fond du boisseau, pour qu'il y restât attaché quelque parcelle de ce qu'on allait y mettre. Et en effet, lorsqu'on lui rapporta le boisseau, il trouva au fond trois shillings d'argent tout flambant neufs.

« Qu'est-ce cela ? » se dit grand Claus, et il courut aussitôt chez petit Claus.

- Comment, lui demanda-t-il, as-tu donc tant d'argent, que tu en remplisses un boisseau ?

- Oh, c'est ce qu'on m'a donné hier soir en ville pour ma peau de cheval ; les peaux ont haussé de prix comme cela ne s'est jamais vu.

- Quelle bonne affaire je t'ai fait faire ! dit grand Claus.

Et il retourna au plus vite chez lui, prit une hache et en abattit ses quatre chevaux. Il les écorcha proprement et s'en fut avec les peaux à la ville.

- Peaux, des peaux ! qui veut acheter des peaux ? criait-il à travers les rues.

Les tanneurs, les cordonniers arrivèrent et lui demandèrent son prix.

- Un boisseau plein d'écus pour chacune, répondit-il.

- Tu veux te moquer ou tu es fou ! s'écrièrent-ils. Crois-tu que nous donnions l'argent par boisseaux ?

Il s'en alla plus loin, beuglant toujours plus fort : « Peaux, des peaux ! qui en veut des peaux ? » Il arriva encore des gens pour les lui

acheter ; à tous il demandait un boisseau rempli d'écus pour chaque peau. Bientôt il ne fut question dans toute la ville que de ce mauvais plaisant qui voulait autant d'une peau de cheval que d'une maison. « Il se moque de nous », dirent-ils tous. Les cordonniers prirent leurs tire-pieds, les tanneurs leurs tabliers, ils se jetèrent sur lui et le rossèrent de toutes leurs forces.

- Peaux, des peaux ! criaient-ils pour se moquer de lui à leur tour. Nous allons te tanner la peau et tu pourras la vendre avec les autres ; ce sera du beau maroquin écarlate !

Et en effet, le sang coulait sous les coups furieux qu'il recevait ; il s'enfuit de toute la vitesse de ses jambes et, tout moulu, tout meurtri, s'échappa enfin de la ville.

« C'est bon, se dit-il, quand il fut de retour chez lui ; petit Claus me payera cela ; je m'en vais le tuer. »

Or, en ce même jour la grand-mère de petit Claus venait de trépasser. Elle n'avait guère été tendre pour lui, elle grondait toujours, mais il n'en était pas moins très affligé, et il prit le corps de la vieille femme et le plaça dans son propre lit qu'il avait préalablement bien chauffé à la bassinoire ; il pensait qu'elle n'était peut-être qu'engourdie, et que la chaleur la ranimerait. Il alluma un bon feu dans le poêle et il s'assit lui-même pour passer la nuit sur un fauteuil dans un coin.

Voilà qu'au milieu de la nuit la porte s'ouvre et grand Claus entre une hache à la main. Il savait où se trouvait le lit de petit Claus, il s'y dirige sur la pointe des pieds et frappe du côté de l'oreiller un terrible coup avec sa hache ; il fend la tête de la morte.

- Voilà qui est fait, dit-il, maintenant tu ne te railleras plus de moi.

Et il rentre tout gaiement chez lui.

« Quel mauvais caractère il a, ce grand Claus ! se dit le petit, qui n'avait pas bougé ni soufflé mot. Il voulait me tuer ; et si ma grand-mère n'avait pas été morte, c'est elle qu'il aurait assassinée ! »

Il rajusta avec art la tête de sa grand-mère, et cacha la blessure sous un bonnet à dentelles et à rubans. Il mit à la morte ses vêtements du dimanche. Puis il alla emprunter le cheval de son voisin et l'attela à sa carriole ; il y plaça au fond le corps de la vieille femme, monta sur le siège et partit pour la ville.

Au lever du soleil il y arriva et s'arrêta devant une grande auberge.

L'aubergiste était très riche et c'était un excellent homme ; mais il avait un terrible défaut : il était colère à l'excès ; à la moindre contrariété, il éclatait comme s'il n'avait été que poudre et salpêtre.

Il était déjà levé et debout sur le seuil de la porte.

- Bonjour, dit-il à petit Claus ; te voilà sorti de bien bonne heure !

- Oui, répondit l'autre. Je m'en viens à la ville avec ma grand-mère pour faire des emplettes. Mais elle ne veut pas descendre de la voiture ; elle est très entêtée. Cependant si vous voulez lui porter un verre de bon hydromel, je pense qu'elle le prendra volontiers. Mais il faut que vous lui parliez de votre voix la plus forte ; elle n'entend pas bien.

- Oh ! elle ne refusera pas mon hydromel, dit l'aubergiste.

Et tandis que petit Claus entrait dans la salle, il alla remplir un grand verre à son meilleur tonnelet et le porta à la vieille femme morte, qu'il voyait assise debout au fond de la carriole.

- Voilà un bon verre d'hydromel que vous envoie votre petit-fils, cria-t-il.

Pas de réponse ; la morte ne bougea pas.

- N'entendez-vous pas ? répéta-t-il en élevant encore la voix, au point que les vitres en tremblèrent. Votre petit-fils vous envoie ce verre d'hydromel ; jamais vous n'en aurez bu de meilleur.

Et il recommença encore deux ou trois fois. A la fin la colère lui monta au cerveau en voyant dédaigner son hydromel, dont il était si fier ; il jeta, dans sa fureur, le verre à la tête de la vieille, qui sous le choc tomba sur le côté.

Petit Claus, qui était aux aguets derrière la fenêtre, se précipita dehors, et empoignant l'aubergiste au collet :

- Coquin, cria-t-il, tu as tué ma grand-mère ! Regarde le trou que tu lui as fait au front !

- Quel malheur ! dit l'aubergiste en se tordant les mains de désespoir. Voilà ce que c'est d'être emporté et violent. Ecoute bien, cher petit Claus ; ne me

dénonce pas et je te donnerai un boisseau plein d'argent, et je ferai enterrer ta grand-mère avec autant de pompe que si c'était la mienne. Mais jamais tu ne souffleras mot sur ce qui vient de se passer ; la justice me couperait le cou, et c'est tout ce qu'il y a de plus désagréable.

Petit Claus accepta le marché, reçut un boisseau plein de beaux écus neufs et sa grand-mère fut magnifiquement enterrée.

Lorsqu'il fut de retour chez lui avec son magot, il envoya de nouveau un gamin emprunter chez grand Claus un boisseau.

- Quelle est cette plaisanterie ? se dit grand Claus. Est-ce que je ne l'ai pas tué de ma propre main ? Je m'en vais aller voir moi-même ce que cela signifie.

Et il accourut avec le boisseau. Il resta bouche béante et les yeux écarquillés lorsqu'il aperçut petit Claus qui avait mis tout son trésor en un seul tas et qui y plongeait les mains avec amour.

- Cela t'étonne de me voir encore en vie, dit petit Claus ; mais tu t'es trompé et tu as assommé ma grand-mère. J'ai vendu son corps à un médecin qui m'en a donné plein un boisseau d'argent.

- C'est un fameux prix ! dit grand Claus.

Et il courut chez lui encore plus vite qu'il n'était venu, prit une hache et tua d'un coup sa pauvre grand-mère. Il chargea son corps sur une voiture et s'en fut à la ville trouver un apothicaire de sa connaissance, pour lui demander s'il ne savait pas un médecin qui voulût acheter un cadavre.

- Un cadavre ! s'écria l'apothicaire. D'ou le tenez-vous et comment avez-vous le droit de le vendre ?

- Oh ! il est bien à moi, répondit grand Claus. C'est le corps de ma grand-mère. Je viens de la tuer ; elle n'avait plus grand amusement dans ce monde, la pauvre femme, et l'on m'en donnera un boisseau plein d'écus.

- Dieu de miséricorde ! dit l'autre, quelles abominables sornettes vous nous contez ! Ne répétez à personne ce que vous venez de me dire, vous pourriez y perdre votre tête.

Et il lui expliqua que sa grand-mère avait beau être infirme et s'ennuyer sur la terre, il n'en avait pas moins commis un horrible meurtre, et la justice, si elle l'apprenait, le punirait de mort. Grand Claus fut pris d'effroi, il sortit à la hâte sans dire adieu, sauta sur la voiture, fouetta les chevaux et s'en retourna chez lui au galop. L'apothicaire crut qu'il était simplement devenu fou et qu'il n'avait pas fait ce dont il s'était vanté ; il le laissa partir sans informer la justice.

Les Fleurs de la Petite Ida

es pauvres fleurs sont tout à fait mortes ! dit la petite Ida, elles étaient si belles hier soir, et maintenant toutes les feuilles pendent ! Pourquoi ? demanda-t-elle à l'étudiant assis sur le sofa.

Elle l'aimait beaucoup, l'étudiant, il savait les plus délicieuses histoires et découpait des images si amusantes : des cœurs avec des petites dames au milieu qui dansaient ; des fleurs et de grands châteaux dont on pouvait ouvrir les portes, c'était un étudiant plein d'entrain.

- Eh bien ! sais-tu ce qu'elles ont ? dit l'étudiant. Elles sont allées au bal cette nuit, c'est pourquoi elles sont fatiguées.

- Mais les fleurs ne savent pas danser ! dit la petite Ida.

- Si, quand vient la nuit et que nous autres nous dormons, elles sautent joyeusement de tous les côtés. Elles font un bal presque tous les soirs.

- Est-ce que les enfants ne peuvent pas y aller ?

- Si, dit l'étudiant. Les enfants de fleurs, les petites anthémis et les petits muguets.

- Où dansent les plus jolies fleurs ? demanda la petite Ida.

- N'es-tu pas allée souvent devant le grand château que le roi habite l'été, où il y a un parc délicieux tout plein de fleurs ? Tu as vu les cygnes qui nagent vers toi quand tu leur donnes des miettes de pain, c'est là qu'il y a un vrai bal, je t'assure !

- J'ai été dans le parc hier avec maman, dit Ida, mais toutes les feuilles étaient tombées des arbres et il n'y avait pas une seule fleur ! Où sont-elles donc ? L'été, j'en avais vu des quantités.

- Elles sont à l'intérieur du château, dit l'étudiant. Dès que le roi et les gens de la cour s'installent à la ville, les fleurs montent du parc au château et elles sont d'une gaieté folle.

- Mais, demanda Ida, est-ce que personne ne punit les fleurs parce qu'elles dansent au château du roi ?

- Personne ne s'en doute. Parfois, la nuit, le vieux gardien fait sa ronde. Il a un grand trousseau de clés. Dès que les fleurs entendent leur cliquetis, elles restent tout à fait tranquilles, cachées derrière les grands rideaux et elles passent un peu la tête seulement. « Je sens qu'il y a des fleurs ici », dit le vieux gardien, mais il ne peut les voir.

- Que c'est amusant ! dit la petite Ida en battant des mains, est-ce que je ne pourrai pas non plus les voir ?

- Si, souviens-toi lorsque tu iras là-bas de jeter un coup d'œil à travers la fenêtre, tu les verras bien. Je l'ai fait aujourd'hui, il y avait une grande jonquille jaune étendue sur le divan, elle croyait être une dame d'honneur !

- Est-ce que les fleurs du jardin botanique peuvent aussi aller là-bas ?

- Oui, bien sûr, car si elles veulent, elles peuvent voler. N'as-tu pas vu les beaux papillons rouges, jaunes et blancs, ils ont presque l'air de fleurs, ils l'ont été du reste. Ils se sont arrachés de leur tige et ont sauté très haut en l'air en battant de leurs feuilles comme si c'étaient des ailes et ils se sont envolés. Et comme ils se conduisaient fort bien, ils ont obtenu le droit de voler aussi dans la journée, de ne pas rentrer chez eux pour s'asseoir immobiles sur leur tige. Les pétales, à la fin, sont devenus de vraies ailes.

- Il se peut du reste que les fleurs du jardin botanique n'aient jamais été au château du roi, ni même qu'elles sachent combien les fêtes y sont gaies.

- Et je vais te dire quelque chose qui étonnerait bien le professeur de botanique qui habite à côté (tu le connais). Quand tu iras dans son jardin, tu raconteras à une des fleurs qu'il y a grand bal au château la nuit, elle le répétera à toutes les autres et elles s'envoleront. Si le professeur descend ensuite dans son jardin, il ne trouvera plus une fleur et il ne pourra comprendre ce qu'elles sont devenues !

- Mais comment une fleur peut-elle le dire aux autres fleurs ? Elles ne savent pas parler.

- Evidemment, dit l'étudiant, mais elles font de la pantomime ! N'as-tu pas remarqué quand le vent souffle un peu comme les fleurs inclinent la

tête et agitent leurs feuilles vertes ? C'est aussi expressif que si elles parlaient.

- Est-ce que le professeur comprend la pantomime ? demanda Ida.

- Bien sûr. Un matin, comme il descendait dans son jardin, il vit une ortie qui faisait de la pantomime avec ses feuilles à un ravissant œillet rouge. Elle disait : « Tu es si joli, et je t'aime tant ! » Mais le professeur n'aime pas cela du tout, il donna aussitôt une grande tape à l'ortie sur les feuilles qui sont ses doigts, mais ça l'a terriblement brûlé et depuis il n'ose plus jamais toucher à l'ortie.

- C'est amusant, dit la petite Ida en riant.

- Comment peut-on raconter de telles balivernes, dit le conseiller de chancellerie venu en visite et qui était assis sur le sofa.

Il n'aimait pas du tout l'étudiant et grognait tout le temps quand il le voyait découper des images si amusantes : un homme pendu à une potence et tenant un cœur à la main, car il avait volé bien des cœurs.

Le conseiller n'appréciait pas du tout cela et il disait comme maintenant : « Comment peut-on mettre des balivernes pareilles dans la tête d'un enfant ? Quelles inventions stupides ! »

Mais la petite Ida trouvait très amusant ce que l'étudiant racontait et elle y pensait beaucoup.

La tête des fleurs pendait parce qu'elles étaient fatiguées d'avoir dansé toute la nuit, elles étaient certainement malades. Elle les apporta près de ses autres jouets étalés sur une jolie table, dont le tiroir était plein de trésors. Dans le petit lit était couchée sa poupée Sophie qui dormait, mais Ida lui dit : « Il faut absolument te lever, Sophie, et te contenter du tiroir pour cette nuit ; ces pauvres fleurs sont malades, et si elles couchent dans ton lit, peut-être qu'elles guériront ! » Elle fit lever la poupée qui avait un air revêche et ne dit pas un mot, elle était fâchée de prêter son lit.

Ida coucha les fleurs dans le lit de poupée, tira la petite couverture sur elles jusqu'en haut et leur dit de rester bien sagement tranquilles, qu'elle allait leur faire du thé afin qu'elles guérissent et puissent se lever le lendemain. Elle tira les rideaux autour du petit lit pour que le soleil ne leur vînt pas dans les yeux.

Toute la soirée, elle ne put s'empêcher de penser à ce que l'étudiant lui avait raconté et quand vint l'heure d'aller elle-même au lit, elle courut d'abord derrière les rideaux des fenêtres dans l'embrasure desquelles se trouvaient, sur une planche, les ravissantes fleurs de sa mère, des jacinthes et des tulipes, et elle murmura tout bas : « Je sais bien que vous devez aller au bal ! »

Les fleurs firent semblant de ne rien entendre.

La petite Ida savait pourtant ce qu'elle savait...

Lorsqu'elle fut dans son lit, elle resta longtemps à penser. Comme ce serait plaisant de voir danser ces jolies fleurs là-bas, dans le château du roi.

- Est-ce que vraiment mes fleurs y sont allées ?

Là-dessus, elle s'endormit.

Elle se réveilla au milieu de la nuit ; elle avait rêvé de fleurs et de l'étudiant que le conseiller grondait et accusait de lui mettre des idées stupides et folles dans la tête.

Le silence était complet dans la chambre d'Ida, la veilleuse brûlait sur la table, son père et sa mère dormaient.

« Mes fleurs sont-elles encore couchées dans le lit de Sophie ? se dit-elle.

Elle se souleva un peu et jeta un coup d'œil vers la porte entrebâillée. Elle tendit l'oreille et il lui sembla entendre que l'on jouait du piano dans la pièce à côté, mais tout doucement. Jamais elle n'avait entendu une musique aussi délicate.

- Toutes les fleurs doivent danser maintenant ! dit-elle. Mon Dieu ! que je voudrais les voir ! Mais elle n'osait se lever.

« Si seulement elles voulaient entrer ici », se dit-elle.

Mais les fleurs ne venaient pas et la musique continuait à jouer, si légèrement. A la fin, elle n'y tint plus, c'était trop délicieux, elle se glissa hors de son petit lit et alla tout doucement jusqu'à la porte jeter un coup d'œil.

Il n'y avait pas du tout de veilleuse dans cette pièce, mais il y faisait tout à fait clair, la lune brillait à travers la fenêtre et éclairait juste le milieu du parquet.

Toutes les jacinthes et les tulipes se tenaient debout en deux rangs, il n'y en avait plus du tout dans l'embrasure de la fenêtre où ne restaient que les pots vides. Sur le parquet, les fleurs dansaient gracieusement.

Un grand lis rouge était assis au piano. Ida était sûre de l'avoir vu cet été car elle se rappelait que l'étudiant avait dit : « Oh ! comme il ressemble à Mademoiselle Line ! » et tout le monde s'était moqué de lui. Maintenant Ida trouvait que la longue fleur ressemblait vraiment à cette demoiselle, et elle jouait tout à fait de la même façon qu'elle.

Puis elle vit un grand crocus bleu sauter juste au milieu de la table où se trouvaient les jouets. Il alla droit vers le lit des poupées et en tira les rideaux. Les fleurs malades y étaient couchées mais elles se levèrent immédiatement et firent signe aux autres en bas qu'elles aussi voulaient danser.

Ida eut l'impression que quelque chose était tombé de la table. Elle regarda de ce côté et vit que c'était la verge de la Mi-Carême qui avait sauté par terre. Ne croyait-elle pas être aussi une fleur ?

Il était très joli, après tout, ce martinet. A son sommet était une petite poupée de cire qui avait sur la tête un large chapeau.

La verge de la Mi-Carême sauta sur ses trois jambes de bois rouge, en plein milieu des fleurs. Elle se mit à taper très fort des pieds car elle dansait la mazurka, et cette danse-là, les autres fleurs ne la connaissaient pas.

Tout à coup, la poupée de cire du petit fouet de la Mi-Carême devint grande longue, elle tourbillonna autour des fleurs de papier et cria très haut : « Peut-on mettre des bêtises pareilles dans la tête d'un enfant ! Ce sont des inventions stupides ! » Et alors, elle ressemblait exactement au conseiller de la chancellerie, avec son large chapeau, elle aussi était jaune et aussi grognon. Les fleurs en papier lui donnèrent des coups sur ses maigres jambes et elle se ratatina de nouveau et redevint une petite poupée de cire.

Le fouet de la Mi-Carême continuait à danser et le conseiller était obligé de danser avec. Il n'y avait rien à faire : il se faisait grand et long et tout d'un coup redevenait la petite poupée de cire jaune au grand chapeau noir.

Les fleurs prièrent alors le martinet de s'arrêter, surtout celles qui avaient couché dans le lit de poupée, et cette danse cessa.

Mais voilà qu'on entendit des coups violents frappés à l'intérieur du tiroir où gisait Sophie, la poupée d'Ida, au milieu de tant d'autres jouets. Le casse-noix courut jusqu'au bord de la table, s'allongea de tout son long sur le ventre et réussit à tirer un petit peu le tiroir. Alors Sophie se leva et regarda autour d'elle d'un air étonné.

- Il y a donc bal ici, dit-elle. Pourquoi ne me l'a-t-on pas dit ?

- Veux-tu danser avec moi ? dit le casse-noix.

- Ah ! bien oui ! tu serais un beau danseur !

Et elle lui tourna le dos. Elle s'assit sur le tiroir et se dit que l'une des fleurs viendrait l'inviter, mais il n'en fut rien : alors elle toussa, hm, hm, hm, mais personne ne vint.

Comme aucune des fleurs n'avait l'air de voir Sophie, elle se laissa tomber du tiroir sur le parquet dans un grand bruit. Toutes les fleurs accoururent pour l'entourer et lui demander si elle ne s'était pas fait mal, et elles étaient toutes si aimables avec elle, surtout celles qui avaient couché dans son lit.

Elle ne s'était pas du tout fait mal, affirmait-elle, et les fleurs d'Ida la remercièrent pour le lit douillet. Tout le monde l'aimait et l'attirait juste au milieu du parquet, là où scintillait la lune, on dansait avec elle et toutes les fleurs faisaient cercle autour. Sophie était bien contente, elle les pria de conserver son lit.

Mais les fleurs répondirent :

- Nous te remercions mille fois, mais nous ne pouvons pas vivre si longtemps. Demain nous serons tout à fait mortes. Mais dis à la petite Ida qu'elle nous enterre dans le jardin, près de la tombe de son canari, alors nous refleurirons l'été prochain et nous serons encore plus belles.

- Non, ne mourez pas, dit Sophie en embrassant les fleurs.

Au même instant la porte de la salle s'ouvrit et une foule de jolies fleurs entrèrent en dansant. Ida ne comprenait pas d'où elles pouvaient venir, c'étaient sûrement toutes les fleurs du château du roi. En tête s'avançaient deux roses magnifiques portant de petites couronnes d'or : c'étaient un roi et une reine. Puis venaient les plus ravissantes giroflées et des œillets qui saluaient de tous côtés. Ils étaient accompagnés de musique : des coquelicots et des pivoines soufflaient dans des cosses de pois à en être cramoisies. Les campanules bleues et les petites nivéoles blanches sonnaient comme si elles avaient eu des clochettes. Venaient ensuite quantité d'autres fleurs, elles dansaient toutes ensemble, les violettes bleues et les pâquerettes rouges, les marguerites et les muguets. Et toutes s'embrassaient, c'était ravissant à voir.

A la fin, les fleurs se souhaitèrent bonne nuit, la petite Ida se glissa aussi dans son lit et elle rêva de tout ce qu'elle avait vu.

Quand elle se leva le lendemain matin, elle courut aussitôt à la table pour voir si les fleurs étaient encore là, et elle tira les rideaux du petit lit ; oui, elles y étaient mais tout à fait fanées, beaucoup plus que la veille.

Sophie était couchée dans le tiroir, elle avait l'air d'avoir très sommeil.

- Te rappelles-tu ce que tu devais me dire ? demanda Ida.

Sophie avait l'air stupide et ne répondit pas un mot.

- Tu n'es pas gentille, dit Ida et pourtant elles ont toutes dansé avec toi.

Elle prit une petite boîte en papier sur laquelle étaient dessinés de jolis oiseaux, l'ouvrit et y déposa les fleurs mortes.

- Ce sera votre cercueil, dit-elle, et quand mes cousins norvégiens viendront, ils assisteront à votre enterrement dans le jardin afin que l'été prochain vous repoussiez encore plus belles.

Les cousins norvégiens étaient deux garçons pleins de santé s'appelant Jonas et Adolphe. Leur père leur avait fait cadeau de deux arcs, et ils les avaient apportés pour les montrer à Ida. Elle leur raconta l'histoire des pauvres fleurs qui étaient mortes et ils durent les enterrer.

Les Voisins

On aurait vraiment pu croire que la mare aux canards était en pleine révolution ; mais il ne s'y passait rien. Pris d'une folle panique, tous les canards qui, un instant avant, se prélassaient avec indolence sur l'eau ou y barbotaient gaiement, la tête en bas, se mirent à nager comme des perdus vers le bord, et, une fois à terre, s'enfuirent en se dandinant, faisant retentir les échos d'alentour de leurs cris les plus discordants. La surface de l'eau était tout agitée. Auparavant elle était unie comme une glace ; on y voyait tous les arbres du verger, la ferme avec son toit et le nid d'hirondelles ; au premier plan, un grand rosier tout en fleur qui, adossé au mur, se penchait au-dessus de la mare.

Maintenant on n'apercevait plus rien ; le beau paysage avait disparu subitement comme un mirage. A la place il y avait quelques plumes que les canards avaient perdues dans leur fuite précipitée ; une petite brise les balançait et les poussait vers le bord. Survint une accalmie, et elles restèrent en panne. La tranquillité rétablie, l'on vit apparaître de nouveau les roses. Elles étaient magnifiques ; mais elles ne le savaient pas. La lumière du soleil passait à travers leurs feuilles délicates ; elles répandaient la plus délicieuse senteur.

- Que l'existence est donc belle ! dit l'une d'elles. Il y a pourtant une chose qui me manque. Je voudrais embrasser ce cher soleil, dont la douce chaleur nous fait épanouir ; je voudrais aussi embrasser les roses qui sont là dans l'eau. Comme elles nous ressemblent ! Il y a encore là-haut les gentils petits oiseaux que je voudrais caresser. Comme ils gazouillent joliment quand ils tendent leurs têtes mignonnes hors de leur nid ! Mais il est singulier qu'ils n'aient pas de plumes, comme leur père et leur mère. Quels excellents voisins cela fait !

Ces jeunes oiseaux étaient des moineaux ; leurs parents aussi étaient des moineaux ; ils s'étaient installés dans le nid que l'hirondelle avait confectionné l'année d'avant : ils avaient fini par croire que c'était leur propriété.

- Sont-ce des pièces pour faire des habits aux canards ? demanda l'un des petits moineaux, en apercevant les plumes sur l'eau.

- Comment pouvez-vous dire des sottises pareilles ? dit la mère. Ne savez-vous donc pas qu'on ne confectionne pas des vêtements aux oiseaux comme aux hommes ? Ils nous poussent naturellement. Les nôtres sont bien plus fins que ceux des canards. A propos, je voudrais bien savoir ce qui a pu tant effrayer ces lourdes bêtes. Je me rappelle que j'ai poussé quelques pip, pip énergiques en vous grondant tout à l'heure. Serait-ce cela ? Ces grosses roses, qui étaient aux premières loges, devraient le savoir ; mais elles ne font attention à rien ; elles sont perdues dans la contemplation d'elles-mêmes. Quels ennuyeux voisins !

Les petits marmottèrent quelques légers pip d'approbation.

- Entendez-vous ces amours d'oiseaux ! dirent les roses. Ils s'essayent à chanter ; cela ne va pas encore ; mais dans quelque temps ils fredonneront gaiement. Que ce doit être agréable de savoir chanter ! on fait plaisir à soi-même et aux autres. Que c'est charmant d'avoir de si joyeux voisins !

Tout à coup deux chevaux arrivèrent au galop ; on les menait boire à la mare. Un jeune paysan montait l'un ; il n'avait sur lui que son pantalon et un large chapeau de paille. Le garçon sifflait mieux qu'un moineau ; il fit entrer ses chevaux dans l'eau jusqu'à l'endroit le plus profond. En passant près du rosier, il en cueillit une fleur et la mit à son chapeau. Il n'était pas peu fier de cet ornement.

Les autres roses, en voyant s'éloigner leur sœur, se demandèrent l'une à l'autre :

- Où peut-elle bien aller ?

Aucune ne le savait.

- Parfois je souhaite de pouvoir me lancer à travers le monde, dit l'une d'elles ; mais réellement je me trouve très bien ici : le jour, le soleil y donne en plein ; et la nuit, je puis admirer le bel éclat lumineux du ciel à travers les petits trous du grand rideau bleu.

C'est ainsi que dans sa simplicité elle désignait les étoiles.

- Nous apportons ici l'animation et la gaieté, reprit la mère moineau. Les braves gens croient qu'un nid d'hirondelles porte bonheur, c'est pourquoi l'on ne nous tracasse pas ; on nous aime au contraire, et l'on nous jette de temps en temps quelques bonnes miettes. Mais nos voisins, à quoi peuvent-ils être utiles ? Ce grand rosier, là contre le mur, ne fait qu'y attirer l'humidité. Qu'on l'arrache donc et qu'à sa place on sème un peu de blé. Voilà une plante profitable. Mais les roses, ce n'est que pour la vue et l'odorat. Elles se fanent l'une après l'autre. Alors, m'a appris ma mère, la femme du fermier en recueille les feuilles. On les met ensuite sur le feu pour que cela sente bon. Jusqu'au bout de leur existence, elles ne sont bonnes que pour flatter les yeux et le nez.

Lorsque le soir approcha et que des myriades d'insectes se mirent à danser des rondes dans les vapeurs légères que le soleil couchant colore en rose, le rossignol arriva et chanta

pour les roses ses plus délicieux airs : le refrain était que le beau est aussi nécessaire au monde que le rayon de soleil.

Les fleurs pensaient que l'oiseau faisait allusion à ses propres mélodies ; elles n'avaient pas l'idée qu'il chantait leur beauté. Elles n'en étaient pas moins ravies de ses harmonieuses roulades : elles se demandaient si les petits moineaux du toit deviendraient aussi un jour des rossignols.

- J'ai fort bien compris le chant de cet oiseau des bois, dit l'un d'eux, sauf un mot qui n'a pas de sens pour moi : le beau : qu'est-ce cela ?

- A vrai dire, ce n'est rien du tout, répondit-elle ; c'est si fragile ! Tenez, là-bas au château, où se trouve le pigeonnier dont les habitants reçoivent tous les jours pois et avoine à gogo (j'y vais quelquefois marauder et je vous y présenterai un jour), donc au château ils ont deux énormes oiseaux au cou vert et portant une crête sur la tête : ces bêtes peuvent faire de leur queue une roue aux couleurs

tellement éclatantes qu'elles font mal aux yeux : c'est là ce qu'il y a de plus beau au monde. Eh bien, je vous demande un peu : si l'on arrachait les plumes à ces paons (c'est ainsi qu'on appelle ces animaux si fiers), auraient-ils meilleure façon que nous? Je leur aurais depuis longtemps enlevé leur parure, s'ils n'étaient pas si gros. Mais c'est pour vous dire que le beau tient à peu de chose.

- Attendez, c'est moi qui leur arracherai leurs plumes! s'écria le petit moineau, qui n'avait lui-même encore qu'un mince duvet.

Dans la maison habitaient un jeune fermier et sa femme; c'étaient de bien braves gens, ils travaillaient ferme; tout chez eux avait un air propre et gai. Tous les dimanches matin, la fermière allait cueillir un bouquet des plus belles roses et les mettait dans un vase plein d'eau sur le grand bahut.

« Voilà mon véritable almanach, disait le mari; c'est à cela que je vois que c'est bien aujourd'hui dimanche. » Et il donnait à sa femme un gros baiser.

- Que c'est fastidieux, toujours des roses! dit la mère moineau.

Tous les dimanches on renouvelait le bouquet; mais pour cela le rosier ne dégarnissait pas de fleurs. Dans l'intervalle il était poussé des plumes aux petits moineaux; ils demandèrent un jour à accompagner leur maman au fameux pigeonnier; mais elle ne le permit pas encore. Elle partit pour aller leur chercher à manger; la voilà tout à coup prise au lacet que des gamins avaient tendu sur une branche d'arbre. La pauvrette avait ses pattes entortillées dans le crin qui la serrait horriblement. Les gamins, qui guettaient sous un bosquet, accoururent et saisirent l'oiseau brusquement.

- Ce n'est qu'un pierrot! dirent-ils.

Mais ils ne le relâchèrent pas pour cela. Ils l'emportèrent à la maison, et chaque fois que le malheureux oiseau se démenait et criait, ils le secouaient.

Chez eux ils trouvèrent un vieux colporteur, qui était en tournée. C'était un rieur; à l'aide de ses plaisanteries il vendait force morceaux de savon et pots de pommade. Les galopins lui montrèrent le moineau.

- Ecoutez, dit-il, nous allons le faire bien beau, il ne se reconnaîtra plus lui-même.

L'infortunée maman moineau frissonna de tous ses membres. Le vieux prit dans sa balle un morceau de papier doré qu'il découpa artistement ; il enduisit l'oiseau de toutes parts avec du blanc d'œuf, et colla le papier dessus. Les gamins battaient des mains en voyant le pierrot doré sur toutes les coutures ; mais lui ne songeait guère à sa toilette resplendissante, il tremblait comme une feuille. Le vieux loustic coupa ensuite un petit morceau d'étoffe rouge, y tailla des zigzags pour imiter une crête de coq, et l'ajusta sur la tête de l'oiseau.

- Maintenant, vous allez voir, dit-il, quel effet il produira quand il va voler !

Et il laissa partir le moineau qui, éperdu de frayeur, se mit à tourner en rond, ne sachant plus où il était. Comme il brillait à la lumière du soleil ! Toute la gent volatile, même une vieille corneille fut d'abord effarée à l'aspect de cet être extraordinaire. Le moineau s'était un peu remis et avait pris son vol vers son nid ; mais toute la bande des moineaux d'alentour, les pinsons, les bouvreuils et aussi la corneille se mirent à sa poursuite pour apprendre de quel pays il venait. Au milieu de ce tohu-bohu, il se troubla de nouveau, l'épouvante commençait à paralyser ses ailes, son vol se ralentissait. Plusieurs oiseaux l'avaient rattrapé et lui donnaient des coups de bec ; les autres faisaient un ramage terrible. Enfin le voilà devant son nid. Les petits, attirés par tout ce tapage, avaient mis la tête à la fenêtre.

- Tiens, se dirent-ils l'un à l'autre, c'est certainement un jeune paon. L'éclat de son plumage fait mal aux yeux. Te rappelles-tu ce que la mère nous a dit : « C'est le beau. A bas le beau ! Sus, sus ! »

Et de leurs petits becs ils frappèrent l'oiseau épuisé qui n'avait plus assez de souffle pour dire pip, ce qui l'aurait peut-être fait reconnaître. Ils barrèrent l'entrée du nid à leur mère. Les autres oiseaux alors se jetèrent sur elle et lui arrachèrent une plume après l'autre ; elle finit par tomber sanglante au milieu du rosier.

- Pauvre petite bête ! dirent les roses. Cache-toi bien. Ils n'oseront pas te poursuivre plus loin. Notre père te défendra avec ses épines. Repose ta tête sur nous.

Mais le pauvre moineau était dans les dernières convulsions, il étendit les ailes, puis les resserra ; il était mort.

Dans le nid, c'étaient des pip, pip continuels.

- Où peut donc rester la mère si longtemps ? dit l'aîné des petits. Serait-ce avec intention qu'elle ne rentre pas ? peut-être veut-elle nous signifier que nous sommes assez grands pour pourvoir nous-mêmes à notre entretien ? Oui, ce doit être cela. Elle nous abandonne le nid. Nous pouvons y loger tous trois maintenant ; mais plus tard, quand nous aurons de la famille, à qui sera-t-il ?

- Moi, je vous ferai bien décamper, dit le plus jeune, quand je viendrai installer ici ma nichée.

- Tais-toi, blanc-bec, dit le second, je serai marié bien avant toi, et avec ma femme et mes petits je te ferai une belle conduite si tu viens ici.

- Et moi, je ne compte donc pour rien ? s'écria l'aîné.

La querelle s'envenima, ils se mirent à se battre des ailes, à se donner des coups de bec ; les voilà tous trois hors du nid dans la gouttière, ils restèrent à plat quelque temps, clignotant des yeux de l'air le plus niais.

Enfin ils se relevèrent, ils savaient un peu voleter, et les deux aînés, se sentant le désir de voir le monde, laissèrent le nid au plus jeune. Avant de se séparer, ils convinrent d'un signe pour se reconnaître plus tard : c'était un pip prolongé, accompagné de trois grattements avec la patte gauche ; ils devaient apprendre ce moyen de reconnaissance à leurs petits. Le plus jeune se carrait avec délices dans le nid, qui était maintenant à lui seul. Mais dès la nuit suivante le feu prit au toit, qui était de chaume ; il flamba en un instant et le moineau fut grillé.

Lorsque le soleil apparut, il ne restait plus debout que quelques poutres à moitié calcinées, appuyées contre un pan de mur. Les décombres fumaient encore. A côté des ruines, le rosier était resté aussi frais, aussi fleuri que la veille ; l'image de ses riches bouquets se reflétait toujours dans l'eau.

- Quel effet pittoresque font ces fleurs épanouies devant ces ruines ! s'écria un passant. Il me faut dessiner cela.

Et il tira d'un cahier une feuille de papier et se mit à tracer un croquis : c'était un peintre. Il dessina les restes de la maison, la cheminée qui menaçait de s'écrouler, les débris de toute sorte, et en avant le magnifique rosier couvert de fleurs. Ce contraste entre la nature, toujours belle et vivante, et l'œuvre de l'homme, si périssable, était saisissant.

Dans la journée, les deux jeunes moineaux envolés de la veille vinrent faire un tour aux lieux de leur naissance.

- Qu'est devenue la maison ? s'écrièrent-ils. Et le nid ? Tout a péri, et notre frère le querelleur aussi. C'est bien fait pour lui. Mais faut-il que ces maudites roses aient seules échappé au feu ! Et le malheur des autres ne les chagrine pas, ni ne les fait maigrir, elles ont toujours leurs grosses joues bouffies !

- Je ne puis les voir, dit l'aîné. Allons-nous-en, c'est maintenant un séjour affreux.

Et ils s'envolèrent.

Par une belle journée d'automne, une bande de pigeons, noirs, blancs, tachetés, sautillaient dans la basse-cour du château. Leur plumage bien lissé brillait au soleil. On venait de leur jeter des pois et des graines. Ils couraient çà et là en désordre.

- En groupes ! en groupes ! dit une vieille mère pigeonne.

- Quelles sont ces petites bêtes grises qui gambadent toujours derrière nous ? demanda un jeune pigeon au plumage rouge et vert.

- Venez, gris-gris. Ce sont des moineaux. Comme notre race a la réputation d'être douce et affable, nous les laissons picorer quelques graines.

En effet, voilà que deux des moineaux qui venaient d'arriver de côtés différents se mirent pour se saluer, à gratter trois fois de la patte gauche et à pousser un pip en point d'orgue.

- On fait bombance ici, se dirent-ils.

Les pigeons d'un air protecteur se rengorgeaient et se promenaient fiers et hautains. Quand on les observe de près, on les trouve remplis de défauts ; entre eux, quand ils se croient seuls, ils sont toujours à se quereller, à se donner de furieux coups de bec.

- Regarde un peu celui qui a une si grosse gorge ! dit un des jeunes pigeons à la vieille grand-mère. Comme il avale des pois ! son jabot en crève presque ! Allons, donnez-lui une raclée. Courez, courez, courez !

Et les yeux scintillants de méchanceté, deux jeunes se jetèrent sur le pigeon à grosse gorge qui, la crête soulevée de colère, les bouscula l'un après l'autre.

- En groupes ! s'écria la vieille. Venez, gris-gris ! Courez, courez, courez !

Les moineaux faisaient ripaille ; ils avaient mis de côté leur effronterie native, et se tenaient convenablement pour qu'on les tolérât ; ils se plaçaient même dans les groupes au commandement de la vieille. Une fois bien repus, ils déguerpirent ; quand ils furent un peu loin, ils échangèrent leurs idées sur les pigeons, dont ils se moquèrent à plaisir. Ils allèrent, pour faire la sieste, se reposer sur le rebord d'une fenêtre : elle était ouverte. Quand on a le ventre plein, on se sent hardi ; aussi l'un d'eux se risqua bravement dans la chambre.

- Pip, pip, dit le second, j'en ferais bien autant et même plus.

Et il s'avança jusqu'au milieu de l'appartement. Il ne s'y trouvait personne en ce moment. En furetant à droite et à gauche, les voilà tout au fond de la chambre.

- Tiens ! qu'est cela ? s'écrièrent-ils.

Devant eux se trouvait un rosier dont les centaines de fleurs se reflétaient dans l'eau ; à côté, quelques poutres calcinées étaient adossées contre un reste de cheminée ; derrière, un bouquet de bois et un ciel splendide.

Les moineaux prirent leur élan pour voler vers les arbres ; mais ils vinrent se cogner contre une toile. Tout ce paysage n'était qu'un beau et grand tableau ; l'artiste l'avait peint d'après le croquis qu'il avait dessiné.

- Pip ! dit un des moineaux. Ce n'est rien qu'une pure apparence. Pip, pip ! C'est peut-être le beau ? C'est ainsi que le définissait notre aïeule, une personne des plus remarquables de son temps.

Quelqu'un entra, les oiseaux s'envolèrent.

Des jours, des années se passèrent. Les familles de nos deux moineaux avaient prospéré malgré les durs hivers ; en été, on se rattrapait et l'on engraissait. Quand on se rencontrait, on se reconnaissait au signal convenu : trois grattements de la patte gauche. Presque tous s'établissaient jeunes, se mariaient et faisaient leur nid non loin les uns des autres. Mais une petite pierrette alerte et aventureuse, trop volontaire pour se mettre en ménage, partit un jour pour les contrées lointaines et elle vint s'installer à Copenhague.

- Comme tout cela brille ! dit la pierrette en voyant le soleil se refléter dans les vastes fenêtres du château. Ne serait-ce pas le beau ? Dans notre famille on sait le reconnaître. Seulement, ce que je vois là, c'est autrement grand qu'un paon. Et ma mère m'a dit que cet animal était le type du beau.

Et la pierrette descendit dans la cour de l'édifice ; sur les murs étaient peintes des fresques ; au milieu était un grand rosier qui étendait ses branches fraîches et fleuries sur un tombeau. La pierrette voleta de ce côté ; trois moineaux sautillaient de compagnie. Elle fit les trois grattements et lança un pip de poitrine ; les moineaux firent de même. On se complimenta, on se salua de nouveau, et l'on causa. Deux des moineaux se trouvaient être les frères nés dans le nid d'hirondelles ; sur leurs vieux jours ils avaient eu la curiosité de voir la capitale.

La nouvelle venue leur communiqua ses doutes sur la nature du beau.

- Oh ! c'est bien ici qu'il se trouve, dit l'aîné des frères. Tout est solennel ; les visiteurs sont graves, et il n'y a rien à manger. Ce n'est que pure apparence.

Des personnes qui venaient d'admirer les œuvres sublimes du maître approchèrent du tombeau où il repose. Leurs figures étaient encore illuminées par les impressions qu'ils venaient de recevoir dans ce sanctuaire de l'art. C'étaient de grands personnages venus de loin, d'Angleterre, de France, d'Italie ; la fille de l'un d'eux, une charmante enfant, cueillit une des roses en souvenir du célèbre sculpteur, et la mit dans son sein.

Les moineaux, en voyant le muet hommage qu'on venait rendre au rosier, pensèrent que l'édifice était construit en son honneur ; cela leur parut exorbitant ; mais, pour ne point paraître trop campagnards, ils firent comme tout le monde et saluèrent à leur façon.

En regardant de près, ils remarquèrent que c'était leur ancien voisin. Le peintre qui avait dessiné le rosier au pied de la maison brûlée avait demandé la permission de l'enlever, et l'avait donné à l'architecte qui avait construit l'édifice. Celui-ci en avait trouvé les fleurs si admirables, qu'il l'avait placé sur le tombeau de Thorwaldsen, où ces roses étaient comme l'emblème du beau ; on les emportait bien loin en souvenir des émotions que produit la sublimité de l'art.

- Tiens, dirent les moineaux, vous avez trouvé un bon emploi en ville.

Les roses reconnurent leurs voisins et répondirent :

- Quelle joie de revoir d'anciens amis ! Il ne manquait plus que cela à notre bonheur. Que l'existence est belle ! Tous les jours ici sont des jours de fête.

Cinq dans une Cosse de Pois

Il y avait cinq petits pois dans une cosse, ils étaient verts, la cosse était verte, ils croyaient que le monde entier était vert et c'était bien vrai pour eux !

La cosse poussait, les pois grandissaient, se conformant à la taille de leur appartement, ils se tenaient droit dans le rang...

Le soleil brillait et chauffait la cosse, la pluie l'éclaircissant, il y faisait tiède et agréable, clair le jour, sombre la nuit comme il sied, les pois devenaient toujours plus grands et plus réfléchis, assis là en rang, il fallait bien qu'ils s'occupent.

- Me faudra-t-il toujours rester fixé ici ? disaient-ils tous, pourvu que ce ne soit pas trop long, que je ne durcisse pas. N'y a-t-il pas au-dehors quelque chose, j'en ai comme un pressentiment.

Les semaines passèrent, les pois jaunirent, les cosses jaunirent.

- Le monde entier jaunit, disaient-ils. Et ça, ils pouvaient le dire.

Soudain, il y eut une secousse sur la cosse, quelqu'un l'arrachait et la mettait dans une poche de veste avec plusieurs autres cosses pleines.

- On va ouvrir bientôt, pensaient-ils, et ils attendaient...

- Je voudrais bien savoir lequel de nous arrivera le plus loin, dit le plus petit pois. Nous serons bientôt fixés.

- A la grâce de Dieu ! dit le plus gros.

Crac ! voilà la cosse déchirée et tous les cinq roulèrent dehors au gai soleil dans la main d'un petit garçon qui les déclara bons pour son fusil de sureau, et il en mit un tout de suite dans son fusil... et tira.

- Me voilà parti dans le vaste monde cria le pois. M'attrape qui pourra... Et le voilà parti.

- Moi, dit le second, je vole jusqu'au soleil. Voilà un pois qui me convient... et le voilà parti.

- Je m'endors où je tombe, dirent les deux suivants, mais je roulerai sûrement encore. Ils roulèrent d'abord sur le parquet avant d'être placés dans le fusil.

- C'est nous qui irons le plus loin.

- Arrive que pourra, dit le dernier lorsqu'il fut tiré dans l'espace.

Il partit jusqu'à la vieille planche au-dessous de la fenêtre de la mansarde, juste dans une fente où il y avait de la mousse et de la terre molle, la mousse se referma sur lui et il resta là caché... mais Notre-Seigneur ne l'oubliait pas.

- Arrive que pourra, répétait-il.

Dans la mansarde habitait une pauvre femme qui le jour sortait pour nettoyer des poêles et même pour scier du bois à brûler et faire de gros ouvrages, car elle était forte et travailleuse, mais cela ne l'enrichissait guère. Dans la chambre sa fillette restait couchée, toute mince et maigriotte, elle gardait le lit depuis un an et semblait ne pouvoir ni vivre, ni mourir.

- Elle va rejoindre sa petite sœur, disait la femme. J'avais deux filles et bien du mal à pourvoir à leurs besoins alors le Bon Dieu a partagé avec moi, il en a pris une auprès de lui et maintenant je voudrais bien conserver l'autre, mais il ne veut peut-être pas qu'elles restent séparées, alors celle-ci va sans doute monter auprès de sa sœur.

Cependant la petite fille malade restait là, couchée, patiente et silencieuse tandis que sa mère était dehors pour gagner un peu d'argent.

Un matin de bonne heure, au printemps, au moment où la mère allait partir à son travail, le soleil brillait gaiement à la petite fenêtre et sur le parquet, la petite fille malade regardait la vitre d'en bas.

- Qu'est-ce donc que cette verdure qui pointe vers le carreau ? ça remue.

La mère alla vers la fenêtre et l'entrouvrit.

- Tiens, dit-elle, c'est un petit pois qui a poussé là avec ses feuilles vertes. Comment est-il arrivé dans cette fente ? Te voilà avec un petit jardin à regarder.

Le lit de la malade fut traîné plus près de la fenêtre pour qu'elle puisse voir le petit pois qui germait et la mère partit à son travail.

- Maman, je crois que je vais guérir, dit la petite fille le soir à sa mère. Le petit pois vient si bien, et moi je vais sans doute me porter bien aussi, me lever et sortir.

- Je le voudrais bien, dit la mère, mais elle ne le croyait pas.

Cependant, elle mit un petit tuteur près du germe qui avait donné de joyeuses pensées à son enfant afin qu'il ne soit pas brisé par le vent et elle attacha une ficelle à la planche d'un côté et en haut du chambranle de la fenêtre de l'autre, pour que la tige eût un support pour s'appuyer et s'enrouler à mesure qu'elle pousserait. Et c'est ce qu'elle fit, on la voyait s'allonger tous les jours.

- Non, voilà qu'elle fleurit ! s'écria la femme un matin.

Et elle-même se prit à espérer et même à croire que sa petite fille malade allait guérir. Il lui vint à l'esprit que dans les derniers temps la petite lui avait parlé avec plus d'animation, que ces derniers matins elle s'était assise dans son lit et avait regardé, les yeux rayonnants de plaisir, son petit potager d'un seul pois. La semaine suivante, elle put lever la malade pour la première fois.

Elle était assise au soleil, la fenêtre ouverte, et là, dehors, une fleur de pois rose était éclose. La petite fille pencha sa tête en avant et posa un baiser tout doucement sur les fins pétales. Ce jour là, fut un jour de fête.

- C'est le Bon Dieu qui a lui-même planté ce pois et l'a fait pousser afin de te donner de l'espoir et de la joie, mon enfant bénie. Et à moi aussi, dit la mère tout heureuse. Elle sourit à la fleur comme à un ange de Dieu.

Mais les autres pois ? direz-vous, oui, ceux qui se sont envolés dans le vaste monde.

« Attrape-moi si tu peux » est tombé dans la gouttière et de là dans le jabot d'un pigeon, comme Jonas dans la baleine. Les deux paresseux arrivèrent aussi loin puisqu'ils furent aussi mangés par un pigeon, ils se rendirent donc bien utiles. Mais le quatrième qui voulait monter jusqu'au soleil, il tomba dans le ruisseau et il resta là des jours et des semaines dans l'eau rance où il gonfla.

- Je deviens gros délicieusement, disait-il. J'en éclaterai et je crois qu'aucun pois ne peut aller, ou n'ira jamais plus loin. Je suis le plus remarquable des cinq de la cosse.

Le ruisseau lui donna raison. Là-haut, à la fenêtre sous le toit, la petite fille les yeux brillants, la rose de la santé aux joues, joignait les mains au-dessus de la fleur de pois et remerciait Dieu.

- Moi, je tiens pour mon pois, disait cependant le ruisseau.

Le Compagnon de Route

e pauvre Johannès était très triste, son père était très malade et rien ne pouvait le sauver.

Ils étaient seuls tous les deux dans la petite chambre, la lampe, sur la table, allait s'éteindre, il était tard dans la soirée.

- Tu as été un bon fils ! dit le malade, Notre-Seigneur t'aidera sûrement à faire ta vie.

Il le regarda de ses yeux graves et doux, respira profondément et mourut : on aurait dit qu'il dormait. Mais Johannès pleurait, il n'avait plus personne au monde maintenant, ni père, ni mère, ni sœur, ni frère. Pauvre Johannès ! Agenouillé près du lit, il baisait la main de son père, pleurait encore amèrement mais à la fin ses yeux se fermèrent et il s'endormit la tête contre le dur bois du lit.

Alors il fit un rêve étrange, il voyait le soleil et la lune s'incliner devant lui et il voyait son père, frais et plein de santé, il l'entendait rire comme il avait toujours ri quand il était de très bonne humeur. Une ravissante jeune fille portant une couronne sur ses beaux cheveux longs lui tendait la main et son père lui disait :

- Tu vois, Johannès, voici ta fiancée, elle est la plus charmante du monde.

Il s'éveilla et toutes ces beautés avaient disparu, son père gisait mort et glacé dans le lit, personne n'était auprès d'eux, pauvre Johannès !

La semaine suivante le père fut enterré. Johannès suivait le cercueil, il ne pourrait plus jamais voir ce bon père qui l'aimait tant, il entendait les pelletées de terre tomber sur la bière dont il n'apercevait plus qu'un dernier coin, à la pelletée suivante elle avait entièrement disparu, il lui sembla que son cœur allait se briser tant il avait de chagrin. Autour de lui on chantait un cantique si beau que les yeux de Johannès se mouillèrent encore de larmes. Il pleura et cela lui fit du bien. Le soleil brillait sur les arbres verdoyants comme s'il voulait lui dire :

- Ne sois pas si triste, Johannès, vois comme le ciel bleu est beau, c'est là-haut qu'est ton père et il prie le Bon Dieu que tout aille toujours bien pour toi.

« Je serai toujours bon ! pensa Johannès, afin de monter au ciel auprès de mon père, quelle joie ce sera de nous revoir.

Johannès se représentait cette félicité si nettement qu'il en souriait.

Dans les marronniers les oiseaux gazouillaient. Quiqui ! Quiqui ! Ils étaient gais quoique ayant assisté à l'enterrement parce qu'ils savaient bien que le mort était maintenant là-haut dans le ciel, qu'il avait des ailes bien plus belles et plus grandes que les leurs et qu'il était un bienheureux pour avoir toujours vécu dans le bien — et les petits oiseaux s'en réjouissaient. Johannès les vit quitter les arbres à tire-d'aile et s'en aller dans le vaste monde, il eut une grande envie de s'envoler avec eux. Mais auparavant il tailla une grande croix de bois pour la placer sur la tombe et quand vers le soir il l'y apporta, la tombe avait été sablée et plantée de fleurs par des étrangers qui avaient voulu marquer ainsi leur attachement à son cher père qui n'était plus.

De bonne heure le lendemain Johannès fit son petit baluchon, cacha dans sa ceinture tout son héritage — une cinquantaine de riksdalers et quelques skillings d'argent — avec cela il voulait parcourir le monde. Mais il se rendit d'abord au cimetière et devant la tombe de son père récita son Pater et dit :

- Au revoir, mon père bien-aimé ! Je te promets d'être toujours un homme de devoir, ainsi tu peux prier le Bon Dieu que tout aille bien pour moi.

Dans la campagne où marchait Johannès, les fleurs dressaient leurs têtes fraîches et gracieuses que la brise caressait. Elles semblaient dire au jeune homme : - Sois le bienvenu dans la verdure de la campagne. N'est-ce pas joli, ici ?

Sur la route, Johannès se retourna pour voir encore une fois la vieille église où, petit enfant, il avait été baptisé, où chaque dimanche avec son père il avait chanté des psaumes et alors, tout en haut dans les ajours du clocher, il aperçut le petit génie de l'église coiffé de son bonnet rouge pointu. Il s'abritait les yeux du soleil avec son bras replié. Johannès lui fit un signe d'adieu et le petit génie agita son bonnet rouge, mit la main sur son cœur et lui envoya de ses doigts mille baisers.

Johannès, tout en marchant, songeait à ce qu'il allait voir dans le monde vaste et magnifique.

Il ne connaissait pas les villes qu'il traversait, ni les gens qu'il rencontrait, il était vraiment parmi des étrangers.

La première nuit, il dut se coucher pour dormir dans une meule de foin mais il trouva cela charmant, le roi lui-même n'aurait pu être mieux logé. Le champ avec le ruisseau et la meule de foin sous le bleu du ciel, n'était-ce pas là une très jolie chambre à coucher? Le gazon vert constellé de petites fleurs rouges et blanches en était le tapis, et comme cuvette il avait toute l'eau fraîche et cristalline du ruisseau où les roseaux ondulants lui disaient bonjour et bonsoir. La lune était une grande veilleuse suspendue dans l'air bleu et qui ne mettait pas le feu aux rideaux. Johannès pouvait dormir bien tranquille et c'est ce qu'il fit: il ne s'éveilla qu'au lever du soleil, lorsque les petits oiseaux tout autour se mirent à chanter: «Bonjour, bonjour, comment, tu n'es pas encore levé!»

Les cloches appelaient à l'église, c'était dimanche, les gens allaient entendre le prêtre et Johannès y alla avec eux chanter un cantique et entendre la parole de Dieu. Il se crut dans sa propre église où il avait été baptisé et avait chanté avec son père. Au cimetière il y avait tant de tombes! sur certaines poussaient de mauvaises herbes déjà hautes, il pensa à celle de son père qui viendrait à leur ressembler maintenant qu'il n'était plus là pour la sarcler et la garnir de fleurs. Alors il se baissa, arracha les mauvaises herbes, releva les croix de bois renversées, remit en place les couronnes que le vent avait fait tomber, il pensait que quelqu'un ferait cela pour la tombe de son père.

Devant le cimetière se tenait un vieux mendiant appuyé sur sa béquille, il lui donna ses petites pièces d'argent, puis repartit heureux et content.

Vers le soir, le temps devint mauvais, Johannès se hâtait pour se mettre à l'abri mais bientôt il fit nuit noire. Enfin il parvint à une petite église tout à fait isolée sur une hauteur. Heureusement la porte était entrebâillée.

«Je vais m'asseoir dans un coin, pensa-t-il, je suis fatigué et j'ai bien besoin de me reposer un peu.» Il s'assit, joignit les mains pour faire sa prière et bientôt s'endormit et fit un rêve tandis que l'orage grondait au-dehors, que les éclairs luisaient.

A son réveil, au milieu de la nuit, l'orage était passé et la lune brillait à travers les fenêtres. Au milieu de l'église il y avait à terre une bière ouverte où était couché un mort qui n'était pas encore enterré. Johannès n'avait pas peur ayant bonne conscience, il savait bien que les morts ne font aucun mal, ce sont les vivants, s'ils sont méchants, qui font le mal. Et justement deux mauvais garçons bien vivants se tenaient près du mort qui attendait là dans l'église d'être enseveli, ces deux-là lui voulaient du mal, ils voulaient le jeter hors de l'église.

- Pourquoi faire cela? dit Johannès, c'est bas et méchant, laissez-le dormir en paix au nom du Christ.

- Tu parles! répondirent les deux autres. Il nous a roulés, il nous devait de l'argent, il n'a pas pu payer et, par-dessus le marché, il est mort et nous n'aurons pas un sou. On va se venger, il attendra comme un chien à la porte de l'église.

- Je n'ai que cinquante riksdalers, dit Johannès, c'est tout mon héritage, mais je vous les donnerai volontiers si vous me promettez sur l'honneur de laisser ce pauvre mort en paix. Je me débrouillerai bien sans cet argent, je suis sain et vigoureux, le Bon Dieu me viendra en aide.

- Bien, dirent les deux voyous, si tu veux payer sa dette nous ne lui ferons rien, tu peux y compter.

Ils empochèrent l'argent de Johannès, riant à grands éclats de sa bonté naïve et s'en furent. Johannès replaça le corps dans la bière, lui joignit les mains, dit adieu et s'engagea satisfait dans la grande forêt.

Tout autour de lui, là où la lune brillait à travers les arbres, il voyait de ravissants petits elfes jouer gaiement. Certains d'entre eux n'étaient pas plus grands qu'un doigt, leurs longs cheveux blonds relevés par des peignes d'or, ils se balançaient deux par deux sur les grosses gouttes d'eau que portaient les feuilles et l'herbe haute. Ce qu'ils s'amusaient ! ils chantaient et Johannès reconnaissait tous les jolis airs qu'il avait chantés enfant. De grandes araignées bigarrées, une couronne d'argent sur la tête, tissaient d'un buisson à l'autre des ponts suspendus et des palais qui, sous la fine rosée, semblaient faits de cristal scintillant dans le clair de lune. Le jeu dura jusqu'au lever du jour. Alors, les petits elfes se glissèrent dans les fleurs en boutons et le vent emporta les

ponts et les bateaux qui volèrent en l'air comme de grandes toiles d'araignées.

Johannès était sorti du bois quand une forte voix d'homme cria derrière lui :

- Holà ! camarade, où ton voyage te mène-t-il ?

- Dans le monde ! répondit Johannès. Je n'ai ni père ni mère. Je suis un pauvre gars, mais le Seigneur me viendra en aide.

- Moi aussi je veux voir le monde ! dit l'étranger, faisons route ensemble.

- Ça va ! dit Johannès. Et les voilà partis.

Très vite ils se prirent en amitié car ils étaient de braves garçons tous les deux. Mais Johannès s'aperçut que l'étranger était bien plus malin que lui-même, il avait presque fait le tour du monde et savait parler de tout.

Le soleil était déjà haut lorsqu'ils s'assirent sous un grand arbre pour déjeuner. A ce moment, vint à passer une vieille femme. Oh ! qu'elle était vieille ! Elle marchait toute courbée, s'appuyait sur sa canne et portait sur le dos un fagot ramassé dans le bois. Dans son tablier relevé Johannès aperçut trois grandes verges faites de fougères et de petites branches de saule qui en dépassaient. Lorsqu'elle fut tout près d'eux, le pied lui manqua, elle tomba et poussa un grand cri. Elle s'était cassé la jambe, la pauvre vieille.

Johannès voulait tout de suite la porter chez elle, aidé de son compagnon, mais celui-ci ouvrant son sac à dos, en sortit un pot et déclara qu'il avait là un onguent qui guérirait sa jambe en moins de rien. Mais en échange il demandait qu'elle leur fasse cadeau des trois verges qu'elle avait dans son tablier.

- C'est cher payé ! dit la vieille en hochant la tête d'un air bizarre.

Elle ne tenait pas du tout à se séparer des trois verges mais il n'était pas non plus agréable d'être là par terre, la jambe brisée. Elle lui donna donc les trois verges et dès qu'il lui eut frotté la jambe avec l'onguent, la vieille se mit debout et marcha, elle était même bien plus leste qu'avant.

- Que veux-tu faire de ces verges ? demanda Johannès à son compagnon.

- Ça fera trois jolies plantes en pots, répondit-il ; elles me plaisent.

Ils marchèrent encore un bon bout de chemin.

- Comme le temps se couvre, dit Johannès en montrant du doigt les épais nuages. C'est inquiétant.

- Mais non, dit le compagnon de voyage, ce ne sont pas des nuages mais d'admirables montagnes très hautes, où l'on arrive très au-dessus des nuages, dans l'air le plus pur et le plus frais. Un paysage de toute beauté, tu peux m'en croire ! Demain nous y atteindrons sans doute.

Ce n'était pas aussi près qu'il y paraissait, ils marchèrent une journée entière avant d'arriver aux montagnes où les sombres forêts poussaient droit dans l'azur et où il y avait des rocs grands comme un village entier. Ce serait une rude excursion que d'arriver là-haut ; aussi Johannès et son compagnon entrèrent-ils dans une auberge pour s'y bien reposer et rassembler des forces.

En bas, dans la grande salle où l'on buvait, il y avait beaucoup de monde, un homme y donnait un spectacle de marionnettes. Il venait d'installer son petit théâtre et le public s'était assis tout autour pour voir la comédie ; au premier rang un gros vieux boucher avait pris place — la meilleure du reste —, son énorme bouledogue - oh ! qu'il avait l'air féroce — assis à côté de lui ouvrait de grands yeux comme tous les autres spectateurs. La comédie commença. C'était une histoire tout à fait bien avec un roi et une reine assis sur un trône de velours. De jolies poupées de bois aux yeux de verre et portant la barbe se tenaient près des portes qu'elles ouvraient de temps en temps afin d'aérer la salle.

C'était vraiment une jolie comédie, mais à l'instant où la reine se levait et commençait à marcher, le chien fit un bond jusqu'au milieu de la scène, happa la reine par sa fine taille. On entendit : cric ! crac ! C'était affreux !

Le pauvre directeur de théâtre fut tout effrayé et désolé pour sa reine, la plus ravissante de ses marionnettes, à laquelle le vilain bouledogue avait coupé la tête d'un coup de dents. Mais ensuite, tandis que le public s'écoulait, le compagnon de voyage de Johannès déclara qu'il pourrait réparer et, sortant son pot, il la graissa avec l'onguent qui avait guéri la pauvre vieille femme à la jambe cassée. Aussitôt graissée, la poupée fut en bon état, bien plus, elle pouvait remuer elle-même ses membres délicats — on n'avait nul besoin de tenir sa ficelle —, elle était semblable à une personne vivante, à la parole près. Le propriétaire du théâtre était enchanté, il n'avait plus besoin de manœuvrer cette poupée, elle dansait parfaitement toute seule ce dont les autres étaient bien incapables.

La nuit venue, tout le monde étant couché dans l'auberge, quelqu'un se mit à pousser des soupirs si profonds et pendant si longtemps que tout le monde se releva pour voir qui pouvait bien se plaindre ainsi. L'homme qui avait donné la comédie alla vers son petit théâtre d'où provenaient les soupirs. Toutes les marionnettes — le roi, les gardes —, gisaient là, pêle-mêle, et c'étaient elles qui soupiraient si lamentablement, dardant leurs gros yeux de verre, elles désiraient si fort être un peu graissées comme la reine afin de pouvoir remuer toutes seules. La reine émue tomba sur ses petits genoux et élevant sa ravissante couronne d'or, supplia :

- Prenez-la, au besoin, mais graissez mon mari et les gens de ma cour !

A cette prière, le pauvre propriétaire du théâtre et de la troupe de marionnettes ne put retenir ses larmes tant il avait de la peine, il promit au compagnon de route de lui donner toute la recette du lendemain soir s'il voulait seulement graisser quatre ou cinq de ses plus belles poupées. Le compagnon cependant affirma ne rien demander si ce n'est le grand sabre que l'autre portait à son côté et dès qu'il l'eut obtenu, il graissa six poupées, lesquelles se mirent aussitôt à danser et cela avec tant de grâce que toutes les jeunes filles, les vivantes, qui les regardaient, se mirent à danser aussi. Le cocher dansait avec la cuisinière, le valet avec la femme de chambre, et la pelle à feu avec la pincette, mais ces deux dernières s'écroulèrent dès le premier saut. Quelle joyeuse nuit !

Le lendemain Johannès partit avec son camarade. Quittant toute la compagnie, ils grimpèrent sur les montagnes et traversèrent les grandes forêts de sapins. Ils montèrent si haut qu'à la fin les clochers d'églises au-dessous d'eux semblaient de petites baies rouges perdues dans la verdure et la vue s'étendait loin.

Johannès n'avait encore jamais vu d'un coup une si grande et si belle étendue de merveilles de ce monde, le soleil brillait et réchauffait dans la fraîcheur de l'air bleu, le son des cors de chasse à travers les monts était si beau que des larmes d'heureuse émotion montaient à ses yeux et qu'il ne pouvait que répéter :

- Notre-Seigneur miséricordieux, je voudrais t'embrasser. Toi si bon pour nous tous qui nous fais don de tout ce bonheur et de ces délices !

Le camarade, debout, joignait aussi les mains, admirant les forêts et les villes.

A cet instant, ils entendirent une musique exquise et étrange et, levant les yeux, ils virent un grand cygne blanc planant dans l'air. Il était si beau et chantait comme ils n'avaient encore jamais entendu chanter un oiseau mais il s'affaiblissait de plus en plus, il pencha sa tête et vint tomber mort à leurs pieds.

- Deux ailes magnifiques, dit le compagnon de route, si blanches et si grandes, cela vaut de l'argent, je vais les emporter.

Il trancha d'un coup les deux ailes du cygne mort, il voulait les conserver. Leur voyage les mena encore des lieues et des lieues par-dessus les montagnes, enfin ils virent devant eux une grande ville aux cent tours qui étincelaient comme de l'argent sous les rayons du soleil. Au centre de la ville s'élevait un magnifique palais de marbre, à la toiture d'or rouge. Là vivait le roi.

Johannès et son camarade s'arrêtèrent hors des portes à une auberge pour faire un brin de toilette et avoir bonne apparence en arrivant dans les rues. L'hôtelier leur raconta que le roi était un brave homme mais que sa fille était une très méchante princesse. Belle, elle l'était certainement, mais à quoi bon puisqu'elle était si mauvaise, une véritable sorcière responsable de la mort de tant de beaux princes.

Elle avait donné permission à tout le monde de prétendre à sa main. Chacun pouvait venir, prince ou gueux, qu'importe ! Mais il leur fallait répondre à trois questions qu'elle posait. Celui qui donnerait la bonne réponse deviendrait son époux et il régnerait sur le pays après la mort de son père, mais celui qui ne répondrait pas était pendu ou avait la tête tranchée.

Son père, le roi, en était profondément affligé, mais il ne pouvait lui défendre d'être si mauvaise car il avait dit une fois pour toutes qu'il n'aurait jamais rien à faire avec ses prétendants et qu'elle pouvait, à ce sujet, agir à sa guise. Chaque fois que venait un prince qui briguait la main de la princesse, il ne réussissait jamais et il était pendu ou avait la tête tranchée quoiqu'on l'eût averti à temps et qu'il eût pu renoncer à sa demande. Le vieux roi était si malheureux de toute cette désolation qu'il restait, tous les ans, une journée entière à genoux avec tous ses soldats, à prier pour que la princesse devînt bonne, mais elle ne changeait en rien. Les vieilles femmes qui buvaient de l'eau-de-vie la coloraient en noir avant de boire pour marquer ainsi leur deuil... elles ne pouvaient faire davantage.

- Quelle vilaine princesse ! dit Johannès, elle mériterait d'être fouettée, cela lui ferait du bien. Si j'étais le vieux roi elle en verrait de belles.

A cet instant, on entendit le peuple crier : « Hourra ! » La princesse passait et elle était si parfaitement belle que tous oubliaient sa méchanceté et l'acclamaient. Douze ravissantes demoiselles vêtues de robes de soie blanche, montées sur des chevaux d'un noir de jais, l'accompagnaient. La princesse elle-même avait un cheval tout blanc paré de diamants et de rubis, son costume d'amazone était tissé d'or pur et la cravache qu'elle tenait à la main était comme un rayon de soleil. Le cercle d'or de sa couronne semblait serti de petites étoiles du ciel et sa cape cousue de milliers d'ailes de papillons.

Lorsque Johannès l'aperçut, son visage devint rouge comme un sang qui coule, il put à peine articuler un mot. La princesse ressemblait exactement à cette adorable jeune fille couronnée d'or dont il avait rêvé la nuit de la mort de son père. Il la trouvait si belle qu'il ne put se défendre de l'aimer. Il pensait qu'il n'était certainement pas vrai qu'elle pût être une méchante sorcière faisant pendre ou décapiter les gens s'ils ne devinaient pas l'énigme.

- Chacun a le droit de prétendre à sa main, même le plus pauvre des gueux, moi je monterai au château, c'est plus fort que moi.

Tout le monde lui déconseilla de le faire. Le compagnon de route l'en détourna également mais Johannès était d'avis que tout irait bien, il brossa ses chaussures et son habit, lava son visage et ses mains, peigna avec soin ses beaux cheveux blonds et partit tout seul vers la ville pour monter au château.

- Entrez, dit le vieux roi lorsque Johannès frappa à la porte.

Le jeune homme ouvrit et le vieux roi, en robe de chambre et pantoufles brodées, vint à sa rencontre, couronne d'or sur la tête, sceptre dans une main et pomme d'or dans l'autre.

- Attendez ! fit-il prenant la pomme d'or sous le bras pour pouvoir tendre la main.

Mais quand il eut appris que c'était encore un prétendant, il se mit à pleurer si fort que le sceptre et la pomme roulèrent à terre, il dut s'essuyer les yeux.

- Renonce, disait-il, ça tournera mal pour toi comme pour tous les autres. Viens voir ici.

Il conduisit le jeune homme dans le jardin de la princesse, absolument terrifiant. Dans les branches des arbres pendaient trois, quatre fils de rois qui avaient sollicité la main de la princesse mais n'avaient pu résoudre l'énigme qu'elle leur posait. Chaque fois que le vent soufflait, leurs squelettes s'entrechoquaient et les petits oiseaux épouvantés n'osaient plus venir là, des ossements humains servaient de tuteurs pour les fleurs et, dans tous les pots, grimaçaient des têtes de morts. Quel jardin pour une princesse !

- Tu vois, dit le vieux roi, il en ira de toi comme des autres, maintenant que tu sais, abandonne ! Tu me rends vraiment malheureux, tout ceci me fend le cœur.

Johannès baisa la main du vieux roi affirmant que tout irait bien puisqu'il était si amoureux de la ravissante princesse.

A ce moment, la princesse à cheval, suivie de ses dames d'honneur, entra dans la cour du château. Ils allèrent donc au-devant d'elle pour la saluer. Charmante, elle tendit la main au jeune homme qui l'en aima encore davantage. Bien sûr il était impossible qu'elle fût une sorcière vilaine et méchante ce dont tout le monde l'accusait.

Ils montèrent dans le grand salon, de petits pages offrirent des confitures et des croquignoles, mais le vieux roi était si triste qu'il ne pouvait rien manger. Il fut alors décidé que Johannès monterait au château le lendemain matin, les juges et tout le conseil y siégeraient et entendraient comment il se tirerait de l'épreuve. S'il en triomphait, il lui faudrait revenir deux fois, mais personne encore n'avait donné de réponse à la première question, c'est pourquoi ils avaient tous perdu la vie. Johannès n'était nullement inquiet de ce qu'il lui arriverait, il était au contraire joyeux, ne pensait qu'à la belle princesse et demeurait convaincu que le bon Dieu l'aiderait. Comment ? Il n'en avait aucune idée et, de plus, ne voulait pas y penser. Il dansait tout au long de la route en retournant à l'auberge où l'attendait son camarade.

Là, il ne tarit pas sur la façon charmante dont la princesse l'avait reçu et sur sa beauté. Il avait hâte d'être au lendemain, de monter au château, de tenter sa chance. Mais son camarade hochait la tête tout triste.

- J'ai tant d'amitié pour toi, disait-il, nous aurions pu rester ensemble longtemps encore et il me faut déjà te perdre. Pauvre cher garçon. J'ai envie de pleurer mais je ne veux pas troubler ta joie en cette dernière soirée qui nous reste. Soyons gais, très gais, demain quand tu seras parti, je pourrai pleurer.

Dans la ville, le peuple avait très vite appris qu'il y avait un nouveau prétendant et il y régnait une grande désolation.

Le théâtre était fermé, dans les pâtisseries on avait noué un crêpe noir autour des petits cochons en sucre, le roi et les prêtres étaient à genoux dans l'église.

Le soir, le compagnon de route prépara un grand bol de punch et dit à son ami que maintenant il fallait être très gai et boire à la santé de la princesse. Quand Johannès eut bu les deux verres de punch, il fut pris d'un grand sommeil. Son camarade le prit doucement sur sa chaise et le porta au lit, puis il prit les grandes ailes qu'il avait coupées au cygne, les fixa fermement à ses épaules, mit dans sa poche la plus grande des verges que lui avait données la vieille femme à la jambe cassée, ouvrit la fenêtre et s'envola par-dessus la ville, tout droit au château.

Le silence régnait sur la ville. Quand l'horloge sonna minuit moins le quart, la fenêtre s'ouvrit et la princesse s'envola en grande cape blanche avec de longues ailes noires par-dessus la ville, vers une haute montagne. Le camarade de route se rendit invisible de sorte qu'elle ne pouvait pas du tout le voir, il vola derrière elle et la fouetta jusqu'au sang tout au long de la route. Quelle course à travers les airs ! Le vent s'engouffrait dans sa cape qui s'étalait de tous côtés.

- Quelle grêle ! Quelle grêle ! soupirait la princesse à chaque coup de fouet qu'elle recevait. Mais c'était bien fait pour elle.

Elle atteignit enfin la montagne et frappa. Un roulement de tonnerre se fit entendre quand la montagne s'ouvrit et la princesse entra suivie du compagnon que personne ne pouvait voir puisqu'il était invisible. Ils traversè-

rent un long corridor aux murs étincelant étrangement. C'étaient des milliers d'araignées phosphorescentes. Ils arrivèrent ensuite dans une grande salle construite d'argent et d'or, des fleurs rouges et bleues larges comme des tournesols flamboyaient sur les murs, mais on ne pouvait pas les cueillir car leurs tiges étaient d'ignobles serpents venimeux et les fleurs du feu sortaient de leurs gueules.

Tout le plafond était tapissé de vers luisants et de chauves-souris bleu de ciel qui battaient de leurs ailes translucides. L'aspect en était fantastique.

Au milieu du parquet un trône était placé, porté par quatre squelettes de chevaux dont les harnais étaient faits d'araignées rouge feu. Le trône lui-même était de verre très blanc, les coussins pour s'y asseoir de petites souris noires se mordant l'une l'autre la queue et, au-dessus un dais de toiles d'araignées roses s'ornait de jolies petites mouches vertes scintillant comme des pierres précieuses. Un vieux sorcier, couronne d'or sur sa vilaine tête et sceptre en main, était assis sur le trône. Il baisa la princesse au front, la fit asseoir auprès de lui sur ce siège précieux, et la musique commença.

De grosses sauterelles noires jouaient de la guimbarde et le hibou n'ayant pas de tambour se tapait sur le ventre. Drôle de concert ! De tout petits lutins, un feu follet à leur bonnet, dansaient la ronde dans la salle, personne ne pouvait voir le compagnon de route placé derrière le trône qui, lui, voyait et entendait tout. Les courtisans qui entraient maintenant semblaient gens convenables et distingués mais pour celui qui savait regarder, il voyait bien ce qu'ils étaient vraiment : des manches à balai surmontés de têtes de choux auxquels la magie avait donné la vie et des vêtements richement brodés. Cela n'avait du reste aucune importance, ils étaient là pour le décor.

Lorsqu'on eut un peu dansé, la princesse raconta au sorcier qu'elle avait un nouveau prétendant. Que devait-elle demander de deviner ?

- Ecoute, fit le sorcier, je vais te dire : tu vas prendre quelque chose de très facile, alors il n'en aura pas l'idée. Pense à l'un de tes souliers, il ne devinera jamais, tu lui feras couper la tête, mais n'oublie pas, en revenant demain, de m'apporter ses yeux, je veux les manger.

La princesse fit une profonde révérence et promit de ne pas oublier les yeux. Alors le sorcier ouvrit la montagne et elle s'envola. Mais le compagnon de route suivait et il la fouettait si vigoureusement qu'elle soupirait et se lamentait tout haut sur cette affreuse grêle, elle se dépêcha tant qu'elle put rentrer par la fenêtre dans sa chambre à coucher. Quant au camarade, il vola jusqu'à l'auberge où Johannès dormait encore, détacha ses ailes et se jeta sur son lit.

Johannès s'éveilla de bonne heure le lendemain matin, son ami se leva également et raconta qu'il avait fait la nuit un rêve bien singulier à propos de la princesse et de l'un de ses souliers. C'est pourquoi il le priait instamment de répondre à la question de la princesse en lui demandant si elle n'avait pas pensé à l'un de ses souliers.

- Autant ça qu'autre chose, fit Johannès. Tu as peut-être rêvé juste. En tout cas j'espère toujours que le bon Dieu m'aidera. Je vais tout de même te dire adieu car si je réponds de travers, je ne te reverrai plus jamais.

Tous deux s'embrassèrent et Johannès partit à la ville, monta au château. La grande salle était comble. Le vieux roi, debout, s'essuyait les yeux dans un mouchoir blanc. Lorsque la princesse fit son entrée, elle était encore plus belle que la veille et elle salua toute l'assemblée si affectueusement, mais à Johannès elle tendit la main en lui disant seulement : « Bonjour, toi ! »

Et voilà ! maintenant Johannès devait deviner à quoi elle avait pensé. Dieu, comme elle le regardait gentiment ! ... Mais à l'instant où parvint à son oreille ce seul mot : soulier, elle blêmit et se mit à trembler de tout son corps, cependant, elle n'y pouvait rien, il avait deviné juste. Morbleu ! Comme le vieux roi fut content, il fit une culbute, il fallait voir ça ! Tout le monde les applaudit.

Le camarade de voyage ne se tint pas de joie lorsqu'il apprit que tout avait bien marché. Quant à Johannès, il joignit les mains et remercia Dieu qui l'aiderait sûrement encore les deux autres fois. Le lendemain déjà il faudrait recommencer une nouvelle épreuve.

La soirée se passa comme la veille. Une fois Johannès endormi, son ami vola derrière la princesse jusqu'à la montagne et la fouetta encore plus fort qu'au premier voyage, car cette fois il avait pris deux verges. Personne ne le vit et il entendit tout. La princesse devait penser à son gant, il raconta donc cela à Johannès comme s'il s'agissait d'un rêve. Le lendemain le jeune homme devina juste encore une fois et la joie fut générale au château. Tous les courtisans faisaient des culbutes comme ils avaient vu faire le roi la veille, mais la princesse restait étendue sur un sofa, refusant de prononcer une parole.

Et maintenant, est-ce que Johannès pourrait deviner juste pour la troisième fois ? Si tout allait bien, il épouserait l'adorable princesse, hériterait du royaume à la mort du vieux roi, mais sinon, il perdrait la vie et le sorcier mangerait ses beaux yeux bleus.

Le soir Johannès se mit au lit de bonne heure, il fit sa prière et s'endormit tout tranquille tandis que le compagnon de route fixait les ailes sur son dos, le sabre à son côté, prenait avec lui les trois verges avant de s'envoler vers le château.

La nuit était très sombre, la tempête arrachait les tuiles des toits, les arbres dans le jardin où pendaient les squelettes ployaient comme des joncs.

La fenêtre s'ouvrit et la princesse s'envola. Elle était pâle comme une morte mais riait au mauvais temps, ne trouvait même pas le vent assez violent, sa cape blanche tournoyait dans l'air, mais le camarade la fouettait de ses trois verges si fort que le sang tombait en gouttes sur la terre et qu'elle n'avait presque plus la force de voler. Enfin elle atteignit la montagne.

- Il grêle et il vente, dit-elle, je ne suis jamais sortie dans une pareille tempête.

- Des meilleures choses on a parfois de trop, répondit le sorcier.

Elle lui raconta que Johannès avait encore deviné juste la deuxième fois, s'il en était de même demain, il aurait gagné et elle ne pourrait plus jamais venir voir le sorcier dans la montagne, jamais plus réussir de ces tours de magie qui lui plaisaient. Elle en était toute triste et inquiète.

- Il ne faut pas qu'il devine, répliqua le sorcier. Je vais trouver une chose à laquelle il n'aura jamais pensé, ou alors il est un magicien plus fort que moi. Mais d'abord soyons gais.

Il prit la princesse par les deux mains et la fit virevolter à travers la salle avec tous les petits lutins et les feux follets qui se trouvaient là, les rouges araignées couraient aussi joyeuses le long des murs, les fleurs de feu étincelaient, le hibou battait son tambour, les grillons crissaient et les sauterelles noires soufflaient dans leur guimbarde. Ça, ce fut un bal diabolique.

Lorsqu'ils eurent assez dansé, le temps était venu pour la princesse de rentrer au château où l'on pourrait s'apercevoir de son absence, le sorcier voulut l'accompagner afin de rester ensemble jusqu'au bout.

Alors ils s'envolèrent à travers l'orage et le compagnon de route usa ses trois verges sur leur dos. Jamais le sorcier n'était sorti sous une pareille grêle. Devant le château, il dit adieu à la princesse et lui murmura tout doucement à l'oreille : « Pense à ma tête », mais le compagnon l'avait entendu et à l'instant où la princesse se glissait par la fenêtre dans sa chambre et que le sorcier s'apprêtait à s'en retourner, il le saisit par sa longue barbe noire et trancha de son sabre sa hideuse tête de sorcier au ras des épaules, si bien que le sorcier lui-même n'y vit rien. Il jeta le corps aux poissons dans le lac mais la tête, il la trempa seulement dans l'eau puis la noua dans son grand mouchoir de soie, l'apporta à l'auberge et se coucha.

Le lendemain matin, il donna à Johannès le mouchoir, mais le pria de ne pas l'ouvrir avant que la princesse ne demande à quoi elle avait pensé.

Il y avait foule dans la grande salle du château où les gens étaient serrés comme radis liés en botte. Le conseil siégeait dans les fauteuils toujours garnis de leurs coussins moelleux, le vieux roi portait des habits neufs, le sceptre et la couronne avaient été astiqués, toute la scène avait grande allure mais la princesse, toute pâle, vêtue d'une robe toute noire, semblait aller à un enterrement.

- A quoi ai-je pensé ? demanda-t-elle à Johannès.

Il s'empressa d'ouvrir le mouchoir et recula lui-même très effrayé en apercevant la hideuse tête du sorcier. Un frémissement courut dans l'assistance.

Quant à la princesse, assise immobile comme une statue, elle ne pouvait prononcer une parole. Finalement elle se leva et tendit sa main au jeune homme. Sans regarder à droite ni à gauche, elle soupira faiblement :

- Maintenant tu es mon seigneur et maître ! Ce soir nous nous marierons.

- Ah ! que je suis content, dit le roi. C'est ainsi que nous ferons.

Tout le peuple criait : « Hourra ! » La musique de la garde parcourait les rues, les cloches sonnaient et les marchandes enlevaient le crêpe noir du cou de leurs cochons de sucre puisqu'on était maintenant tout à la joie. Trois bœufs rôtis entiers fourrés de canards et de poulets, furent servis au milieu de la grand-place. Chacun pouvait s'en découper un morceau, des fontaines publiques jaillissait, à la place de l'eau, un vin délicieux, et si l'on achetait un craquelin chez le boulanger, il vous donnait en prime six grands pains mollets.

Le soir toute la ville fut illuminée, les soldats tirèrent le canon, les gamins faisaient partir des pétards, on but et on mangea, on trinqua et on dansa au château. Les nobles seigneurs et les jolies demoiselles dansaient ensemble, on les entendait chanter de très loin :

On voit ici tant de belles filles
Qui ne demandent qu'à danser
Au son de la marche du tambour.
Tournez jolies filles, tournez encore
Dansez et tapez des pieds
Jusqu'à en user vos souliers.

Cependant la princesse était encore une sorcière, elle n'aimait pas Johannès le moins du monde, le compagnon de route s'en souvint heureusement. Il donna trois plumes de ses ailes de cygne à Johannès avec une petite fiole contenant quelques gouttes et il lui recommanda de faire placer un grand baquet plein d'eau auprès du lit nuptial. Lorsque la princesse voudrait monter dans son lit, il lui conseilla de la pousser un peu pour la faire tomber dans l'eau où il devrait la plonger trois fois, après y avoir jeté les trois plumes et les gouttes. Alors elle serait délivrée du sortilège et l'aimerait de tout son cœur.

Johannès fit tout ce que le compagnon lui avait conseillé. La princesse cria très fort lorsqu'il la plongea sous l'eau : la première fois, elle se débattait dans ses mains sous la forme d'un grand cygne noir aux yeux étincelants, lorsque pour la deuxième fois il la plongea dans le baquet, elle devint un cygne blanc avec un seul cercle noir autour du cou. Johannès pria Dieu et, pour la troisième fois, il plongea complètement l'oiseau. A l'instant, elle redevint une charmante princesse encore plus belle qu'auparavant. Elle le remercia avec des larmes dans ses beaux yeux de l'avoir délivrée de l'ensorcellement.

Le lendemain matin, le vieux roi vint avec toute sa cour et le défilé des félicitations dura toute la journée. En tout dernier s'avança le compagnon de voyage, son bâton à la main et son sac au dos. Johannès l'embrassa mille fois, lui demanda instamment de ne pas s'en aller, de rester auprès de lui puisque c'était à lui qu'il devait tout son bonheur.

Le compagnon de route secoua la tête et lui répondit doucement, avec grande amitié :

- Non, non, maintenant mon temps est terminé, je n'ai fait que payer ma dette. Te souviens-tu du mort que deux mauvais garçons voulaient maltraiter ? Tu leur as donné alors tout ce que tu possédais pour qu'ils le laissent en repos dans sa tombe. Ce mort, c'était moi.

Ayant parlé, il disparut.

Le mariage dura tout un mois. Johannès et la princesse s'aimaient d'amour tendre, le vieux roi vécut de longs jours heureux, il laissait leurs tout petits enfants monter à cheval sur son genou et même jouer avec le sceptre.

Et Johannès régnait sur tout le pays.

Le Dernier Reve du Chene

u sommet de la falaise haute et ardue, en avant de la forêt qui arrivait jusqu'aux bords de la mer, s'élevait un chêne antique et séculaire. Il avait justement atteint trois cent soixante-cinq ans ; on ne l'aurait jamais cru en voyant son apparence robuste.

Souvent, par les beaux jours d'été, les éphémères venaient s'ébattre et tourbillonner gaiement autour de sa couronne ; une fois, une de ces petites créatures, après avoir voltigé longuement au milieu d'une joyeuse ronde, vint se reposer sur une des belles feuilles du chêne.

- Pauvre mignonne ! dit l'arbre, ta vie entière ne dure qu'un jour. Que c'est peu ! Comme c'est triste !

- Triste ! répondit le gentil insecte, que signifie donc ce mot que j'entends parfois prononcer ? Le soleil reluit si merveilleusement ! l'air est si bon, si doux ! je me sens tout transporté de bonheur.

— Oui, mais dans quelques heures, ce sera fini ; tu seras trépassé.

— Trépassé ? s'écria l'éphémère. Qu'est-ce encore que ce mot ? Toi, es-tu aussi trépassé ?

— Non, j'ai déjà vécu bien des milliers de jours ; nos journées ce sont, à dire vrai, des saisons entières. Mais comment te faire comprendre cela ? C'est une telle longueur de temps que cela doit dépasser tout ce que tu peux imaginer.

— En effet, je ne me figure pas bien, reprit l'insecte, ce que cela peut durer, mille jours. N'est-ce pas ce qu'on appelle l'éternité ? En tout cas, si tu vis si longtemps, mon existence compte déjà mille moments où j'ai été joyeux et heureux. Et, quand tu mourras, est-ce que tout ce bel univers périra en même temps ?

— Non certes, répliqua le chêne, il durera bien plus longtemps que moi ; à mon tour, je ne puis me le figurer.

— Eh bien ! alors nous en sommes au même point, sauf que nous calculons d'une façon différente.

Et l'éphémère reprit sa danse folle et s'élança dans les airs, s'amusant de l'éclat de ses ailes transparentes qui brillaient comme le plus beau satin ; il respirait à pleins poumons l'air embaumé par les senteurs de l'églantier, des

chèvrefeuilles, du sureau, de la menthe et par l'odeur du foin coupé ; et l'insecte se sentait comme enivré, à force de respirer ces parfums. La journée continua à être splendide ; l'éphémère se reposa encore plusieurs fois, pour recommencer à tournoyer en ronde avec ses compagnons. Le soleil commença à baisser et l'insecte se sentit un peu fatigué de toute cette gaieté ; ses ailes faiblissaient, et tout lentement il glissa le long du chêne jusque sur le doux gazon. Il vint à choir sur la feuille d'une pâquerette, et souleva encore une fois sa petite tête pour embrasser d'un regard la campagne riante et la mer bleue. Puis ses yeux se fermèrent ; un doux sommeil s'empara de lui : c'était la mort.

Le lendemain, le chêne vit renaître d'autres éphémères ; il s'entretint avec eux aussi et il les vit de même danser, folâtrer joyeusement et s'endormir paisiblement en pleine félicité. Ce spectacle se répéta souvent ; mais l'arbre ne le comprenait pas bien ; il avait cependant le temps de réfléchir : car si, chez nous autres hommes, nos pensées sont interrompues tous les jours par le sommeil, le chêne, lui, ne dort qu'en hiver ; pendant les autres saisons, il veille sans cesse.

Le temps approchait où il allait se reposer ; l'automne était à sa fin. Déjà les taupes commençaient leur sabbat. Les autres arbres étaient déjà dépouillés, et le chêne aussi perdait tous les jours de ses feuilles.

« Dors, dors, chantaient les vents autour de lui. Nous allons te bercer gentiment, puis te secouer si fort que tes branches en craqueront d'aise. Dors bien, dors. C'est ta trois cent soixante-cinquième nuit. En réalité, comparé à nous, tu n'es qu'un enfant au berceau. Dors, dors bien ! Les nuages vont semer de la neige ; ce sera une belle et chaude couverture pour tes racines.

Et le chêne perdit toutes ses feuilles, et, en effet, il s'endormit pour tout le long hiver ; et il eut bien des rêves, où sa vie passée lui revint en souvenir.

Il se rappela comment il était sorti d'un gland ; comment, étant encore un tout mince arbuste, il avait failli être dévoré par une chèvre. Puis il avait grandi à merveille ; plusieurs fois, les gardes de la forêt l'avaient admiré et avaient pensé

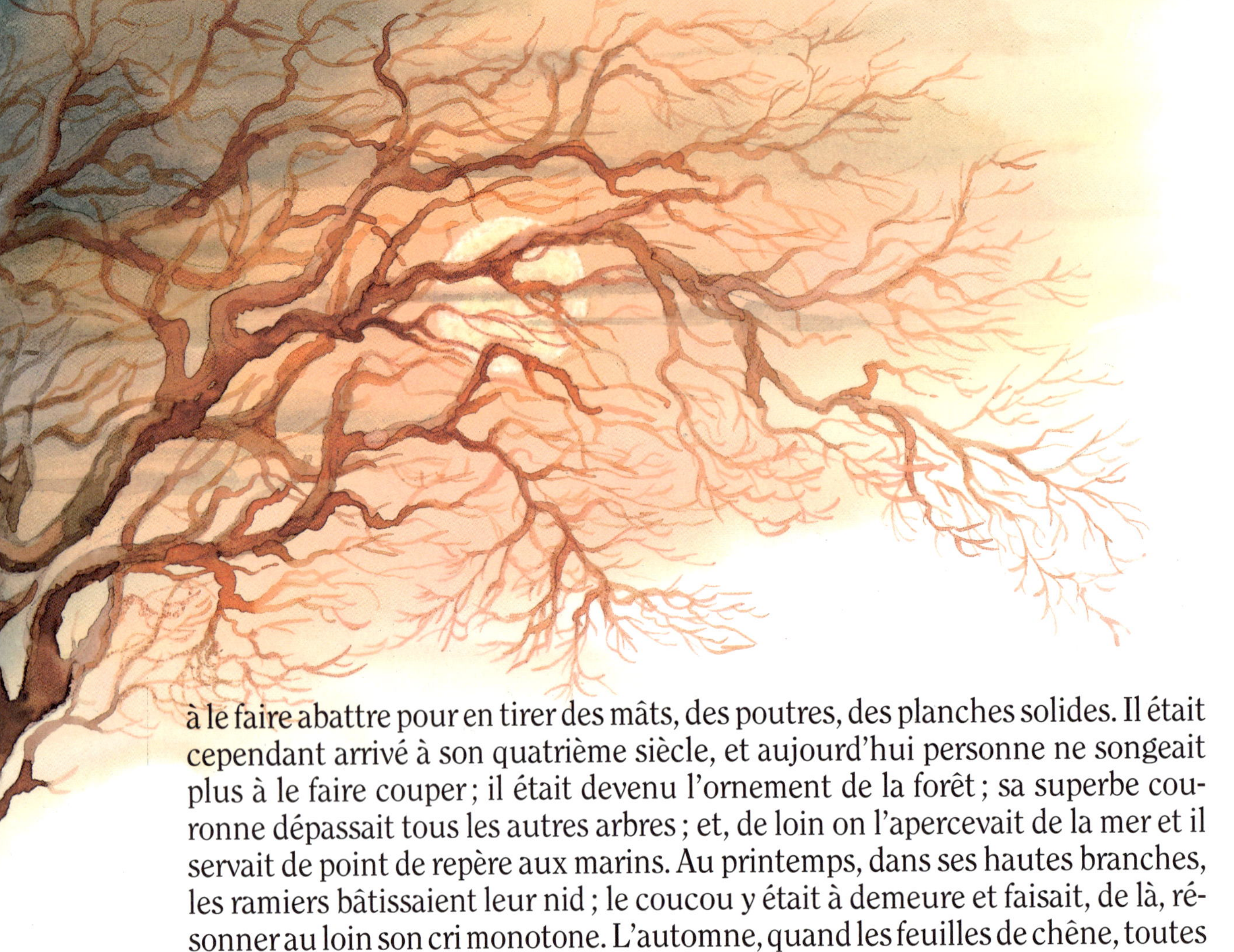

à le faire abattre pour en tirer des mâts, des poutres, des planches solides. Il était cependant arrivé à son quatrième siècle, et aujourd'hui personne ne songeait plus à le faire couper ; il était devenu l'ornement de la forêt ; sa superbe couronne dépassait tous les autres arbres ; et, de loin on l'apercevait de la mer et il servait de point de repère aux marins. Au printemps, dans ses hautes branches, les ramiers bâtissaient leur nid ; le coucou y était à demeure et faisait, de là, résonner au loin son cri monotone. L'automne, quand les feuilles de chêne, toutes jaunies, ressemblent à des plaques de cuivre, les oiseaux voyageurs s'assemblaient de toutes parts sur ce géant de la forêt et s'y reposaient une dernière fois avant d'entreprendre le grand voyage d'outre-mer.

Maintenant donc, l'hiver était venu ; après avoir longtemps résisté aux aquilons, les feuilles du chêne étaient presque toutes tombées ; les corbeaux, les corneilles venaient se percher sur ses branches et taillaient des bavettes sur la dureté des temps, sur la famine prochaine qui s'annonçait pour eux.

Survint la veille du saint jour de Noël, et ce fut alors que le vieux chêne rêva le plus beau rêve de sa vie. Il avait le sentiment de la fête qui se préparait partout sur la terre, là où il y a des chrétiens ; il sentait les vibrations des cloches qui sonnaient de toutes parts. Mais il se croyait en été, par une splendide journée. Et voici ce qui lui apparut :

Sa haute et vaste couronne était fraîche et verte ; les rayons de soleil y jouaient à travers les branches et le feuillage, et projetaient des reflets dorés. L'air était embaumé de senteurs vivifiantes ; des papillons aux milles couleurs voltigeaient de toutes parts et jouaient à cache-cache, puis à qui volerait le plus haut. Des myriades d'éphémères donnaient une sarabande.

Voilà qu'un brillant cortège s'avance : c'étaient les personnages que le vieux chêne avait vus tour à tour passer devant lui pendant la longue suite d'années qu'il avait vécues. En tête marchait une cavalcade, des pages, des chevaliers aux armures étincelantes, qui revenaient de la croisade, des châtelains vêtus de brocart sur des palefrois caparaçonnés, et tenant sur la main des faucons encapuchonnés ; le cor de chasse retentit, la meute aboyait, le cerf fuyait. Puis arriva une troupe de reîtres et de lansquenets, aux vêtements bouffants et bariolés, armés de hallebardes et d'arquebuses ; ils dressèrent leur tente sous le vieux chêne, allumèrent le feu et, au milieu d'une orgie, ils entonnèrent des chants de guerre et des refrains bachiques.

Toute cette bande bruyante disparut, et l'on vit s'avancer en silence un jeune couple ; ils avaient des cheveux poudrés et la dame était couverte de rubans aux couleurs tendres ; et le monsieur tailla dans l'écorce du chêne les initiales de leurs deux noms ; et ils écoutèrent avec ravissement les sons doux et étranges de la harpe éolienne qui était suspendue dans les branches de l'arbre.

Et, tout à coup, le chêne éprouva comme si un nouveau et puissant courant de vie partant des extrémités de ses racines le traversait de part en part, montant jusqu'à sa cime, jusqu'au bout de ses plus hautes feuilles.

Il lui semblait qu'il grandissait comme autrefois, que, du sein de la terre, il puisait une nouvelle vigueur ; et, en effet, son tronc s'élançait, sa couronne s'étendait en dôme, et montait toujours plus haut vers le ciel ; et plus le chêne s'élevait, plus il éprouvait de bonheur, et il ne désirait que monter encore au-delà, jusqu'au soleil, dont les rayons brillants le pénétraient d'une chaleur bienfaisante. Et sa couronne était déjà parvenue au-dessus des nuages qui, comme une troupe de grands cygnes blancs, flottaient sous le bleu firmament.

C'était en plein jour, et cependant les étoiles devinrent visibles ; elles luisaient de leur plus bel éclat ; elles rappelaient au vieux chêne les yeux brillants des joyeux enfants qui souvent étaient venus s'ébattre autour de lui.

Au spectacle de cette immensité, on était transporté de la félicité la plus pure. Mais le vieux chêne sentait qu'il lui manquait quelque chose ; il éprouvait l'ardent désir de voir les autres arbres de la forêt, les plantes, les fleurs et jusqu'aux moindres broussailles enlevées comme lui et mises en présence de toutes ces splendeurs. Oui, pour qu'il fût entièrement heureux, il les lui fallait voir tous autour de lui, grands et petits, prenant part à sa félicité.

Et ce sentiment agitait, faisait vibrer ses branches, ses moindres feuilles ; sa couronne s'inclina vers la terre, comme s'il avait voulu adresser un signal aux muguets et aux violettes cachés sous la mousse, aussi bien qu'aux autres chênes, ses compagnons.

Il lui sembla apercevoir tout à coup un grand mouvement ; les cimes de la forêt se soulevaient, les arbres se mirent à pousser, à grandir jusqu'à percer les nues. Les ronces, les plantes, pour s'élever plus vite, quittaient terre avec leurs racines et accouraient au vol. Les plus vite arrivés, ce furent les bouleaux ; leurs troncs droits et blancs traversaient les airs comme des flèches, presque comme des éclairs. Et l'on vit arriver les joncs, les genêts, les fougères, et aussi les oiseaux qui, émerveillés du voyage, chantaient à tue-tête leurs plus beaux airs de fête. Les sauterelles juchées sur les brins d'herbes jouaient leur petite musique, accompagnées par les grillons, le susurrement des abeilles et le faux bourdon des hannetons. Tout ce joyeux concert faisait une délicieuse harmonie.

- Mais, dit le chêne, où est donc restée la petite fleur bleue qui borde le ruisseau, et la clochette, et la pâquerette ?

- Nous y sommes tous, tous ! disaient en chœur les fleurettes, les arbres, les plantes, les habitants de la forêt.

Le vieux chêne jubilait.

- Oui, tous, grands et petits, disait-il, pas un ne manque. Nous nageons dans un océan de délices ! Quel miracle !

Et il se sentit de nouveau grandir ; soudainement ses racines se détachèrent de terre. « C'est ce qu'il y a de mieux, pensa-t-il ; me voilà dégagé de tous liens ; je puis m'élancer vers la lumière éternelle et m'y précipiter avec tous les êtres chéris qui m'entourent, grands et petits, tous !

- Tous ! dit l'écho.

Ce fut la fin du rêve du vieux chêne. Une tempête terrible soufflait sur mer et sur terre. Des vagues énormes assaillaient la falaise, enlevant des quartiers de roche ; les vents hurlaient et secouaient le vieux chêne ; sa vigueur éprouvée luttait contre la tourmente, mais un dernier coup de vent l'ébranla et l'enleva de terre avec sa racine ; il tomba, au moment où il rêvait qu'il s'élançait vers l'immensité des cieux. Il gisait là ; il avait péri après ses trois cent soixante-cinq ans, comme l'éphémère après sa journée d'existence.

Le matin, lorsque le soleil vint éclairer le saint jour de Noël, l'ouragan s'était apaisé. De toutes les églises retentissait le son des cloches ; même dans la plus humble cabane régnait l'allégresse. La mer s'était calmée ; à bord d'un grand navire qui, toute la nuit, avait lutté, tous les mâts étaient décorés, tous les pavillons hissés pour célébrer la grande fête.

- Tiens, dit un matelot, l'arbre de la falaise, le grand chêne, qui nous servait de point de repère pour reconnaître la côte, a disparu. Hier encore, je l'ai aperçu de loin ; c'est la tempête qui l'a abattu.

- Que d'années il faudra pour qu'il soit remplacé, dit un autre matelot. Et encore, il n'y aura peut-être aucun autre arbre assez fort pour grandir, comme lui.

Ce fut l'oraison funèbre prononcée sur la fin du vieux chêne, qui était étendu sur la nappe de neige qui lui servait de linceul ; elle était toute à son honneur et bien méritée, ce qui est si rare.

A bord du navire, les marins entonnèrent les psaumes et les cantiques de Noël, qui célèbrent la délivrance des hommes par le Fils de Dieu, qui leur a ouvert la voie de la vie éternelle : « La promesse est accomplie, chantaient-ils. Le Sauveur est né. Oh ! joie sans pareille ! Alléluia ! alléluia ! »

Et ils sentaient leurs cœurs élevés vers le ciel et transportés, tout comme le vieux chêne, dans son dernier rêve, s'était senti entraîné vers la lumière éternelle.

Le Bonhomme de Neige

Quel beau froid il fait aujourd'hui ! dit le Bonhomme de neige. Tout mon corps en craque de plaisir. Et ce vent cinglant, comme il vous fouette agréablement ! Puis, de l'autre côté, ce globe de feu qui me regarde tout béat !

Il voulait parler du soleil qui disparaissait à ce moment.

- Oh ! il a beau faire, il ne m'éblouira pas ! Je ne lâcherai pas encore mes deux escarboucles.

Il avait, en effet, au lieu d'yeux, deux gros morceaux de charbon de terre brillant et sa bouche était faite d'un vieux râteau, de telle façon qu'on voyait toutes ses dents. Le bonhomme de neige était né au milieu des cris de joie des enfants.

Le soleil se coucha, la pleine lune monta dans le ciel ; ronde, et grosse, claire et belle, elle brillait au noir firmament.

- Ah ! le voici qui réapparaît de l'autre côté, dit le Bonhomme de neige.

Il pensait que c'était le soleil qui se montrait de nouveau.

- Maintenant, je lui ai fait atténuer son éclat. Il peut rester suspendu là-haut et paraître brillant ; du moins, je peux me voir moi-même. Si seulement je savais ce qu'il faut faire pour bouger de place ! J'aurais tant de plaisir à me remuer un peu ! Si je le pouvais, j'irais tout de suite me promener sur la glace et faire des glissades, comme j'ai vu faire aux enfants. Mais je ne peux pas courir.

- Ouah ! ouah ! aboya le chien de garde.

Il ne pouvait plus aboyer juste et était toujours enroué, depuis qu'il n'était plus chien de salon et n'avait plus sa place sous le poêle.

- Le soleil t'apprendra bientôt à courir. Je l'ai bien vu pour ton prédécesseur, pendant le dernier hiver. Ouah ! ouah !

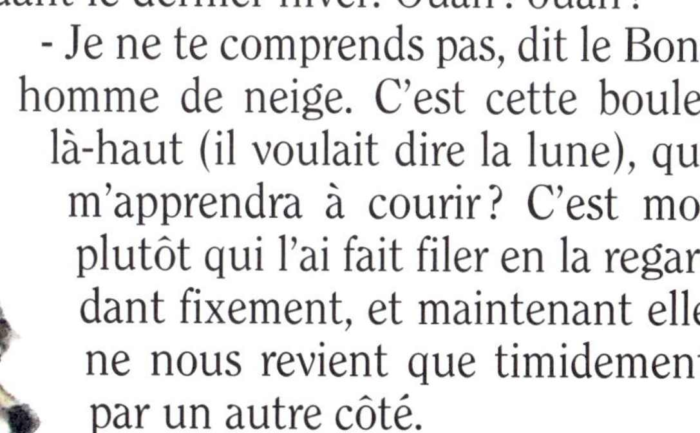

- Je ne te comprends pas, dit le Bonhomme de neige. C'est cette boule, là-haut (il voulait dire la lune), qui m'apprendra à courir ? C'est moi plutôt qui l'ai fait filer en la regardant fixement, et maintenant elle ne nous revient que timidement par un autre côté.

- Tu ne sais rien de rien, dit le chien ; il est vrai aussi que l'on t'a construit depuis peu. Ce que tu

vois là, c'est la lune ; et celui qui a disparu, c'est le soleil. Il reviendra demain et, tu peux m'en croire, il saura t'apprendre à courir dans le fossé. Nous allons avoir un changement de temps. Je sens cela à ma patte gauche de derrière. J'y ai des élancements et des picotements très forts.

- Je ne le comprends pas du tout, se dit à lui-même le Bonhomme de neige, mais j'ai le pressentiment qu'il m'annonce quelque chose de désagréable. Et puis, cette boule qui m'a regardé si fixement avant de disparaître, et qu'il appelle le soleil, je sens bien qu'elle aussi n'est pas mon amie.

- Ouah ! ouah ! aboya le chien en tournant trois fois sur lui-même.

Le temps changea en effet. Vers le matin, un brouillard épais et humide se répandit sur tout le pays, et, un peu avant le lever du soleil, un vent glacé se leva, qui fit redoubler la gelée. Quel magnifique coup d'œil, quand le soleil parut ! Arbres et bosquets étaient couverts de givre et toute la contrée ressemblait à une forêt de blanc corail. C'était comme si tous les rameaux étaient couverts de blanches fleurs brillantes.

Les ramifications les plus fines, et que l'on ne peut remarquer en été, apparaissaient maintenant très distinctement. On eût dit que chaque branche jetait un éclat particulier, c'était d'un effet éblouissant. Les bouleaux s'inclinaient mollement au souffle du vent ; il y avait en eux de la vie comme les arbres en ont en plein été. Quand le soleil vint à briller au milieu de cette splendeur incomparable, il sembla que des éclairs partaient de toutes parts, et que le vaste manteau de neige qui couvrait la terre ruisselait de diamants étincelants.

- Quel spectacle magnifique ! s'écria une jeune fille qui se promenait dans le jardin avec un jeune homme. Ils s'arrêtèrent près du Bonhomme de neige et regardèrent les arbres qui étincelaient. Même en été, on ne voit rien de plus beau !

- Surtout on ne peut pas rencontrer un pareil gaillard ! répondit le jeune homme en désignant le Bonhomme de neige. Il est parfait !

- Qui était-ce ? demanda le Bonhomme de neige au chien de garde. Toi qui es depuis si longtemps dans la cour, tu dois certainement les connaître ?

- Naturellement ! dit le chien. Elle m'a si souvent caressé, et lui m'a donné tant d'os à ronger. Pas de danger que je les morde !

- Mais qui sont-ils donc ?

- Des fiancés, répondit le chien. Ils veulent vivre tous les deux dans la même niche et y ronger des os ensemble. Ouah ! ouah !

- Est-ce que ce sont des gens comme toi et moi ?

- Ah ! mais non ! dit le chien. Ils appartiennent à la famille des maîtres ! Je connais tout ici dans cette cour ! Oui, il y a un temps où je n'étais pas dans la cour, au froid et à l'attache pendant que souffle le vent glacé. Ouah ! ouah !

- Moi, j'adore le froid ! dit le Bonhomme de neige. Je t'en prie, raconte. Mais tu pourrais bien faire moins de bruit avec ta chaîne. Cela m'écorche les oreilles.

- Ouah ! ouah ! aboya le chien. J'ai été jeune chien, gentil et mignon, comme on me le disait alors. J'avais ma place sur un fauteuil de velours dans le château, parfois même sur le giron des maîtres.

On m'embrassait sur le museau, et on m'époussetait les pattes avec un mouchoir brodé. On m'appelait « Chéri ». Mais je devins grand, et l'on me donna à la femme de ménage. J'allai demeurer dans le cellier ; tiens ! d'où tu es, tu peux en voir l'intérieur. Dans cette chambre, je devins le maître ; oui, je fus le maître chez la femme de ménage. C'était moins luxueux que dans les appartements du dessus, mais ce n'en était que plus agréable. Les enfants ne venaient pas constamment me tirailler et me tarabuster comme là-haut. Puis j'avais un coussin spécial, et je me chauffais à un bon poêle, la plus belle invention de notre siècle, tu peux m'en croire. Je me glissais dessous et l'on ne me voyait plus. Tiens ! j'en rêve encore.

- Est-ce donc quelque chose de si beau qu'un poêle ? reprit le Bonhomme de neige après un instant de réflexion.

- Non, non, tout au contraire ! C'est tout noir, avec un long cou et un cercle en cuivre. Il mange du bois au point que le feu lui en sort par la bouche. Il faut se mettre au-dessus ou au-dessous, ou à côté, et alors, rien de plus agréable. Du reste, regarde par la fenêtre, tu l'apercevras.

Le Bonhomme de neige regarda et aperçut en effet un objet noir, reluisant, avec un cercle en cuivre, et par-dessous lequel le feu brillait.

Cette vue fit sur lui une impression étrange, qu'il n'avait encore jamais éprouvée, mais que tous les hommes connaissent bien.

- Pourquoi es-tu parti de chez elle ? demanda le Bonhomme de neige.

Il disait : elle, car, pour lui, un être si aimable devait être du sexe féminin.

- Comment as-tu pu quitter ce lieu de délices ?

- Il le fallait bon gré mal gré, dit le chien. On me jeta dehors et on me mit à l'attache, parce qu'un jour je mordis à la jambe le plus jeune des fils de la maison qui venait de me prendre un os. Les maîtres furent très irrités, et l'on m'envoya ici à l'attache. Tu vois, avec le temps, j'y ai perdu ma voix. J'aboie très mal.

Le chien se tut. Mais le Bonhomme de neige n'écoutait déjà plus ce qu'il lui disait. Il continuait à regarder chez la femme de ménage, où le poêle était posé.

- Tout mon être en craque d'envie, disait-il. Si je pouvais entrer ! Souhait bien innocent, tout de même ! Entrer, entrer, c'est mon vœu le plus cher ; il faut que je m'appuie contre le poêle, dussé-je passer par la fenêtre !

- Tu n'entreras pas, dit le chien, et si tu entrais, c'en serait fait de toi.

- C'en est déjà fait de moi, dit le Bonhomme de neige ; l'envie me détruit.

Toute la journée il regarda par la fenêtre. Du poêle sortait une flamme douce et caressante ; un poêle seul, quand il a quelque chose à brûler, peut produire une telle lueur ; car le soleil ou la lune, ce ne serait pas la même lumière.

Chaque fois qu'on ouvrait la porte, la flamme s'échappait par-dessous. La blanche poitrine du Bonhomme de neige en recevait des reflets rouges.

- Je n'y puis plus tenir ! C'est si bon lorsque la langue lui sort de la bouche !

La nuit fut longue, mais elle ne parut pas telle au Bonhomme de neige. Il était plongé dans les idées les plus riantes. Au matin, la fenêtre du cellier était couverte de givre, formant les plus jolies arabesques qu'un Bonhomme de neige pût souhaiter ; seulement, elles cachaient le poêle. La neige craquait plus que jamais ; un beau froid sec, un vrai plaisir pour un Bonhomme de neige.

Un coq chantait en regardant le froid soleil d'hiver. Au loin dans la campagne, on entendait résonner la terre gelée sous les pas des chevaux s'en allant au labour, pendant que le conducteur faisait gaiement claquer son fouet en chantant quelque ronde campagnarde que répétait après lui l'écho de la colline voisine.

Et pourtant le Bonhomme de neige n'était pas gai. Il aurait dû l'être, mais il ne l'était pas.

Aussi, quand tout concourt à réaliser nos souhaits, nous cherchons dans l'impossible et l'inattendu ce qui pourrait arriver pour troubler notre repos ; il semble que le bonheur n'est pas dans ce que l'on a la satisfaction de posséder, mais tout au contraire dans l'imprévu d'où peut souvent sortir notre malheur.

C'est pour cela que le Bonhomme de neige ne pouvait se défendre d'un ardent désir de voir le poêle, lui l'homme du froid auquel la chaleur pouvait être si désastreuse. Et ses deux gros yeux de charbon de terre restaient fixés immuablement sur le poêle qui continue à brûler sans se douter de l'attention attendrie dont il était l'objet.

- Mauvaise maladie pour un Bonhomme de neige ! pensait le chien. Ouah ! ouah ! Nous allons encore avoir un changement de temps !

Et cela arriva en effet : ce fut un dégel. Et plus le dégel grandissait, plus le Bonhomme de neige diminuait. Il ne disait rien ; il ne se plaignait pas ; c'était mauvais signe. Un matin, il tomba en morceaux, et il ne resta de lui qu'une espèce de manche à balai. Les enfants l'avaient planté en terre, et avaient construit autour leur Bonhomme de neige.

- Je comprends maintenant son envie, dit le chien. C'est ce qu'il avait dans le corps qui le tourmentait ainsi ! Ouah ! ouah !

Bientôt après, l'hiver disparut à son tour.

- Ouah ! ouah ! aboyait le chien ; et une petite fille chantait dans la cour :

Ohé ! voici l'hiver parti
Et voici Février fini !
Chantons : Coucou !
Chantons ! Cui... uitte !
Et toi, bon soleil, viens vite !

Personne ne pensait plus au Bonhomme de neige.

Le Vieux Reverbere

l était une fois un honnête vieux réverbère qui avait rendu de bons et loyaux services pendant de longues, longues années, et on s'apprêtait à le remplacer. C'était le dernier soir qu'il était sur son poteau et éclairait la rue ; il se sentit un peu comme un vieux figurant de ballet qui danse pour la dernière fois et sait que dès le lendemain il sera mis au rancart. Le réverbère redoutait terriblement ce lendemain. Il savait qu'on l'amènerait à la mairie où trente-six sages de la ville l'examineraient pour décider s'il était encore bon pour le service ou pas. C'est là qu'on déciderait s'il devait éclairer un pont ou une usine à la campagne. Il se pouvait aussi qu'on l'envoyât directement dans une fonderie pour l'y faire fondre et dans ce cas il pouvait devenir vraiment n'importe quoi d'autre.

Quel que fût son sort, il ferait ses adieux au vieux gardien de nuit et à sa femme. Il les considérait comme sa propre famille. Il était devenu réverbère en même temps que l'homme était devenu veilleur de nuit. La femme, à l'époque, avait un comportement altier et ne s'occupait du réverbère que le soir, quand elle passait par là, mais jamais dans la journée. Au cours des dernières années, depuis qu'ils avaient vieilli tous les trois, le veilleur, sa femme et le réverbère, la femme du veilleur s'en occupait elle aussi, nettoyait la lampe et y versait de l'huile. C'étaient de braves gens, l'un comme l'autre.

Ainsi le réverbère était dans la rue pour son dernier soir et demain il irait à la mairie. Ces deux sombres pensées le hantaient et vous vous imaginez sans doute comment il brûlait. Mais d'autres idées encore lui passaient par la tête. Il ne lui viendrait jamais à l'esprit d'en parler à haute voix, car c'était un réverbère bien élevé qui ne voulait blesser personne. Mais que de souvenirs ! Par moments, sa flamme montait brusquement, comme si le réverbère avait soudainement senti : Oui, il y a quelqu'un qui se souvient de moi. Par exemple ce beau garçon autrefois... Oh, oui, bien des années ont passé depuis ! Il était venu vers moi avec une lettre sur papier rose pâle, si fin et à bordure dorée, et si joliment écrite ; c'était une écriture de femme. Il lut la lettre deux fois puis l'embrassa. Ensuite, il leva la tête, me regarda et ses yeux disaient : « Je suis le plus heureux des hommes ! » Oui, lui et moi, nous étions les seuls à savoir ce que la première lettre de sa bien-aimée contenait... Je me rappelle aussi d'une autre paire d'yeux ; c'est curieux comme mes pensées sautent d'un sujet à l'autre. Un magnifique cortège funèbre passa dans la rue. Dans le cercueil gisait, sur la voiture couverte de soie, une jeune et jolie femme. Que de fleurs, de couronnes et de torches brûlantes! J'en fus presque soufflé. Sur le trottoir il y avait plein de gens qui suivaient lentement le cortège. Lorsque les torches furent hors de vue, je regardai autour de moi, un homme se tenait encore là et pleurait. Jamais je n'oublierai la tristesse de ces yeux qui me regardaient ! »

Des pensées diverses venaient ainsi au vieux réverbère qui éclairait la rue ce soir pour la dernière fois. Le factionnaire que l'on relève connaît la personne qui va le remplacer et peut même échanger quelques paroles avec elle. Le réverbère ne savait pas qui allait le remplacer et pourtant, il était à même de donner à son remplaçant quelques bons conseils, sur la pluie et la rouille par exemple ou sur la lune qui éclaire le trottoir ou encore sur la direction du vent.

Trois candidats s'étaient présentés sur le bord de la rigole, croyant que c'était le réverbère lui-même qui attribuait l'emploi. Le premier était une tête de hareng. Comme elle luisait dans l'obscurité elle pensait que si c'était elle qui montait sur le poteau, cela ferait économiser de l'huile. Le deuxième était un morceau de bois pourri, qui brillait lui aussi, et certainement bien mieux que n'importe quelle morue salée, comme il le fit entendre. D'autre part, il était le dernier morceau d'un arbre qui avait été autrefois la gloire de la forêt. Le troisième était un ver luisant. Le réverbère ne savait pas d'où il était venu, mais il était là, et même si bien là, qu'il luisait. Mais la tête de hareng et le bois pourri jurèrent qu'il ne luisait que de temps en temps et que dès lors il ne pouvait être pris en considération. Le vieux réverbère dit qu'aucun d'eux n'éclairait assez pour être réverbère. Evidemment, ils ne voulurent pas l'admettre, et lorsqu'ils

apprirent que le réverbère lui-même ne pouvait attribuer sa fonction à personne, ils se réjouirent et dirent qu'ils en étaient très heureux puisque de toute façon le réverbère était vraiment bien trop sénile et donc incapable de choisir son remplaçant.

A ce moment, le vent arriva du coin de la rue, il passa au travers de la mitre du vieux réverbère et lui dit:

- Comment, j'apprends que tu vas partir demain ? Je te vois donc ici ce soir pour la dernière fois ? Il faut absolument que je te fasse un cadeau ! Je vais souffler de l'air en toi et tu te rappelleras ensuite nettement ce que tu auras vu et entendu ; tu auras la tête si claire que tu entendras tout ce que l'on dira ou lira.

- C'est formidable, marmonna le vieux réverbère, merci beaucoup. Pourvu seulement que je ne sois pas fondu !

- Tu ne le seras pas encore, le rassura le vent. Je te rafraîchirai maintenant la mémoire, et si on t'offre plusieurs petits cadeaux de ce genre, tu auras une vieillesse plutôt gaie.

- Pourvu que je ne sois pas fondu, répéta le réverbère. Est-ce que dans ce cas-là aussi, je me rappellerai tout ?

- Vieux réverbère, sois raisonnable, souffla le vent.

La lune apparut à cet instant.

- Et vous, que donnez-vous ? demanda le vent.

- Je ne donnerai rien, répondit la lune. Je suis sur le déclin. Les réverbères n'ont jamais lui pour moi, c'est toujours moi qui ai lui pour eux.

La lune se cacha derrière les nuages, elle ne voulait pas être ennuyée. Une goutte d'eau tomba alors directement sur la mitre du réverbère. On aurait pu penser qu'elle venait du toit, mais la goutte expliqua qu'elle était un cadeau envoyé par les nuages gris, et un cadeau peut-être meilleur que tous les autres.

- Je pénétrerai en toi et tu auras la faculté, une nuit, quand tu le souhaiteras, de rouiller, de t'effondrer et de devenir poussière.

Mais le réverbère trouva que c'était un bien mauvais cadeau et le vent fut du même avis:

- N'aurais-tu rien de mieux à proposer? Souffla-t-il de toutes ses forces.

A cet instant, ils virent une étoile filante suivie d'une longue et fine traînée.

- Qu'est-ce que c'était ? s'écria la tête de hareng. N'était-ce pas une étoile? Je pense qu'elle est entrée directement dans le réverbère ! Si cet emploi est convoité par de si importants personnages, il n'y a pas de place pour moi.

Là-dessus, elle s'en alla et les autres aussi. Le vieux réverbère brilla soudain avec une force étonnante :

- Quel beau cadeau! Moi, pauvre vieux réverbère, remarqué par ces étoiles étincelantes qui m'avaient toujours tellement ravi et qui brillent avec tant d'éclat. Moi-même je n'ai jamais réussi à briller si fort malgré tous mes efforts, et j'aurais pourtant tant voulu ! Elles m'ont envoyé une des leurs avec un cadeau, et désormais tout ce que je me rappellerai et tout ce que moi-même verrai nettement, pourra être vu également par tous ceux que j'aime. Et c'est cela le vrai bonheur, car si je n'ai personne avec qui la partager, ma joie n'est pas complète.

- C'est en effet une idée très estimable, dit le vent. Mais tu n'as pas l'air de savoir que pour cela il te faudrait une bougie de cire. Si aucune bougie n'est allumée en toi, personne n'y verra rien. Et cela, les petites étoiles n'y ont pas songé. Elles pensent sans doute que tout ce qui brille a au moins une bougie à l'intérieur. Mais je suis fatigué, déclara le vent. Je vais me coucher.

Le jour suivant... bah ! le jour suivant ne nous intéresse pas. Le soir suivant donc, le réverbère était sur un fauteuil et où ?... Chez le vieux veilleur de nuit. Il avait réussi à garder le réverbère en récompense de ses longs et loyaux services. Les trente-six hommes s'étaient moqué de lui, mais ils le lui avaient donné, puisqu'il le désirait tant. A présent, le réverbère était couché sur le fauteuil près du poêle chaud. Il prenait presque tout le fauteuil, comme si la chaleur l'avait fait grandir. Les vieux époux étaient à table en train de dîner et, émus, jetaient de temps en temps un regard

sur le vieux réverbère ; ils auraient voulu qu'il vienne s'installer à table avec eux. Ils habitaient, il est vrai, en sous-sol, à deux aunes sous terre et pour accéder au logement il fallait passer par une entrée pavée ; mais il y faisait bien bon car la porte était calfeutrée avec des bouts de tissu. Tout y était propre et rangé, le lit était couvert d'un baldaquin, de petits rideaux décoraient les fenêtres et, derrière eux, il y avait deux pots de fleurs étranges. Christian, le marin, les avait apportés des Indes orientales ou occidentales, ils ne savaient plus exactement. C'étaient deux éléphants en terre, et on mettait la terre dans leurs dos ouverts. Dans l'un d'eux poussait une très belle ciboulette — il servait de potager aux petits vieux — dans l'autre fleurissait un grand géranium — c'était leur jardin. Au mur était accrochée une image coloriée, c'était « le Congrès de Vienne », de sorte qu'ils avaient dans leur chambre toute la cour royale et impériale ! Une pendule à lourds poids de plomb faisait « tic-tac ». Elle était toujours en avance, mais après tout cela valait mieux que si elle retardait, disaient les vieux. Le réverbère avait l'impression que le monde entier était à l'envers. Mais lorsque le vieux veilleur de nuit le regarda et se mit à raconter tout ce qu'ils avaient vécu ensemble, par la pluie et la rouille, dans les nuits d'été courtes et claires ou dans les tempêtes de neige et comme il faisait bon de rentrer dans le petit logement du sous-sol, tout se remit en place pour le vieux réverbère. Il eut l'impression de sentir à nouveau le vent ; oui, comme si le vent l'avait rallumé.

Les petits vieux étaient si travailleurs, si assidus, qu'ils ne passaient pas une seule petite heure à somnoler. Le dimanche après-midi, ils sortaient un livre, un récit de voyage de préférence, et le veilleur de nuit lisait à haute voix les pages sur les forêts vierges et les éléphants sauvages qui courent à travers l'Afrique, et la vieille femme écoutait avec beaucoup d'attention, jetant des coups d'œil sur leurs éléphants en terre qui servaient de pots de fleurs.

- C'est presque comme si j'y étais, disait-elle.

Et le réverbère souhaitait ardemment qu'il y eût une bougie de cire à portée de main et que quelqu'un songe à l'allumer et à la placer en lui, afin que la vieille femme puisse voir exactement tout comme le réverbère le voyait, les grands arbres aux branches enlacées les unes aux autres, les hommes à cheval, noirs et nus, et des troupeaux entiers d'éléphants écrasant les joncs et les broussailles.

- A quoi bon tous mes talents sans la moindre petite bougie de cire, soupirait le réverbère. Ils n'ont ici que de l'huile et une chandelle, cela ne suffit pas !

Un jour pourtant, un petit tas de restes de bougies apparut dans le petit appartement du sous-sol. Les plus grands bouts servaient à éclairer, les petits étaient utilisés par la vieille femme pour cirer son fil à coudre. La bougie de cire existait donc bel et bien, mais personne n'eut l'idée d'en mettre ne serait-ce qu'un petit bout dans le réverbère.

- Et voilà ! Je suis ici avec mes talents rares, se lamenta doucement le réverbère, j'ai tant de choses en moi et je ne peux pas les partager avec eux. Je peux transformer leurs murs blancs en superbes tentures, en forêts profondes, en tout ce qu'ils pourraient souhaiter... Et ils l'ignorent !

Le réverbère, propre et bien astiqué, était dans un coin où il se faisait toujours remarquer. Les gens disaient, il est vrai, que ce n'était qu'une vieillerie à mettre au rancart, mais les vieux aimaient leur réverbère et laissaient les gens parler.

Un jour, le jour d'anniversaire du vieil homme, la vieille femme s'approcha du réverbère, sourit doucement et dit : - Aujourd'hui je l'allumerai.

Le réverbère grinça de son couvercle car il se dit : Enfin, la lumière leur vient !

Mais la veille femme ne lui donna pas de bougie, elle y versa de l'huile. Le réverbère brilla toute la soirée, mais il savait maintenant que le cadeau des étoiles, le plus magnifique de tous les cadeaux ne serait pour lui, dans cette vie-là, qu'un trésor perdu. Et soudain il rêva que les petits vieux étaient morts et qu'on l'amenait dans une fonderie pour y être fondu. Bien qu'il eût la faculté de s'effondrer en rouille et en poussière quand il le voudrait, il ne le fit pas. Il arriva dans la fonderie et fut transformé en bougeoir en fer, le plus beau de tous les bougeoirs pour bougies de cire. Il avait la forme d'un ange portant un bouquet dans ses mains, et on plaçait la bougie de cire au milieu du bouquet. Il avait sa place sur un bureau vert, dans une chambre bien agréable. Il y avait de nombreux livres et de beaux tableaux sur les murs. C'était la chambre d'un poète, et tout ce qu'il imaginait et écrivait apparaissait tout autour. La chambre se transformait en forêt sombre et profonde ou en pré ensoleillé traversé gravement par une cigogne ou en pont d'un navire sur une mer agitée.

- Que j'ai de talents ! s'étonna le vieux réverbère en se réveillant. J'aurais presque envie d'être fondu ! Mais non, cela ne doit pas arriver tant que les petits vieux sont de ce monde. Ils m'aiment tel que je suis. C'est comme si j'étais leur enfant, ils m'ont astiqué, m'ont donné de l'huile et j'ai ici une place aussi honorable que le Congrès de Vienne, et il n'y a pas plus noble que lui.

Et depuis ce temps, il était plus serein. Le vieux réverbère l'avait bien mérité.

La Petite Fille aux Allumettes

Il faisait effroyablement froid ; il neigeait depuis le matin ; il faisait déjà sombre ; le soir approchait, le soir du dernier jour de l'année. Au milieu des rafales, par ce froid glacial, une pauvre petite fille marchait dans la rue : elle n'avait rien sur la tête, elle était pieds nus. Lorsqu'elle était sortie de chez elle le matin, elle avait eu de vieilles pantoufles beaucoup trop grandes pour elle. Aussi les perdit-elle lorsqu'elle eut à se sauver devant une file de voitures ; les voitures passées, elle chercha après ses chaussures ; un méchant gamin s'enfuyait emportant en riant l'une des pantoufles ; l'autre avait été entièrement écrasée.

Voilà la malheureuse enfant n'ayant plus rien pour abriter ses pauvres petits petons. Dans son vieux tablier, elle portait des allumettes : elle en tenait à la main un paquet. Mais, ce jour, la veille du nouvel an, tout le monde était affairé ; par cet affreux temps, personne ne s'arrêtait pour considérer l'air suppliant de la petite qui faisait pitié. La journée finissait, et elle n'avait pas encore vendu un seul paquet d'allumettes. Tremblante de froid et de faim, elle se traînait de rue en rue.

Des flocons de neige couvraient sa longue chevelure blonde. De toutes les fenêtres brillaient des lumières : de presque toutes les maisons sortait une délicieuse odeur, celle de l'oie, qu'on rôtissait pour le festin du soir : c'était la Saint-Sylvestre. Cela, oui, cela lui faisait arrêter ses pas errants.

Enfin, après avoir une dernière fois offert en vain son paquet d'allumettes, l'enfant aperçoit une encoignure entre deux maisons, dont l'une dépassait un peu l'autre. Harassée, elle s'y assied et s'y blottit, tirant à elle ses petits pieds : mais elle grelotte et frissonne encore plus qu'avant et cependant elle n'ose rentrer chez elle. Elle n'y rapporterait pas la plus petite monnaie, et son père la battrait.

L'enfant avait ses petites menottes toutes transies. « Si je prenais une allumette, se dit-elle, une seule pour réchauffer mes doigts ? » C'est ce qu'elle fit. Quelle flamme merveilleuse c'était ! Il sembla tout à coup à la petite fille qu'elle se trouvait devant un grand poêle en fonte, décoré d'ornements en cuivre. La petite allait étendre ses pieds pour les réchauffer, lorsque la petite flamme s'éteignit brusquement : le poêle disparut, et l'enfant restait là, tenant en main un petit morceau de bois à moitié brûlé.

Elle frotta une seconde allumette : la lueur se projetait sur la muraille qui devint transparente. Derrière, la table était mise : elle était couverte d'une belle nappe blanche, sur laquelle brillait une superbe vaisselle de porcelaine. Au milieu, s'étalait une magnifique oie rôtie, entourée de compote de pommes : et voilà que la bête se met en mouvement et, avec un couteau et une fourchette fixés dans sa poitrine, vient se présenter devant la pauvre petite. Et puis plus rien : la flamme s'éteint.

L'enfant prend une troisième allumette, et elle se voit transportée près d'un arbre de Noël, splendide. Sur ses branches vertes, brillaient mille bougies de couleurs : de tous côtés, pendait une foule de merveilles. La petite étendit la main pour saisir la moins belle : l'allumette s'éteint. L'arbre semble monter vers le ciel et ses bougies deviennent des étoiles : il y en a une qui se détache et qui redescend vers la terre, laissant une traînée de feu.

« Voilà quelqu'un qui va mourir », se dit la petite. Sa vieille grand-mère, le seul être qui l'avait aimée et chérie, et qui était morte il n'y avait pas longtemps, lui avait dit que lorsqu'on voit une étoile qui file, d'un autre côté une âme monte vers le paradis. Elle frotta encore une allumette : une grande clarté se répandit et, devant l'enfant, se tenait la vieille grand-mère.

- Grand-mère, s'écria la petite, grand-mère, emmène-moi. Oh ! tu vas me quitter quand l'allumette sera éteinte : tu t'évanouiras comme le poêle si chaud, le superbe rôti d'oie, le splendide arbre de Noël. Reste, je te prie, ou emporte-moi.

Et l'enfant alluma une nouvelle allumette, et puis une autre, et enfin tout le paquet, pour voir la bonne grand-mère le plus longtemps possible. La grand-mère prit la petite dans ses bras et elle la porta bien haut, en un lieu où il n'y avait plus ni de froid, ni de faim, ni de chagrin : c'était devant le trône de Dieu.

Le lendemain matin, cependant, les passants trouvèrent dans l'encoignure le corps de la petite ; ses joues étaient rouges, elle semblait sourire ; elle était morte de froid, pendant la nuit qui avait apporté à tant d'autres des joies et des plaisirs. Elle tenait dans sa petite main, toute raidie, les restes brûlés d'un paquet d'allumettes.

- Quelle sottise ! dit un sans-cœur. Comment a-t-elle pu croire que cela la réchaufferait ? D'autres versèrent des larmes sur l'enfant ; c'est qu'ils ne savaient pas toutes les belles choses qu'elle avait vues pendant la nuit du nouvel an, c'est qu'ils ignoraient que, si elle avait bien souffert, elle goûtait maintenant dans les bras de sa grand-mère la plus douce félicité.

HANS LE BALOURD

Il y avait dans la campagne un vieux manoir et, dans ce manoir, un vieux seigneur qui avait deux fils si pleins d'esprit qu'avec la moitié ils en auraient déjà eu assez. Ils voulaient demander la main de la fille du roi mais ils n'osaient pas car elle avait fait savoir qu'elle épouserait celui qui saurait le mieux plaider sa cause.

Les deux garçons se préparèrent pendant huit jours — ils n'avaient pas plus de temps devant eux —, mais c'était suffisant car ils avaient des connaissances préalables fort utiles. L'un savait par cœur tout le lexique latin et trois années complètes du journal du pays, et cela en commençant par le commencement ou en commençant par la fin ; l'autre avait étudié les statuts de toutes les corporations et appris tout ce que devait connaître un maître juré, il pensait pouvoir discuter de l'Etat et, de plus, il s'entendait à broder les harnais car il était fin et adroit de ses mains.

- J'aurai la fille du roi, disaient-ils tous les deux.

Leur père donna à chacun d'eux un beau cheval, noir comme le charbon pour celui à la mémoire impeccable, blanc comme neige pour le maître en sciences corporatives et broderie, puis ils se graissèrent les commissures des lèvres avec de l'huile de foie de morue pour rendre leur parole plus fluide.

Tous les domestiques étaient dans la cour pour les voir monter à cheval quand soudain arriva le troisième frère — ils étaient trois, mais le troisième ne comptait absolument pas, il n'était pas instruit comme les autres, on l'appelait Hans le Balourd.

- Où allez-vous ainsi en grande tenue ? demanda-t-il.

- A la cour, gagner la main de la princesse par notre conversation. Tu n'as pas entendu ce que le tambour proclame dans tout le pays ?

Et ils le mirent au courant.

- Parbleu ! il faut que j'en sois ! fit Hans le Balourd.

Ses frères se moquèrent de lui et partirent.

- Père, donne-moi aussi un cheval, cria Hans le Balourd, j'ai une terrible envie de me marier. Si la princesse me prend, c'est bien, et si elle ne me prend pas, je la prendrai quand même.

- Bêtises, fit le père, je ne te donnerai pas de cheval, tu ne sais rien dire, tes frères, eux, sont gens d'importance.

- Si tu ne veux pas me donner de cheval, répliqua Hans le Balourd, je monterai mon bouc, il est à moi et il peut bien me porter.

Et il se mit à califourchon sur le bouc, l'éperonna de ses talons et prit la route à toute allure. Ah ! comme il filait !

- J'arrive, criait-il.

Et il chantait d'une voix claironnante.

Les frères avançaient tranquillement sur la route sans mot dire, ils pensaient aux bonnes réparties qu'ils allaient lancer, il fallait que ce soit longuement médité.

- Holà ! holà ! criait Hans, me voilà ! Regardez ce que j'ai trouvé sur la route.

Et il leur montra une corneille morte qu'il avait ramassée.

- Balourd ! qu'est-ce que tu vas faire de ça ?

- Je l'offrirai à la fille du roi.

- C'est parfait ! dirent les frères.

Et ils continuèrent leur route en riant.

- Holà ! holà ! voyez ce que j'ai trouvé maintenant ! Ce n'est pas tous les jours qu'on trouve ça sur la route.

Les frères tournèrent encore une fois la tête.

- Balourd ! c'est un vieux sabot dont le dessus est parti. Est-ce aussi pour la fille du roi ?

- Bien sûr ! dit Hans.

Et les frères de rire et de prendre une grande avance.

- Holà ! holà ! ça devient de plus en plus beau ! Holà ! c'est merveilleux !

- Qu'est-ce que tu as encore trouvé ?

- Oh ! elle va être joliment contente, la fille du roi !

- Pfuu ! mais ce n'est que de la boue qui vient de jaillir du fossé !

- Oui, oui, c'est ça, et de la plus belle espèce, on ne peut même pas la tenir dans la main.

Là-dessus il en remplit sa poche.

Les frères chevauchèrent à bride abattue et arrivèrent avec une heure d'avance aux portes de la ville. Là, les prétendants recevaient l'un après l'autre un numéro et on les mettait en rang six par six, si serrés qu'ils ne pouvaient remuer les bras et c'était fort bien ainsi, car sans cela ils se seraient peut-être battus rien que parce que l'un était devant l'autre.

Tous les autres habitants du pays se tenaient autour du château, juste devant les fenêtres pour voir la fille du roi recevoir les prétendants. A mesure que l'un d'eux entrait dans la salle, il ne savait plus que dire.

- Bon à rien, disait la fille du roi, sortez !

Vint le tour du frère qui savait le lexique par cœur, mais il l'avait complètement oublié pendant qu'il faisait la queue. Le parquet craquait et le plafond était tout en glace, de sorte qu'il se voyait à l'envers marchant sur la tête. A chaque fenêtre se tenaient trois secrétaires-journalistes et un maître juré (surveillant) qui inscrivaient tout ce qui se disait afin que cela paraisse aussitôt dans le journal que l'on vendait au coin pour deux sous. C'était affreux. De plus, on avait chargé le poêle au point qu'il était tout rouge.

- Quelle chaleur ! disait le premier des frères.

- C'est parce qu'aujourd'hui mon père rôtit des poulets, dit la fille du roi.

Euh ! le voilà pris, il ne s'attendait pas à ça. Il aurait voulu répondre quelque chose de drôle et ne trouvait rien. Euh !...

- Bon à rien. Sortez !

L'autre frère entra.

- Il fait terriblement chaud ici, commença-t-il...

- Oui, nous rôtissons des poulets aujourd'hui.

- Comment ? Quoi ? Quoi ? dit-il.

Et tous les journalistes écrivaient : « Comment ? quoi ? quoi ? »

- Bon à rien ! Sortez !

Vint le tour de Hans le Balourd. Il entra sur son bouc jusqu'au milieu de la salle.

- Quelle fournaise ! dit-il.

- Oui, nous rôtissons des poulets aujourd'hui.

- Quelle chance ! fit Hans le Balourd, alors je pourrai sans doute me faire rôtir une corneille.

- Mais bien sûr dit la princesse, mais as-tu quelque chose pour la faire rôtir, car moi je n'ai ni pot ni poêle.

- Et moi j'en ai, dit Hans, voilà une casserole cerclée d'étain.

Et il sortit le vieux sabot et posa la corneille au milieu.

- Voilà tout un repas, dit la fille du roi, mais où prendrons-nous la sauce ?

- Dans ma poche, dit Hans le Balourd. J'en ai tant que je veux !

Et il fit couler un peu de boue de sa poche.

- Ça, ça me plaît ! dit la fille du roi. Toi, tu as réponse à tout et tu sais parler et je te veux pour époux. Mais sais-tu que chaque mot que nous avons dit paraîtra demain matin dans le journal ? A chaque fenêtre se tiennent trois secrétaires-journalistes et un vieux maître juré (surveillant) et ce vieux-là est pire encore que les autres car il ne comprend rien de rien.

Elle disait cela pour lui faire peur. Tous les secrétaires-journalistes, par protestation, firent des taches d'encre sur le parquet.

- Voilà du beau monde ! dit Hans le Balourd. Je vois qu'il faut que je m'en mêle et que je donne à leur patron tout ce que j'ai de mieux.

Il retourna sa poche et lança au maître juré le reste de la boue en pleine figure.

- Ça, c'est du beau travail ! dit la princesse, je n'en aurais pas fait autant... Mais j'apprendrai à mon tour à les traiter comme ils le méritent.

C'est ainsi que Hans le Balourd devint roi, il eut une femme et une couronne et s'assit sur un trône et c'est le journal qui nous en informa... mais peut-on vraiment se fier aux journaux ?

La Soupe a la Brochette

I

Ecoutez quel festin exquis nous avons fait hier ! dit une vieille souris à une de ses commères qui n'avait pas assisté au repas. Je me trouvais la vingtième à gauche de notre vieux roi ; j'espère que c'était là une place honorable. Cela doit vous intéresser de connaître le menu. Les entrées se suivaient dans un ordre parfait : du pain moisi, de la couenne, du suif, et, pour le dessert, des saucisses entières ; et puis cela recommença une seconde fois. C'est comme si nous avions eu deux repas. On était tous de joyeuse humeur ; on disait des niaiseries.

« Tout fut dévoré ; il ne resta que les brochettes des saucisses. Une de mes voisines rappela la locution proverbiale : *soupe à la brochette,* qu'on appelle aussi *soupe au caillou* dans d'autres pays. Tout le monde en avait entendu parler ; personne n'en avait goûté, et encore moins ne savait le préparer. « On porta un toast fort spirituellement tourné à l'inventeur de cette soupe. « Le vieux roi se leva alors, et déclara que celle des jeunes souris qui saurait faire cette soupe de la façon la plus appétissante deviendrait son épouse, serait reine : il donna un délai d'un an et un jour pour se préparer à l'épreuve. »

- L'idée n'est vraiment pas mauvaise, dit la commère. Mais comment peut-on préparer cette bienheureuse soupe ?

- Oui-da, comment s'y prendre ? C'est ce que se demandent toutes nos jeunes demoiselles de la gent souricière, et les vieilles aussi. Toutes voudraient bien être reine ; mais ce qui les effraye, c'est que, pour trouver la fameuse recette, il faut quitter père et mère et se lancer, à l'aventure, à travers le vaste monde. Qui sait si, à l'étranger, on trouve tous les jours son content de croûtes de fromage ou de couennes ? Il est probable qu'on y doit souffrir la faim ; puis l'on risque fort d'être croqué par le chat.

Et, en effet, cette vilaine perspective refroidit vite l'ardeur des jeunes souricelles ; il n'y en eut que quatre qui se présentèrent pour tenter l'expérience. Elles étaient jeunes, gentilles et alertes, mais pauvres. Chacune se dirigea vers un des points cardinaux ; on leur souhaita à toutes bonne chance.

Elles partirent au commencement de mai ; elles ne revinrent que juste un an après, mais trois seulement ; la quatrième manquait ; elle n'avait pas non plus donné de ses nouvelles. Le jour fixé était arrivé.

- Tout plaisir est mêlé de quelque peine, dit le roi ; la pauvre petite aura péri.

Puis il donna l'ordre de convoquer, dans une vaste cuisine, toutes les souris à bien des lieues à la ronde. Les trois souricelles étaient placées à part, sur le même rang ; à côté d'elles, une brochette recouverte d'un voile noir, en souvenir de la quatrième, qui n'avait pas reparu. Il fut ordonné que personne ne pourrait émettre un avis sur ce qui allait se dire, avant que le roi eût exprimé son opinion.

II

CE QUE LA PREMIERE SOURICELLE AVAIT VU ET APPRIS DANS SES VOYAGES

Je commençai par m'embarquer sur un navire qui vogua vers le nord. Je m'étais laissé dire que le maître queux était un habile homme, qui savait se tirer d'affaire, et que sur mer, en effet, il fallait pouvoir faire la cuisine avec peu de chose. « Peut-être, m'étais-je dit, sera-t-il obligé de faire la soupe avec une brochette ; nous verrons alors comme il s'y prendra. » Mais, pas du tout ; il y avait là quantité de tranches de lard, de gros tonneaux de viande salée et de belle farine. Ma foi, je vécus dans l'abondance ; il ne fut pas question de faire de la soupe à la brochette. Nous naviguâmes bien des nuits et des jours ; le navire dansait effroyablement. Enfin nous arrivâmes à destination, tout à l'extrême nord. Je quittai le navire et m'élançai à terre.

Je vis devant moi de grandes et épaisses forêts de sapins et de bouleaux ; une forte odeur de résine s'en dégageait. D'abord je crus que cela sentait le saucisson ; je me précipitai vers le bois ; mais tout ce que j'y gagnai, ce fut un rude éternuement.

En m'avançant, je trouvai de grands lacs. De loin, on croyait que c'était une immense mare d'encre ; mais, de près, l'eau en était claire et limpide. Une troupe de cygnes s'y tenait immobile. D'abord je pensai que c'était un amas d'écume ; mais ils sortirent de l'eau, et je les reconnus.

Moi, je me tins aux bêtes de mon espèce. Je me liai avec des souris des champs et des bois ; mais elles ne savent pas grand-chose, surtout en matière d'art culinaire. Lorsque je leur parlai de la soupe à la brochette elles déclarèrent que la chose était une pure impossibilité ; je vis bien qu'elles ne connaissaient pas le secret que je poursuivais. Mais elles m'apprirent pourquoi l'odeur était si forte dans la forêt, pourquoi plantes et fleurs étaient si aromatiques. Nous étions au mois de mai, en plein printemps.

Près de la lisière de la forêt, s'élevait une grande perche, haute comme le mât d'un navire ; tout en haut, des couronnes de fleurs, des rubans de couleur étaient attachés : c'était l'arbre de mai. Les garçons de ferme et les servantes dansaient autour, au son d'un violon qu'ils accompagnaient en chantant à tue-tête. J'allai me blottir à l'écart, dans une touffe de belle mousse bien douce ; la lune donnait en plein sur ce tapis vert, couleur qui repose les yeux quand on les a fatigués.

Tout à coup je vis surgir autour de moi toute une troupe de charmantes petites créatures ; elles étaient conformées comme des hommes, mais mieux proportionnées. C'étaient des elfes : ils portaient de magnifiques habits, taillés dans les feuilles des plus belles fleurs, garnis avec les ailes des plus brillants scarabées ; c'était une délicieuse variété de couleurs.

Ils avaient tous l'air de chercher quelque chose dans l'herbe ; quelques-uns s'approchèrent de moi.

- Voilà juste ce qu'il nous faut, dit un des plus gentils de ces elfes, en montrant ma brochette, que je tenais dans ma patte.

Et, plus il regardait mon bâton de voyage, plus il en paraissait enchanté.

- Je veux bien le prêter, dis-je, mais il faudra me le rendre.

- Rendre ! rendre ! s'écrièrent-ils en chœur.

Et ils saisirent la brochette, que je leur abandonnai.

Ils s'en allèrent en dansant vers un endroit où la mousse n'était pas trop touffue. Là ils fichèrent en terre ma brochette. Maintenant je compris ce qu'ils voulaient : c'était d'avoir aussi leur arbre de mai. Ils se mirent à le décorer ; jamais je ne vis pareille magnificence.

Des petites araignées vinrent couvrir le petit bâton de fils d'or, et y suspendirent des bannières finement tissées, qui volaient au vent ; au clair de la lune, la blancheur en était si resplendissante, que j'en eus les yeux éblouis. Puis ces industrieuses bestioles allèrent prendre les couleurs les plus éclatantes aux ailes des papillons endormis, et vinrent en barioler leurs charmants tissus.

Quelques pétales de fleurs, quelques gouttes de rosée qui brillaient comme des diamants, furent placés çà et là avec goût. Je ne reconnaissais plus ma brochette ; jamais il n'y eut sur cette terre d'arbre de mai comparable à celui-là.

On alla quérir les elfes pour qui on avait préparé toutes ces merveilles, les seigneurs et les belles dames ; ceux que j'avais d'abord vus n'étaient que des serviteurs. On m'invita à m'approcher pour jouir de la fête, mais pas trop près, car, en remuant, j'aurais pu écraser de mon poids quelqu'un de la société.

Les danses commencèrent. Quelle délicieuse musique j'entendis alors ! A travers tout le bois résonnaient des chants d'oiseaux. C'était un son plein et harmonieux, et fort comme celui d'un millier de cloches de verre. Le tout était accompagné du doux susurrement des branches d'arbre ; je distinguai aussi le tintement des clochettes bleues qui étaient suspendues à ma brochette, qui, elle-même, frappée avec une tige de fleur par un des elfes, rendait le son le plus mélodieux. Jamais je n'aurais cru la chose possible. Ce petit bâton devenait un instrument de musique : tout dépend de la façon dont on s'y prend. J'étais transportée, touchée jusqu'aux larmes ; quoique je ne sois qu'une petite souris, j'ai la sensibilité vive, et je pleurai de joie. Que la nuit me parut courte ! Mais en cette saison, il n'y a pas à dire, le soleil se lève de bon matin.

A l'aurore vint un coup de vent, qui emporta dans les airs toute cette splendide décoration de l'arbre de mai ; encore un instant, et tout cela disparut. Six elfes vinrent poliment me rapporter ma brochette, me remerciant beaucoup, et ils demandèrent si, en retour du service que je leur avais rendu, je ne voulais pas exprimer un vœu ; que, s'il était en leur pouvoir de l'accomplir, ils le feraient bien volontiers.

Je saisis la balle au bond, et je les priai de me dire comment se prépare la soupe à la brochette.

- Mais tu viens de le voir, répondit le chef de la bande. Tu ne reconnaissais plus ton petit bâton ; tu as bien vu tout le parti que nous en avons tiré.

- Mais je ne parle pa an figuré, répliquai-je. C'est d'une véritable soupe qu'il s'agit.

Et je leur contai toute l'histoire.

- Vous voyez bien, ajoutai-je, que le roi des souris ni son puissant empire ne sauraient tirer aucun profit de toutes les belles choses dont vous avez orné ma brochette, même si je pouvais les reproduire ; ce serait un charmant spectacle, mais bon seulement pour le dessert, quand on n'a plus faim.

Alors le petit elfe plongea son petit doigt dans le calice d'une violette et le promena ensuite sur la brochette :

- Fais attention, dit-il. Quand tu seras de retour auprès de ton roi, touche son museau de ton bâton, sur lequel tu verras éclore, même au plus froid de l'hiver, les plus belles violettes. Comme cela je t'aurai au moins fait un petit don en récompense de ta complaisance, et même j'y ajouterai encore quelque chose.

A ces mots, la souricelle approcha la brochette de l'auguste museau de son souverain et, en effet, le petit bâton se trouva entouré du plus joli bouquet de violettes ; c'était une odeur délicieuse ; mais elle n'était pas du goût de la gent sourcière, et le roi ordonna aux souris qui étaient près du foyer de mettre leurs queues sur les restes du feu, pour remplacer cette fade senteur, bonne, dit-il, pour les hommes tout au plus, par une agréable odeur de roussi.

- Mais, dit alors le roi, le petit elfe n'avait-il pas promis encore autre chose ?

- Oui, répondit la souris, il a tenu parole. C'est encore une jolie surprise du plus bel effet : « Les violettes, dit-il, c'est pour la vue et l'odorat, je vais maintenant t'accorder quelque chose pour l'ouïe. »

Et la souris retourna sa brochette. Les fleurs avaient disparu ; il ne restait plus que le petit morceau de bois. Elle se mit à le mouvoir comme un bâton de chef d'orchestre et à battre la mesure. Dieu ! quelle drôle de musique on entendit ! Ce n'étaient plus les sons divins qui avaient retenti dans la forêt pour le bal des elfes ; c'étaient tous les bruits imaginables qui peuvent se produire dans une cuisine. Les souris étaient tout oreille.

On entendait le pétillement des sarments, le ronflement du four, le bouillonnement de la soupe, le crépitement de la graisse, le bruit continu d'une pièce de viande qui rôtit et se rissole. Soudain on aurait dit qu'un coup de vent venait d'activer le feu, de façon que pots et casseroles débordèrent, et ce qui en tomba sur les charbons fit un grand tintamarre. Puis plus rien, silence complet. Peu à peu commença un léger bruit, comme un chant doux et plaintif ; c'est la bouilloire qui s'échauffe : le son devient plus fort, l'eau entre en ébullition. C'est de nouveau un bacchanal produit par une douzaine de casseroles, les unes en majeur, les autres en mineur. La petite souris brandit son bâton avec une rapidité de plus en plus grande : les pots écument, jettent de gros bouillons qui produisent un gargouillement bruyant ; tout déborde, tout se sauve, c'est comme un sifflement infernal. Puis un nouveau coup de vent passe par la cheminée. Hou ! hah ! quel fracas ! La petite souris, effrayée, laisse tomber son bâton. On n'entend plus rien.

- En voilà une fameuse cuisson ! dit le roi. Allons, qu'on serve la soupe !

- Mais c'est là tout, répondit la souris ; la soupe est partie tout entière dans le feu.

- C'est une mauvaise plaisanterie, dit le roi. Allons, à la suivante.

III

CE QUE RACONTA LA SECONDE SOURICELLE

Je suis née dans la bibliothèque du château, dit la seconde petite souris. Il y a comme un sort sur notre famille : presque aucune de nous n'a le bonheur de pénétrer jusqu'à la salle à manger ou jusqu'à l'office, objet de tous nos désirs. C'est aujourd'hui pour la première fois que j'entre dans cette cuisine. Cependant, pendant mon voyage, j'ai fréquenté plusieurs de ces lieux de délices.

Dans cette fameuse bibliothèque qui fut mon berceau, nous eûmes souvent à souffrir de la faim ; mais nous y acquîmes une belle instruction. La nouvelle du concours ouvert par ordre du roi, pour la découverte de la recette de la soupe à la brochette, arriva jusqu'à nous. Ma vieille grand-mère se souvint qu'un jour elle avait entendu un des serviteurs de la bibliothèque lire tout haut, dans un des livres, ce passage : « Le poète est un magicien ; il peut faire de la soupe rien qu'avec une brochette. » Ma grand-mère me demanda si je me sentais poète ; je ne savais même pas ce que cela pouvait être.

- Allons, me dit-elle, il te faut voyager, et tâcher d'apprendre comment l'on devient poète.

- C'est au-dessus de mes moyens, répliquai-je.

Mais ma grand-mère, qui avait souvent écouté ce qu'on lisait dans la bibliothèque, me dit que, d'après les plus savantes autorités, il y avait trois ingrédients pour faire un poète : de l'intelligence, de l'imagination et du sentiment.

- Si tu te procures ces trois choses, dit-elle, tu seras poète, et alors il te sera facile de préparer cette fameuse soupe.

Je partis donc en voyage, à la quête de ces trois qualités ; je me dirigeai vers l'ouest. L'intelligence, m'étais-je dit, est la principale des trois ; les deux autres sont bien moins estimées dans ce monde : donc je m'attachai à acquérir d'abord l'intelligence. Mais où la trouver ? « Regarde la fourmi, et tu apprendras la sagesse », a dit un certain roi des Israélites, comme ma grand-mère l'avait encore entendu lire. Donc je marchai sans m'arrêter, jusqu'à ce que j'eusse rencontré la première grande fourmilière. Là, je me mis aux aguets, pour saisir la sagesse au gîte.

Les fourmis sont un petit peuple bien respectable ; elles ne sont qu'intelligence d'outre en outre. Tout, chez elles, se passe comme un problème de mathématique qui se résout bien méthodiquement. Travailler, travailler sans cesse et pondre des œufs, c'est là, disent-elles, remplir ses devoirs vis-à-vis du présent et de l'avenir, et elles ne font pas autre chose. Elles se divisent en supérieures et en inférieures ; le rang est marqué par un numéro d'ordre ; la reine porte le numéro un. Son opinion est la seule vraie ; elle possède infuse la quintessence de la sagesse. C'était de la plus haute importance pour moi ; il ne s'agissait plus que de reconnaître la reine au milieu de ces milliers de petites bêtes.

J'entendis rapporter plusieurs propos d'elle qui témoignaient en effet d'une raison supérieure ; car ils apparurent absurdes à ma pauvre cervelle. Elle prétendait que sa fourmilière était ce qu'il y avait de plus élevé dans ce monde. Cependant, tout à côté se trouvait un arbre qui dépassait la fourmilière d'une centaine de pieds ; mais on n'en parlait jamais et, comme les fourmis sont aveugles, le dire de la reine passait pour la vérité même.

Un soir, une fourmi égarée se mit à grimper sur l'arbre et, sans monter jusqu'à la cime, parvint cependant plus haut qu'aucune de ses sœurs n'était jamais montée. Lorsqu'elle fut de retour, elle parla de son ascension, et déclara que l'arbre lui semblait bien plus élevé que la fourmilière ; cela fut regardé comme une offense à l'honneur de la communauté, et la pauvre fourmi se vit condamnée aux travaux les plus pénibles, tels que charrier les insectes morts, etc.

Mais quelque temps après, une autre fourmi se fourvoya également sur l'arbre. Rentrée au bercail, elle parla de son excursion avec prudence et amphibologie, laissant cependant deviner, à qui voulait comprendre, que l'arbre était plus haut que la fourmilière. Comme elle était très considérée, qu'elle était une des dignitaires de la cour, loin de la persécuter comme la première, on plaça sur sa tombe, lorsqu'elle mourut, une coquille d'œuf en guise de monument, pour éterniser le souvenir de son courage et de sa science.

Avec tout cela, je n'avais pu encore découvrir la reine, et j'étais toujours en observation. Je remarquai que les fourmis portaient de temps en temps leurs

œufs à l'air pour les mettre au soleil. Un jour j'en vis une qui ne pouvait plus ramasser son œuf pour le rentrer. Deux autres accoururent pour l'aider ; mais elles étaient elles-même chargées chacune d'un œuf ; en secourant leur compagne, elles faillirent laisser tomber leur fardeau. Aussitôt elles s'en furent, laissant la pauvrette dans l'embarras.

- Voilà qui est bien agi, c'est la sagesse même, entendis-je une voix s'écrier ; chacun est son plus proche prochain. Nous autres fourmis, nous ne nous y trompons jamais ; nous naissons toutes raisonnables. Cependant, parmi nous toutes, c'est moi qui ai la plus haute raison.

A ces mots je vis, au milieu de la foule qui grouillait, une fourmi se dresser orgueilleusement sur ses pattes de derrière. Il n'y avait pas à s'y tromper, c'était la reine. Je la happai d'un coup de langue et je l'avalai. Je possédais donc la sagesse et l'intelligence. Ce n'était pas assez. Je me mis à mon tour à grimper sur l'arbre qui ombrageait la fourmilière : c'était un beau chêne, déjà plus que séculaire ; il avait à sa cime une magnifique couronne. Je savais par ma grand-mère que les arbres sont habités par des êtres particuliers, des dryades, une nymphe qui naît avec l'arbre et qui meurt avec lui. En effet, au sommet, dans un creux de l'arbre, se trouvait une jeune fille d'une beauté surhumaine, ce qui ne l'empêcha pas de pousser un cri d'effroi en m'apercevant. Comme toutes les femmes, elle avait peur des souris ; de plus, elle savait que j'aurais pu ronger l'écorce de l'arbre auquel son existence était attachée.

Je lui dis de bonnes paroles et la rassurai sur mes intentions ; elle me prit dans la main et me caressa doucement. Je lui contai pourquoi je m'étais hasardée à courir le monde. Elle me promit que le soir même, peut-être, je posséderais une des deux choses qui me manquaient pour devenir poète.

- Le beau Phantasus, dit-elle, le dieu de l'imagination, vient souvent se reposer sur ce chêne, dont il aime le tronc noueux et puissant, les fortes racines, la majestueuse couronne qui, en hiver, brave la tempête et les neiges, et en été, forme ce magnifique dôme de verdure d'où l'on domine le vaste paysage que tu vois devant toi. Les oiseaux, qui y abondent, chantent leurs aventures dans les contrées lointaines ; la cigogne dont le nid est accroché là-bas, à la seule branche morte, nous raconte même les merveilles du pays des Pyramides.

« Tout cela plaît à Phantasus ; il aime aussi à m'entendre faire le récit de ma vie. Tout à l'heure il doit venir me voir. Cache-toi en bas, sous cette touffe de muguet ; je trouverai bien moyen, pendant qu'il sera perdu dans ses rêveries, de lui arracher une petite plume de son aile ; jamais poète n'en aura eu de pareille. »

Et, en effet, le brillant Phantasus arriva ; la bonne dryade lui enleva une plume de ses ailes aux mille couleurs, et me la donna. Je la mis dans l'eau pour la rendre moins coriace, puis, avec assez de peine encore, je la rongeai. Je me trouvai donc posséder intelligence et imagination ; restait le sentiment.

Je retournai à la bibliothèque ; je savais qu'elle contenait beaucoup de ces bons romans qui sont destinés à délivrer les humains de leur trop plein de larmes, et qui sont comme des éponges pour pomper les sentiments.

Je me souvenais qu'on les reconnaissait à l'air appétissant du papier.

J'en attaquai un, puis un second ; je commençai à ressentir dans tout mon être des tressaillements étranges. J'en dévorai un troisième : j'étais poète ; il n'y avait plus à en douter. J'avais des maux de tête, des maux de ventre, des douleurs partout ; j'étais dans une agitation continuelle.

Et, maintenant, comment faire la soupe à la brochette ? Mon imagination me fournit force situations, histoires, anecdotes, proverbes où se trouve une brochette, ou ce qui y ressemble, un bâtonnet, un petit morceau de bois. Rien de plus amusant et de plus récréatif ; c'est bien mieux qu'une vraie soupe.

Ainsi, je vais commencer par narrer à Votre Majesté le conte où, d'un coup d'une petite baguette, la bonne fée transforma Cendrillon et tous les objets de la cuisine ; demain ce sera une autre histoire, et ainsi de suite.

- Assez de toutes ces fadaises, ce sont viandes creuses ! s'écria le roi. A la suivante !

- Psch, psch ! entendit-on tout à coup.

Une petite souris, la quatrième de la bande, celle qu'on avait crue morte, venait d'entrer dans la cuisine. Elle se précipita comme une flèche au milieu de l'assemblée, renversant la brochette couverte d'un crêpe, qui avait été placée là en son souvenir.

IV

CE QUE DIT LA QUATRIEME SOURIS LORSQU'ELLE PRIT LA PAROLE AVANT LA TROISIEME

Je me suis tout d'abord rendue dans la capitale d'un vaste pays, pensant que dans une grande ville je trouverais plus facilement des renseignements utiles. Comme je n'ai pas la mémoire des noms, j'ai oublié celui de cette ville. J'avais fait le voyage dans la charrette d'un contrebandier ; elle fut saisie et conduite au palais de justice. Je me glissai en bas et me faufilai dans la loge du portier.

Je l'entendis causer d'un homme qu'on venait d'amener en prison pour quelques propos inconsidérés contre l'autorité.

- Il n'y a pas là de quoi fouetter un chat, dit le portier. C'est de l'eau claire comme la soupe à la brochette : mais cela peut lui coûter la tête.

A ces mots je dressai les oreilles ; je me dis que j'étais peut-être sur la bonne piste pour apprendre la recette. Du reste, le pauvre prisonnier m'inspirait de l'intérêt, et je me mis en quête de sa cellule. Je la trouvai et j'y pénétrai par un trou.

Le prisonnier était pâle ; avait une longue barbe et de grands yeux brillants.

Le prisonnier gravait des vers et des dessins ; il avait l'air de bien s'ennuyer, et je fus la bienvenue auprès de lui. Il me jeta des miettes de pain, me donna de douces paroles et sifflota pour me faire approcher ; mes gentillesses le distrayaient ; je pris peu à peu entière confiance en lui, et nous devînmes une paire d'amis.

Il partageait son pain avec moi, et de son fromage il me donnait mieux que la croûte ; nous avions aussi quelquefois du saucisson : bref, je faisais bombance.

Mais ce n'était pas tout cela qui me faisait plaisir ; j'étais fière et heureuse de l'attachement de cet excellent homme. Il me caressait et me choyait ; il avait une vraie affection pour moi, et je le lui rendais bien. J'en oubliai le but de mon grand voyage ; je ne fis plus attention à ma brochette qui, un beau jour, glissa dans la fente du plancher, où elle est encore.

Je restai donc, me disant que, moi partie, le pauvre prisonnier n'aurait plus personne avec qui partager son pain et son fromage, ce qui paraissait lui faire tant de plaisir. Ce fut lui qui s'en alla.

La dernière fois que je le vis, tout triste qu'il avait l'air, il me cajola avec tendresse et me donna toute une tranche de pain et la plus grosse moitié de son fromage. En sortant de sa cellule, il regarda en arrière et m'envoya un baiser de la main. Il ne revint plus ; je n'ai jamais su ce qu'il est devenu. « Soupe à la brochette », disait le concierge quand il était question de lui. Ces mots me rappelèrent l'objet de mon voyage, et je retournai dans la loge. Habituée aux bontés du prisonnier, je ne me méfiais plus assez des hommes, je me montrais imprudemment. Le concierge m'attrapa, me caressa aussi, mais pour ensuite me fourrer dans une cage.

Quelle horrible prison ! On a beau courir, courir, on ne fait que tourner sans avancer, et l'on rit de vous aux éclats.

Le vilain portier m'avait enfermée pour servir d'amusement à sa petite fille. Un jour, me voyant toute désolée et essoufflée après une galopade désespérée que j'avais faite dans la roue de ma cage : « Pauvre petite créature », dit-elle, et, tirant le verrou, elle me laissa sortir.

J'attendis que la nuit fût devenue bien sombre ; alors, par les toits du palais de justice, je gagnai une vieille tour qui y était attenante ; elle n'était habitée que par un veilleur de nuit et un hibou. Le hibou valait mieux que sa mine ; il était vieux, il avait beaucoup d'expérience et d'entregent. Il croyait descendre du fameux hibou, oiseau favori de Minerve, la déesse de la sagesse ;

le fait est qu'il connaissait l'envers et l'endroit des choses. Quand ses petits émettaient quelque opinion inconsidérée : «Allons donc ! disait-il ; ne faites donc pas de soupe à la brochette.» Quand ils entendaient cela, les jeunes savaient qu'ils avaient dit une sottise.

Le hibou me donna la bienvenue et me promit de me protéger contre tous les animaux malfaisants ; mais il me prévint que, si l'hiver était dur, il me croquerait.

Comme je vous ai dit, c'était un animal très avisé, et rien ne lui en imposait.

- Tenez, me dit-il une fois, le veilleur de nuit s'imagine être un personnage parce que, quand il y a un incendie, il réveille toute la ville avec les fanfares qu'il tire de son cor ; mais il ne sait absolument rien faire au monde que de sonner de la trompe. Tout cela, c'est de la soupe à la brochette.

Je l'interrompis pour le prier de me donner la recette de ce mets :

- Comment ! dit-il, vous ne savez pas que c'est une façon de parler inventée par les hommes ? Chacun la prend plus ou moins dans son sens ; mais au fond ce n'est que l'équivalent de *rien du tout.*

- Bien ! m'écriai-je frappée de cette explication. Ce que vous dites là anéantit toutes mes illusions sur cette fameuse soupe ; mais, après tout, c'est bien la vérité, et la vérité est ce qu'il y a de plus précieux au monde.

Et je quittai la tour et je me hâtai de revenir parmi vous, vous apportant non pas la soupe, mais quelque chose de bien plus estimable, la vérité. Les souris, me disais-je, passent avec raison pour une race éclairée ; et notre roi, renommé pour son esprit, sera enchanté de posséder la vérité, et il me fera reine.

- Ta vérité n'est que mensonge ! s'écria la troisième souris qui n'avait pas eu son tour de parole. Je sais préparer la soupe, vous allez le voir de vos yeux.

V

LA MERVEILLEUSE RECETTE

Moi, continua la troisième souris, je ne suis pas allée chercher des renseignements à l'étranger ; je suis restée dans notre pays, qui en vaut bien un autre et où l'on trouve tout ce qu'on veut. J'ai tout tiré de mon propre fonds, de mes longues réflexions. Voici ce que j'ai trouvé :

Placez une marmite sur le feu ; bien. Versez-y de l'eau, encore plus, tout plein jusqu'au bord. Voyons maintenant, activez bien le feu. Du bois, du charbon : il faut que cela cuise à gros bouillons. C'est cela ! Le moment est venu. Jetez-y la brochette. Dans cinq minutes ce sera prêt. Il ne manque plus qu'une chose.

Que notre gracieux souverain daigne remuer le liquide bouillant avec son auguste queue, pendant deux minutes au moins ; mais, pour que le régal soit parfait, il faut bien tourner une minute de plus.

- Faut-il que ce soit justement ma queue ? demanda le roi.

- Oui, sire ! répondit la souris. Les queues de vos sujets n'ont pas cette vertu unique dont est douée celle de Votre Majesté !

L'eau continuait à bouillonner bruyamment. Le roi s'approcha de la marmite avec l'air le plus digne et le plus courageux qu'il put prendre, et étendit sa queue en rond, comme quand les souris écrèment un pot à lait, pour ensuite lécher leur queue. Mais à peine eut-il ressenti la chaleur et la vapeur, qu'il sauta en bas du foyer et s'écria :

- Oui, c'est bien cela ! c'est la vraie recette. Tu seras la reine. Quant à la soupe, nous la préparerons une autre fois, quand nous célébrerons nos noces d'or. Alors, en l'honneur de ce beau jour, nous en régalerons à gogo tous nos pauvres pendant une semaine.

Et le mariage fut aussitôt célébré en grande pompe. Lorsque tout fut mangé et bu, et que chacun s'en retourna chez soi, plusieurs souris, entre autres les amies et parentes des trois évincées, marmottaient entre elles :

- Ce n'est pas là du tout de la soupe à la brochette ; c'est de la soupe à la queue de souris.

Quant aux récits qu'elles avaient entendus, elles trouvaient telle aventure intéressante, telle autre insipide et mal racontée. De même, lorsque l'histoire se répandit dans le monde, les avis furent très partagés ; les uns la déclaraient amusante, d'autres n'y voyaient que des fadaises.

Enfin la voilà telle quelle : la critique, en général, n'est que de la soupe à la brochette.

Quelque Chose

l faut que je devienne quelque chose, disait l'aîné de cinq frères ; je veux être utile en ce monde. Si humble que soit mon métier, si ce que je fais sert à mes semblables, je serai quelque chose. Je veux me faire briquetier. On ne saurait se passer de briques. Je pourrai dire que je suis bon à quelque chose.

- Oui, dit le puîné, mais l'ambition est trop basse. Qu'est-ce que faire des briques ? Moi, je préfère être maçon. Voilà, du moins, une véritable profession. On devient maître et bourgeois de la ville ; on a sa bannière et l'entrée à l'auberge de la corporation ; et, je finirai par avoir des compagnons sous mes ordres, et ma femme sera appelée madame la maîtresse.

- C'est n'être rien du tout, dit le troisième, que d'être maçon. Tu auras beau devenir maître, tu ne sortiras pas du peuple et du commun. Moi, je connais quelque chose de mieux : je deviendrai architecte. Je vivrai par l'intelligence, par la pensée : l'art sera mon domaine. Je serai au premier rang dans le royaume de l'esprit. Il est vrai qu'il me faudra commencer péniblement. Je serai d'abord apprenti menuisier ; je porterai la casquette, et non le chapeau de soie noire ; j'irai quérir de la bière et de l'eau-de-vie pour les compagnons ; ces marauds se permettront de me tutoyer ; ce sera blessant. Mais je m'imaginerai que ce n'est qu'une farce de carnaval, le monde à l'envers ; et le lendemain, c'est-à-dire quand je serai devenu compagnon, je suivrai mon chemin, j'entrerai à l'Académie des beaux-arts, j'apprendrai à dessiner, et me voilà architecte ! Quand on m'écrira, on mettra sur l'adresse : *Monsieur un tel bien né,* ou peut-être *même très-bien né.* Il n'est pas impossible que l'on ajoute quelque chose à mon nom. Et je construirai, je construirai, aussi bien que les autres ont construit avant moi ! Et je bâtirai ainsi ma fortune. C'est ce que j'appelle être quelque chose.

- Ce que tu prends pour quelque chose, répartit le quatrième frère, me paraît bien peu et presque rien. Moi, je ne veux pas suivre le chemin battu par les autres ; je ne veux pas être un copiste. Je serai un génie original et créateur. J'inventerai un nouveau style d'architecture. Je dresserai le plan des édifices selon le climat du pays, les matériaux qu'on y trouve, l'esprit national, le degré de civilisation. A tous les étages qu'on a coutume d'élever, j'ajouterai un dernier étage auquel je donnerai mon nom et qui éternisera ma renommée.

- Si ton climat et tes matériaux ne valent rien, tu ne feras rien qui vaille, reprit le cinquième. Je vois bien, d'après tout ce que je viens d'entendre, qu'aucun de vous ne sera vraiment quelque chose, quoi que vous vous imaginiez. Pour être quelque chose, il faut se mettre au-dessus de toutes choses ; faites à votre guise, travaillez selon vos aptitudes et vos goûts, moi je raisonnerai sur ce que vous ferez, je le jugerai et le critiquerai. Il n'est rien en ce monde qui n'offre un côté imparfait ou défectueux, je le découvrirai, je le signalerai, et j'en parlerai comme il faut.

C'est, en effet, ce qu'il fit et non sans succès. On disait de lui : « Ce garçon est une forte tête, un homme entendu et capable, et cependant il ne produit rien. » C'était justement parce qu'il ne produisait rien qu'on le croyait quelque chose.

L'aîné, qui confectionnait des briques, remarqua bientôt que pour chaque brique il recevait une pièce de monnaie de cuivre ; et, quand il y en avait une certaine quantité, cela faisait un écu blanc. Or, quand on arrive avec un écu n'importe où, chez le boulanger, le boucher, etc., la porte s'ouvre toute seule, et vous n'avez qu'à demander ce que vous désirez. Voilà ce que produisent les briques. Il en est qui se fendent, qui se cassent, mais de celles-là même on peut tirer parti.

Marguerite la pauvresse voulait se bâtir une maisonnette sur la digue qui arrête les flots de la mer. Elle reçut du briquetier les briques manquées et mal venues, auxquelles quelques-unes belles et entières étaient mêlées ; car l'aîné des cinq frères, quoiqu'il ne s'élevât jamais plus haut que la fabrication des briques, avait bon cœur, et il avait recommandé de n'y regarder pas de trop près.

La pauvresse construisit elle-même sa maisonnette, qui fut basse et étroite. Cette hutte était du moins un abri, et quelle vue on y avait ! On voyait la mer immense, dont les vagues venaient se briser avec fracas contre la digue et lancer leur écume salée par-dessus la maisonnette. Depuis longtemps le brave homme qui en avait confectionné les briques reposait dans le sein de la terre.

Le frère puîné savait certes mieux maçonner que la pauvre Marguerite, car il avait appris comment il faut s'y prendre. Lorsqu'il eut passé son examen pour devenir compagnon, il boucla sa valise et entonna le chant de l'artisan :

« Pendant que je suis jeune, je veux voyager. Je vais construire des maisons à l'étranger. Je suis jeune, plein de force et de courage ; j'irai de ville en ville et verrai du pays. Et quand je reviendrai, j'ai confiance en ma fiancée, je la retrouverai fidèle. Hourrah ! le brave état que celui d'artisan ! Maître, je le deviendrai bientôt. »

Il lui arriva, en effet, ce que dit la chanson. A son retour, il fut reçu maître. Il construisit plusieurs maisons l'une suivant l'autre, et elles formèrent une rue, qui n'était pas une des moins belles de la ville. Ces maisons finirent par lui en bâtir une à lui-même. Les bonnes gens du quartier te diront : « Oui, vraiment, c'est la rue qui lui a construit sa maison. »

Ce n'était pas une grande maison, sans doute. Elle était dallée d'argile ; mais lorsqu'on y eut bien dansé à sa noce, l'argile fut aussi polie et luisante qu'un parquet. Les murs étaient revêtus de carreaux de faïence, dont chacun portait une fleur ; et cela ornait mieux la chambre que la plus riche draperie. C'était, en somme, une jolie maison et un couple heureux. Au fronton flottait la bannière de la corporation ; compagnons et apprentis, en passant devant, criaient : « Hourrah pour notre bon maître ! » Oui, il était devenu quelque chose.

Le troisième frère, après avoir été apprenti menuisier, après avoir porté la casquette et fait les commissions des compagnons, était entré, comme il l'avait dit, à l'Académie des beaux-arts, et avait obtenu le brevet d'architecte. Dès ce moment, quand on lui écrivait, on mettait sur l'adresse : « A Monsieur le très-bien et très-hautement né, etc. » Si la rue que le maçon avait bâtie lui avait rapporté une maison, cette rue reçut le nom du troisième frère et la plus belle maison de cette rue lui appartint. C'était être quelque chose, à coup sûr, que d'avoir de beaux titres à placer devant et après son nom. Sa femme était une dame de qualité, et ses enfants étaient considérés comme des enfants de la haute classe. Quand il mourut, son nom continua d'être inscrit au coin de la rue, et d'être prononcé par tous. Oui, celui-ci avait été quelque chose.

Le quatrième frère, l'homme de génie qui prétendait créer un style nouveau et original et orner les édifices d'un dernier étage qui devait l'immortaliser, n'atteignit pas tout à fait son but. En faisant construire cet étage de nouvelle forme, il tomba et se rompit le cou. Mais on lui fit un magnifique enterrement avec musique et bannières ; les rues où passa son cercueil furent jonchées de fleurs et de joncs. On prononça sur sa tombe trois oraisons funèbres l'une plus longue que l'autre, et la gazette s'encadra de noir ce jour-là. Il eût apprécié hautement ces avantages, s'il avait pu en être témoin, car il aimait par-dessus tout qu'on parlât de lui. Il eut son monument funéraire, et c'était toujours quelque chose.

Il était donc mort, et ses trois frères aînés étaient aussi trépassés. Il ne survivait que le cinquième, le grand raisonneur. En ceci, il était dans son rôle, car son affaire à lui était d'avoir toujours le dernier mot. Il s'était acquis, comme nous l'avons dit, la réputation d'un homme entendu et capable, quoiqu'il n'eût fait que gloser sur les ouvrages des autres. « C'est une bonne tête », disait-on communément. Celui-ci était-il devenu quelque chose ?

Son heure sonna aussi, il mourut et arriva à la porte du ciel. Là, on entre tou-

jours deux à deux. Il avait à côté de lui une autre âme qui demandait aussi à passer la porte. C'était justement Marguerite, la pauvresse de la maison de la digue.

- C'est assurément un contraste frappant, dit le raisonneur, que moi et cette âme misérable nous nous présentions ensemble.

- Qui êtes-vous, brave femme, qui voulez entrer au paradis ?

La bonne vieille pensait que c'était saint Pierre qui lui parlait.

- Je ne suis qu'une pauvresse, dit-elle, seule et sans famille. C'est moi qu'on nommait la vieille Marguerite de la maison de la digue.

- Qu'avez-vous donc fait de bon et d'utile pendant votre vie sur la terre ?

- Je n'ai rien fait pour mériter qu'on m'ouvre cette porte. Ce sera une bien grande grâce, si l'on me permet de me glisser inaperçue dans le paradis.

- Comment avez-vous donc quitté l'autre monde ? reprit-il pour causer et se distraire un peu, car il s'ennuyait beaucoup qu'on le fît ainsi attendre.

- Comment je suis sortie de l'autre monde, je n'en sais trop rien. Pendant mes dernières années, j'ai été malade et bien misérable, allez. Tout à coup, je me suis traînée hors de mon lit, et j'ai été saisie par un froid glacial. C'est ce qui m'aura fait mourir. Votre Grandeur se rappelle sans doute combien l'hiver a été rigoureux ; heureusement que je n'ai plus à en souffrir ! Pendant quelques jours il n'y eut pas de vent, mais le froid continuait de plus belle. Aussi loin qu'on pouvait voir, la mer était couverte d'une couche de glace.

«Tous les gens de la ville allèrent se promener sur ce miroir uni. Les uns couraient en traîneau ; les autres dansaient sous la tente ; d'autres se régalaient dans les buvettes qui s'y étaient installées. De ma pauvre chambrette où j'étais clouée, j'entendais les sons de la musique et les cris de joie.

« Cela dura ainsi jusqu'au soir. La lune s'était levée, elle était belle ; pourtant elle n'avait point tout son éclat. De mon lit je regardais par-dessus la mer immense. Tout à coup, là où elle touchait le ciel, surgit un nuage blanc, d'un aspect singulier. Je le considérai avec attention, et j'y aperçus un point noir qui grandit de plus en plus. Je sus alors ce que cela annonçait. Je suis vieille et j'ai de l'expérience. Bien qu'on voie rarement ce signe de malheur, je le connaissais et le frisson me prit. Deux fois déjà dans ma vie je l'avais vu ; je savais que ce nuage amènerait une tempête épouvantable et une haute marée qui engloutirait tous ces pauvres gens ne pensant qu'à se divertir, chantant et buvant, et pleins d'allégresse. Jeunes et vieux, toute la ville était là sur la glace. Qui les avertirait ? Quelqu'un remarquerait-il comme moi l'affreux nuage, et comprendrait-il ce qu'il présageait ? Je me demandai cela avec angoisse, et je me sentis plus de vie et de force que je n'en avais eu depuis bien longtemps. Je parvins à sortir de mon lit et à gagner la fenêtre. Je ne pus me traîner plus loin.

« Je réussis cependant à ouvrir la fenêtre. Je vis tout ce monde courir et sauter sur la glace. Que de beaux drapeaux il y avait là, qui voltigeaient au souffle du vent ! Les jeunes garçons criaient hourrah ! Servantes et domestiques dansaient en rond et chantaient. Ils s'amusaient de tout cœur. Mais le nuage blanc avec le point noir . . . Je criai tant que je pus ; personne ne m'entendit, j'étais trop loin d'eux. Bientôt la tourmente allait éclater ; la glace, soulevée par la mer, se briserait, et tous, tous seraient perdus. Personne ne pourrait les secourir !

« Je criai encore de toutes mes forces. Ma voix ne fut pas plus entendue que la première fois. Impossible d'aller à eux. Comment donc les ramener à terre ?

« Le bon Dieu m'inspira alors l'idée de mettre le feu à mon lit, et d'incendier ma maison plutôt que de laisser périr misérablement tous ces pauvres gens. J'exécutai aussitôt ce dessein. Les flammes rouges commençèrent à s'élever. C'était comme un phare que je leur allumai. Je franchis la porte, mais je restai là par terre. Mes forces étaient épuisées. Le feu sortait par le toit, par les fenêtres, par la porte : des langues de flammes venaient jusqu'à moi comme pour me lécher.

« La population qui était sur la glace aperçut la clarté ; tous accoururent pour sauver une pauvre créature qui, pensaient-ils, allait être brûlée vivante. Il n'y en eut pas un qui ne se précipitât vers la digue. Puis la marée monta, souleva la glace et la brisa en mille morceaux. Mais il n'y avait plus personne, tout le monde était accouru vers la digue. Je les avais tous sauvés.

« La frayeur, l'effort que je dus faire, le froid glacial qui me saisit, achevèrent ma triste existence, et c'est ainsi que me voilà arrivée à la porte du ciel. »

La porte du paradis s'ouvrit, et un ange y introduisit la pauvre vieille. Elle laissa tomber un brin de paille, un de ceux qui étaient dans son lit lorsqu'elle y mit le feu. Cette paille se changea en or pur, grandit en un moment, poussa des branches, des feuilles et des fleurs, et fut comme un arbre d'or splendide.

- Tu vois, dit l'ange au raisonneur, ce que la pauvresse a apporté. Et toi, qu'apportes-tu ? Rien, je le sais, tu n'as rien produit en toute ta vie. Tu n'as pas même façonné une brique. Si encore tu pouvais retourner sur terre pour en confectionner une seule, elle serait sûrement mal faite ; mais ce serait du moins une preuve de bonne volonté, et la bonne volonté, c'est quelque chose.

Alors la vieille petite mère de la maison de la digue :

- Je le reconnais, dit-elle, c'est son frère qui m'a donné les briques et les débris de briques avec lesquels j'ai bâti ma maisonnette. Quel bienfait ce fut pour moi, la pauvresse ! Est-ce que tous ces morceaux de briques ne pourraient pas tenir lieu de la brique qu'il aurait à fournir ? Ce serait un acte de grâce.

- Tu le vois, reprit l'ange, le plus humble de tes frères, celui que tu estimais moins encore que les autres, et dont l'honnête métier te paraissait si méprisable, c'est lui qui pourra te faire entrer an paradis. Toutefois tu n'entreras pas avant que tu aies quelque chose à faire valoir pour suppléer à ta réelle indigence.

« Tout ce qu'il dit là, pensa en lui-même le raisonneur, aurait pu être exprimé avec plus d'éloquence. » Mais il garda sa remarque pour lui seul.

Les Coureurs

Un prix, deux prix même, un premier et un second, furent un jour proposés pour ceux qui montreraient la plus grande vélocité.

C'est le lièvre qui obtint le premier prix.

- Justice m'a été rendue, dit-il ; du reste, j'avais assez de parents et d'amis parmi le jury, et j'étais sûr de mon affaire. Mais que le colimaçon ait reçu le second prix, cela, je trouve que c'est presque une offense pour moi.

- Du tout, observa le poteau, qui avait figuré comme témoin lors de la délibération du jury ; il fallait aussi prendre en considération la persévérance et la bonne volonté : c'est ce qu'ont affirmé plusieurs personnes respectables, et j'ai bien compris que c'était équitable. Le colimaçon, il est vrai, a mis six mois pour se traîner de la porte au fond du jardin, et les autres six mois pour revenir jusqu'à la porte ; mais, pour ses forces c'est déjà une extrême rapidité ; aussi dans sa précipitation s'est-il rompu une corne en heurtant une racine. Toute l'année, il n'a pensé qu'à la course et, songez donc, il avait le poids de sa maison sur son dos. Tout cela méritait récompense et voilà pourquoi on lui a donné le second prix.

- On aurait bien pu m'admettre au concours, interrompit l'hirondelle. Je pense que personne ne fend l'air, ne vire, ne tourne avec autant d'agilité que moi. J'ai été au loin, à l'extrémité de la terre. Oui, je vole vite, vite, vite.

- Oui, mais c'est là votre malheur, répliqua le poteau. Vous êtes trop vagabonde, toujours par monts et par vaux. Vous filez comme une flèche à l'étranger quand il commence à geler chez nous. Vous n'avez pas de patriotisme.

- Mais, dit l'hirondelle, si je me niche pendant l'hiver dans les roseaux des tourbières, pour y dormir comme la marmotte tout le temps froid, serai-je une autre fois admise à concourir ?

- Oh, certainement ! déclara le poteau. Mais il vous faudra apporter une attestation de la vieille sorcière qui règne sur les tourbières, comme quoi vous aurez passé réellement l'hiver dans votre pays et non dans les pays chauds à l'étranger.

- J'aurais bien mérité le premier prix et non le second, grommela le colimaçon. Je sais une chose : ce qui faisait courir le lièvre comme un dératé, c'est la pure couardise ; partout, il voit des ennemis et du danger. Moi, au contraire, j'ai choisi la course comme but de ma vie, et j'y ai gagné une cicatrice honorable. Si, donc, quelqu'un était digne du premier prix, c'était bien moi. Mais je ne sais pas me faire valoir, flatter les puissants.

- Ecoutez, dit la vieille borne qui avait été membre du jury, les prix ont été adjugés avec équité et discernement. C'est que je procède toujours avec ordre et après mûre réflexion. Voilà déjà sept fois que je fais partie du jury, mais ce n'est qu'aujourd'hui que j'ai fait admettre mon avis par la majorité.

« Cependant chaque fois je basai mon jugement sur des principes. Tenez, admirez mon système. Cette fois, comme nous étions le 12 du mois, j'ai suivi les lettres de l'alphabet depuis l'*a,* et j'ai compté jusqu'à douze ; j'étais arrivé à *l*: c'était donc au lièvre que revenait le premier prix. Quant au second, j'ai recommencé mon petit manège ; et, comme il était trois heures au moment du vote, je me suis arrêté au *c* et j'ai donné mon suffrage au colimaçon. La prochaine fois, si on maintient les dates fixées, ce sera l'*f* qui remportera le premier prix et le *d* le second. En toutes choses, il faut de la régularité et un point de départ fixe.

- Je suis bien de votre avis, dit le mulet ; et si je n'avais pas été parmi le jury, je me serais donné ma voix à moi-même. Car enfin, la vélocité n'est pas tout ; il y a encore d'autres qualités, dont il faut tenir compte : par exemple, la force musculaire qui me permet de porter un lourd fardeau tout en trottant d'un bon pas. De cela, il n'était pas question étant donné les concurrents. Je n'ai pas non plus pris en considération la prudence, la ruse du lièvre, son adresse.

« Ce qui m'a surtout préoccupé, c'était de tenir compte de la beauté, qualité si essentielle. A mérite égal, m'étais-je dit, je donnerai le prix au plus beau. Or qu'y a-t-il au monde de plus beau que les longues oreilles du lièvre, si mobiles, si flexibles ? C'est un vrai plaisir que de les voir retomber jusqu'au milieu du dos ; il me

semblait que je me revoyais tel que j'étais aux jours de ma plus tendre enfance. De cela, il n'était pas question étant donné les concurrents. Je n'ai pas non plus pris en considération la prudence, la ruse du lièvre, son adresse.

« Ce qui m'a surtout préoccupé, c'était de tenir compte de la beauté, qualité si essentielle. A mérite égal, m'étais-je dit, je donnerai le prix au plus beau. Or qu'y a-t-il au monde de plus beau que les longues oreilles du lièvre, si mobiles, si flexibles ? C'est un vrai plaisir que de les voir retomber jusqu'au milieu du dos ; il me semblait que je me revoyais tel que j'étais aux jours de ma plus tendre enfance.

- Pst ! dit la mouche, permettez-moi une simple observation. Des lièvres, moi qui vous parle, j'en ai rattrapé pas mal à la course. Je me place souvent sur la locomotive des trains ; on y est à son aise pour juger de sa propre vélocité. Naguère, un jeune levraut des plus ingambes, galopait en avant du train ; j'arrive et il est bien forcé de se jeter de côté et de me céder la place. Mais il ne se gare pas assez vite et la roue de la locomotive lui enlève l'oreille droite. Voilà ce que c'est que de vouloir lutter avec moi. Votre vainqueur, vous voyez bien comme je le battrais facilement ; mais je n'ai pas besoin de prix, moi.

- Il me semble cependant, pensa l'églantine, il me semble que c'est le rayon de soleil qui aurait mérité de recevoir le premier prix d'honneur et aussi le second. En un clin d'œil, il fait l'immense trajet du soleil à la terre, et il y perd si peu de sa force que c'est lui qui anime toute la nature. C'est à lui que moi, et les roses, mes sœurs, nous devons notre éclat et notre parfum. La haute et savante commission du jury ne paraît pas s'en être doutée. Si j'étais rayon de soleil, je leur lancerais un jet de chaleur qui les rendrait tout à fait fous. Mais je n'irai pas critiquer tout haut leur arrêt. Du reste, le rayon de soleil aura sa revanche ; il vivra plus longtemps qu'eux tous.

- En quoi consiste donc le premier prix ? Fit tout à coup le ver de terre.

- Le vainqueur, répondit le mulet, a droit, sa vie durant, d'entrer librement dans un champ de choux et de s'y régaler à bouche que veux-tu. C'est moi qui ai proposé ce prix. J'avais bien deviné que ce serait le lièvre qui l'emporterait, et alors j'ai pensé tout de suite qu'il fallait une récompense qui lui fût de quelque utilité. Quant au colimaçon, il a le droit de rester tant que cela lui plaira sur cette belle haie et de se gorger d'aubépine, fleurs et feuilles. De plus, il est dorénavant membre du jury ; c'est important pour nous d'avoir dans la commission quelqu'un qui, par expérience, connaisse les difficultés du concours. Et, à en juger d'après notre sagesse, certainement l'histoire parlera de nous.

Bonne Humeur

on père m' a fait hériter ce que l'on peut hériter de mieux : ma bonne humeur. Qui était-il, mon père ? Ceci n'avait sans doute rien à voir avec sa bonne humeur ! Il était vif et jovial, grassouillet et rondouillard, et son aspect extérieur ainsi que son for intérieur étaient en parfait désaccord avec sa profession. Quelle était donc sa profession, sa situation ? Vous allez comprendre que si je l'avais écrit et imprimé tout au début, il est fort probable que la plupart des lecteurs auraient reposé mon livre après l'avoir appris, en disant : « C'est horrible, je ne peux pas lire cela ! » Et pourtant, mon père n'était pas un bourreau ou un valet de bourreau, bien au contraire ! Sa profession le mettait parfois à la tête de la plus haute noblesse de ce monde, et il s'y trouvait d'ailleurs de plein droit et parfaitement à sa place. Il fallait qu'il soit toujours devant — devant l'évêque, devant les princes et les comtes . . . et il y était. Mon père était cocher de corbillard !

Voilà, je l'ai dit. Mais écoutez la suite : les gens qui voyaient mon père, haut perché sur son siège de cocher de cette diligence de la mort, avec son manteau noir qui lui descendait jusqu'aux pieds et son tricorne à franges noires, et qui voyaient ensuite son visage rond, et souriant, qui ressemblait à un soleil dessiné, ne pensaient plus ni au chagrin, ni à la tombe, car son visage disait : « Ce n'est rien, cela ira beaucoup mieux que vous ne le pensez ! »

C'est de lui que me vient cette habitude d'aller régulièrement au cimetière. C'est une promenade gaie, à condition que vous y alliez la joie dans le cœur — et puis je suis, comme mon père l'avait été, abonné au *Courrier royal.*

Je ne suis plus très jeune. Je n'ai ni femme, ni enfants, ni bibliothèque mais, comme je viens de le dire, je suis abonné au *Courrier royal* et cela me suffit. C'est pour moi le meilleur journal, comme il l'était aussi pour mon père. Il est très utile et salutaire car il y a tout ce qu'on a besoin de savoir : qui prêche dans telle église, qui sermonne dans tel livre, où l'on peut trouver une maison, une domestique, des vêtements et des vivres, les choses que l'on met à prix, mais aussi les têtes. Et puis, on y lit beaucoup à propos des bonnes œuvres et il y a tant de petites poésies anodines ! On y parle également des mariages et de qui accepte ou n'accepte pas de rendez-vous. Tout y est si simple et si naturel ! Le *Courrier Royal* vous garantit une vie heureuse et de belles funérailles ! A la fin de votre vie, vous avez tant de papier que vous pouvez vous en faire un lit douillet, si vous n'avez pas envie de dormir sur le plancher.

La lecture du *Courrier royal* et les promenades au cimetière enchantent mon âme plus que n'importe quoi d'autre et renforcent mieux que tout ma bonne humeur. Tout le monde peut se promener, avec les yeux, dans le *Courrier royal,* mais venez avec moi au cimetière ! Allons-y maintenant, tant que le soleil brille et que les arbres sont verts. Promenons-nous entre les pierres tombales ! Elles sont toutes comme des livres, avec leur page de couverture pour que l'on puisse lire le titre qui vous apprendra de quoi le livre va vous parler ; et pourtant il ne vous dira rien. Mais moi, j'en sais un peu plus, grâce à mon père mais aussi grâce à moi. C'est dans mon « Livre » des tombes ; je l'ai écrit moi-même pour instruire et pour amuser. Vous y trouverez tous les morts, et d'autres encore . . .

Nous voici au cimetière.

Derrière cette petite clôture peinte en blanc, il y avait jadis un rosier. Il n'est plus là depuis longtemps, mais le lierre provenant de la tombe voisine a rampé jusqu'ici pour égayer un peu l'endroit. Ci-gît un homme très malheureux. Il vivait bien, de son vivant, car il avait réussi et avait une très bonne paie et même un peu plus, mais il prenait le monde, c'est-à-dire l'art trop au sérieux. Le soir, il allait au théâtre et s'en réjouissait à l'avance, mais il devenait furieux, par exemple, aussitôt qu'un éclairagiste illuminait un peu plus une face de la lune plutôt que l'autre ou qu'une frise pendait devant le décor et non pas derrière le décor, ou lorsqu'il y voyait un palmier dans Amager, un cactus dans le Tyrol ou un hêtre dans le nord de la Norvège, au-delà du cercle polaire ! Comme si cela avait de l'importance ! Qui pense à cela ? Ce n'est qu'une comédie, on y va pour s'amuser ! . . . Le public applaudissait trop, ou trop peu. « Du bois humide, marmonnait-il, il ne va pas s'enflammer ce soir. » Puis, il se retournait, pour voir qui étaient ces gens-là. Et il entendait tout de suite qu'ils ne riaient pas au bon moment et qu'ils riaient en revanche là où il ne le fallait pas ; tout cela le tourmentait au point de le rendre malheureux. Et maintenant, il est mort.

Ici repose un homme très heureux, ou plus précisément un homme d'origine noble. C'était d'ailleurs son plus grand atout, sans cela il n'aurait été personne. La nature sage fait si bien les choses que cela fait plaisir à voir. Il portait des chaussures brodées devant et derrière et vivait dans de beaux appartements. Il faisait penser au précieux cordon de sonnette brodé de perles avec lequel on sonnait les domestiques et qui est prolongé par une bonne corde bien solide qui, elle, fait tout le travail. Lui aussi avait une bonne corde solide, en la personne de son adjoint qui faisait tout à sa place, et le fait d'ailleurs toujours, pour un autre cordon de sonnette brodé, tout neuf. Tout est conçu avec tant de sagesse que l'on peut vraiment se réjouir de la vie.

Et ici repose l'homme qui a vécu soixante-sept ans et qui, pendant tout ce temps, n'a pensé qu'à une chose : trouver une belle et nouvelle idée. Il ne vivait que pour cela et un jour, en effet, il l'a eue, ou du moins, il l'a cru. Ceci l'a mis dans une telle joie qu'il en est mort. Il est mort de joie d'avoir trouvé la bonne idée. Personne ne l'a appris et personne n'en a profité ! Je pense que même dans sa tombe, son idée ne le laisse pas reposer en paix. Car, imaginez un instant qu'il s'agisse d'une idée qu'il faut exprimer lors du déjeuner pour qu'elle soit vraiment efficace, alors que lui, en tant que défunt, ne peut, selon une opinion généralement répandue, apparaître qu'à minuit : son idée, à ce moment-là risque de ne pas être bien venue, ne fera rire personne et lui, il n'aura plus qu'à retourner dans sa tombe avec sa belle idée. Oui, c'est une tombe bien triste.

Ici repose une femme très avare. De son vivant elle se levait la nuit pour miauler afin que ses voisins pensent qu'elle avait un chat. Elle était vraiment avare !

Ici repose une demoiselle de bonne famille. Chaque fois qu'elle se trouvait en société, il fallait qu'elle parle de son talent de chanteuse et lorsqu'on avait réussi à la convaincre de chanter, elle commençait par : « *Mi manca la voce !* », ce qui veut dire : « Je n'ai aucune voix ». Ce fut la seule vérité de sa vie.

Ici repose une fille d'un genre différent ! Lorsque le cœur se met à piailler

comme un canari, la raison se bouche les oreilles. La belle jeune fille était toujours illuminée de l'auréole du mariage, mais le sien n'a jamais eu lieu . . . !

Ici repose une veuve qui avait le chant du cygne sur les lèvres et de la bile de chouette dans le cœur. Elle rendait visite aux familles pour y pêcher tous leurs péchés, exactement comme *L'ami de l'Ordre* dénonçait son prochain.

Ici c'est un caveau familial. C'était une famille très unie et chacun croyait tout ce que l'autre disait, à tel point que si le monde entier et les journaux disaient : « C'est ainsi ! » et si le fils, rentrant de l'école, déclarait : « Moi, je l'ai entendu ainsi », c'était lui qui avait raison parce qu'il faisait partie de la famille. Et si dans cette famille il arrivait que le coq chantait à minuit, c'était le matin, même si le veilleur de nuit et toutes les horloges de la ville annonçaient minuit.

Le grand Goethe termine son *Faust* en écrivant que cette histoire pouvait avoir une suite. On peut dire la même chose de notre promenade dans le cimetière. Je viens souvent ici. Lorsque l'un de mes amis ou ennemis fait de ma vie un enfer, je viens ici, je trouve un joli endroit gazonné et je le voue à celui ou à celle que j'aurais envie d'enterrer. Et je l'enterre aussitôt. Ils sont là, morts et impuissants, jusqu'à ce qu'ils reviennent à la vie, renouvelés et meilleurs. J'inscris leur vie, telle que je l'ai vue moi, dans mon « Livre » des tombes. Chacun devrait faire ainsi et au lieu de se morfondre, enterrer bel et bien celui qui vous met des bâtons dans les roues. Je recommande de garder sa bonne humeur et de lire le *Courrier royal,* journal d'ailleurs écrit par le peuple lui-même, même si, pour certains, quelqu'un d'autre guide la plume.

Lorsque mon temps sera venu et que l'on m'aura enterré dans une tombe avec l'histoire de ma vie, mettez sur elle cette inscription : *« Bonne humeur. »*

C'est mon histoire.

Le Soleil Raconte

aintenant, c'est moi qui raconte ! dit le vent.

- Non, si vous permettez, protesta la pluie, c'est mon tour à présent ! Cela fait des heures que vous êtes posté au coin de la rue en train de souffler de votre mieux.

- Quelle ingratitude ! soupira le vent. En votre honneur, je retourne les parapluies, j'en casse même plusieurs et vous me brusquez ainsi !

- C'est moi qui raconte, dit le rayon de soleil. Il s'exprima si fougueusement et en même temps avec tant de noblesse que le vent se coucha et cessa de mugir et de grogner ; la pluie le secoua en rouspétant : « Est-ce que nous devons nous laisser faire ! Il nous suit tout le temps. Nous n'allons tout de même pas l'écouter. Cela n'en vaut pas la peine. » Mais le rayon de soleil raconta :

Un cygne volait au-dessus de la mer immense et chacune de ses plumes brillait comme de l'or. Une plume tomba sur un grand navire marchand qui voguait toutes voiles dehors. La plume se posa sur les cheveux bouclés d'un jeune homme qui surveillait la marchandise ; on l'appelait « supecargo ». La plume de l'oiseau de la fortune toucha son front, se transforma dans sa main en plume à écrire, et le jeune homme devint bientôt un commerçant riche qui pouvait se permettre d'acheter des éperons d'or et échanger un tonneau d'or contre un blason de noblesse. Je le sais parce que je l'éclairais, ajouta le rayon de soleil.

Le cygne survola un pré vert. Un petit berger de sept ans venait juste de se coucher à l'ombre d'un vieil arbre. Le cygne embrassa une des feuilles de l'arbre, laquelle se détacha et tomba dans la paume de la main du garçon. Et la feuille se multiplia en trois, dix feuilles, puis en tout un livre. Ce livre apprit au garçon les miracles de la nature, sa langue maternelle, la foi et le savoir. Le soir, il reposait sa tête sur lui pour ne pas oublier ce qu'il y avait lu, et le livre l'amena jusqu'aux bancs de l'école et à la table du grand savoir. J'ai lu son nom parmi les noms des savants, affirma le soleil. Le cygne descendit dans la forêt calme et se reposa sur les lacs sombres et silencieux, parmi les nénuphars et les pommiers sauvages qui les bordent, là où nichent les coucous et les pigeons sauvages.

Une pauvre femme ramassait des ramilles dans la forêt et comme elle les ramenait à la maison sur son dos en tenant son petit enfant dans ses bras, elle aperçut un cygne d'or, le cygne de la fortune, s'élever des roseaux près de la rive. Mais qu'est-ce qui brillait là ? Un œuf d'or. La femme le pressa contre sa poitrine et l'œuf resta chaud, il y avait sans doute de la vie à l'intérieur ; oui, on sentait des coups légers. La femme les perçut mais pensa qu'il s'agissait des battements de son propre cœur. A la maison, dans sa misérable et unique pièce, elle posa l'œuf sur la table. « Tic, tac » entendit-on à l'intérieur. Lorsque l'œuf se fendilla, la tête d'un petit cygne comme emplumé d'or pur en sortit. Il avait quatre anneaux autour du cou et comme la pauvre femme avait quatre fils, trois à la maison et le quatrième qui était avec elle dans la forêt, elle comprit que ces anneaux étaient destinés à ses enfants. A cet instant le petit oiseau d'or s'envola.

La femme embrassa les anneaux, puis chaque enfant embrassa le sien ; elle appliqua chaque anneau contre son cœur et le leur mit au doigt.

Un des garçons prit une motte de terre dans sa main et la fit tourner entre ses doigts jusqu'à ce qu'il en sortît la statue de Jason portant la toison d'or.

Le deuxième garçon courut sur le pré où s'épanouissaient des fleurs de toutes les couleurs. Il en cueillit une pleine poignée et les pressa très fort. Puis il trempa son anneau dans le jus. Il sentit un fourmillement dans ses pensées et dans sa main. Un an et un jour après, dans la grande ville, on parlait d'un grand peintre.

Le troisième des garçons mit l'anneau dans sa bouche où elle résonna et fit

retentir un écho du fond du cœur. Des sentiments et des pensées s'élevèrent en sons, comme des cygnes qui volent, puis plongèrent comme des cygnes dans la mer profonde, la mer profonde de la pensée. Le garçon devint le maître des sons et chaque pays au monde peut dire à présent : oui, il m'appartient.

Le quatrième, le plus petit, était le souffre-douleur de la famille. Les gens se moquaient de lui, disaient qu'il avait la pépie et qu'à la maison on devrait lui donner du beurre et du poivre comme aux poulets malades ; il y avait tant de poison dans leurs paroles. Mais moi, je lui ai donné un baiser qui valait dix baisers humains. Le garçon devint un poète, la vie lui donna des coups et des baisers, mais il avait l'anneau du bonheur du cygne de la fortune. Ses pensées s'élevaient librement comme des papillons dorés, symboles de l'immortalité.

- Quel long récit ! bougonna le vent.

- Et si ennuyeux ! ajouta la pluie. Soufflez sur moi pour que je m'en remette. Et le vent souffla et le rayon de soleil raconta :

- Le cygne de la fortune vola au-dessus d'un golfe profond où des pêcheurs avaient tendu leurs filets. Le plus pauvre d'entre eux songeait à se marier, et aussi se maria-t-il bientôt.

Le cygne lui apporta un morceau d'ambre. L'ambre a une force attractive et il attira dans sa maison la force du cœur humain. Tous dans la maison vécurent heureux dans de modestes conditions. Leur vie fut éclairée par le soleil.

- Cela suffit maintenant, dit le vent. Le soleil raconte depuis bien longtemps. Je me suis ennuyé !

Et nous, qui avons écouté le récit du rayon de soleil, que dirons-nous ?

Nous dirons : « Le rayon de soleil a fini de raconter ».

Le Papillon

e papillon veut se marier et, comme vous le pensez bien, il prétend choisir une fleur jolie entre toutes les fleurs. Elles sont en grand nombre et le choix dans une telle quantité est embarrassant. Le papillon vole tout droit vers les pâquerettes. C'est une petite fleur que les Français nomment aussi marguerite. Lorsque les amoureux arrachent ses feuilles, à chaque feuille arrachée ils demandent :

- M'aime-t-il ou m'aime-t-elle un peu, beaucoup, passionnément, pas du tout ? La réponse de la dernière feuille est la bonne. Le papillon l'interroge :

- Chère dame Marguerite, dit-il, vous êtes la plus avisée de toutes les fleurs. Dites-moi, je vous prie, si je dois épouser celle-ci ou celle-là.

La marguerite ne daigna pas lui répondre. Elle était mécontente de ce qu'il l'avait appelée dame, alors qu'elle était encore demoiselle, ce qui n'est pas du tout la même chose. Il renouvela deux fois sa question, et, lorsqu'il vit qu'elle gardait le silence, il partit pour aller faire sa cour ailleurs. On était aux premiers jours du printemps. Les crocus et les perce-neige fleurissaient à l'entour.

- Jolies, charmantes fleurettes ! dit le papillon, mais elles ont encore un peu trop la tournure de pensionnaires. Comme les très jeunes gens, il regardait de préférence les personnes plus âgées que lui.

Il s'envola vers les anémones ; il les trouva un peu trop amères à son goût. Les violettes lui parurent trop sentimentales. La fleur de tilleul était trop petite et, de plus, elle avait une trop nombreuse parenté. La fleur de pommier rivalisait avec la rose, mais elle s'ouvrait aujourd'hui pour périr demain, et tombait au premier souffle du vent ; un mariage avec un être si délicat durerait trop peu de temps. La fleur des pois lui plut entre toutes ; elle est blanche et rouge, fraîche et gracieuse ; elle a beaucoup de distinction et, en même temps, elle est bonne ménagère et ne dédaigne pas les soins domestiques. Il allait lui adresser sa demande, lorsqu'il aperçut près d'elle une cosse à l'extrémité de laquelle pendait une fleur desséchée :

- Qu'est-ce cela ? fit-il.

- C'est ma sœur, répondit Fleur des Pois.

- Vraiment, et vous serez un jour comme cela ! s'écria le papillon qui s'enfuit.

Le chèvrefeuille penchait ses branches en dehors d'une haie ; il y avait là une quantité de filles toutes pareilles, avec de longues figures au teint jaune.

- A coup sûr, pensa le papillon, il était impossible d'aimer cela.

Le printemps passa, et l'été après le printemps. On était à l'automne, et le papillon n'avait pu se décider encore. Les fleurs étalaient maintenant leurs robes les plus éclatantes ; en vain, car elles n'avaient plus le parfum de la jeunesse. C'est surtout à ce frais parfum que sont sensibles les cœurs qui ne sont plus jeunes ; et il y en avait fort peu, il faut l'avouer, dans les dahlias et dans les chrysanthèmes. Aussi le papillon se tourna-t-il en dernier recours vers la menthe. Cette plante ne fleurit pas, mais on peut dire qu'elle est fleur tout entière, tant elle est parfumée de la tête au pied ; chacune de ses feuilles vaut une fleur, pour les senteurs qu'elle répand dans l'air. « C'est ce qu'il me faut, se dit le papillon ; je l'épouse. » Et il fit sa déclaration.

La menthe demeura silencieuse et guindée, en l'écoutant. A la fin elle dit :

- Je vous offre mon amitié, s'il vous plaît, mais rien de plus. Je suis vieille, et vous n'êtes plus jeune. Nous pouvons fort bien vivre l'un pour l'autre ; mais quant à nous marier . . . sachons à notre âge éviter le ridicule.

C'est ainsi qu'il arriva que le papillon n'épousa personne. Il avait été trop long à faire son choix, et c'est une mauvaise méthode. Il devint donc ce que nous appelons un vieux garçon.

L'automne touchait à sa fin ; le temps était sombre, et il pleuvait. Le vent froid soufflait sur le dos des vieux saules au point de les faire craquer. Il n'était pas bon vraiment de se trouver dehors par ce temps-là ; aussi le papillon ne vivait-il plus en plein air. Il avait par fortune rencontré un asile, une chambre bien chauffée où régnait la température de l'été. Il y eût pu vivre assez bien, mais il se dit : « Ce n'est pas tout de vivre ; encore faut-il la liberté, un rayon de soleil et une petite fleur. » Il vola vers la fenêtre et se heurta à la vitre. On l'aperçut, on l'admira, on le captura et on le ficha dans la boîte aux curiosités. « Me voici sur une tige comme les fleurs, se dit le papillon. Certainement, ce n'est pas très agréable ; mais enfin on est casé : cela ressemble au mariage. » Il se consolait jusqu'à un certain point avec cette pensée. « C'est une pauvre consolation », murmurèrent railleusement quelques plantes qui étaient là dans des pots pour égayer la chambre. « Il n'y a rien à attendre de ces plantes bien installées dans leurs pots, se dit le papillon ; elles sont trop à leur aise pour être humaines. »

Le Coq de Poulailler et le Coq de Girouette

Il était une fois deux coqs, un sur le tas de fumier, l'autre sur le toit, et ils étaient aussi prétentieux l'un que l'autre. Mais lequel des deux était le plus utile ? Dites ce que vous en pensez . . . nous ne changerons pas d'avis pour autant.

La basse-cour était séparée du reste de la cour par un grillage. Là il y avait un tas de fumier et là poussait un grand concombre. Il savait bien qu'il était en fait une plante de serre.

- Cela dépend des origines, se disait le concombre. Tout le monde ne peut pas être un concombre, d'autres créatures doivent également exister. Les poules, les canards et tous les habitants de la cour voisine sont aussi des êtres vivants. J'observe le coq du poulailler lorsqu'il est assis sur la clôture. Il est autrement plus important que le coq de girouette qui est, il est vrai, très haut perché, mais ne sait même pas piailler et encore moins coqueriquer. Il n'a ni poules ni poussins, ne pense qu'à lui et transpire en plus le vert-de-gris. Par contre, notre coq, lui est un coq ! Regardez-le comment il marche, c'est presque de la danse ? Et on l'entend partout. Quel clairon ? Oh, s'il voulait venir ici, s'il voulait me manger tout entier, avec les feuilles et la tige, ce serait une bien belle mort.

La nuit, un terrible orage arriva. La poule avec ses poussins ainsi que le coq s'abritèrent. La bourrasque fit tomber avec fracas la clôture entre les deux cours. Des tuiles tombèrent du toit mais le coq de girouette était bien assis et ne tourna même pas. Il ne tournait pas, malgré son jeune âge. C'était un coq fraîchement coulé mais très pondéré et réfléchi. Il était né vieux. Il n'était pas comme tous ces oiseaux du ciel, les moineaux et les hirondelles qu'il méprisait, « oiseaux qui piaulent et sont, de surcroît, très ordinaires ».

- Les pigeons sont grands, luisants et brillants comme la nacre, ils ressemblent même à des coqs de girouette. Mais ils sont gros et bêtes, ne pensent qu'à s'empiffrer et sont très ennuyeux, disait le coq de girouette.

Les oiseaux migrateurs lui rendaient parfois visite. Ils lui parlaient des pays lointains, des vols en bandes, lui racontaient des histoires de brigands et leurs aventures avec les rapaces. La première fois, c'était nouveau et intéressant, mais plus tard le coq comprit qu'ils se répétaient et racontaient toujours la même chose. Ils l'ennuyaient, tout l'ennuyait, on ne pouvait parler avec personne, tout le monde était inintéressant et lassant.

- Le monde ne vaut rien ! déclarait-il. Tout cela n'a aucun sens !

Le coq de girouette était, comme on dit, blasé et c'est pourquoi il aurait été certainement un ami plus intéressant pour le concombre s'il s'en était douté. Mais celui-ci n'avait d'yeux que pour le coq de poulailler, qui justement marchait à ce moment vers lui.

La clôture gisait par terre et l'orage était passé.

- Comment avez-vous trouvé mon cri de coq ? demanda le coq aux poules et aux poussins ; il était un peu rauque et manquait d'élégance.

Les poules et les poussins passèrent sur le tas de fumier et le coq les suivit.

- Œuvre de la Nature ! dit-il au concombre. Ces quelques mots convainquirent le concombre que le coq avait de l'éducation et il en oublia même que le coq était en train de le picorer et de le manger.

- Quelle belle mort !

Les poules accoururent, les poussins accoururent et vous le savez bien, dès que l'un se met à courir les autres font de même. Les poules caquetaient, les poussins caquetaient et regardaient le coq avec admiration. Ils en étaient fiers, il était de leur famille.

- Cocorico ! chanta-t-il. Les poussins deviendront bientôt de grandes poules, il me suffit d'en parler à la basse-cour du monde.

Et les poules caquetèrent et les poussins piaillèrent.

Le coq leur annonça la grande nouvelle.

- Un coq peut pondre un œuf ! Et savez-vous ce qu'il y a dans un tel œuf ? Un basilic ! Personne ne supporte le regard d'un basilic ! Les hommes le savent, vous le savez aussi, et maintenant vous savez tout ce que j'ai en moi ! Je suis un gaillard, je suis le meilleur coq de toutes les basses-cours du monde !

Et le coq agita ses ailes, secoua sa crête et chanta. Toutes les poules et tous les poussins en eurent froid dans le dos. Et ils étaient très fiers d'avoir un tel gaillard dans la famille, le meilleur coq de toutes les basses-cours du monde. Les poules caquetèrent, les poussins piaillèrent pour que même le coq de girouette les entende. Et il les entendit, mais cela ne le fit même pas bouger.

- Tout cela n'a aucun sens, se dit le coq de girouette. Jamais le coq de girouette ne pondra un œuf et je n'en ai pas envie. Si je voulais, je pourrais pondre un œuf de vent, un œuf pourri, mais le monde n'en vaut même pas la peine. Tout cela est inutile !... Maintenant, je n'ai même plus envie d'être perché là !

Et le coq se détacha du toit. Mais il ne tua pas le coq de poulailler même si « c'était ce qu'il voulait », affirmèrent les poules. Et quel enseignement en tirerons-nous ?

- Il vaut mieux chanter que d'être blasé et se briser !

UNE ROSE DE LA TOMBE D'HOMERE

ans tous les chants d'Orient on parle de l'amour du rossignol pour la rose. Dans les nuits silencieuses, le troubadour ailé chante sa sérénade à la fleur suave.

Non loin de Smyrne, sous les hauts platanes, là où le marchand pousse ses chameaux chargés de marchandises qui lèvent fièrement leurs longs cous et foulent maladroitement la terre sacrée, j'ai vu une haie de rosiers en fleurs. Des pigeons sauvages volaient entre les branches des hauts arbres et leurs ailes scintillaient dans les rayons de soleil comme si elles étaient nacrées.

Une rose de la haie vivante était la plus belle de toutes, et c'est à elle que le rossignol chanta sa douleur. Mais la rose se tut, pas une seule goutte de rosée en guise de larme de compassion ne glissa sur ses pétales, elle se pencha seulement sur quelques grandes pierres.

- Ci-gît le plus grand chanteur de ce monde, dit la rose. Au-dessus de sa tombe je veux répandre mon parfum, et sur sa tombe je veux étaler mes pétales quand la tempête me les arrachera. Le chanteur de l'Iliade est devenu poussière de cette terre où je suis née. Moi, rose de la tombe d'Homère, suis trop sacrée pour fleurir pour n'importe quel pauvre rossignol.

Et le rossignol chanta à en mourir.

Le chamelier arriva avec ses chameaux chargés et ses esclaves noirs. Son jeune fils trouva l'oiseau mort et enterra le petit chanteur dans la tombe du grand Homère; et la rose frissonna dans le vent. Le soir, la rose s'épanouit comme jamais et elle rêva que c'était un beau jour ensoleillé. Puis un groupe de Francs, en pèlerinage à la tombe d'Homère, s'approcha. Il y avait parmi eux un chanteur du nord, du pays du brouillard et des aurores boréales. Il cueillit la rose, l'inséra dans son livre et l'emporta ainsi sur un autre continent, dans son pays lointain. La rose fana de chagrin et demeura aplatie dans le livre. Lorsque le chanteur revint chez lui, il ouvrit le livre et dit : Voici une rose de la tombe d'Homère.

Tel fut le rêve de la petite rose lorsqu'elle s'éveilla et tressaillit de froid. Des gouttes de rosée tombèrent de ses pétales et, lorsque le soleil se leva, elle s'épanouit comme jamais auparavant. Les journées torrides étaient là, puisqu'elle était dans son Asie natale. Soudain, des pas résonnèrent, les Francs étrangers qu'elle avait vus dans son rêve arrivaient, et parmi eux le poète du nord. Il cueillit la rose, l'embrassa et l'emporta avec lui dans son pays du brouillard et des aurores boréales.

Telle une momie la fleur morte repose désormais dans son Iliade et comme dans un rêve elle entend le poète dire lorsqu'il ouvre le livre: Voici une rose de la tombe d'Homère.

La Plume et l'Encrier

ue de choses dans un encrier ! disait quelqu'un qui se trouvait chez un poète ; que de belles choses ! Quelle sera la première œuvre qui en sortira ? Un admirable ouvrage sans doute.

- C'est tout simplement admirable, répondit aussitôt la voix de l'encrier ; tout ce qu'il y a de plus admirable ! répéta-t-il, en prenant à témoin la plume et les autres objets placés sur le bureau. Que de choses en moi . . . on a quelque peine à le concevoir . . . Il est vrai que je l'ignore moi-même et que je serais fort embarrassé de dire ce qui en sort quand une plume vient de s'y plonger. Une seule de mes gouttes suffit pour une demi-page : que ne contient pas celle-ci ! C'est de moi que naissent toutes les œuvres du maître de céans. C'est dans moi qu'il puise ces considérations subtiles, ces héros aimables, ces paysages séduisants qui emplissent tant de livres. Je n'y comprends rien, et la nature me laisse absolument indifférent ; mais qu'importe : tout cela n'en a pas moins sa source en moi, et cela me suffit.

- Vous avez parfaitement raison de vous en contenter, répliqua la plume ; cela prouve que vous ne réfléchissez pas, car si vous aviez le don de la réflexion, vous comprendriez que votre rôle est tout différent de ce que vous le croyez. Vous fournissez la matière qui me sert à rendre visible ce qui vit en moi ; vous ne contenez que de l'encre, l'ami, pas autre chose. C'est moi, la plume, qui écris ; il n'est pas un homme qui le conteste et, cependant, beaucoup parmi les hommes s'entendent à la poésie autant qu'un vieil encrier.

- Vous avez le verbe bien haut pour une personne d'aussi peu d'expérience ; car, vous ne datez guère que d'une semaine, ma mie, et vous voici déjà dans un lamentable état. Vous imagineriez-vous par hasard que mes œuvres sont les vôtres ? Oh ! la belle histoire ! Plumes d'oie ou plumes d'acier, vous êtes toutes les mêmes et ne valez pas mieux les unes que les autres. A vous le soin machinal de reporter sur le papier ce que je renferme quand l'homme vient me consulter. Que m'empruntera-t-il la prochaine fois ? Je serais curieux de le savoir.

- Pataud ! conclut la plume.

Cependant, le poète était dans une vive surexcitation d'esprit lorsqu'il rentra, le soir. Il avait assisté à un concert et subi le charme irrésistible d'un incomparable violoniste. Sous le jeu inspiré de l'artiste, l'instrument s'était animé et avait exhalé son âme en débordantes harmonies.

Le poète avait cru entendre chanter son propre cœur, chanter avec une voix divine comme en ont parfois des femmes. On eût dit que tout vibrait dans ce violon, les cordes, la chanterelle, la caisse, pour arriver à une plus grande intensité d'expression. Bien que le jeu du virtuose fût d'une science extrême, l'exécution semblait n'être qu'un enfantillage : à peine voyait-on parfois l'archet effleurer les cordes ; c'était à donner à chacun l'envie d'en faire autant avec un violon qui paraissait chanter de lui-même, un archet qui semblait aller tout seul. L'artiste était oublié, lui, qui pourtant les faisait ce qu'ils étaient, en faisant passer en eux une parcelle de son génie. Mais le poète se souvenait et s'asseyant à sa table, il prit sa plume pour écrire ce que lui dictaient ses impressions.

« Combien ce serait folie à l'archet et au violon de s'enorgueillir de leurs mérites ! Et cependant nous l'avons cette folie, nous autres poètes, artistes, inventeurs ou savants. Nous chantons nos louanges, nous sommes fiers de nos œuvres, et nous oublions que nous sommes des instruments dont joue le Créateur. Honneur à lui seul ! Nous n'avons rien dont nous puissions nous enorgueillir. »

Sur ce thème, le poète développa une parabole, qu'il intitula l'Ouvrier et les instruments.

- A bon entendeur, salut ! mon cher, dit la plume à l'encrier, après le départ du maître. Vous avez bien compris ce que j'ai écrit et ce qu'il vient de relire tout haut ?

- Naturellement, puisque c'est chez moi que vous êtes venue le chercher, la belle. Je vous conseille de faire votre profit de la leçon, car vous ne péchez pas, d'ordinaire, par excès de modestie. Mais vous n'avez pas même senti qu'on s'amusait à vos dépens !

- Vieille cruche ! répliqua la plume.

- Vieux balai ! riposta l'encrier.

Et chacun d'eux resta convaincu d'avoir réduit son adversaire au silence par des raisons écrasantes. Avec une conviction semblable, on a la conscience tranquille et l'on dort bien ; aussi s'endormirent-ils tous deux du sommeil du juste.

Cependant, le poète ne dormait pas, lui ; les idées se pressaient dans sa tête comme les notes sous l'archet du violoniste, tantôt fraîches et cristallines comme les perles égrenées par les cascades, tantôt impétueuses comme les rafales de la tempête dans la forêt. Il vibrait tout entier sous la main du Maître Suprême. Honneur à lui seul !

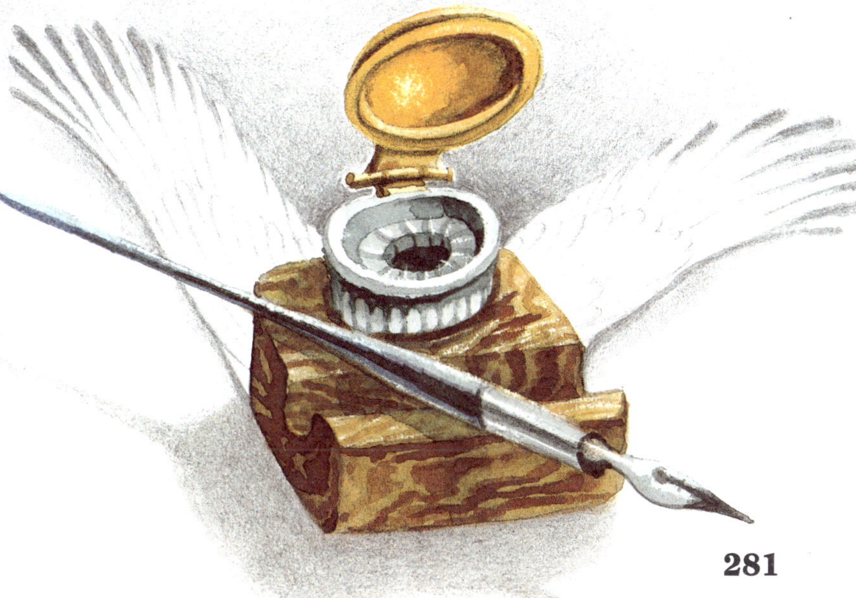

L'Escargot et le Rosier

Le jardin était entouré d'une haie de noisetiers et au-dehors s'étendaient des champs et des prés. Au milieu du jardin fleurissait un rosier, et sous le rosier vivait un escargot. Et qu'y avait-il dans l'escargot ? Eh bien, luimême.

- Attendez un peu que mon temps arrive ! disait-il. Je ferai des choses bien plus grandioses que de fleurir, porter des noisettes ou donner du lait comme des vaches et des moutons.

- A vrai dire, j'attends de vous de grandes choses, approuva le rosier. Mais puis-je vous demander quand les ferez-vous ?

- Je prends mon temps, répondit l'escargot. Vous êtes toujours si pressé. Attendre est plus excitant.

Un an plus tard, l'escargot était presque au même endroit sous le rosier et se réchauffait au soleil. Le rosier eut beaucoup de boutons cette année-là, qui devinrent des fleurs toujours fraîches et toujours nouvelles. L'escargot s'avança.

- Tout est exactement comme l'année dernière. Aucun progrès nulle part. Le rosier a toujours ses roses, cela ne va pas plus loin.

L'été passa, l'automne aussi et le rosier avait toujours ses boutons et ses fleurs et il en eut jusqu'à la première neige. Le temps devient froid et pluvieux. Le rosier se pencha et l'escargot se cacha sous la terre. Puis, une nouvelle année commença et réapparurent et les petites roses et l'escargot.

- Vous êtes déjà vieux, Monsieur le rosier, dit-il, vous devrez bientôt penser à dépérir. Vous avez déjà donné au monde tout ce que vous pouviez. Que cela ait servi à quelque chose est une autre question, je n'ai pas eu le temps d'y réfléchir. Mais il est évident que vous n'avez rien fait du tout pour votre épanouissement personnel sans quoi vous auriez produit bien mieux que cela. Vous mourrez bientôt et vous ne serez plus que branches nues.

- Vous m'effrayez, dit le rosier. Je n'y ai jamais réfléchi.

- Evidemment, vous ne vous livrez jamais à la réflexion. N'avez-vous jamais essayé de comprendre pourquoi vous fleurissiez et comment seulement cela se produit ? Pourquoi cela se passe ainsi et pas autrement ?

- Non, répondit le rosier. Je fleurissais joyeusement, car je ne pouvais pas faire autrement. De la terre montait en moi une force, et une force me venait aussi d'en haut, je sentais un bonheur toujours neuf, toujours grand, et c'est pourquoi je devais toujours fleurir. C'était ma vie, je ne pouvais pas faire autrement.

- Vous avez mené une vie bien facile, dit l'escargot.

- En effet, tout m'a été donné, acquiesça le rosier, mais vous avez reçu encore bien davantage ! Vous êtes de ces natures qui réfléchissent et méditent et vous avez un grand talent qui, un jour, étonnera le monde.

- Ce n'est absolument pas dans mes intentions, répondit l'escargot. Le monde ne m'intéresse pas. En quoi me concerne-t-il ? Je me suffis amplement.

- Mais nous tous, ne devrions-nous pas donner aux autres le meilleur de nous-mêmes ? Apporter ce que nous pouvons ? Je sais, je ne donne que mes roses, mais vous ? Que donnez-vous au monde ?

- Ce que j'ai donné ? Ce que je lui donne ? Je crache sur le monde ! Il ne sert à rien ! Je me fiche de lui ! Vous, continuez à faire éclore vos roses, de toute façon vous ne savez pas mieux faire. Que le noisetier donne ses noisettes, les vaches et les brebis leur lait, ils ont tous leur public. Moi, je n'ai besoin que de moi.

Et l'escargot rentra dans sa coquille et la referma sur lui.

- C'est bien triste, regretta le rosier. Moi, j'ai beau faire, je ne peux pas rentrer en moi, il faut toujours que je forme des boutons et que je les fasse éclore. Les pétales tombent et le vent les emporte. J'ai vu pourtant une femme déposer une petite rose dans son missel, une autre de mes roses a trouvé sa place sur la poitrine d'une belle jeune fille et une autre reçut des baisers d'un enfant heureux. Cela m'a fait bien plaisir, un vrai bonheur. Voilà mes souvenirs, ma vie !

Et le rosier continua à fleurir dans l'innocence et l'escargot à somnoler dans sa petite maison, car le monde ne le concernait pas. Des années et des décennies passèrent. L'escargot et le rosier devinrent poussière dans la poussière. Même la petite rose dans le missel se décomposa ... mais dans le jardin fleurirent de nouveaux rosiers et à leurs pieds grandirent de nouveaux escargots ; ils se recroquevillaient toujours dans leurs maisons et ils crachaient ... le monde ne les concernait pas. Allons-nous relire cette histoire une nouvelle fois ? ... Elle ne sera pas différente.

LE CONCOURS DE SAUT

La puce, la sauterelle et l'oie sauteuse * voulurent une fois voir laquelle savait sauter le plus haut. Elles invitèrent à cette compétition le monde entier et tous les autres qui avaient envie de venir, et ce furent trois sauteurs de premier ordre qui se présentèrent.

- Je donnerai ma fille à celui qui sautera le plus haut, dit le roi, il serait mesquin de faire sauter ces personnes pour rien.

La puce s'avança la première ; elle se présentait bien et saluait à la ronde, car elle avait en elle du sang de demoiselle et l'habitude de ne fréquenter que des humains, ce qui donne de l'aisance.

Ensuite vint la sauterelle, sensiblement plus lourde, mais qui avait tout de même de l'allure et portait un uniforme vert qu'elle avait de naissance. Elle disait de plus qu'elle était d'une très ancienne famille d'Egypte et qu'elle était fort considérée ici. On l'avait prise dans les champs et déposée directement dans un château de cartes à trois étages, tous les trois bâtis de cartes à figures, l'envers tourné vers l'intérieur, on y avait découpé des portes et des fenêtres, même dans le corps de la dame de cœur.

- Je chante si bien, dit-elle, que seize grillons du pays qui crient depuis l'enfance et qui n'ont même pas eu de châteaux de cartes, en m'entendant, en ont encore maigri de dépit.

Toutes les deux, aussi bien la puce que la sauterelle, se faisaient valoir de leur mieux et pensaient bien pouvoir épouser une princesse. L'oie sauteuse ne dit rien, mais on assurait qu'elle n'en pensait pas moins, et quand le chien de la cour l'eut seulement flairée, il se porta garant qu'elle était de bonne famille. Le vieux conseiller qui avait reçu trois décorations uniquement pour se taire affirma que l'oie sauteuse avait un don divinatoire, que l'on pouvait voir sur son dos si l'hiver serait doux ou rigoureux, ce que l'on ne peut même pas voir sur le dos du rédacteur de l'almanach qui prédit l'avenir.

- Bon, bon, je ne dis rien, dit le vieux roi, mais j'ai quand même ma petite idée.

Maintenant, c'était le moment de sauter . . .

La puce sauta si haut que personne ne put la voir ; le public soutint qu'elle n'avait pas sauté du tout, ce qui était une calomnie.

La sauterelle sauta moitié moins haut, mais en plein dans la figure du roi qui dit que c'était dégoûtant.

L'oie sauteuse resta longtemps immobile, elle hésitait. Chacun pensait qu'elle ne savait pas sauter du tout.

- Pourvu qu'elle n'ait pas pris mal, dit le chien de cour, et il la flaira encore un peu. Alors, paf ! elle fit un petit saut maladroit, droit sur les genoux de la princesse, laquelle était assise sur un tabouret bas en or.

Alors le roi déclara :

- Le saut le plus élevé, c'est de sauter sur les genoux de ma fille car cela dénote une certaine finesse et il faut de la tête pour en avoir eu l'idée. L'oie sauteuse a montré qu'elle avait de la tête et du ressort sous le front.

Et elle eut la princesse.

- C'est pourtant moi qui ait sauté le plus haut, dit la puce. Mais peu importe ! Qu'elle garde sa carcasse d'oie avec sa baguette et sa boulette de poix. J'ai sauté le plus haut, mais il faut en ce monde un corps énorme pour que les gens puissent vous voir.

Et la puce alla prendre du service dans une armée étrangère en guerre où l'on dit qu'elle fut tuée. La sauterelle alla se poser dans le fossé et médita sur la façon dont vont les choses en ce monde. Elle aussi se disait :

- Il faut du corps, il faut du corps . . .

Elle reprit sa chanson si particulière et si triste où nous avons puisé cette histoire, qui n'est peut-être que mensonge, même si elle est imprimée dans un livre.

* L'oie sauteuse n'est pas un animal, c'est un jouet. Les enfants danois, à l'époque d'Andersen, s'amusaient à prendre la carcasse d'une oie que l'on avait mangée en famille. Ils reliaient les deux côtés du sternum par une ficelle double dans laquelle ils inséraient un bâtonnet. Plus ils tournaient le bâtonnet, plus les deux ficelles se tordaient, et, lorsqu'au bout d'un moment, ils lâchaient le bâtonnet, les ficelles, en se détordant subitement, faisaient sauter la carcasse plus ou moins haut.

Ce que le Père Fait Est Bien Fait

Cette histoire, je l'ai entendue dans mon enfance. Chaque fois que j'y pense, je la trouve plus intéressante. Il en est des histoires comme de bien des gens : avec l'âge, ils attirent de plus en plus l'attention. Vous avez certainement été déjà à la campagne, et vous avez vu de vieilles maisons de paysans.

Sur le toit de chaume, il y a des mauvaises herbes, de la mousse et un nid de cigognes. Ce sont les cigognes surtout qui ne doivent pas manquer. Les murs penchent, les fenêtres sont basses et une seule peut s'ouvrir. Le four ressemble à un ventre rebondi, les branches d'un sureau tombent sur une haie, et le sureau se trouve à une mare où nagent des canards. Il y a encore là un chien à l'attache, qui aboie après tout le monde, sans distinction.

Dans une de ces maisons de paysans habitaient deux vieilles gens, un paysan et sa femme. Ils n'avaient presque rien, et pourtant ils se trouvaient avoir quelque chose de trop, un cheval, qu'ils laissaient paître dans le fossé près de la grand-route. Le paysan l'enfourchait pour aller à la ville, et de temps en temps le prêtait à des voisins qui, en retour, lui rendaient quelques services. Mais les vieux pensaient qu'il serait meilleur pour eux de vendre le cheval ou de l'échanger contre quelque objet plus utile. Mais contre quoi ?

- Fais pour le mieux, mon vieux, disait la femme. Il y a une foire à la ville. Vas-y et vends le cheval, ou fais un échange ; ce que tu feras sera bien fait.

Là-dessus, elle lui fit un beau nœud au mouchoir qu'il avait autour du cou, bien mieux que lui-même n'eût su le faire. Puis elle lissa son chapeau avec la main pour que la poussière s'y attachât moins et l'embrassa. Le voilà parti sur son cheval, pour le vendre ou l'échanger.

- Oui, oui, le vieux s'y entend, murmurait la vieille mère.

Le soleil brillait dans un ciel sans nuage. Il y avait beaucoup de poussière sur la route, car il passait beaucoup de gens qui se rendaient au marché en voiture, à cheval ou à pied. Nulle ombre sur le chemin. Parmi ceux qui marchaient

à pied, il y avait un homme qui poussait devant lui une vache. Le vieux pensait :

- Elle doit donner du bon lait ! Cheval contre vache, ce serait un bon échange. Ecoute, l'homme à la vache. Je veux te proposer quelque chose. Un cheval est plus dur qu'une vache, n'est-ce pas ? Mais cela ne me fait rien, car une vache me serait plus utile. Veux-tu que nous troquions ?

- Avec plaisir, dit l'homme à la vache.

Et ils firent l'échange. Quand ce fut fait, le paysan eût pu revenir, puisqu'il avait obtenu ce qu'il voulait. Mais, comme il était parti pour aller au marché, il voulut s'y rendre, ne fût-ce que pour y jeter un coup d'œil. Il poussa donc sa vache devant lui. Il marchait très vite. Peu de temps après il vit un homme tenant un mouton par une corde. C'était un mouton bien gras.

- Il ferait rudement mon affaire, pensa notre homme. Nous aurions bien assez de nourriture pour lui sur le bord du fossé, et en hiver nous pourrions le garder dans notre chambre. Au fond, un mouton vaudrait mieux pour nous qu'une vache. Veux-tu troquer avec moi ? demanda-t-il.

- Parfaitement, dit l'autre.

On troqua donc et notre paysan continua sa route avec son mouton. Tout à coup il vit, dans un petit sentier, un homme portant une grosse oie sous le bras.

- Diable ! voilà une fameuse oie ! s'écria-t-il. Elle a beaucoup de plumes et est bien grasse. Ça ferait bien l'affaire de la

mère ! Elle pourrait lui donner nos restes, car elle dit souvent : « Tiens ! si nous avions une oie pour manger ça ! » Veux-tu changer ton oie pour mon mouton ?

L'autre ne demanda pas mieux. Notre paysan prit donc son oie.

Il était alors tout près de la ville. Il y avait foule sur la grand-route. Le champ de foire était plein de gens et d'animaux ; on se pressait tellement que des gens passaient dans les champs de pommes de terre à côté.

Il y avait là une poule attachée par les pattes. Elle manquait d'être écrasée à chaque instant. C'était une très belle poule, avec des plumes très courtes sur la queue. Elle clignait des yeux et faisait : Glouk ! glouk ! Je ne puis vous dire ce qu'elle voulait dire par là, mais le paysan s'écria :

- Jamais je n'ai vu si belle poule. Elle est plus belle même que la poule du pharmacien ! Je serais heureux de l'avoir. Une poule trouve toujours à se nourrir sans qu'on s'occupe d'elle. Ce serait un bon échange.

- Voulez-vous changer votre poule pour mon oie ? demanda-t-il au receveur de l'octroi, à qui appartenait la poule.

- Comment donc ! dit l'autre. Le paysan prit la poule, et le receveur prit l'oie.

Notre homme avait bien employé son temps. Il avait chaud et se sentait fatigué. Un verre d'eau-de-vie et un peu de pain lui étaient bien dus. Justement il était devant une auberge. Il entra.

Mais au même moment arriva un garçon portant un sac plein sur le dos.

- Qu'as-tu là-dedans ? demanda notre paysan.

- Des pommes gâtées, dit l'autre ; tout un sac, pour les cochons.

- Tout un sac plein de pommes ? Quelle richesse ! Voilà ce que je voudrais bien apporter à ma femme. L'an dernier, nous n'avons eu qu'une pomme sur notre vieux pommier ; nous l'avons laissée sur notre commode jusqu'à ce qu'elle pourrît. « Cela prouve qu'on est à son aise », disait la mère. Mais, cette fois, je pourrais lui montrer quelque chose de mieux.

- Que m'en donnerais-tu ? dit le garçon.

- Donne, dit le paysan. Je change ma poule pour ton sac.

L'échange fait, ils entrèrent à l'auberge. Là notre homme mit son sac près du four qui était brûlant. L'hôtesse n'y prit pas garde.

Dans la salle il y avait beaucoup de gens : des maquignons, des marchands de bœufs, pas mal de gens de la campagne, quelques ouvriers qui jouaient entre eux dans un coin et enfin à un bout de la table, deux Anglais moitié touristes, moitié marchands, et qui étaient venus à la ville pour voir si quelque occasion ne se présenterait pas de trouver une bonne affaire. N'ayant rien rencontré, ils étaient attablés et regardaient avec indifférence le reste de la salle. On sait que les Anglais sont presque toujours si riches que leurs poches sont bondées d'or. De plus ils aiment à parier, à propos de n'importe quoi, rien que pour se créer une émotion passagère qui les change un instant de leur froideur continuelle.

Or, voici ce qui arriva :

- Psiii, psiii ! entendirent-ils près du four.

- Qu'est-ce ? demandèrent-ils.

Le paysan leur conta l'histoire du cheval échangé contre une vache et ainsi de suite jusqu'aux pommes.

- Tu va être battu à ton retour, dirent les Anglais. Tu peux t'y attendre.

- Battu ? Non, non ! J'aurai un baiser et l'on me dira : « Ce que le père fait est toujours bien fait. »

- Nous parierions bien un boisseau d'or que tu te trompes ; cent livres, si tu veux.

- Un boisseau me suffit, dit le paysan. Mais moi, je ne puis parier qu'un boisseau de pommes, et je l'emplirai jusqu'au bord.

- Allons, topons-là ! cent livres contre un boisseau de pommes.

Et le pari fut fait.

La carriole de l'aubergiste fut commandée, et tous les trois y montèrent avec le sac de pommes. Les voici arrivés.

- Bonsoir, la mère !

- Dieu te garde, mon vieux !

- L'échange est fait.

- Ah ! tu t'y entends, dit la paysanne pendant que son mari l'embrassait.

- Oui, j'ai troqué notre cheval contre une vache.

- Dieu soit loué ! dit la mère. Je pourrai désormais faire des laitages, du beurre, du fromage. Excellent échange !

- Oui, mais j'ai ensuite échangé la vache contre une brebis.

- C'est encore mieux. Nous avons juste assez de nourriture pour une brebis. Nous aurons du lait, du fromage, des bas de laine et des gilets. Une vache ne donne pas de laine. Comme tu penses à tout !

- Ensuite j'ai troqué le mouton contre une oie.

- Est-ce vrai ? Alors, nous pourrons manger de l'oie rôtie à Noël !

Tu penses à tout ce qui peut me faire plaisir, mon bon vieux. C'est bien à toi. Nous pourrons attacher notre oie dehors avec une ficelle pour qu'elle ait le temps d'engraisser.

- Oui, mais j'ai troqué mon oie contre une poule.

- Une poule ! Oh ! la bonne affaire. Elle nous donnera des œufs. Nous les ferons couver et nous aurons des poussins. J'ai toujours rêvé d'en avoir.

- Oui, oui, mais j'ai échangé la poule contre un sac de pommes pourries.

- Cette fois, il faut que je t'embrasse, dit la paysanne ravie. Je te remercie, mon cher homme. Et il faut que je te raconte tout de suite quelque chose. Après que tu as été parti ce matin, je me suis demandé ce que je pourrais te faire de bon pour ton retour. Des œufs au jambon, naturellement. J'avais des œufs mais il fallait bien aussi de la civette. J'allais donc chez le maître d'école en face. Je savais qu'il en avait. Mais sa femme est très riche, sans en avoir l'air. Je lui demandai de me prêter un peu de civette. « Prêter, me dit-elle. Il n'y a rien dans notre jardin, pas même une pomme pourrie ! » Maintenant, c'est moi qui pourrais lui en prêter, et tout un sac, même. Tu penses si j'en suis contente, mon petit père !

- Bravo ! dirent les deux Anglais à la fois. La dégringolade ne lui a pas enlevé sa gaieté. Cela vaut bien l'argent.

Ils comptèrent au paysan l'or sur la table.

C'est ce qui prouve que la femme doit toujours trouver que son mari est le plus avisé de tous les hommes, et que ce qu'il fait est toujours parfait.

Voilà mon histoire. Je l'ai entendue dans mon enfance. Vous la connaissez à votre tour. Dites donc toujours que : CE QUE LE PERE FAIT EST BIEN FAIT.

Le Montreur de Marionnettes

Sur le paquebot il y avait un homme d'un autre temps, au visage si radieux qu'à le voir on pouvait croire qu'il s'agissait de l'homme le plus heureux de la Terre. C'est d'ailleurs lui-même qui me l'avait dit. C'était un compatriote, un Danois comme moi, et il était directeur de théâtre. Il promenait toute sa troupe avec lui, dans une petite caisse, car c'était un marionnettiste. Déjà de nature gaie, il était devenu un homme totalement heureux, disait-il, grâce à un jeune ingénieur. Je n'avais pas tout de suite compris ce qu'il disait, et il me raconta donc son histoire. Et la voici pour vous.

- Cela se passait dans la ville de Slagelse, commença-t-il, j'y donnais un spectacle à l'hôtel *La Cour de la Poste*. C'était une très belle salle et il y avait un excellent public, composé d'enfants et d'adolescents, à part quelques vieilles dames. Et tout à coup, entra un homme vêtu de noir, à l'allure d'étudiant, qui s'assit, rit aux bons moments, applaudit quand il le fallait, bref, un spectateur peu ordinaire ! Il fallait que je sache qui c'était. J'appris qu'il s'agissait d'un jeune ingénieur et qu'il était envoyé par l'Ecole centrale pour faire des conférences à la campagne. J'eus fini mon spectacle à huit heures. Vous le savez bien, les enfants doivent aller au lit de bonne heure et le théâtre doit veiller à satisfaire le public. A neuf heures, l'ingénieur commença sa conférence avec des expériences et, cette fois-ci, j'étais dans le rôle du spectateur. Quel régal de l'écouter et de l'observer ! La plupart du temps cela me paraissait de l'hébreu et pourtant je me disais : nous, les hommes, sommes capables d'inventer beaucoup de choses, pourquoi alors ne trouvons-nous rien pour rallonger la durée de notre vie ? Il ne présentait que de petits miracles mais il le faisait si vite et avec tant de dextérité, et en respectant les règles de la nature. Au temps de Moïse et des prophètes

l'ingénieur aurait fait partie des sages du pays, et, au Moyen Age il aurait été brûlé sur le bûcher. J'ai pensé à lui pendant toute la nuit et lors de mon spectacle, le soir suivant, je n'ai été de bonne humeur que lorsque j'ai vu que l'ingénieur était à nouveau là, dans la salle. Un jour, un acteur m'avait dit que, lorsqu'il jouait le rôle d'un jeune premier, il pensait toujours à une seule femme dans la salle et il jouait pour elle en oubliant les autres. Pour moi, ce soir-là, l'ingénieur était « elle », la spectatrice pour laquelle je jouais. Lorsque le spectacle fut terminé et que toutes les marionnettes eurent bien remercié leur public, je fus invité par l'ingénieur chez lui pour boire un verre. Il me parla de ma comédie et je lui parlai de sa science, et je pense que nous nous amusâmes aussi bien l'un que l'autre. Mais moi, je posais tout de même plus de questions, car dans ses expériences il y avait beaucoup de choses qu'il ne savait expliquer. Par exemple, le fer qui passe à travers une sorte de spirale et se magnétise. Que devient-il ? Le morceau de fer est-il visité par un esprit ? Mais d'où ce dernier vient-il ? C'est comme avec les hommes, me suis-je dit. Le bon Dieu les fait passer par la spirale du temps où ils rencontrent un esprit et tout à coup nous avons un Napoléon, un Luther et tant d'autres. « Le monde n'est qu'une longue suite de miracles, acquiesça le jeune ingénieur, et nous y sommes si habitués qu'ils ne nous étonnent même plus. » Et il parla et expliqua jusqu'à ce que j'eusse l'impression de tout comprendre. Je lui avouai que si je n'étais pas si vieux, je m'inscrirais immédiatement à l'Ecole centrale pour comprendre le monde et cela bien que je fusse l'un des hommes les plus heureux. « Un des plus heureux . . . , dit-il, comme s'il se délectait de ces mots. Vous êtes heureux ? » demanda-t-il. « Oui, répondis-je, je suis heureux et où que j'aille avec ma compagnie, je suis accueilli à bras ouverts. J'ai néanmoins un grand souhait. C'est parfois comme un cauchemar et il trouble ma bonne humeur. Je vais vous dire ce que c'est : je voudrais diriger une troupe d'acteurs vivants. » « Vous souhaiteriez que vos marionnettes s'animent d'elles-mêmes, qu'elles deviennent des acteurs en chair et en os, et vous voudriez être leur directeur ? demanda l'ingénieur. Et pensez-vous que cela vous rendrait heureux ? » Il ne le pensait pas, mais je le pensais, et on en discuta alors longtemps, sans jamais vraiment rapprocher nos idées, aucun de nous ne sachant convaincre l'autre. Nous buvions du bon vin, mais il devait y avoir de la magie en lui, autrement cette histoire ne raconterait que mon état d'ébriété. Non, je n'étais pas saoul, je voyais tout très clairement. La chambre était inondée de soleil, le visage de l'ingénieur s'y reflétait et je pensais aux dieux éternellement jeunes des temps anciens, lorsqu'il y en avait encore. Je le lui dis aussitôt et il sourit. Croyez-moi, à cet instant j'aurais juré qu'il était un dieu déguisé ou un de leurs proches. Et il dit aussi que mon plus grand souhait allait se réaliser : les marionnettes s'animeraient et je serais le directeur d'une vraie troupe d'acteurs vivants. Nous trinquâmes et il rangea toutes les marionnettes dans la petite caisse, me l'attacha sur le dos et me fit passer à travers une spirale. Je me vois encore tombant par terre. Et mon souhait se réalisa ! Toute ma troupe sortit de la petite caisse. Toutes les marionnettes avaient été visitées par un esprit, toutes devinrent d'excellents artistes, c'est en tout cas ce qu'elles pensaient, et j'étais leur directeur. Tout fut immédiatement prêt pour le premier spectacle et tous les acteurs, et même les spectateurs, voulurent me parler sans tarder. La ballerine prétendit que le théâtre allait s'écrouler si elle n'arrivait pas à tenir sur une seule pointe. C'était une très grande artiste et voulait qu'on agisse avec elle en conséquence. La marionnette qui jouait l'impératrice exigea qu'on la considérât comme telle même en dehors de la scène pour mieux entrer dans la peau de son personnage. L'acteur dont le rôle consistait à porter une lettre sur la scène se sentit brusquement aussi important que le jeune premier car, selon lui, dans une création artistique les petits rôles étaient aussi importants que les grands. Là-dessus, le héros principal demanda que son rôle ne se compose que de répliques de sortie, car elles étaient toujours suivies d'applaudissements. La princesse voulut jouer uniquement à la lumière rouge et surtout pas la bleue, car la rouge lui allait mieux au teint et moi, j'étais au centre de tout cela puisque j'étais leur directeur. J'en eus le souffle coupé, je ne savais plus où donner de la tête, j'en étais anéanti. Je me suis retrouvé avec une nouvelle espèce humaine et je souhaitais les voir tous rentrer dans la boîte, et n'avoir jamais été leur direc-

teur. Je leur dis qu'en fait ils étaient tous des marionnettes, et ils me battirent à mort. J'étais couché dans ma petite chambre, dans mon lit. Comment je m'y étais retrouvé ? L'ingénieur devait le savoir ; moi, je ne le savais pas. Le plancher était éclairé par la lune, la boîte des marionnettes était là, renversée, et toutes les marionnettes en étaient tombées et gisaient au sol, les unes sur les autres. Je repris immédiatement conscience, sortis de mon lit et jetai les marionnettes dans la boîte, n'importe comment, sans ordre, jusqu'à la dernière. Je refermai le couvercle et m'assis sur la boîte. Vous imaginez le tableau ? Moi, oui. « Vous resterez où vous êtes », ai-je dit, « et je ne souhaiterai plus jamais que vous deveniez des acteurs en chair et en os ! » « Cela m'avait soulagé, ma bonne humeur était revenue, j'étais l'homme le plus heureux de la terre. Si heureux que je m'endormis sur la boîte. Et le matin . . . en fait il était midi, je dormis plus longtemps que d'habitude . . . j'y étais encore assis, heureux, car j'avais compris que mon unique souhait d'autrefois était stupide. Je partis à la recherche de l'ingénieur, mais il avait disparu, ainsi que les dieux grecs et romains. Et depuis lors, je suis l'homme le plus heureux au monde. Je suis un directeur comblé, ma troupe ne me contredit pas, les spectateurs non plus, ils s'amusent de bon cœur et moi, je compose mes pièces librement et à ma guise. De toutes le comédies, je choisis la meilleure, selon mes goûts et personne n'y trouve à redire. Les pièces que les grands théâtres actuels méprisent, mais qui étaient, il y a trente ans, de grands succès et faisaient pleurer tout le monde, je les joue aujourd'hui aux petits et aux grands. Elles font pleurer les petits comme elles faisaient pleurer leurs pères et leurs mères il y a trente ans. J'ai au programme *Jeanne Montfaucon* et *Dyveke* dans sa version courte, parce que les petits n'aiment pas les grandes scènes d'amour. Ils veulent de la tragédie et bien vite, dès le début. J'ai sillonné le Danemark en long et en large, je connais tout le monde et tout le monde me connaît. Je suis en ce moment en route pour la Suède et si j'y ai du succès et gagne suffisamment d'argent, je deviendrai Scandinave, sinon, non. Je vous le dis comme à un compatriote. »

Et moi, en tant que compatriote, je transmets le message.

La Paquerette

coutez bien cette petite histoire.

A la campagne, près de la grande route, était située une gentille maisonnette que vous avez sans doute remarquée vous-même. Sur le devant se trouve un petit jardin avec des fleurs et une palissade verte ; non loin de là, sur le bord du fossé, au milieu de l'herbe épaisse, fleurissait une petite pâquerette. Grâce au soleil qui la chauffait de ses rayons aussi bien que les grandes et riches fleurs du jardin, elle s'épanouissait d'heure en heure. Un beau matin, entièrement ouverte, avec ses petites feuilles blanches et brillantes, elle ressemblait à un soleil en miniature entouré de ses rayons. Qu'on l'aperçût dans l'herbe et qu'on la regardât comme une pauvre fleur insignifiante, elle s'en inquiétait peu. Elle était contente, aspirait avec délices la chaleur du soleil, et écoutait le chant de l'alouette qui s'élevait dans les airs.

Ainsi, la petite pâquerette était heureuse comme par un jour de fête, et cependant c'était un lundi. Pendant que les enfants, assis sur les bancs de l'école, apprenaient leurs leçons, elle, assise sur sa tige verte, apprenait par la beauté de la nature la bonté de Dieu, et il lui semblait que tout ce qu'elle ressentait en silence, la petite alouette l'exprimait parfaitement par ses chansons joyeuses. Aussi regarda-t-elle avec une sorte de respect l'heureux oiseau qui chantait et volait, mais elle n'éprouva aucun regret de ne pouvoir en faire autant.

« Je vois et j'entends, pensa-t-elle ; le soleil me réchauffe et le vent m'embrasse. Oh ! j'aurais tort de me plaindre. »

En dedans de la palissade se trouvaient une quantité de fleurs roides et distinguées ; moins elles avaient de parfum, plus elles se redressaient. Les pivoines se gonflaient pour paraître plus grosses que les roses : mais ce n'est pas la grosseur qui fait la rose. Les tulipes brillaient par la beauté de leurs couleurs et se pavanaient avec prétention ; elles ne daignaient pas jeter un regard sur la petite pâquerette, tandis que la pauvrette les admirait en disant : « Comme elles sont riches et belles ! Sans doute le superbe oiseau va les visiter. Dieu merci, je pourrai assister à ce beau spectacle. » Et au même instant, l'alouette dirigea son vol, non pas vers les pivoines et les tulipes, mais vers le gazon, auprès de la pauvre pâquerette, qui, effrayée de joie, ne savait plus que penser.

Le petit oiseau se mit à sautiller autour d'elle en chantant : « Comme l'herbe est moelleuse ! Oh ! la charmante petite fleur au cœur d'or et à la robe d'argent ! »

On ne peut se faire une idée du bonheur de la petite fleur. L'oiseau l'embrassa de son bec, chanta encore devant elle, puis il remonta dans l'azur du ciel. Pendant plus d'un quart d'heure, la pâquerette ne put se remettre de son émotion. A moitié honteuse, mais ravie au fond du cœur, elle regarda les autres fleurs dans le jardin. Témoins de l'honneur qu'on lui avait rendu, elles devaient bien comprendre sa joie ; mais les tulipes se tenaient encore plus roides qu'auparavant ; leur figure rouge et pointue exprimait leur dépit. Les pivoines avaient la tête toute gonflée. Quelle chance pour la pauvre pâquerette qu'elles ne pussent parler ! Elles lui auraient dit bien des choses désagréables. La petite fleur s'en aperçut et s'attrista de leur mauvaise humeur.

Quelques moments après, une jeune fille armée d'un grand couteau affilé et brillant entra dans le jardin, s'approcha des tulipes et les coupa l'une après l'autre.

- Quel malheur ! dit la petite pâquerette en soupirant ; voilà qui est affreux ; c'en est fait d'elles.

Et pendant que la jeune fille emportait les tulipes, la pâquerette se réjouissait de n'être qu'une pauvre petite fleur dans l'herbe. Appréciant la bonté de Dieu, et pleine de reconnaissance, elle referma ses feuilles au déclin du jour, s'endormit et rêva toute la nuit au soleil et au petit oiseau.

Le lendemain matin, lorsque la pâquerette eut rouvert ses feuilles à l'air et à la lumière, elle reconnut la voix de l'oiseau, mais son chant était tout triste. La pauvre alouette avait de bonnes raisons pour s'affliger : on l'avait prise et enfermée dans une cage suspendue à une croisée ouverte. Elle chantait le bonheur de la liberté, la beauté des champs verdoyants et ses anciens voyages à travers les airs.

La petite pâquerette aurait bien voulu lui venir en aide : mais comment faire ? C'était chose difficile. La compassion qu'elle éprouvait pour le pauvre oiseau captif lui fit tout à fait oublier les beautés qui l'entouraient, la douce chaleur du soleil et la blancheur éclatante de ses propres feuilles.

Bientôt deux petits garçons entrèrent dans le jardin ; le plus grand portait à la main un couteau long et affilé comme celui de la jeune fille qui avait coupé les tulipes. Ils se dirigèrent vers la pâquerette, qui ne pouvait comprendre ce qu'ils voulaient.

- Ici nous pouvons enlever un beau morceau de gazon pour l'alouette, dit l'un des garçons, et il commença à tailler un carré profond autour de la petite fleur.

- Arrache la fleur ! dit l'autre.

A ces mots, la pâquerette trembla d'effroi. Etre arrachée, c'était perdre la vie ; et jamais elle n'avait tant béni l'existence qu'en ce moment où elle espérait entrer avec le gazon dans la cage de l'alouette prisonnière.

- Non, laissons-la, répondit le plus grand ; elle est très bien placée.

Elle fut donc épargnée et entra dans la cage de l'alouette.

Le pauvre oiseau, se plaignant amèrement de sa captivité, frappait de ses ailes le fil de fer de la cage. La petite pâquerette ne pouvait, malgré tout son désir, lui faire entendre une parole de consolation.

Ainsi se passa la matinée.

- Il n'y a plus d'eau ici, s'écria le prisonnier ; tout le monde est sorti sans me laisser une goutte d'eau. Mon gosier est sec et brûlant, j'ai une fièvre terrible, j'étouffe ! Hélas ! il faut donc que je meure, loin du soleil brillant, loin de la fraîche verdure et de toutes les magnificences de la création !

Puis il enfonça son bec dans le gazon humide pour se rafraîchir un peu. Son regard tomba sur la petite pâquerette ; il lui fit un signe de tête amical, et dit en l'embrassant :

- Toi aussi, pauvre petite fleur, tu périras ici ! En échange du monde que j'avais à ma disposition, l'on m'a donné quelques brins d'herbe et toi seule pour

société. Chaque brin d'herbe doit être pour moi un arbre ; chacune de tes feuilles blanches, une fleur odoriférante. Ah ! tu me rappelles tout ce que j'ai perdu !

« Si je pouvais le consoler ? », pensait la pâquerette, incapable de faire le moindre mouvement.

Cependant le parfum qu'elle exhalait devint plus fort qu'à l'ordinaire ; l'oiseau s'en aperçut, et quoiqu'il languît d'une soif dévorante qui lui faisait arracher tous les brins d'herbe l'un après l'autre, il eut bien garde de toucher à la fleur.

Le soir arriva ; personne n'était encore là pour apporter une goutte d'eau à la malheureuse alouette. Alors elle étendit ses belles ailes en les secouant convulsivement, et fit entendre une petite chanson mélancolique. Sa petite tête s'inclina vers la fleur, et son cœur brisé de désir et de douleur cessa de battre. A ce triste spectacle, la petite pâquerette ne put, comme la veille, refermer ses feuilles pour dormir ; malade de tristesse, elle se pencha vers la terre.

Les petits garçons ne revinrent que le lendemain. A la vue de l'oiseau mort, ils versèrent des larmes et lui creusèrent une fosse. Le corps, enfermé dans une jolie boîte rouge, fut enterré royalement, et sur la tombe recouverte ils semèrent des feuilles de roses.

Pauvre oiseau ! pendant qu'il vivait et chantait, on l'avait oublié dans sa cage et laissé mourir de misère ; après sa mort, on le pleurait et on lui prodiguait des honneurs.

Le gazon et la pâquerette furent jetés dans la poussière sur la grande route ; personne ne pensa à celle qui avait si tendrement aimé le petit oiseau.

Le Goulot de la Bouteille

Dans une rue étroite et tortueuse, toute bâtie de maisons de piètre apparence, il y en avait une particulièrement misérable, bien qu'elle fût la plus haute ; elle était tellement vieille, qu'elle semblait être sur le point de s'écrouler de toutes parts. Il n'y habitait que de pauvres gens ; mais la chambre où l'indigence était le plus visible, c'était une mansarde à une seule petite fenêtre, devant laquelle pendait une vieille et mauvaise cage, qui n'avait même pas un vrai godet ; en place se trouvait un goulot de bouteille renversé, et fermé par un bouchon, pour retenir l'eau que venait boire un gentil canari. Sans avoir l'air de s'occuper de sa misérable installation, le petit oiseau sautait gaiement de bâton en bâton et fredonnait les airs les plus joyeux.

- Oui, tu peux chanter, toi, dit le goulot.

C'est-à-dire il ne le dit pas tout haut, vu qu'il ne savait pas plus parler que tout autre goulot ; mais il le pensait tout bas, comme quand nous autres humains nous nous parlons à nous-mêmes.

- Rien ne t'empêche de chanter, reprit-il. Tu as conservé tes membres entiers. Mais je voudrais voir ce que tu ferais si, comme moi, tu avais perdu tout ton arrière-train, si tu n'avais plus que le cou et la bouche, et celle-là encore fermée d'un bouchon. Tu ne chanterais certes pas. Mais va toujours ; ce n'est pas un mal qu'il y ait au moins un être un peu gai dans cette maison.

« Moi je n'ai aucune raison de chanter, et je ne le pourrais pas, du reste. Autrefois, quand j'étais une bouteille entière, il m'arrivait de chanter aussi quand on me frottait adroitement avec un bouchon. Et puis les gens chantaient en mon honneur, ils me fêtaient. Dieu sait combien on me dit d'agréables choses, lorsque je fus de la partie de campagne où la fille du fourreur fut fiancée ! Il me semble que ce n'est que d'hier. Et cependant que d'aventures j'ai éprouvées depuis lors ! Quelle vie accidentée que la mienne ! J'ai été dans le feu, dans l'eau, dans la terre, et plus dans les airs que la plupart des créatures de ce monde. Voyons, que je récapitule une fois pour toutes les circonstances de ma curieuse histoire. »

Et il pensa au four en flammes où la bouteille avait pris naissance, à la façon dont on l'avait, en soufflant, formée d'une masse liquide et bouillante. Elle était encore toute chaude, lorsqu'elle regarda dans le feu ardent d'où elle sortait ; elle eut le désir de rouler et de s'y replonger. Mais à mesure qu'elle se refroidit elle éprouva du plaisir à figurer dans le monde comme un être particulier et distinct, à ne plus être perdue et confondue dans une masse.

On l'aligna dans les rangs de tout un régiment d'autres bouteilles, ses sœurs, tirées toutes du même four ; elles étaient de grandeur et de forme les plus diverses, les unes bouteilles à champagne, les autres simples bouteilles de bière. Elles étaient séparées les unes des autres selon leur destination. Plus tard, dans le cours de la vie, il peut fort bien se faire qu'une bouteille fabriquée pour recevoir de la vulgaire piquette soit remplie du plus précieux *Lacrima-Christi,* tandis qu'une bouteille à champagne en arrive à ne contenir que du cirage. Mais cela n'empêche pas qu'on reconnaisse toujours sa noble origine.

On expédia les bouteilles dans toutes les directions ; soigneusement entourées de foin elles furent placées dans des caisses. Le transport se fit avec beaucoup de précaution ; notre bouteille y vit la marque d'un grand respect pour elle, et certes elle ne s'imaginait pas qu'elle finirait après avoir été traitée avec tant de déférence, par servir d'abreuvoir au serin d'une pauvresse.

La caisse où elle se trouvait fut descendue dans la cave d'un marchand de vin ; on la déballa, et pour la première fois elle fut rincée. Ce fut pour elle une sensation singulière. On la rangea de côté, vide et sans bouchon ; elle n'était pas à son aise ; il lui manquait quelque chose, elle ne savait pas quoi. Enfin elle fut remplie d'excellent vin, d'un cru célèbre ; elle reçut un bouchon qui fut recouvert de cire, et une étiquette avec ces mots : *Première qualité.* Elle était aussi fière qu'un collégien qui a remporté le prix d'honneur : le vin était bon et la bouteille aussi était d'un verre solide et sans soufflure.

On la monta à la boutique. Quand on est jeune, on est porté au lyrisme ; et en effet elle sentait fermenter en elle toutes sortes d'idées de choses qu'elle ne connaissait pas, des réminiscences des montagnes ensoleillées où pousse la vigne, des refrains joyeux. Tout cela résonnait en elle confusément.

Un beau jour, on vint l'acheter ; ce fut l'apprenti d'un fourreur qui l'emporta. On la mit dans un panier à provisions avec un jambon, des saucissons, un fromage, du beurre le plus fin, du pain blanc et savoureux. Ce fut la fille même du fourreur qui emballa tout cela. C'était la plus jolie fille de la ville.

Toute la société monta en voiture pour se rendre dans le bois. La jeune fille prit le panier sur ses genoux ; entre les plis de la serviette blanche qui le recouvrait, sortait le goulot de la bouteille ; il montrait fièrement son cachet rouge. Il regardait le visage de la jeune fille, qui jetait à la dérobée les yeux sur son voisin, un camarade d'enfance, le fils du peintre de portraits. Il venait de passer avec honneur l'examen de capitaine au long cours, et le lendemain il devait partir sur un navire.

Lorsqu'on fut arrivé sous la feuillée, les jeunes gens causèrent à part. La bouteille entendit encore moins que les autres ce qu'ils se dirent, car elle était toujours dans le panier ; elle en fut tirée enfin ; la première chose qu'elle observa, ce fut le changement qui s'était opéré sur le visage de la jeune fille : elle restait aussi silencieuse que dans la voiture ; mais elle était rayonnante de bonheur.

Tout le monde était joyeux et riait gaiement. Le brave fourreur saisit la bouteille et y appliqua le tire-bouchon. Jamais le goulot n'oublia plus tard le moment solennel où l'on tira pour la première fois le bouchon qui le fermait. *Schouap,* dit-il avec une netteté de son de bon augure, et puis quel doux *glouglou* il fit retentir lorsqu'on versa le vin dans les verres !

- Vivent les fiancés ! s'écria le fourreur.

Et tous vidèrent leur verre, et le jeune marin embrassa sa fiancée.

- Que Dieu vous bénisse et vous donne le bonheur ! reprit le papa.

Le jeune homme remplit de nouveau les verres :

- Buvons à mon heureux retour, dit-il. D'aujourd'hui en un an, nous célébrerons la noce !

Et lorsqu'on eut vidé les verres, il prit la bouteille et s'écria :

- Tu as servi à fêter le jour le plus heureux de ma vie. Après cela, tu ne dois plus remplir d'emploi en ce monde : tu ne retrouverais plus un aussi beau rôle.

Et il lança avec force la bouteille en l'air.

La bouteille tomba sans se casser au milieu d'une épaisse touffe de joncs sur le bord d'un petit étang : elle eut le temps d'y réfléchir à l'ingratitude du monde. « Moi, je leur ai donné de l'excellent vin, se disait-elle, et en retour ils m'ont rempli d'eau bourbeuse. »

Elle ne voyait plus la joyeuse société. Mais elle les entendit chanter encore et se réjouir pendant bien des heures. Quand ils furent partis, survinrent deux petits paysans ; en furetant dans les joncs, ils aperçurent la bouteille et l'emportèrent chez eux. Ils avaient vu la veille leur frère aîné, un matelot, qui devait s'embarquer le lendemain pour un long voyage, et qui était venu dire adieu à sa famille.

La mère était justement occupée à faire pour lui un paquet où elle fourrait tout ce qu'elle pensait pouvoir lui être utile pendant la traversée ; le père devait le porter le soir en ville. Une fiole contenant de l'eau-de-vie épurée était déjà enveloppée, lorsque les garçons rentrèrent avec la belle grande bouteille qu'ils avaient trouvée. La mère retira la fiole et mit en place la bouteille qu'elle remplit de sa bonne eau-de-vie.

- Comme cela, il en aura plus, dit-elle ; c'est assez d'une bouteille pour ne pas avoir une seule fois mal à l'estomac pendant tout le voyage.

Voilà donc la bouteille relancée en plein dans le tourbillon du monde. Le matelot, Pierre Jensen, la reçut avec plaisir et l'emporta à bord de son bâtiment, le même justement que commandait le jeune capitaine dont il vient d'être parlé.

Elle n'avait pas trop déchu ; car le breuvage qu'elle contenait paraissait aux matelots aussi exquis qu'aurait pu l'être pour eux le vin qui s'y trouvait auparavant. « Voilà la meilleure des pharmacies ! » disaient-ils, chaque fois que Pierre Jensen la tirait pour en verser une goutte aux camarades qui avaient mal à l'estomac.

Aussi longtemps qu'elle renferma une goutte de la précieuse liqueur, on la tint en grand honneur ; mais un jour elle se trouva vide, absolument vide. On la fourra dans un coin où elle resta sans que personne prît garde à elle.

Voilà qu'un jour s'élève une tempête ; d'énormes et lourdes vagues soulèvent le bâtiment avec violence. Le grand mât se brise ; une voie d'eau se déclare ; les pompes restent impuissantes. Il faisait nuit noire. Le navire sombra.

Mais au dernier moment le jeune capitaine écrivit à la lueur des éclairs sur un bout de papier : « Au nom du Christ ! Nous périssons. » Il ajouta le nom du navire, le sien, celui de sa fiancée. Puis il glissa le papier dans la première bouteille vide venue, la reboucha ferme, et la lança au milieu des flots en fureur. Elle qui lui avait naguère versé la joie et le bonheur, elle contenait maintenant cet affreux message de mort.

Le navire disparut, tout l'équipage disparut ; la bouteille rebondissait de vague en vague, légère et alerte comme il convient à une messagère qui porte un dernier billet doux. Dans ces pérégrinations elle eut le bonheur de n'être ni poussée contre des rochers, ni avalée par un requin.

Le papier qu'elle contenait, ce dernier adieu du fiancé à la fiancée, ne devait qu'apporter la désolation en parvenant entre les mains de celle à laquelle il était destiné. Après tout, le chagrin et le désespoir qu'il devait provoquer eussent encore mieux valu que les angoisses de l'incertitude qui accablaient la jeune fille.

Où était elle ? Dans quelle direction voguer pour atteindre son pays ?

La bouteille n'en savait rien. Elle continua à se laisser ballotter de droite et de gauche.

Tout à coup elle vint échouer sur le sable d'une plage ; on la recueillit. Elle ne saisit pas un mot de ce que disaient les assistants ; le pays, en effet, était éloigné de bien des centaines de lieues de celui d'où elle était originaire.

On la ramassa donc, et après l'avoir bien examinée de tous côtés, on l'ouvrit pour en retirer le papier qu'elle contenait. On le tourna et retourna dans tous les sens, personne ne put comprendre ce qu'il y avait écrit. Ils devinaient bien qu'elle provenait d'un bâtiment qui avait fait naufrage, qu'il était question de cela sur le billet, mais voilà tout. Après avoir consulté en vain le plus savant d'entre eux, ils remirent le papier dans la bouteille, qui fut placée dans la grande armoire d'une grande chambre, dans une grande maison.

Chaque fois qu'il venait des étrangers, on prenait le papier pour le leur montrer, mais aucun d'eux ne savait la langue dans laquelle était écrit le billet. A force de passer de mains en mains, l'écriture, qui n'était tracée qu'au crayon, s'effaça, devint de plus en plus difficile à distinguer et finit par disparaître entièrement.

Après être restée une année dans l'armoire, la bouteille fut portée au grenier, où elle se trouva bientôt couverte de poussière et de toiles d'araignée. Elle se souvenait avec amertume des beaux jours où elle versait le divin jus de la treille là-bas sous les frais ombrages des bois, puis du temps où elle se balançait sur les flots, portant un tragique secret, un dernier soupir d'adieu.

Elle resta vingt années entières à se morfondre dans la solitude du grenier ; elle aurait pu y demeurer un siècle, si l'on n'avait démoli la maison pour la reconstruire. Quand on enleva la toiture, on l'aperçut, et l'on parut se rappeler qui elle était. Mais elle continua de ne comprendre absolument rien de ce qui se disait. « Si j'étais cependant restée en bas, pensait-elle, j'aurais fini par apprendre la langue du pays ; là-haut, toute seule avec les rats et les souris, il était impossible de m'instruire. »

On la lava et la rinça, ce n'était pas de trop. Enfin, elle se sentit de nouveau toute propre et transparente ; son ancienne gaieté lui revint. Quant au papier, qu'elle avait jusqu'alors gardé fidèlement, il périt dans la lessive.

On la remplit de semences de plantes du Sud qu'on expédia au Nord ; bien bouchée, bien calfeutrée et enveloppée, elle fut placée sur un navire, dans un coin obscur, où elle n'aperçut pendant tout le voyage ni lumière, ni lanterne, ni, à plus forte raison, le soleil ni la lune. « De cette façon, se dit-elle, quel fruit retirerai-je de mon voyage ? »

Mais ce n'était pas le point essentiel ; il fallait arriver à destination, et c'est ce qui eut lieu.

On la déballa. «Dieu ! quelles pei-

nes ils se sont données, entendit-elle dire autour d'elle, pour emmitoufler cette bouteille ! Et pourtant elle sera certainement cassée ! » Pas du tout, elle était encore entière. Et puis elle comprenait chaque mot qui se disait : c'était de nouveau la langue qu'on avait parlée devant elle au four, chez le marchand de vin, dans le bois, sur le premier navire, la seule bonne vieille langue qu'elle connût. Elle était donc de retour dans sa patrie. De joie elle faillit glisser des mains de celui qui la tenait ; dans son émoi elle s'aperçut à peine qu'on lui enlevait son bouchon et qu'on la vidait. Tout à coup lorsqu'elle reprit son sang-froid, elle se trouva au fond d'une cave. On l'y oublia pendant des années.

Enfin le propriétaire déménagea, emportant toutes ses bouteilles, la nôtre aussi. Il avait fait fortune et alla habiter un palais. Un jour il donna une grande fête ; dans les arbres du parc on suspendit, le soir, des lanternes de papier de couleur qui faisaient l'effet de tulipes enflammées ; plus loin brillaient des guirlandes de lampions. La soirée était superbe ; les étoiles scintillaient ; il y avait nouvelle lune ; elle n'apparaissait que comme une boule grise à filet d'or et encore fallait-il de bons yeux pour la distinguer.

Dans les endroits écartés on avait mis, les lampions venant à manquer, des bouteilles avec des chandelles ; la bouteille que nous connaissons fut de ce nombre. Elle était dans le ravissement ; elle revoyait enfin la verdure, elle entendait des chants joyeux, de la musique, des bruits de fête. Elle ne se trouvait, il est vrai, que dans un coin ; mais n'y était-elle pas mieux qu'au milieu du tohu-bohu de la foule ? Elle y pouvait mieux savourer son bonheur. Et, en effet, elle en était si pénétrée, qu'elle oublia les vingt ans où elle avait langui dans le grenier et tous ses autres déboires.

Elle vit passer près d'elle un jeune couple de fiancés ; ils ne regardaient pas la fête ; c'est à cela qu'on les reconnaissait. Ils rappelèrent à la bouteille le jeune capitaine et la jolie fille du fourreur et toute la scène du bois.

Le parc avait été ouvert à tout le monde ; les curieux s'y pressaient pour admirer les splendeurs de la fête. Parmi eux marchait toute seule une vieille fille. Elle rencontra les deux fiancés ; cela la fit souvenir d'autres fiançailles ; elle se rappela la même scène du bois à laquelle la bouteille venait de penser. Elle y avait figuré ; c'était la fille du fourreur. Cette heure-là avait été la plus heureuse de sa vie. C'est un de ces moments qu'on n'oublie jamais. Elle passa à côté de la bouteille sans la reconnaître, bien qu'elle n'eût pas changé ; la bouteille non plus ne reconnut pas la fille du fourreur, mais cela parce qu'il ne restait plus rien de sa beauté si renommée jadis. Il en est souvent ainsi dans la vie ; on passe à côté l'un de l'autre sans le savoir : et cependant elles devaient encore une fois se rencontrer.

Vers la fin de la fête, la bouteille fut enlevée par un gamin qui la vendit un schilling avec lequel il s'acheta un gâteau. Elle passa chez un marchand de vin, qui la remplit d'un bon cru. Elle ne resta pas longtemps à chômer : elle fut vendue à un aéronaute qui le dimanche suivant devait monter en ballon.

Le jour arriva, une grande foule se réunit pour voir le spectacle, encore très nouveau alors ; il y avait de la musique militaire ; les autorités étaient sur une estrade. La bouteille voyait tout, par les interstices d'un panier où elle se trouvait à côté d'un lapin vivant qui était tout ahuri, sachant qu'on allait tout à l'heure, comme déjà une première fois, le laisser descendre dans un parachute, pour l'amusement des badauds. Mais elle ignorait ce qui allait se passer, et regardait curieusement le ballon se gonfler de plus en plus, puis se démener avec violence jusqu'à ce que les câbles qui le retenaient fussent coupés. Alors, d'un bond furieux il s'élança dans les airs, emportant l'aéronaute, le panier, le lapin et la bouteille. Une bruyante fanfare retentit, et la foule cria : *hourrah !*

« Voilà une singulière façon de voyager, se dit la bouteille ; elle a cet avantage qu'on n'a pas au milieu de l'atmosphère à craindre de choc. »

Des milliers de gens tendaient le cou pour suivre le ballon des yeux, la vieille fille entre autres ; elle était à la fenêtre de sa mansarde, où pendait la cage d'un petit serin qui n'avait pas alors encore de godet et devait se contenter d'une soucoupe ébréchée. En se penchant en avant pour regarder le ballon, elle posa un peu de côté, pour ne pas le renverser, un pot de myrte qui faisait l'unique ornement de sa fenêtre et de toute la chambrette. Elle vit tout le spectacle, l'aéronaute qui plaça le pauvre lapin dans le parachute et le laissa descendre, puis se mit à se verser des rasades pour les boire à la santé des spectateurs et enfin lança la bouteille en l'air, sans réfléchir qu'elle pourrait bien tomber sur la tête du plus honnête homme.

La bouteille non plus n'eut pas le temps de réfléchir comme elle l'aurait voulu sur l'honneur qui lui était échu de dominer de si haut la ville, ses clochers et la foule assemblée. Elle se mit à dégringoler faisant des cabrioles ; cette course folle en pleine liberté lui semblait le comble du bonheur ; qu'elle était fière de voir longues-vues et télescopes braqués sur elle ! Patatras ! la voilà qui tombe sur un toit et se brise en deux ; puis les morceaux roulèrent en bas et tombèrent avec fracas sur le pavé de la cour, où ils se rompirent en mille menus débris, sauf le goulot qui resta entier, coupé en rond aussi nettement que si l'on avait employé le diamant pour le détacher. Les gens du sous-sol, accourus à ce bruit, le ramassèrent. « Cela ferait un superbe godet pour un oiseau », dirent-ils ; mais, comme ils n'avaient ni cage ni même un moineau, ils ne pensèrent pas devoir, parce qu'ils avaient le godet, acheter un oiseau. Ils songèrent à la vieille fille qui habitait sous le toit ; peut-être pourrait-elle faire usage du goulot.

Elle le reçut avec reconnaissance, y mit un bouchon, et le goulot renversé et rempli d'eau fut attaché dans la cage ; le petit serin, qui pouvait maintenant boire plus à son aise, fit entendre les trilles les plus joyeux.

Le goulot fut très content de cet accueil, qui lui était du reste bien dû, pensait-il ; car enfin il avait eu des aventures fameuses, il avait été bien au-dessus des nuages. Aussi, lorsqu'un peu plus tard la vieille fille reçut la visite d'une ancienne amie, fut-il bien étonné qu'on ne parlât pas de lui, mais du myrte qui était devant la fenêtre.

- Non, vois-tu, disait la vieille fille, je ne veux pas que tu dépenses un écu pour la couronne de mariage de ta fille. C'est moi qui t'en donnerai une magnifique. Regarde comme mon myrte est beau et bien fleuri. Il provient d'une bouture de celui que tu m'as donné le lendemain de mes fiançailles et qui devait un an après me fournir une couronne pour mon mariage. Mais ce jour n'est jamais arrivé ! Les yeux qui devaient être mon phare dans la vie se sont fermés sans que je les aie revus. Il repose au fond de la mer, le cher compagnon de ma jeunesse. Le myrte devint vieux, moi je devins vieille et, lorsqu'il se dessécha, je pris la dernière branche verte et la mis dans la terre ; elle prospéra et poussa à merveille. Enfin ton myrte aura servi à couronner une fiancée, ce sera ta fille.

La pauvre vieille avait les larmes dans les yeux en évoquant ces souvenirs ; elle parla du jeune capitaine, des joyeuses fiançailles dans le bois. Bien des pensées surgirent dans son esprit, mais pas celle-ci, c'est qu'elle avait là devant sa fenêtre un témoin de son bonheur de jadis, le goulot qui fit retentir un *schouap* si sonore lorsqu'on le déboucha dans le bois pour boire en l'honneur des fiancés.

Le goulot de son côté ne la reconnut pas ; il n'avait plus écouté ce qu'on disait, depuis qu'il avait remarqué qu'on ne s'extasiait pas sur ses étonnantes aventures et sa récente chute du haut du ciel.

Chacun et Chaque Chose à sa Place

’était il y a plus de cent ans.

Il y avait derrière la forêt, près du grand lac, un vieux manoir entouré d’un fossé profond où croissaient des joncs et des roseaux. Tout près du pont qui conduisait à la porte cochère, il y avait un vieux saule qui penchait ses branches au-dessus du fossé.

Dans le ravin retentirent soudain le son du cor et le galop des chevaux.

La petite gardeuse d’oies se dépêcha de ranger ses oies et de laisser le pont libre à la chasse qui arrivait à toute bride. Ils allaient si vite, que la fillette dut rapidement sauter sur une des bornes du pont pour ne pas être renversée.

C’était encore une enfant délicate et mince, mais avec une douce expression de visage et deux yeux clairs ravissants. Le seigneur ne vit pas cela ; dans sa course rapide, il faisait tournoyer la cravache qu’il tenait à la main. Il se donna le brutal plaisir de lui en donner en pleine poitrine un coup qui la renversa.

- Chacun à sa place ! cria-t-il.

Puis il rit de son action comme d’une chose fort amusante, et les autres rirent également. Toute la société menait un grand vacarme, les chiens aboyaient et on entendait des bribes d’une vieille chanson :

De beaux oiseaux viennent avec le vent !

La pauvre gardeuse d’oies versa des larmes en tombant ; elle saisit de la main une des branches pendantes du saule et se tint ainsi suspendue au-dessus du fossé.

Quand la chasse fut passée, elle travailla à sortir de là, mais la branche se rompit et la gardeuse d’oies allait tomber à la renverse dans les roseaux, quand une main robuste la saisit.

C’était un cordonnier ambulant qui l’avait aperçue de loin et s’était empressé de venir à son secours.

- Chacun à sa place ! dit-il ironiquement, après le seigneur, en la déposant sur le chemin.

Il remit alors la branche cassée à sa place. « A sa place », c’est trop dire. Plus exactement il la planta dans la terre meuble.

- Pousse si tu peux, lui dit-il, et fournis-leur une bonne flûte aux gens de là-haut !

Puis il entra dans le château, mais non dans la grande salle, car il était trop peu de chose pour cela. Il se mêla aux gens de service qui regardèrent ses marchandises et en achetèrent.

A l'étage au-dessus, à la table d'honneur, on entendait un vacarme qui devait être du chant, mais les convives ne pouvaient faire mieux. C'étaient des cris et des aboiements ; on faisait ripaille. Le vin et la bière coulaient dans les verres et dans les pots ; les chiens de chasse étaient aussi dans la salle. Un jeune homme les embrassa l'un après l'autre, après avoir essuyé la bave de leurs lèvres avec leurs longues oreilles.

On fit monter le cordonnier avec ses marchandises, mais seulement pour s'amuser un peu de lui. Le vin avait tourné les têtes. On offrit au malheureux de boire du vin dans un bas.

- Presse-toi ! lui cria-t-on.

C'était si drôle qu'on éclata de rire ! Puis ce fut le tour des cartes ; troupeaux entiers, fermes, terres étaient mis en jeu.

- Chacun à sa place ! s'écria le cordonnier, quand il fut sorti de cette Sodome et de cette Gomorrhe, selon ses propres termes. Le grand chemin, voilà ma vraie place. Là-haut je n'étais pas dans mon assiette.

Et la petite gardeuse d'oies lui faisait du sentier un signe d'approbation.

Des jours passèrent et des semaines. La branche cassée que le cordonnier avait plantée sur le bord du fossé était fraîche et verte, et à son tour produisait de nouvelles pousses. La petite gardeuse d'oies s'aperçut qu'elle avait pris racine ; elle s'en réjouit extrêmement, car c'était son arbre, lui semblait-il.

Mais si la branche poussait bien, au château, en revanche, tout allait de mal en pis, à cause du jeu et des festins : ce sont là deux mauvais bateaux sur lesquels il ne vaut rien de s'embarquer.

Dix ans ne s'étaient point écoulés que le seigneur dut quitter le château pour aller mendier avec un bâton et une besace. La propriété fut achetée par un riche cordonnier, celui justement que l'on avait raillé et bafoué et à qui on avait offert du vin dans un bas. La probité et l'activité sont de bons auxiliaires ; du cordonnier, ils firent le maître du château. Mais à partir de ce moment, on n'y joua plus aux cartes.

- C'est une mauvaise invention, disait le maître. Elle date du jour où le diable vit la Bible. Il voulut faire quelque chose de semblable et inventa le jeu de cartes.

Le nouveau maître se maria ; et avec qui ? Avec la petite gardeuse d'oies qui était toujours demeurée gentille, humble et bonne. Dans ses nouveaux habits, elle paraissait aussi élégante que si elle était née de haute condition. Comment tout cela arriva-t-il ? Ah ! c'est un peu trop long à raconter ; mais cela eut lieu et, encore, le plus important nous reste à dire.

On menait une vie très agréable au vieux manoir. La mère s'occupait elle-même du ménage ; le père prenait sur lui toutes les affaires du dehors. C'était une vraie bénédiction ; car, là où il y a déjà du bien-être, tout changement ne fait qu'en apporter un peu plus. Le vieux château fut nettoyé et repeint ; on cura les fossés, on planta des arbres fruitiers. Tout prit une mine attrayante. Le plancher lui-même était brillant comme du cuivre poli. Pendant les longs soirs d'hiver, la maîtresse de la maison restait assise dans la grande salle avec toutes ses servantes, et elle filait de la laine et du lin. Chaque dimanche soir, on lisait tout haut un passage de la Bible. C'était le conseiller de justice qui lisait, et le conseiller n'était autre que le cordonnier colporteur, élu à cette dignité sur ses vieux jours. Les enfants grandissaient, car il leur était né des enfants ; s'ils n'avaient pas tous des dispositions remarquables, comme cela arrive dans chaque famille, du moins tous avaient reçu une excellente éducation.

Le saule, lui, était devenu un arbre magnifique qui grandissait libre et non taillé.

- C'est notre arbre généalogique ! disaient les vieux maîtres ; il faut l'honorer et le vénérer, enfants.

Et même les moins bien doués comprenaient un tel conseil.

Cent années passèrent.

C'était de nos jours. Le lac était devenu un marécage ; le vieux château était en ruines. On ne voyait là qu'un petit abreuvoir ovale et un coin des fondations à côté ; c'était ce qui restait des profonds fossés de jadis. Il y avait là aussi un vieil et bel arbre qui laissait tomber ses branches. C'était l'arbre généalogique.

On sait combien un saule est superbe quand on le laisse croître à sa guise. Il était bien rongé au milieu du tronc, de la racine jusqu'au faîte ; les orages l'avaient bien un peu abîmé, mais il tenait toujours, et dans les fentes où le vent avait apporté de la terre, poussaient du gazon et des fleurs. Tout en haut du tronc, là où les grandes branches prenaient naissance, il y avait tout un petit jardin avec des framboisiers et des aubépines. Un petit arbousier même avait poussé, mince et élancé, sur le vieil arbre qui se reflétait dans l'eau noire de l'abreuvoir. Un petit sentier abandonné traversait la cour tout près de là.

Le nouveau manoir était sur le haut de la colline, près de la forêt. On avait de là une vue superbe.

La demeure était grande et magnifique, avec des vitres si claires qu'on pouvait croire qu'il n'y en avait pas.

Rien n'était en discordance. « Tout à sa place ! » était toujours le mot d'ordre. C'est pourquoi tous les tableaux qui, jadis, avaient eu la place d'honneur dans le vieux manoir étaient suspendus maintenant dans un corridor. N'étaient-ce pas des « croûtes », à commencer par deux vieux portraits représentant, l'un, un homme en habit rouge, coiffé d'une perruque, l'autre, une dame poudrée, les cheveux relevés, une rose à la main ? Une grande couronne de feuilles de saule les entourait. Il y avait de grands trous ronds dans la toile ; ils avaient été faits par les jeunes barons qui, tirant à la carabine, prenaient pour cible les deux pauvres vieux, le conseiller de justice et sa femme, les deux ancêtres de la maison.

Le fils du pasteur était précepteur au château. Il mena un jour les petits barons et leur sœur aînée, qui venait d'être confirmée, par le petit sentier qui conduisait au vieux saule.

Quand on fut au pied de l'arbre, le plus jeune des barons voulut se tailler une flûte comme il l'avait déjà fait avec d'autres saules, et le précepteur arracha une branche.

- Oh ! ne faites pas cela ! s'écria, mais trop tard, la petite fille. C'est notre illustre vieux saule ! Je l'aime tant ! On se moque de moi pour cela, à la maison, mais cela m'est égal. Il y a une légende sur le vieil arbre . . .

Elle conta alors tout ce que nous venons de dire au sujet de l'arbre, du vieux château, de la gardeuse d'oies et du colporteur dont la famille illustre et la jeune baronne elle-même descendaient.

- Ces braves gens ne voulaient pas se laisser anoblir, dit-elle. « Chacun et chaque chose à sa place » était leur devise. L'argent ne leur semblait pas un titre suffisant pour qu'on les

élevât au-dessus de leur rang. Ce fut leur fils, mon grand-père, qui devint baron. Il avait de grandes connaissances et était très considéré et très aimé du prince et de la princesse qui l'invitaient à toutes leurs fêtes. C'était lui que la famille révérait le plus, mais je ne sais pourquoi, il y a en moi quelque chose qui m'attire surtout vers les deux ancêtres. Ils devaient être si affables, dans leur vieux château où la maîtresse de la maison filait assise au milieu de ses servantes et où le maître lisait la Bible tout haut.

Le précepteur prit la parole :

- Il est à la mode, dit-il, chez nombre de poètes, de dénigrer les nobles, en disant que c'est chez les pauvres, et, de plus en plus, à mesure qu'on descend dans la société, que brille la vraie noblesse. Ce n'est pas mon avis ; c'est chez les plus nobles qu'on trouve les plus nobles traits. Ma mère m'en a conté un, et je pourrais en ajouter plusieurs. Elle faisait visite dans une des premières maisons de la ville où ma grand-mère avait, je crois, été gouvernante de la maîtresse de la maison. Elle causait dans le salon avec le vieux maître, un homme de la plus haute noblesse. Il aperçut dans la cour une vieille femme qui venait, appuyée sur des béquilles. Chaque semaine, on lui donnait quelques shillings.

- La pauvre vieille ! Elle a bien du mal à marcher ! dit-il.

« Et, avant que ma mère s'en fût rendu compte, il était en bas, à la porte ; ainsi lui, le vieux seigneur octogénaire, sortait pour épargner quelques pas à la vieille et lui remettre ses shillings. Ce n'est qu'un simple trait ; mais, comme l'aumône de la veuve, il va droit au cœur et le fait vibrer. C'est ce but que devraient poursuivre les poètes de notre temps ; pourquoi ne chantent-ils pas ce qui est bon et doux, ce qui réconcilie ? »

Mais il est vrai qu'il y a un autre genre de nobles.

- Cela sent la roture, ici ! disent-ils aux bourgeois.

« Ces nobles-là, oui, ce sont de faux nobles, et l'on ne peut qu'applaudir à ceux qui les raillent dans leurs satires. »

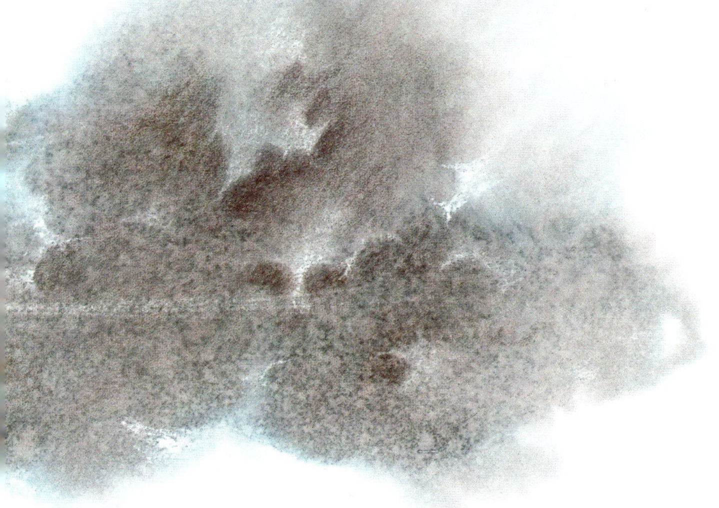

Ainsi parla le précepteur. C'était un peu long, mais aussi, l'enfant avait eu le temps de tailler sa flûte.

Il y avait grande réunion au château : hôtes venus de la capitale ou des environs, dames vêtues avec goût ou sans goût. La grande salle était pleine d'invités. Le fils du pasteur se tenait modestement dans un coin.

On allait donner un grand concert. Le petit baron avait apporté sa flûte de saule, mais il ne savait pas souffler dedans, ni son père non plus.

Il y eut de la musique et du chant. S'y intéressèrent surtout ceux qui exécutèrent. C'était bien assez, du reste.

- Mais vous êtes aussi un virtuose ! dit au précepteur un des invités. Vous jouez de la flûte. Vous nous jouerez bien quelque chose ?

En même temps, il tendit au précepteur la petite flûte taillée près de l'abreuvoir. Puis il annonça très haut et très distinctement que le précepteur du château allait exécuter un morceau sur la flûte.

Le précepteur, comprenant qu'on allait se moquer de lui, ne voulait pas jouer, bien qu'il sût. Mais on le pressa, on le força, et il finit par prendre la flûte et la porter à sa bouche.

Le merveilleux instrument ! Il émit un son strident comme celui d'une locomotive ; on l'entendit dans tout le château, et par-delà la forêt. En même temps s'élevait une tempête de vent qui sifflait :

- Chacun à sa place !

Le maître de la maison, comme enlevé par le vent, fut transporté à l'étable. Le bouvier fut emmené, non dans la grande salle, mais à l'office, au milieu des laquais en livrée d'argent. Ces messieurs furent scandalisés de voir cet intrus s'asseoir à leur table !

Dans la grande salle, la petite baronne s'envola à la place d'honneur, où elle était digne de s'asseoir. Le fils du pasteur prit place près d'elle ; tous deux semblaient être deux mariés. Un vieux comte, de la plus ancienne noblesse du pays, fut maintenu à sa place, car la flûte était juste, comme on doit l'être.

L'aimable cavalier à qui l'on devait ce jeu de flûte, celui qui était fils de son père, alla droit au poulailler.

La terrible flûte ! Mais, fort heureusement, elle se brisa, et c'en fut fini du : « Chacun à sa place ! »

Le jour suivant, on ne parlait plus de tout ce dérangement. Il ne resta qu'une expression proverbiale : « ramasser la flûte » .

Tout était rentré dans l'ancien ordre. Seuls, les deux portraits de la gardeuse d'oies et du colporteur pendaient maintenant dans la grande salle, où le vent les avait emportés. Un connaisseur ayant dit qu'ils étaient peints de main de maître, on les restaura.

« Chacun et chaque chose à sa place ! » On y vient toujours. L'éternité est longue, plus longue que cette histoire.

Le Bisaïeul

e conte n'est pas de moi. Je le tiens d'un de mes amis, à qui je donne la parole : Notre bisaïeul était la bonté même ; il aimait à faire plaisir, il contait de jolies histoires ; il avait l'esprit droit, la tête solide. A vrai dire il n'était que mon grand-père ; mais lorsque le petit garçon de mon frère Frédéric vint au monde, il avança au grade de bisaïeul, et nous ne l'appelions plus qu'ainsi. Il nous chérissait tous et nous tenait en considération ; mais notre époque, il ne l'estimait guère. « Le vieux temps, disait-il, c'était le bon temps. Tout marchait alors avec une sage lenteur, sans précipitation ; aujourd'hui c'est une course universelle, une galopade échevelée ; c'est le monde renversé.

Quand le bisaïeul parlait sur ce thème, il s'animait à en devenir tout rouge ; puis il se calmait peu à peu et disait en souriant : « Enfin, peut-être me trompé-je. Peut-être est-ce ma faute si je ne me trouve pas à mon aise dans ce temps actuel avec mes habitudes du siècle dernier. Laissons agir la Providence. »

Cependant il revenait toujours sur ce sujet, et comme il décrivait bien tout ce que l'ancien temps avait de pittoresque et de séduisant : les grands carrosses dorés et à glaces où trônaient les princes, les seigneurs, les châtelaines revêtues de splendides atours ; les corporations, chacune en costume différent, traversant les rues en joyeux cortège, bannières et musiques en tête ; chacun gardant son rang et ne jalousant pas les autres. Et les fêtes de Noël, comme elles étaient plus animées, plus brillantes qu'aujourd'hui, et le gai carnaval ! Le vieux temps avait aussi ses vilains côtés : la loi était dure, il y avait la potence, la roue ; mais ces horreurs avaient du caractère, provoquaient l'émotion. Et quant aux abus, on savait alors les abolir généreusement : c'est au milieu de ces discussions que j'appris que ce fut la noblesse danoise qui la première affranchit spontanément les serfs et qu'un prince danois supprima dès le siècle dernier la traite des noirs.

- Mais, disait-il, le siècle d'avant était encore bien plus empreint de grandeur ; les hauts faits, les beaux caractères y abondaient.

- C'étaient des époques rudes et sauvages, interrompait alors mon frère Frédéric ; Dieu merci, nous ne vivons plus dans un temps pareil.

Il disait cela au bisaïeul en face, et ce n'était pas trop gentil. Cependant il faut dire qu'il n'était plus un enfant ; c'était notre aîné ; il était sorti de l'Université après les examens les plus brillants. Ensuite notre père, qui avait une grande maison de commerce, l'avait pris dans ses bureaux et il était très content de son zèle et de son intelligence. Le bisaïeul avait tout l'air d'avoir un faible pour lui ;

c'est avec lui surtout qu'il aimait à causer; mais quand ils en arrivaient à ce sujet du bon vieux temps, cela finissait presque toujours par de vives discussions ; aucun d'eux ne cédait ; et cependant, quoique je ne fusse qu'un gamin, je remarquai bien qu'ils ne pouvaient pas se passer l'un de l'autre. Que de fois le bisaïeul écoutait l'oreille tendue, les yeux tout pleins de feu, ce que Frédéric racontait sur les découvertes merveilleuses de notre époque, sur des forces de la nature, jusqu'alors inconnues, employées aux inventions les plus étonnantes !

- Oui, disait-il alors, les hommes deviennent plus savants, plus industrieux, mais non meilleurs. Quels épouvantables engins de destruction ils inventent pour s'entre-tuer !

- Les guerres n'en sont que plus vite finies, répondait Frédéric ; on n'attend plus sept ou même trente ans avant le retour de la paix. Du reste, des guerres, il en faut toujours ; s'il n'y en avait pas eu depuis le commencement du monde, la terre serait aujourd'hui tellement peuplée que les hommes se dévoreraient les uns les autres.

Un jour Frédéric nous apprit ce qui venait de se passer dans une petite ville des environs. A l'hôtel de ville se trouvait une grande et antique horloge ; elle s'arrêtait parfois, puis retardait, pour ensuite avancer ; mais

enfin telle quelle, elle servait à régler toutes les montres de la ville. Voilà qu'on se mit à construire un chemin de fer qui passa par cet endroit ; comme il faut que l'heure des trains soit indiquée de façon exacte, on plaça à la gare une horloge électrique qui ne variait jamais ; et depuis lors tout le monde réglait sa montre d'après la gare ; l'horloge de la maison de ville pouvait varier à son aise ; personne n'y faisait attention, ou plutôt on s'en moquait.

- C'est grave tout cela, dit le bisaïeul d'un air très sérieux. Cela me fait penser à une bonne vieille horloge, comme on en fabrique à Bornholmy, qui était chez mes parents ; elle était enfermée dans un meuble en bois de chêne et marchait à l'aide de poids. Elle non plus n'allait pas toujours bien exactement ; mais on ne s'en préoccupait pas. Nous regardions le cadran et nous avions foi en lui. Nous n'apercevions que lui, et l'on ne voyait rien des roues et des poids. C'est de même que marchaient le gouvernement et la machine de l'Etat. On avait pleine confiance en elle et on ne regardait que le cadran. Aujourd'hui c'est devenu une horloge de verre ; le premier venu observe les mouvements des roues et y trouve à redire ; on entend le frottement des engrenages, on se demande si les ressorts ne sont pas usés et ne vont pas se briser. On n'a plus la foi ; c'est là la grande faiblesse du temps présent.

Et le bisaïeul continua ainsi pendant longtemps jusqu'à ce qu'il arrivât à se fâcher complètement, bien que Frédéric finit par ne plus le contredire. Cette fois, ils se quittèrent en se boudant presque ; mais il n'en fut pas de même lorsque Frédéric s'embarqua pour l'Amérique où il devait aller veiller à de grands intérêts de notre maison. La séparation fut douloureuse ; s'en aller si loin, au-delà de l'océan, braver flots et tempêtes.

- Tranquillise-toi, dit Frédéric au bisaïeul qui retenait ses larmes ; tous les quinze jours vous recevrez une lettre de moi, et je te réserve une surprise. Tu auras de mes nouvelles par le télégraphe ; on vient de terminer la pose du câble transatlantique. En effet, lorsqu'il s'embarqua en Angleterre, une dépêche vint nous apprendre que son voyage se passait bien, et, au moment où il mit le pied sur le nouveau continent, un message de lui nous parvint traversant les mers plus rapidement que la foudre.

- Je n'en disconviendrai pas, dit le bisaïeul, cette invention renverse un peu mes idées ; c'est une vraie bénédiction pour l'humanité, et c'est au Danemark qu'on a précisément découvert la force qui agit ainsi. Je l'ai connu, Christian Oersted, qui a trouvé le principe de l'électromagnétisme ; il avait des yeux aussi doux, aussi profonds que ceux d'un enfant ; il était bien digne de l'honneur que lui fit la nature en lui laissant deviner un de ses plus intimes secrets.

Dix mois se passèrent, lorsque Frédéric nous manda qu'il s'était fiancé là-bas avec une charmante jeune fille ; dans la lettre se trouvait une photographie. Comme nous l'examinâmes avec empressement ! Le bisaïeul prit sa loupe et la regarda longtemps.

- Quel malheur, s'écria le bisaïeul, qu'on n'ait pas depuis longtemps connu cet art de reproduire les traits par le soleil ! Nous pourrions voir face à face les grands hommes de l'histoire. Voyez donc quel charmant visage ; comme cette jeune fille est gracieuse ! Je la reconnaîtrai dès qu'elle passera notre seuil.

Le mariage de Frédéric eut lieu en Amérique ; les jeunes époux revinrent en Europe et atteignirent heureusement l'Angleterre d'où ils s'embarquèrent pour Copenhague. Ils étaient déjà en face des blanches dunes du Jutland, lorsque s'éleva un ouragan ; le navire, secoué, ballotté, tout fracassé, fut jeté à la côte. La nuit approchait, le vent faisait toujours rage ; impossible de mettre à la mer les chaloupes et on prévoyait que le matin le bâtiment serait en pièces.

Voilà qu'au milieu des ténèbres reluit une fusée ; elle amène un solide cordage ; les matelots s'en saisissent ; une communication s'établit entre les naufragés et la terre ferme. Le sauvetage commence et, malgré les vagues et la tempête, en quelques heures tout le monde est arrivé heureusement à terre.

A Copenhague nous dormions tous bien tranquillement, ne songeant ni aux dangers, ni aux chagrins. Lorsque le matin la famille se réunit, joyeuse d'avance de voir arriver le jeune couple, le journal nous apprend, par une dépêche, que la veille un navire anglais a fait naufrage sur la côte du Jutland. L'angoisse saisit tous les cœurs ; mon père court aux renseignements ; il revient bientôt encore plus vite nous apprendre que, d'après une seconde dépêche, tout le monde est sauvé et que les êtres chéris que nous attendons ne tarderont pas à être au milieu de nous. Tous nous éclatâmes en pleurs ; mais c'étaient de douces larmes ; moi aussi, je pleurai, et le bisaïeul aussi ; il joignit les mains et, j'en suis sûr, il bénit notre âge moderne. Et le même jour encore il envoya deux cents écus à la souscription pour le monument d'Oersted. Le soir, lorsque arriva Frédéric avec sa belle jeune femme, le bisaïeul lui dit ce qu'il avait fait ; et ils s'embrassèrent de nouveau. Il y a de braves cœurs dans tous les temps.